**Karin Lindberg**
SOMMER AUF
SCHOTTISCH

Job auf der Kippe, frisch getrennt und mit einem Zelt im Kofferraum in Schottland gestrandet – Ellie ist am Tiefpunkt angelangt. Als sie ein altes Bootshaus vor der traumhaften Kulisse der Highlands entdeckt, weiß die Hamburgerin, wie es für sie weitergeht: Sie pachtet den baufälligen Kasten und erfüllt sich damit ihren Traum vom eigenen Restaurant! Das einzige Problem ist der Besitzer, der sich als alles andere als kooperativ erweist. Sie beschließt, sich als Hausmädchen bei ihm einzuschleusen und den unsympathischen Schlossherrn heimlich von ihren Kochkünsten zu überzeugen.

Kenneth muss nach Schottland zurückkehren, um sein ungewolltes Erbe loszuwerden. Das ist schwieriger als gedacht, als er entdeckt, dass sein Vater ihm nicht nur ein Schloss, einen Adelstitel und einen unerzogenen Irischen Wolfshund vererbt hat, sondern auch Briefe seiner verstorbenen Mutter. Für Kenneth beginnt eine schmerzhafte Reise in die Vergangenheit. Sein einziger Lichtblick ist die attraktive, aber penetrante Touristin Ellie, die auffällig oft seinen Weg kreuzt und ständig an Orten auftaucht, an denen sie eigentlich nichts zu suchen hat ...

# Sommer auf Schottisch

Liebesroman

**Karin Lindberg**

Verlag Elaria
Sonnenstr. 23
80331 München

ISBN 978-3-96465-113-6

Lektorat: Dorothea Kenneweg

Korrektorat: SKS Heinen

Covergestaltung: Casandra Krammer (www.cassandrakrammer.de)
Covermotiv: © Shutterstock.com

Copyright © Karin Lindberg 2019

Internet:
http://www.karinlindberg.info/

Facebook

Alle Rechte vorbehalten.
Jede Verwertung oder Vervielfältigung dieses Buches – auch
auszugsweise – sowie die Übersetzung dieses Werkes ist nur mit
schriftlicher Genehmigung der Autorin gestattet. Handlungen und
Personen im Roman sind frei erfunden. Ähnlichkeiten mit lebenden
oder verstorbenen Personen sind rein zufällig und nicht beabsichtigt.

Weitere Informationen unter: www.karinlindberg.info
Auf meiner Website könnt ihr den kostenlosen Newsletter abonnieren.
Neben allen aktuellen Terminen erhaltet ihr regelmäßig kostenloses
Bonusmaterial und exklusive Gewinnspielmöglichkeiten.

# Kapitel 1

*G*roßer Gott«, stieß Ellie aus und schnaufte schwer. Sie umklammerte das Lenkrad fester, während sie mit ihrem alten Golf die schmale ... tja, Straße konnte man das kaum nennen, eine gnadenlose Untertreibung! – entlangschlich. Sie blinzelte in die Dunkelheit, die Scheibenwischer schabten quietschend über die Frontscheibe. Es war erst acht Uhr, aber es war bereits stockfinster. Man konnte nicht einmal den Himmel erkennen, denn die Bäume standen so dicht und hoch auf beiden Seiten des Weges, dass sie die Dunkelheit noch verstärkten. Eine Straßenbeleuchtung hielt man in dieser Region anscheinend für unnötig, kein Wunder, wenn man die Straßen nicht mal so breit baute, dass zwei Fahrzeuge nebeneinander Platz hatten. Immer wieder sagte sie sich im Geiste vor: »Links bleiben, links bleiben.« Wenn man so selten Gegenverkehr bekam, konnte das tödlich enden, falls man sich, ohne nachzudenken, auf die gewohnte rechte Seite einordnete. Gerade bog sie wieder um eine messerscharfe Kurve, als das Heck ihres Wagens ausbrach und über den rutschigen Asphalt schlingerte.

»Verdammt«, schimpfte Ellie und schob gleich noch ein paar weitere derbe Flüche hinterher, bis sie endlich wieder Kontrolle über den Golf hatte. Sie verringerte das Tempo, obwohl sie längst mehr kroch als fuhr. Egal, Haupt-

sache, sie kam irgendwann an und konnte ihr Lager auf-
schlagen.

Lager! Es war ein Witz. Welcher Idiot kam auf die Idee,
im Mai in Schottland zu zelten?

Ach ja, richtig, es war Alexander gewesen.

Gewesen, das Stichwort. Er war nicht mitgekommen, sie
würde das Zelt allein aufbauen müssen. Im strömenden
Regen. Schlimmer ging es nun wirklich nicht mehr. Sie
wollte gerade zu einem weiteren Fluch ansetzen, als der
Motor rumpelte und der Wagen langsamer wurde. Ellie trat
das Gaspedal durch, aber es tat sich nichts. Sie blieb stehen.
Mitten auf der Straße. Im Dunkeln. Allein.

Sie konnte die Worte, die ihr auf den Lippen lagen, gar
nicht alle herausschreien, so sehr regte es sie auf, dass ihr
Auto gerade jetzt den Geist aufgeben musste.

»Das ist doch nicht wahr«, murmelte sie und schlug auf
das Lenkrad. »Okay, keine Panik«, sprach sie sich selbst
Mut zu, drehte den Schlüssel im Zündschloss und wollte den Motor neu starten. Manche Probleme lösten sich
ja einfach von selbst. Sicher nur eine Fehlzündung oder
so was. Der Wagen war regelmäßig gewartet worden, gerade vor der großen Reise hatte sie extra in der Werkstatt noch einmal alles checken lassen. Es war unmöglich,
dass sie jetzt eine Panne hatte. Es konnte einfach nicht
sein.

Sie hielt den Atem an, aber nichts passierte.

Ellie schrie das F-Wort in die Dunkelheit und nahm ihr
Smartphone zur Hand, um nachzusehen, wo sie laut Google-
Maps war – ein Navigationsgerät hatte sie nicht.

»Kein Empfang. Super.« Sie stöhnte und verharrte regungslos hinter dem Steuer.

*Jetzt bloß nicht heulen*, dachte sie, aber sie spürte das
Brennen in den Augen bereits.

Dass sie jetzt auch noch liegen blieb, war die Krönung,

dabei hatte sie geglaubt, es könnte unmöglich noch schlimmer kommen.

Tja, falsch gedacht.

Ellie schluckte und versuchte, die Tränen wegzublinzeln. Sie konnte ohne Telefonempfang nicht einmal Hilfe rufen, sie würde hier warten müssen, bis jemand vorbeikam – und im Falle auch anhielt.

Wie hatte sie auch nur auf die dumme Idee kommen können, alleine in den Urlaub zu fahren?

*Du weißt warum*, sagte ein Stimmchen in ihrem Kopf.

»Ja, schon gut«, grummelte sie und erinnerte sich an das Drama, das sich vor ihrer Abreise abgespielt hatte und auch noch von Alexanders Offenbarung getoppt worden war.

Ellie war gerade dabei gewesen, mit ihrer Kollegin Sabine den Menüplan für die nächsten Wochen durchzugehen, als die Türen aufgeflogen und eine Razzia im Restaurant und den Büroräumen durchgeführt worden war. Sie hatte sich gefühlt wie in einem schlechten Krimi, als uniformierte Beamte – bewaffnete Beamte – in die Küche und die Gasträume gestürmt waren. Geldwäsche lautete die Anschuldigung, ihr Chef war »gebeten« worden, mitzukommen, niemand durfte auch nur eine Gabel anrühren, geschweige denn Firmenunterlagen beiseiteschaffen. Alles war beschlagnahmt, das Restaurant bis auf Weiteres geschlossen worden.

Nachdem die Beamten überwacht hatten, dass jeder wirklich nur sein eigenes Hab und Gut an sich gebracht hatte, wurden sie nach draußen begleitet, und das »Kopernikus« war abgeriegelt worden. Damals hatte sie gedacht, dass alles nur ein schlechter Scherz sei, dass gleich dieser blonde Typ um die Ecke kommen und »Verstehen Sie Spaß?!« schreien würde. Leider war es die Realität und alles andere als ein Witz gewesen.

»Was machen wir denn jetzt?«, hatte sie Sabine gefragt, als sie sich schließlich auf dem Gehweg wiederfanden.

»Du gehst natürlich wie geplant in den Urlaub, bis du wieder da bist, wird sich dieser Mist sicher aufklären«, gab ihre Freundin und Kollegin nicht sehr überzeugend zurück.

»Meinst du?«

Sie legte ihr eine Hand auf die Schulter. »Absolut. Du bist so oder so urlaubsreif, was willst du denn hier machen? Geh und erhol dich wie geplant, ich halte dich auf dem Laufenden.« Sie kam ein Stück näher und sprach leiser. »Wenn du mich fragst, du vergeudest hier sowieso deine Talente.«

Ellie hob eine Hand an die Stirn, hinter der sich hämmernde Kopfschmerzen ausbreiteten. »Fang jetzt nicht wieder damit an.«

»Gut, dann tu ich es nicht ... Du weißt sowieso, was ich sagen will.« Sabine sah sie eindringlich an, sogar sie, die Unerschütterliche, war nach der Razzia blass geworden.

»Ich weiß«, Ellie winkte ab. »Ich brauche erst mal Abstand und Ruhe, um nachzudenken. Dann schau ich mir mal die Stellenanzeigen an ... Vielleicht muss ich das ja jetzt sowieso ... Was ist, wenn ...?«

Sabine hob die Hand und unterbrach sie. »Hör auf mit diesem ›Was wäre wenn‹-Spielchen, das führt jetzt zu nichts. Ehrlich, ich rufe dich an und informiere dich über Neuigkeiten, wenn es welche gibt.«

»Meinst du wirklich?«

»Ja, natürlich. Ihr habt doch alles gebucht und bezahlt. Du brauchst jedes bisschen Erholung, das du kriegen kannst, es ist ein Knochenjob, und ehrlich gesagt, du siehst auch wirklich urlaubsreif aus.«

»Das kannst du laut sagen. Ich geh momentan echt auf dem Zahnfleisch, ich weiß gar nicht, wann ich das letzte Mal länger als viereinhalb Stunden am Stück geschlafen habe.«

»Tja, das ist offensichtlich.«

Ellie tat das, was in so einer Situation am besten war. Sie lachte. Sie lachte laut und so lange, bis ihr die Tränen kamen. »Es ist einfach so absurd«, brachte sie irgendwann hervor.

»Das ist es. Sollen wir noch was trinken gehen?«, schlug Sabine vor. »Jetzt, wo wir schon mal frei haben?«

»Ich glaube nicht, dass Alkohol die Lösung ist.«

»Sicher nicht, aber ein Drink machte es auch nicht schlechter.«

»Da hast du auch wieder recht. Trotzdem, ich denke, ich geh besser einfach nach Hause, dann kann ich schon mal in Ruhe packen und wirklich ein paar Stunden schlafen, dann bin ich ausgeruht für die Reise. Du weißt doch, ich werde so leicht seekrank. Mir graust es jetzt schon vor der Überfahrt mit der Fähre.«

»Warum fliegt ihr dann nicht? Das ist doch sicher günstiger, oder?«

»Das schon, aber dann haben wir kein Auto, Mietwagen sind teuer, und wir wollen uns auch ein bisschen was ansehen. Und bis in das Dorf in den Highlands würden wir sonst nie kommen.«

»Wieso unbedingt die Highlands? Bist du doch irgendwie romantisch veranlagt, und ich habe es nicht mitbekommen?«

Ellie grunzte. »So in etwa. Nein. Alexander hat mich schon seit Ewigkeiten bearbeitet, dass er ein paar Destillerien besuchen möchte, um mehr über guten Whiskey zu lernen. Mir wäre ein Strandurlaub eigentlich lieber gewesen. Einfach in der Sonne braten und das Nichtstun genießen.«

»Ach nö«, stöhnte Sabine. »Jetzt musst du also für ihn das Taxi spielen? Du magst doch gar keinen Whiskey.«

Ellie hob die Schultern. »So was machen wir ja nicht jeden Tag«, hatte sie geantwortet und noch nicht geahnt, dass Alexander die Reise gar nicht mit ihr antreten würde.

11

Ellie seufzte und erinnerte sich an das auf die Razzia gefolgte Desaster. Wie immer, wenn sie in den letzten vierundzwanzig Stunden an Alexander dachte, blieb ihr vor Schmerz über seinen Verrat die Luft weg. Ihre Lungen brannten – oder war es ihr Herz?

Sie schüttelte den Kopf über die Absurdität ihres Lebens. Job weg. Freund weg. Autopanne.

Was kam als Nächstes? Fiel vielleicht ein Baum um und begrub sie unter dem Blech?

Sie lachte hysterisch, dann bemerkte sie, dass Tränen über ihre Wangen liefen.

»Scheiße.«

Manchen Menschen fiel es leichter, loszulassen und neu anzufangen, als anderen. Ellie hatte noch nie gut mit Abschieden umgehen können. Sie schnaufte ein paar Mal tief durch und versuchte, Herrin über ihre emotionale Lage zu werden, als plötzlich Scheinwerfer im Rückspiegel aufblitzten.

Sofort sprang sie aus dem Wagen, stellte sich mitten auf die Straße und winkte mit beiden Armen. Derjenige musste verstehen, dass sie Hilfe brauchte. Fehlte nur noch, dass der Fahrer sie für eine Verrückte hielt, einen Bogen um sie machte, durch eine tiefe Pfütze fuhr und sie von oben bis unten mit Matschwasser angespritzt wurde. Die Sorge war berechtigt, wenn man bedachte, welche Pechsträhne sie momentan hatte. Glücklicherweise verringerte der Land Rover die Geschwindigkeit und blieb vor ihr stehen. Die Scheinwerfer blendeten sie, sie konnte nicht ausmachen, ob Männlein oder Weiblein hinter dem Steuer saß.

*Hoffentlich kein perverser Serienmörder*, dachte sie und stellte fest, dass sie schon nach den paar Sekunden vom Regen komplett durchnässt war. Ihre Bluse klebte an ihrem Oberkörper und die Haare im Gesicht, es war eiskalt. Aber das war jetzt egal, sie würde wieder trocknen, schließlich war sie nicht aus Zucker.

Die Fahrertür öffnete sich, aus dem Inneren hörte sie in tiefes, grollendes Bellen.

»Sind Sie verrückt geworden?«, dröhnte beinahe gleichzeitig eine dunkle Stimme zu ihr herüber. Er sprach mit einem rollenden R, sein Tonfall war rau. Er musste also aus der Gegend stammen. »Haben Sie Todessehnsucht, oder warum stehen Sie nachts mitten auf der Straße herum?«

Ellie schnappte nach Luft wie ein Fisch auf dem Trockenen – auch wenn ihr Zustand alles andere als trocken war. »Na, hören Sie mal. Ich brauche Hilfe!«, brachte sie schließlich hervor. »Mein Auto ... Ich habe eine Panne.«

Der unfreundliche Kerl kam auf sie zu – sein Wagen lief noch, die Scheinwerfer blendeten nach wie vor fürchterlich, sodass sie außer seinen Umrissen nichts erkennen konnte. Die Silhouette sagte jedoch genug, er war groß, sehr groß, an die eins neunzig, hatte breite Schultern – was auch an der Jacke liegen konnte, das glaubte sie aber nicht – und er bewegte sich mit langen, dynamischen Schritten auf sie zu. Alt konnte er noch nicht sein, das war gut, er war also sicher in der Lage, ihr zu helfen. Ellie schluckte, ihr Herz klopfte ihr bis zum Hals hinauf. Seine harschen Worte hatten ihre Wirkung nicht verfehlt, sie fühlte sich buchstäblich wie ein Reh im Scheinwerferlicht, das dem bösen Wolf begegnete.

»Was ist denn los?«, bellte er sie an und blieb vor ihr stehen. In diesen schwierigen Lichtverhältnissen wirkten seine Augen beinahe schwarz, seine Haare waren dunkel, schon nach wenigen Sekunden ebenso nass wie ihre und hingen ihm platt am Kopf herunter. Ellie blinzelte und atmete ein. »Ich weiß es nicht, das Auto ist auf einmal stehen geblieben. Und Netz habe ich mit meinem Handy auch nicht, sodass ich keine Hilfe holen konnte.«

»Und was wollen Sie jetzt von mir?«

Was sie von ihm wollte? Der Typ war ja unmöglich! Der Klumpen in ihrem Magen wurde noch größer.

Sie runzelte die Stirn und schob sich eine nasse Strähne aus dem Gesicht. »Vielleicht könnten Sie mich bis zum nächsten Ort mitnehmen und mich irgendwo absetzen, wo ich telefonieren und den Pannendienst rufen kann.«

»Ich soll Sie mitnehmen?«

Gott, war der Kerl zurückgeblieben oder einfach nur schwer von Begriff? »Ja, das wäre wirklich nett, wenn es Ihnen keine Umstände bereitet«, schaffte sie sogar noch, mit einem freundlichen Lächeln hinzuzufügen.

Sie würde sich nicht von so einem Hinterwäldler aus der Fassung bringen lassen. Nicht schon wieder.

»Lassen Sie mich mal sehen, vielleicht ist es nur eine Kleinigkeit.« Er schob sich an ihr vorbei und setzte sich auf den Fahrersitz.

Ellies Mund öffnete und schloss sich wieder, dann folgte sie ihm. Er drehte den Schlüssel, und nichts passierte.

Super, das hätte sie dem Kerl gleich sagen können.

»Und?«, fragte sie und verschränkte die Arme vor ihrer Brust, sich ein schnippisches Grinsen verkneifend.

»Sie sind ein ganz schönes Früchtchen.«

»Wie bitte?«

»Sie haben einfach kein Benzin mehr. Von wegen Panne ... Dass ich nicht lache!«

Ellies Knie wurden weich. »Ach du Schande.«

Der Mann zog die Schlüssel ab, stieg aus und reichte sie ihr. »Nicht sehr schlau, würde ich sagen.«

»Na, hören Sie mal, das kann doch wohl jedem passieren.« Unfassbar, wie unverschämt er war. Sie setzte zu ihrer Verteidigung an, wollte vorbringen, dass sie erst ihren Job und dann ihren Freund verloren hatte, aber er stapfte schon wieder zu seinem Geländewagen.

»Hey, wollen Sie mich etwa hier stehen lassen?«

Für eine Sekunde zögerte er, dann wandte er sich wieder um. »Mein Hund mag Fremde nicht besonders.«

*Und Sie wohl auch nicht*, wollte sie hinzufügen, war aber zu perplex, um etwas hervorzubringen.

Als sie sich nicht rührte, rief er ihr zu: »Nun machen Sie schon, oder soll ich bis auf die Unterhose durchnässt werden, bis Sie endlich in die Gänge kommen?«

»Wow«, murmelte sie. Hoffentlich waren die anderen Leute in der Gegend ein bisschen netter als er.

»Ja, bin gleich da, muss noch was aus dem Kofferraum holen. Sagen Sie, Sie haben nicht zufällig eine Taschenlampe im Wagen?«

Er antwortete mit einem leisen Grunzen, verschwand kurz und kam dann mit einer schwarzen LED-Leuchte zurück.

»Wofür brauchen Sie die?«

»Können Sie mir mal kurz helfen?«

»Ich fürchte, ein Nein wird von Ihnen wohl nicht akzeptiert.« Sein Tonfall klang so trocken, dass Ellie gegen ihren Willen schmunzeln musste. Vielleicht hatten diese Schotten einfach nur eine seltsame Art von Humor. Ja, das musste es sein. Sicher hatte er all das, was er ihr entgegengeschleudert hatte, gar nicht so gemeint. Sie hatte es in ihrer emotionalen Verfassung vermutlich nur in den falschen Hals bekommen – wer würde ihr das verdenken!

»Kriegen Sie es heute noch hin?«, ertönte seine dunkle Stimme hinter ihr, während sie sich an der Heckklappe zu schaffen machte.

»'tschuldigung, die klemmt manchmal ein bisschen.«

»M-mh«, machte er und leuchtete brav weiter. Endlich ging der Kofferraum auf, und sie suchte nach ihrem Rucksack mit Laptop und Geldbörse, die Wertsachen würde sie nicht hier der Dunkelheit und Einsamkeit überlassen.

15

»Sind das Messer?«, fragte er plötzlich.

»Ja.«

»Meine Güte, sind Sie vielleicht eine Serienmörderin auf der Suche nach einem neuen Opfer?«

Ellie konnte nicht anders, sie prustete los. »Komisch, das Gleiche habe ich kurz über Sie gedacht.« Sie schnappte sich den Rucksack, schlug den Kofferraum zu und verriegelte ihren Wagen. Sicher war sicher. Und sie behielt ihre Erklärung für sich, warum die Messer im Kofferraum lagen – kein Koch, der was auf sich hielt, würde ohne das eigene Messerset irgendwo kochen und da sie im »Kopernikus« momentan nicht mehr gebraucht wurde ...

»Ich wär dann so weit«, fügte sie hinzu und schob die Gedanken an das Desaster ihres Lebens beiseite.

Er – wie auch immer er hieß – atmete hörbar in die Dunkelheit, dann stapfte er zur Fahrerseite und stieg ein.

»Sehr nett«, brummte sie und folgte ihm, dankbar, dass sie wenigstens dem Regen entkam und sich um Hilfe – oder Benzin – kümmern konnte. Das nächste Dorf würde doch hoffentlich eine Tankstelle haben.

»Wo sind wir überhaupt?«, fragte sie über das ohrenbetäubende Gebell hinweg.

»Das ist nicht Ihr Ernst, oder?«

»Um ehrlich zu sein, mein Handy hat mich schon vor einer Weile im Stich gelassen, aber so viele Straßen gibt es hier ja nicht.«

»Wo wollen Sie denn hin?«

»Kiltarff«, gab sie zurück und bibberte am ganzen Körper. Ob sie die Heizung etwas hochdrehen konnte? Blöderweise hatte sie zwar an ihren Rucksack, aber nicht an ihre Jacke gedacht. Selbst schuld, wenn sie sich jetzt erkältete oder den Tod holte.

Den Tod vielleicht nicht gleich ... ja, sie neigte zu Übertreibungen.

»Da haben Sie Glück, ich dachte schon, Sie wären eventuell auf dem Weg nach Rom gewesen.«

»Ha ha, sehr lustig.«

»Ich scherze nicht.« Seine Antwort kam so trocken, dass sie innehielt. Sogar der Hund gab endlich Ruhe.

*Komischer Vogel*, dachte sie, und während der nächsten Kurven schwiegen sie beide, nicht einmal das Radio lief. Allerdings entging ihr nicht, dass ihr Retter gut roch. Sehr gut roch. Sein herbes Aftershave stieg ihr in die Nase, und Wehmut überfiel sie. Sie hatte keine starke Schulter mehr, an die sie sich anlehnen konnte.

An Alexander wollte sie sich auch nicht mehr anlehnen. Der konnte ihr gestohlen bleiben. So ein Arschloch!

»Stimmt was nicht?«, drang eine dunkle Stimme zu ihr durch.

»Was?«

»Na, Sie haben eben so theatralisch geseufzt, da dachte ich, frage ich lieber mal nach, ehe Sie hier gleich einen Nervenzusammenbruch erleiden. So ein bisschen Benzin zu besorgen, ist doch wohl kein großes Ding.«

»Wenn das alles wäre ...«

»Sie haben Ihr Ziel doch fast erreicht, vielleicht gehen Sie einfach gleich in Ihre Pension und erledigen das mit Ihrem Auto morgen.«

»Schön wär's.« Er hatte ja keine Ahnung, dass ihre Pension ein Zweimann-Zelt war.

»So, da sind wir.« Sie bogen links ab und er hielt den Wagen vor einer Tankstelle. Anstalten auszusteigen, machte er keine. Natürlich nicht.

»Ja, äh. Danke. Wie kann ich mich bei Ihnen bedanken?« Sie kramte im Rucksack nach ihrer Geldbörse.

»Lassen Sie mal stecken, schon in Ordnung.«

»Kann ich Sie wenigstens auf einen Kaffee einladen? Ich werde ein paar Tage in der Gegend sein.«

»Nein.«

Sie stutzte. Als er nichts mehr hinzufügte, stotterte sie: »Ja, äh, dann also danke und ... schönen Abend noch.«

»M-mh«, brummte er nur und trommelte ungeduldig auf sein Lenkrad.

Bibbernd verließ sie den Wagen, hastete in den Laden und schaute sich nach Kanistern um. Das hier war nicht nur eine Tankstelle, das war ganz offenbar ein Alles-in-einem-Treffpunkt: Supermarkt, Post, Souvenirgeschäft und Tankstelle. Das Zentrum ihres Urlaubsorts. Halleluja. Hinter der Kasse saß eine grauhaarige Lady, die ihre Brille ins Haar geschoben hatte und sie aus ihren wässrigen Augen anblickte.

»Kann ich was für Sie tun, junge Dame?« Ihr Akzent war sehr ausgeprägt, daran musste Ellie sich erst noch gewöhnen.

»Ja, danke. Haben Sie zufällig Kanister? Mein Auto ist liegen geblieben.«

»Kanister, weiß ich nicht.«

»Ähm, okay.«

»Brauchen Sie einen Abschleppdienst?«

»Eigentlich brauche ich nur Benzin.«

»Warten Sie, ich rufe mal Stuart an, der hat so einen großen Laster, damit kriegt er sogar Lieferwagen transportiert.«

»Vielen Dank, aber ich brauche wirklich nur einen Ka...«
Weiter kam sie nicht mehr, da hatte die Dame schon den Hörer am Ohr und telefonierte. Ellie verstand kein Wort, aber wagte auch nicht, sich weiter einzumischen. Einen Atemzug später schaute die Frau sie mit einem Lächeln an, bei dem mehrere Zähne fehlten. »Stuart ist gleich da.«

Ellie atmete aus. »Danke.«

Anscheinend waren die Schotten im Allgemeinen eher ... kompliziert. Sie hätte den Urlaub sausen lassen und sich einen Last-Minute-Trip auf die Balearen buchen sollen, nachdem sie Alexander aus dem Auto geworfen hatte.

Alexander. Alleine der Gedanke an ihn wärmte sie von innen und ließ sie die Kälte vergessen. Vor Wut – leider nicht aus Wohlbehagen.

Ihre Beziehung hatte schon eine Weile gekriselt, ja, sie war in den letzten Monaten schwierig gewesen, die viele Arbeit hatte mindestens genauso an ihren Nerven gezerrt. Nein! Sie war ganz sicher *nicht* schuld daran, dass er sich im Bett einer anderen hatte wärmen lassen.

Gestern Morgen waren sie noch fröhlich ins Auto gestiegen – so fröhlich man eben sein konnte, wenn der Arbeitgeber gerade wegen Geldwäsche vorübergehend das Geschäft schließen musste – und hatten sich auf den Weg in ihren lang ersehnten Urlaub gemacht. Camping, weil es eben günstiger war und man mehr von der Natur erlebte. So hatte Alexander versucht, es ihr schmackhaft zu machen, und weil sie keine Lust auf Diskussionen gehabt hatte, hatte sie zugestimmt.

Ellie war gefahren, Alexander hatte es sich auf dem Beifahrersitz gemütlich gemacht. Irgendwo zwischen Osnabrück und Amsterdam hatte er dann angefangen herumzudrucksen. »Du, Ellie, ich muss dir was sagen.«

Sie hatte geglaubt, dass er vielleicht bei der letzten Wäsche versehentlich ihren Lieblings-Wollpullover ruiniert hatte – den konnte sie nämlich seit Wochen nicht mehr finden –, stattdessen hatte er eine ganz andere Bombe hochgehen lassen.

»Was ist denn?«, hatte sie gefragt und ihn kurz angesehen.

»Ich ...«, er rieb sich über das Gesicht. »Ich ... hatte was mit einer Kollegin.«

Ellie hatte so abrupt auf die Bremse getreten, dass sie beide nach vorne geschleudert wurden. »Was?«

»Pass doch auf! Siehst du nicht, dass wir fast einen Unfall gebaut hätten?«

Sie atmete scharf ein, dann setzte sie den Blinker und fuhr auf den nächsten Parkplatz.

Sie bremste mit quietschenden Reifen und wandte sich ihm zu, nachdem der Wagen zum Stehen gekommen war. »Sag das noch mal«, forderte sie ihn auf.

»Es war ein Fehler, ehrlich.«

Sie glaubte, ihren Ohren nicht zu trauen. »Ernsthaft?«

»Ja, wirklich. Ich liebe sie nicht, ich liebe nur dich.«

»Und wie lange geht das schon so?«

»Ging, Ellie. Ging. Es ist vorbei, Claudia ist nach Frankfurt versetzt worden, und ich wollte es dir jetzt sagen, damit wir das hinter uns lassen können.«

»Ach, das ist ja nett von dir.« Sie war fassungslos. Diese Information servierte er ihr, als wäre es ein Frühstück in einem netten Bistro um die Ecke.

Alexander schaute sie seltsam an, der Kerl hatte noch nie was von Sarkasmus verstanden. »Ich fand einfach, dass du es wissen solltest, die letzten Monate warst du ja eher schwierig.«

»Ich?«, quietschte sie.

»Siehst du, da tust du es schon wieder.«

»Jetzt mach aber mal halblang, mein Lieber. Du bist hier derjenige, der mich betrogen hat. Wie lange ging das hinter meinem Rücken, ich nehme an, es war nicht nur ein Ausrutscher?«

Alexander knirschte mit den Zähnen. »Ein paar Wochen.« Er blickte auf seine Hände, die er im Schoß gefaltet hatte. »Zu Hause hat es immerzu gekriselt, und du wolltest auch keinen Sex, und ...«

»Ich fasse es nicht«, stieß sie hervor und schüttelte den Kopf. »Und das sagst du mir jetzt, auf dem Weg in den Urlaub. Hättest du damit nicht warten können?«

»Ich wollte endlich reinen Tisch machen.«

»Ja, so hast du dir das vorgestellt. Sagen wir der Alten mal, dass der Macker sich die Brötchen woanders geschmiert hat, dann isses wieder gut. Nee, mein Lieber, so einfach ist das nicht.«

»Aber Ellie.«

»Hör mir auf, mit *aber Ellie*«, blaffte sie.

»Ich hab es dir erzählt, weil ich fair sein wollte.«

Sie lachte bitter. »Weil du fair sein wolltest, sehr lustig. Fair wäre gewesen, dich zu beherrschen und dich nicht woanders auszutoben. Fair wäre gewesen, es mir gleich zu erzählen und dich nicht munter mehrere Wochen zwischen fremden Laken zu wälzen.«

Sie sah rot. Das war nicht gut. Gleich würde sie einen Tobsuchtsanfall bekommen. Sie spürte die Wut in sich aufsteigen wie das Überdruckventil in einem Schnellkochtopf.

»Raus«, sagte sie leise und blickte nach vorn. Ein Trucker sprang aus seinem Fahrerhaus und pisste direkt an den Straßenrand. »Na toll, als ob ich sein kleines Würstchen jetzt noch sehen will«, murmelte sie und wunderte sich über die Absurdität des Moments.

»Ellie, bitte. Lass uns drüber reden.«

»Ich hab gesagt: raus! Verpiss dich! Nimm deine Sachen aus dem Kofferraum und hau ab.«

»Das meinst du doch nicht ernst, Ellie. Wir sind auf dem Weg in den Urlaub!«

»Du hast sie wohl nicht mehr alle. Als ob ich mit dir noch in den Urlaub oder überhaupt irgendwohin fahren würde!«

Alexander legte ihr eine Hand auf den Oberarm, sie schüttelte sie ab und schrie: »Fass mich nicht an! Nie wieder.«

»Das meinst du doch nicht so. Ich verstehe, dass du sauer bist. Vielleicht bist du ja einfach nur unterzuckert, hier schau, ich habe ein Mars dabei.« Er kramte einen Schokoriegel aus der Jackentasche.

»Sag mal, spinnst du? Außerdem isst die Diva in dem Werbespot ein Snickers, du Idiot!«

»Also dann keine Schokolade?«

»Nein. Und jetzt raus aus meinem Auto. Sofort.«

»Ellie?«

»Ich schwöre, wenn du noch einmal meinen Namen sagst und nicht bei fünf weg bist, kann ich für nichts garantieren.«

Sie funkelte ihn wütend an, der Herzschlag dröhnte in ihren Ohren, so laut, dass sie außer dem rauschenden Blut nichts mehr sonst wahrnahm.

Das hier passierte gerade nicht wirklich!

Erst die Sache mit der Geldwäsche.

Jetzt Alexander, der ihr quasi in einem Nebensatz gestand, dass er fremdgegangen war.

Es war, als hätte ein Elefant seinen Fuß auf ihrer Brust geparkt. Sie bekam keine Luft mehr.

»Ellie ...!«

Und dann explodierte sie. Ellie schrie die wildesten Flüche, trommelte auf ihn ein – nicht so, dass sie ihn verletzen könnte, aber doch genug, dass er die Flucht ergriff –, er stieg endlich aus.

Ellie auch. Sie ging zum Kofferraum, kramte seinen Backpack-Rucksack heraus und warf ihn zusammen mit einem kleinen Reiseköfferchen in eine Pfütze auf den leeren Parkplatz neben ihrem Wagen.

»Das kannst du nicht machen«, stammelte er.

Sie atmete tief ein und kam langsam zur Besinnung. »O doch. Ich kann. Und ich werde. Sieh doch selbst zu, wie du hier weg kommst. Ruf dir ein Taxi. Mir doch egal.«

»Aber was ist mit dem Urlaub?«

»Mit dir fahre ich nirgendwo mehr hin.« Das waren ihre letzten Worte in seine Richtung gewesen, dann war sie eingestiegen und davongebraust. Eigentlich war sie eine eher defensive Fahrerin, aber solche Angewohnheiten wurden anscheinend durch Nervenzusammenbrüche außer Kraft gesetzt.

Gemessen an den Vorfällen der vorausgegangenen achtundvierzig Stunden war so eine Nacht auf einer unbefahrenen – beinahe jedenfalls – schottischen Hochlandstraße, auf der einem das Benzin ausging, doch fast schon angenehm. Was sie wieder in die Realität zurückbrachte.

»Herzchen, Sie zittern ja. Soll ich Ihnen einen Kaffee machen?«

Ach du meine Güte. Was war hier los? Jemand bot ihr Hilfe an? »Kaffee?«, fragte sie irritiert. Die Freundlichkeit kam nach dem Ärger der letzten Zeit so unerwartet, dass sie überhaupt nicht darauf vorbereitet war.

Die alte Dame stand auf und wurde nicht viel höher, sie konnte kaum größer als eins fünfzig sein. Mit kleinen, trippelnden Schritten ging sie zu einer Kaffeemaschine neben einem Regal mit Backwaren und schenkte in einen Pappbecher ein.

»Der geht aufs Haus. Sieht aus, als hätten Sie ihn nötig.«

»Danke.« Ellie blinzelte ungläubig. »Ich kann den gerne bezahlen.«

Die alte Frau legte ihr die faltige Hand auf den Oberarm. »Lass mal, Schätzchen. Wir Frauen müssen doch zusammenhalten.« Sie schnalzte mit der Zunge, dann ging die Tür auf und ein stattlicher Typ kam herein.

»Ah, da bist du ja, Stuart. Hier ist die junge Dame.«

Stuart machte seinem Namen alle Ehre, er war breitschultrig, blauäugig und hatte ein kantiges Gesicht. »Hey, was gibt's?«, fragte er, ebenfalls mit breitem Akzent.

»Mir ist das Benzin ausgegangen, wirklich, keine große Sache, ich wollte einen Kanister kaufen, aber die Dame hier hat darauf bestanden, Sie anzurufen.«

23

Stuart hob eine Augenbraue und schaute die grauhaarige Frau an. »Grandma!«

Oh. Ellie verstand und verschluckte sich beinahe am Kaffee. Wollte die Oma ihren Enkel etwa ... verkuppeln? Irgendwie süß, sie hatte ja keine Ahnung, dass sie gestern erst fast einen Mord an ihrem Jetzt-Ex begangen hatte.

»Nun mach schon, Junge. Die Lady ist durchnässt und müde. Wo steht denn Ihr Auto, Miss?«

»Gar nicht weit von hier, vielleicht zehn Minuten mit dem Wagen.« Sie wandte sich an Stuart. »Machen Sie sich bitte keine Umstände, wenn ich einen Kanister ausleihen könnte, würde ich prima zurechtkommen.«

Omas böser Blick machte ihm anscheinend klar, dass sie das ganz anders sah, also beeilte er sich zu sagen: »Nicht doch, ich kümmere mich gerne darum.« Und dann zog er tatsächlich seine Jacke aus und bot sie ihr an.

»Die kann ich nicht annehmen.«

Er wollte sie gerade wieder anziehen, als seine Oma sie ihm aus den Händen riss und Ellie um die Schultern legte. »Ich bin übrigens Shona, Liebes. Und du?«

»Ellie, ich wollte hier ein paar Tage Urlaub machen, kein guter Start, fürchte ich.«

Shona tätschelte ihre Wange. »Aye, das kann ja alles noch werden, nicht?«

Ellie wollte es nicht, aber die Wärme der Jacke und die Freundlichkeit trieben ihr die Tränen in die Augen. Sie schluckte. »Danke.«

»So, Stuart, dann sieh mal zu, dass wir Ellies Wagen flott bekommen. Was tankst du?«

»Benzin.«

Zehn Minuten später saß sie neben Stuart auf dem Beifahrersitz und wurde in einem alten Pick-up mit einem Kanister auf der Ladefläche zu ihrem Golf gebracht. »Tut mir wirklich leid, dass deine Grandma dich ausgetrickst hat.«

»Kein Problem, wirklich.«

»Macht sie so was öfter?«

Er lachte und entblößte eine ganze Reihe weißer Zähne. »Manchmal hat sie seltsame Ideen. Ich bin der einzige Enkel, der noch nicht verheiratet ist.«

»Verstehe.«

»Sie meint es nur gut. Aber es ist trotzdem peinlich.«

Jetzt musste Ellie auch lachen. »Und mir erst. Ich bin wirklich sehr dankbar, dass du mir hilfst. Ich hatte jemanden getroffen, der mich zur Tankstelle mitgenommen hat, der war froh, als er mich los war.«

»Ach, wirklich?«

»Ich hatte echt Angst, dass alle Highlander so grummelig wären.« Sie kicherte und spürte, wie endlich ein wenig von der Anspannung von ihr abfiel.

»Was, bist du etwa eine von denen, die ihre Nasen in Liebesromane steckt und Geschichten über breitschultrige Schotten mit Kilt und Schwert liest?«

»Nein, normalerweise nicht. Eigentlich wollte ich auch nach Spanien fahren und nicht nach Schottland.«

»Oh. Wieso das denn? Magst du Schottland etwa nicht?«

»Es ist nichts Persönliches. Mein Freund wollte wandern, Destillerien besuchen und Nessie finden.« Sie glukste. »Ich habe aber einen sehr anstrengenden Job, und ich mag es im Urlaub dann einfach gerne, faul in der Sonne zu liegen.«

»Tja, dann bist du hier echt falsch. Wir haben fast täglich Regen.«

»O Gott.«

»Keine Sorge, man gewöhnt sich daran. Und wo ist dein Freund?«

Mist, sie hatte von Alexander im Präsens gesprochen.

»Der hat es sich anders überlegt. Jetzt ist er mein Ex. Na ja, wird schon ein guter Urlaub werden, ich bleibe auch nur für zwei Wochen.« Sehr überzeugend klang sie nicht.

»Wo hast du denn gebucht?«, erkundigte sich Stuart, der so taktvoll war, nicht auf die Situation mit ihrem Freund oder Neu-Exfreund einzugehen.

»Auf dem Campingplatz.«

»Ach, dein Wohnmobil ist stehen geblieben?«

Ellie spürte, wie die Hitze über den Hals in ihre Wangen kroch. Zum Glück war es dunkel. »Nein, ich wollte zelten.«

»Halleluja. Eine so hübsche Frau alleine, und dann auch noch im Zelt? Es kann schon ziemlich kalt werden in den Mainächten. Hoffentlich hast du einen guten Schlafsack dabei.«

Ellie atmete tief ein. »Ich werde schon klarkommen.« Hoffentlich.

»Die meisten Pensionen haben um die Jahreszeit auch noch was frei – wenn es dir doch zu kalt wird, meine ich.«

»Genau, das wäre auch eine Lösung. Aber eigentlich freue ich mich, ein bisschen für mich zu sein.« Das stimmte sogar, ihr fiel jetzt erst auf, dass der Gedanke an Ruhe und Frieden nach dem ganzen Ärger sehr verlockend klang. Sie war ohnehin nicht der Typ Mensch, der ständig Aufmerksamkeit oder Leute um sich herum brauchte. Nicht in der Freizeit jedenfalls, im Job trat man sich in der Küche ständig auf die Füße.

»Da vorne steht ein Auto. Ist das deins?«

»Ja, genau. Super, das ging ja schnell.«

Im Handumdrehen hatte Stuart das Benzin aufgefüllt, der Regen hatte nachgelassen, es nieselte nur noch leicht. »So, jetzt solltest du wieder fahren können«, meinte er und warf den leeren Kanister auf seine Ladefläche.

»Vielen, vielen Dank. Wie kann ich mich erkenntlich zeigen?« Sie gab ihm seine Jacke zurück.

26

Er winkte ab. »Kein Problem, komm doch die Tage mal in meiner Werkstatt vorbei, dann gebe ich dir einen Kaffee aus.«

»Den Kaffee gebe ich dann natürlich aus.«

Er lächelte. »Gern.«

»Wo finde ich denn deine Werkstatt?«

»Wir sind vorhin dran vorbeigefahren. Liegt gleich hinter Girvan's Hardware-Laden, das ist übrigens 'ne gute Adresse, wenn dir was fehlt. Dort gibt's alles von Angelruten bis Camping-Zubehör.«

»Ein Zelt habe ich ja schon«, erwiderte sie mit einem Augenzwinkern.

»Klar doch, aber er hat auch Petroleumkocher, Mausefallen, dicke Socken – im Prinzip alles, was man sich eben so vorstellen kann.«

»Klingt spannend, schau ich mir unbedingt an.«

»Du kannst dir dort sogar Fahrräder ausleihen. Ein Fahrrad, meine ich.«

»Das ist eine gute Idee, vielleicht mache ich das sogar. Ja, dann«, sie streckte ihm die Hand hin. »Vielen Dank, Stuart. Kannst du mir sagen, wo der Campingplatz liegt?«

»Sind wir auch dran vorbeigefahren, direkt gegenüber von Girvan's.«

»Der Laden scheint das Zentrum zu sein, hm?«, scherzte sie.

Stuart zuckte die Schultern. »Wie man es nimmt. Groß ist Kiltarff mit seinen fünfhundert Einwohnern nicht. Aber wir haben alles, was man braucht. Gute Nacht, Ellie.«

»Hat mich sehr gefreut.«

»Dann bis die Tage! Und du bist sicher, dass du keine Hilfe mit dem Zelt brauchst?«

Sie schüttelte den Kopf. »Nein, das ist so ein ganz einfacher Mechanismus, man muss das im Prinzip nur aufklappen.«

»Oh! Dann rate ich dir, versenk ein paar Heringe im Boden. Der Wind. Du weißt schon.«

»Ja, sicher.«

Damit verabschiedeten sie sich und Ellie fuhr mit neuer Zuversicht in ihrem Golf zum Campingplatz. Natürlich war dort niemand mehr im Büro anzutreffen, das würde sie alles morgen regeln. Außer ihr war auch sonst kaum jemand dort, nur noch zwei Wohnmobile, in denen alles dunkel war.

»Auch gut«, murmelte sie und machte sich daran, ihr Zelt aufzubauen und sich so gut es ging häuslich einzurichten.

Kenneth MacGregors Unterarm lag auf dem Kaminsims, er blickte nachdenklich ins Feuer. Ein Holzscheit fiel in sich zusammen, Funken stoben auf, es knisterte und knackte, aber er nahm es nur am Rande wahr. Morgen würde das Testament verlesen werden, und er konnte sich nicht vorstellen, dass ihm irgendeine der möglichen Varianten gefallen würde. Kenneth seufzte und ging zur gegenüberliegenden Wand, an dem sich ein Servierwagen befand. Er goss sich Whiskey in einen Tumbler und setzte sich in einen der Sessel, ehe er die bernsteinfarbene Flüssigkeit im Glas schwenkte. Der Hund hob nicht einmal seinen Kopf, er schaute ihn nur mit tadelndem Blick an, als ob Kenneth etwas dafür könnte, dass sein Herrchen nicht mehr da war, um sich um ihn zu kümmern. Dougie war kein netter Vierbeiner, dazu war er riesengroß. Seltsamerweise trottete er ihm ständig hinterher, folgte ihm geradezu auf Schritt und Tritt, alle anderen knurrte er an. Sogar die Köchin hatte Respekt vor ihm, obwohl sie ihm ab und an ein Würstchen vor die riesigen Pfoten warf. Kenneth hatte keine Ahnung, was er mit dem Vieh anfangen sollte. Wer würde so einen Irischen Wolfshund nehmen? Das Tier war so groß wie ein Kalb!

Heute würde er das Problem auch nicht mehr lösen, vielleicht fiel ihm morgen etwas sein. Seine Schulter machte ihm heute zudem wieder besonders zu schaffen, kein Wunder, er war in den letzten Tagen nicht dazu gekommen, seinen Physiotherapeuten aufzusuchen. Der hatte überhaupt keine Lust, von London in die Highlands zu reisen, um sich exklusiv um ihn zu kümmern. Kenneth konnte es verstehen, er wäre auch lieber an einem anderen Ort.

Die Tür ging mit einem Knarren auf. »Sir, wo soll ich Ihnen die Post hinlegen?«

Kenneth atmete aus. Er wollte sich nicht um die Briefe seines Vaters kümmern, er wollte überhaupt nichts mit alldem zu tun haben. »Bringen Sie sie ins Arbeitszimmer.«

»Sehr wohl, Sir.«

Donald verzog keine Miene, aber Kenneth konnte seine Gedanken förmlich hören: *Dort warten schon mehrere ungeöffnete Stapel, warum kümmerst du dich nicht endlich darum, Junge?* Natürlich war der treue Butler zu fein, um sich herabzulassen, seine Meinung kundzutun. Er war schon so lange im Dienst des Hauses, dass Kenneth sich nicht an ein Leben ohne ihn erinnern konnte. »Wie alt sind Sie?«, fragte er und hob seinen Blick.

»Sir?«

»Wie alt sind Sie, Donald.«

»Ich bin jetzt achtundsechzig Jahre alt, Sir.«

»Und wie lange arbeiten Sie«, er stockte, er hatte sagen wollen »für meinen Vater«, stattdessen fuhr er mit »... in unserem Hause« fort.

»Seit fünfunddreißig Jahren, Sir. Ich hatte meinen ersten Arbeitstag, als Sie gerade acht Wochen alt waren, Sir.«

»Danke, Donald. Das war alles. Sie können schlafen gehen. Ich brauche Sie heute nicht mehr.«

»Soll ich Isla sagen, dass Sie Ihnen das Abendessen hier servieren soll?«

»Ich habe keinen Appetit, vielen Dank.«

Er sah, dass die Lippen des alten Mannes sich bewegten, dann änderte er offenbar seine Meinung und entschloss sich, seine Antwort für sich zu behalten. »Gute Nacht, Sir.«

»Gute Nacht, Donald. Schlafen Sie gut.«

Donald hob eine Braue, dann drehte er sich mit erhobenem Kinn um und verließ den Raum beinahe geräuschlos. Das musste man erst mal können. Donald wäre bei der Queen vermutlich besser aufgehoben als hier – was gab es schon noch zu tun? Kenneth fuhr sich mit der Hand über das Gesicht, dann nahm er einen Schluck. Was sollte aus dem alten Kasten hier werden? Generationen von Mac-Gregors hatten hier gelebt und waren hier gestorben. Er erschauderte, nein, er konnte sich beim besten Willen nicht vorstellen, in die Fußstapfen seines Vaters zu treten. Das hatte er nie gewollt, und auch sein Tod würde die Mauer, die zwischen ihnen stand – gestanden hatte –, nicht überwinden. Vielleicht hatte er Glück, und Shirley würde alles erben. Hoffentlich.

# Kapitel 2

Ellie saß vor ihrem Zelt auf einem Klappstuhl und schaute in die Berge. Dichter Nebel hing über dem Tal, und die Gipfel verschwanden im Weiß. Ihre Glieder schmerzten, sie hatte Hunger und es nieselte leicht. Immer noch. Das Handy hatte über Nacht den Geist aufgegeben – der Akku zumindest – und einen Stromanschluss hatte sie hier draußen natürlich nicht. Andererseits, es war verlockend, für ein paar Tage ohne lästige Anrufe zu verbringen, denn Alexander ging ihr gehörig auf den Wecker. Er hatte in der Nacht mehrfach angerufen und ihr den letzten Nerv geraubt, weil sie zu dämlich gewesen war, es auf lautlos zu stellen. An Schlaf war so nicht zu denken gewesen.

Ellie schloss die Augen und legte ihren Kopf in den Nacken, die kühlen Regentropfen belebten ihren Geist und die Sinne, aber satt wurde sie davon auch nicht.

»Also gut, dann wollen wir mal«, brabbelte sie vor sich hin, während sie aufstand, sich streckte und ihren Rucksack samt Wertsachen aus dem Zelt holte und den Reißverschluss zuzog. Vielleicht blieben ihre Sachen so trocken, obwohl sie wenig Hoffnung hatte. Es war einfach zu feucht und kalt, aber eventuell besserte sich das Wetter bald – wenn sie Stuart allerdings glauben konnte, dann durfte sie während ihres Urlaubs mit viel Nass von oben rechnen.

Ellie machte sich auf den Weg zu den Sanitärräumen des Campingplatzes, die zu ihrer Überraschung neu, beheizt und sehr sauber waren. Sie duschte ausgiebig und föhnte sich dann die Haare mit einem der fest installierten Haartrockner. Als sie das Gebäude verließ, sah sie einen athletischen Typen, der an einem Feuerwehrauto herumschraubte. Wow, zwei von zwei Männern, die sie in Kiltarff getroffen hatte, waren echte Sahneschnitten. Eigentlich schade, dass sie nicht auf der Suche war. Sie verzog ihr Gesicht und nickte dem jungen Mann zu, der sie nun ansah und »Guten Morgen« rief.

»Guten Morgen«, grüßte sie. Ellie ging zum Büro des Campingplatzes und registrierte sich. Da sie aus Deutschland schon eine Anzahlung geleistet hatten, hatte sie nur noch eine kleine Summe zu entrichten. Immerhin, das war doch schon mal positiv.

Ellie schätzte die Dame im Büro auf Mitte fünfzig, sie trug ihre kupferroten Haare, die mit einigen grauen Strähnen durchzogen waren, zu einem Pferdeschwanz, sie hatte viele Sommersprossen und leuchtend grüne Augen. »Ich wünsche Ihnen einen schönen Aufenthalt. Hatten Sie nicht für zwei gebucht?«, fragte sie am Ende, als sie noch mal auf die ausgedruckte Bestätigung schaute.

»Planänderung«, erklärte Ellie knapp.

»Ich finde das ja mutig, so als Frau, allein.«

»Wieso, ist es hier gefährlich?«

Die Dame lachte. »Nein, ich denke nicht. Eigentlich passiert hier nie etwas. Trotzdem würde ich mich nachts alleine im Zelt irgendwie unwohl fühlen. Aber was rede ich.« Sie winkte ab und lächelte verlegen. »Ich guck einfach zu viel CSI.«

»Wilde Tiere gibt's hier ja wohl nicht?«

»Wenn Sie Angst vor Häschen haben?«

Ellie lachte. »Nein, mit denen komme ich klar.« Sie fragte

sich, ob es hier Bären oder Wölfe gab, leider hatte sie keine Ahnung.

»Kann ich sonst noch was für Sie tun? Ach ja, die Sanitätsräume sind jeweils von sieben bis zwanzig Uhr geöffnet, das haben Sie schon gesehen, oder?«

Ja, das hatte sie. Gestern Nacht hatte sie ins Gebüsch Pipi machen müssen. »Äh, ja, danke. Sagen Sie, Bären oder Wölfe gibt's hier keine?«, fragte sie nun doch und schämte sich ein bisschen, wie unwissend sie nach Schottland gereist war.

Die Frau runzelte die Stirn, als ob sie sich fragte, ob sie gerade auf den Arm genommen würde.

*Also nicht,* dachte Ellie und spürte, dass sie rot wurde.

»Wenn Sie keine Zeitreise unternehmen und ein paar hundert Jahre zurückflattern, dann nein, hier gibt's keine Bären und Wölfe. Die sind längst ausgerottet. Wir könnten vielleicht mit einem Fuchs aufwarten, aber das war es dann auch schon.«

Ellie atmete aus. »Tut mir leid, ich war noch nie in Schottland, und ich muss ehrlich sagen, die Gegend ist ja wirklich eher einsam und ... die Bäume, überall Bäume ... ich dachte, das wäre wohl der perfekte Lebensraum für Raubtiere.«

»Da haben Sie recht, aber Wölfe und Bären gibt es hier schon seit Jahrhunderten nicht mehr. Allerdings«, sie sah sich um, als ob sie fürchtete, belauscht zu werden. »Etwa eine Stunde von hier hat ein stinkreicher Typ Unmengen von Land gekauft, dort hat er an die hunderttausend Bäume in die Heidelandschaft gepflanzt und will dort wieder Bären, Luchse und Wölfe ansiedeln ... So ein Unsinn.«

»Unsinn, wieso?«

»Erst wird alles gerodet, abgeschlachtet, und hinterher tut es den Leuten dann leid. Die sollten mal vorher nachdenken.«

»Ja, da stimme ich Ihnen vollkommen zu. Ich wünsche Ihnen noch einen schönen Tag.«

»Ihnen auch. Das Büro hier ist immer von neun bis zwölf besetzt«, erklärte sie noch, und es klang ein bisschen so, als ob sie sich über Gesellschaft freuen würde.

»Auf Wiedersehen.« Ellie hob die Hand zum Gruß und ging nach draußen.

Der Nebel lichtete sich langsam und die dicken Wolken, die vom Wind über das Land getrieben wurden, schienen sich allmählich aufzulösen. Vielleicht kam doch noch ein wenig die Sonne durch. Sie schlenderte in Richtung Zentrum, sah auf der anderen Straßenseite Girvan's Laden und dahinter das Schild von Stuarts Werkstatt. Sie würde in den kommenden Tagen dort vorbeigehen und einen Kaffee mit ihm trinken. Wenn sie gleich auftauchte, bekam er vielleicht einen falschen Eindruck. Außerdem wusste sie nicht, ob er ihr den Kaffee nicht nur aus Höflichkeit angeboten hatte.

Nachdem sie ein paar Hundert Meter hinter sich gelassen hatte, offenbarte sich ihr ein ganz großartiger Ausblick auf den berühmten Loch Ness. Sie blieb stehen und atmete tief ein. »Wahnsinn«, stieß sie hervor und wollte ihr Handy zücken, um ein paar Bilder zu machen, bis ihr wieder einfiel, dass der Akku leer war. Umrahmt von Laub und Nadelbäumen zog sich der See durch das Tal, dessen Wasser so dunkel wie geheimnisvoll schimmerte. Wolken spiegelten sich auf der Oberfläche, ein Ausflugsboot schipperte gerade hinaus. Kein Wunder, dass sich darum so viele Sagen rankten, die Landschaft wirkte wie von einer anderen Welt. Hinter einem Hügel zeichneten sich die Umrisse eines alten Herrenhauses ab. Nein, das stimmte nicht ganz. Es war ein imposantes Schloss mit einer großen, sehr gepflegt wirkenden Parkanlage und einer Kapelle. Auf dem sattgrünen Rasen entdeckte sie viele kleine Punkte. Es waren Kaninchen. Unmengen von Kaninchen. »Wow«, stieß sie hervor.

So was hatte sie noch nicht gesehen. Später würde sie einen Spaziergang am Ufer unternehmen, aber erst wollte sie etwas essen. Ihr Magen hing ihr bis in die Kniekehle, zumindest fühlte es sich so an. Sie setzte ihren Weg fort und bog dann links in den Ortskern ab. Es gab einige Pensionen, einen Souvenirladen, vor dem ein Schotte im Schottenrock stand und auf Kunden wartete. Kiltarff wurde von einem Kanal durchschnitten, über den eine schwenkbare Brücke führte. In der Schleuse lagen drei Motorboote, die darauf warteten, dass sie Zugang zum Loch Ness bekamen. Die Häuschen wirkten urig und sehr alt, graue Steine, schwarze Schieferdächer mit mehrschichtigen Kaminen reihten sich aneinander. Eine Entenfamilie watschelte über einen schmalen Grünstreifen zwischen Weg und Kanal. Sie kam an einer Eisdiele vorbei, deren Fensterrahmen in Pink gestrichen waren. Ein Farbtupfer inmitten grauer, dunkler Steine und altertümlichen Häuschen. Irgendwie süß. »Bridget's Ice Cream«, stand auf dem Fenster. Natürlich war der Laden noch geschlossen, aber durch die Scheiben konnte sie entdecken, dass der Boden mit schwarzen und weißen Fliesen ausgelegt war, in der Vitrine gab es eine breite Auswahl verschiedener hausgemachter Eissorten. Hier würde sie sich irgendwann auch eine Kugel holen. Neben der Eisdiele war eine Metzgerei, das schwarze Schild baumelte an einem eisernen Gestell über der Tür. »Butcher Fraser, since 1819«, stand darauf. So alt war dann wohl auch das Gebäude. Ellie spürte, wie ein wenig der Anspannung der letzten Tage von ihr abfiel, als sie die kühle Morgenluft der Highlands tief in ihre Lungen saugte. Der Himmel über ihr war tiefblau, sogar die Wolken schienen etwas davon abbekommen zu haben und sahen aus, als wären sie eingefärbt. Sie ging weiter, bis sie ein Pub erreichte. Das Haus war im gleichen Stil erbaut wie die anderen hier und hieß »The Lantern«. Schon der Blick durch die kleinen Sprossenfenster genügte, damit

sich Ellie fühlte, als wäre sie aus einer Zeitmaschine ausgestiegen und in ein anderes Jahrhundert versetzt worden.
Alleine die Tatsache, dass ein Schild neben der Tür prangte,
auf dem die Betreiber darauf hinwiesen, dass man hier kostenlosen Internetzugang als Gast bekam, machte ihr klar,
dass sogar hier, tief in den Highlands die Digitalisierung
auf dem Vormarsch war. Sie zog am schweren Messinggriff
der dunklen Eichenholztür und trat in den Gastraum. Alte
Holzdielen knarzten unter dem Druck ihrer Stiefel. Es roch
nach Speck, gebratenen Eiern und frischem Kaffee. Sofort
machte sich ihr Magen bemerkbar und knurrte laut. Hinter dem Tresen stand eine junge Frau und polierte Gläser.
»Morgen«, grüßte sie und nickte Ellie freundlich zu. Sie
konnte kaum älter als Mitte zwanzig sein, und sie hatte
die gleichen rötlichen Haare wie die Büromitarbeiterin des
Campingplatzes.

»Morgen«, erwiderte Ellie. »Ist es okay, wenn ich mich
hier am Fenster hinsetze?«

»Klar doch.« Sie ließ das Glas und Geschirrtuch sinken,
schnappte sich eine Speisekarte und kam auf Ellie zu, die
gerade ihren Rucksack absetzte, die Jacke auszog und sich
dann auf einem der urigen Holzstühle niederließ. Die Tisch-
platte war von der jahrelangen Benutzung glatt geschliffen,
an der langen Wand brannte ein Feuer im Kamin. Ellie wurde klar, dass es nicht nur zur Zierde und Stimmung loder-
te, sondern wirklich seinen ursprünglichen Zweck erfüllte.
Gab es hier etwa noch immer keine Zentralheizung? Irgendwie gefiel ihr der Gedanke. »War das hier schon immer ein
Pub?«

»Tatsache, wenn du willst, schau mal da hinten. Wir
haben die Geschichte von ›The Lantern‹ zusammengefasst.
Einmal Pub, immer Pub.«

»Cool. Es ist echt toll hier.«

»Vielen Dank.« Die junge Frau grinste Ellie an und klappte die Speisekarte für sie auf, ehe sie sie vor ihr ablegte. »Kann ich dir schon was bringen?«

»O ja. Ich brauche dringend Kaffee.«

»Klar doch.«

»Hast du eine Empfehlung für mich?«

»Unser Hausfrühstück ist sehr beliebt.«

»Ach ja? Was ist das denn?«

»Schau mal hier«, sie tippte auf die Karte. »Bacon, Eier, Speck, gebratene Champignons und gegrillte Tomaten.«

Ellie lief das Wasser im Mund zusammen. »Herrlich, das nehme ich. Ich sterbe vor Hunger.«

Die Frau kicherte, während Ellie ihr die Speisekarte zurückgab. »Brauchst du den Wifi-Code?«

Sie überlegte, zuerst bräuchte sie eigentlich Strom. »Mein Akku ist leer, ihr habt nicht zufällig eine Steckdose?«

»Die haben wir. Hast du ein Ladekabel mit?«

Ellie kramte Smartphone und Kabel hervor und reichte es ihr. »Ich bin übrigens Ellie.« Sie wusste selbst nicht, warum sie sich vorstellte, aber irgendwie hatte sie das Bedürfnis.

»Schöner Name, ich bin Kendra.«

»Gehört dir das Pub?«

»Es ist ein Familienbetrieb, aber ja, irgendwann werde ich es vielleicht ganz übernehmen.« Sie betrachtete das Ladekabel. »Hast du einen Adapter? Diese Stecker funktionieren bei uns nicht.«

Ellie seufzte. »Mist.« Den hatte Alexander im Gepäck gehabt.

»Ach, das macht nichts. Ich hab auch ein iPhone, ich häng es einfach an meins, wenn das in Ordnung für dich ist.«

»Klar, danke schön.«

»Super, dann gebe ich mal die Bestellung in die Küche, damit du nicht länger hungern musst.«

»Äh, sag mal, wo bekomme ich denn einen Adapter her?«

Kendra wandte sich noch einmal zu ihr um. »Bei Girvan's Hardware, du musst hier die Straße runter und dann rechts, du kannst den Laden gar nicht verfehlen.«

Da hätte sie natürlich auch selbst drauf kommen können, hatte Stuart nicht gesagt, dass es bei Girvan alles gab? Sie konnte ein Lächeln nicht unterdrücken, irgendwie gefiel ihr das Dörfchen immer besser – egal, ob es hier andauernd regnete oder nicht.

Kenneth saß mit seiner Schwester Shirley im Büro des Notars Jefferson in Inverness. Der Raum war mit antiken Möbeln ausgestattet, die auf dicken Perserteppichen standen. Sonnenstrahlen fielen durch das Fenster auf das gebohnerte Parkett, das einen Geruch nach Wachs und Staub im Raum verbreitete. Das Testament seines Vaters lag vor dem grauhaarigen Herrn auf der dunklen Mahagoniplatte, eine Tischlampe warf einen sanften Schein darauf, der trügerisch war, denn nichts an den letzten Worten seines Vaters war hell und warm. Wie es auch zu Lebzeiten schon seiner Art entsprochen hatte, handelte er seinen letzten Willen knapp und in herrischem Tonfall ab. Die Welt um Kenneth herum verschwamm vor seinen Augen, als er das eben Gehörte langsam begriff.

»... meiner Tochter Shirley vermache ich das Landhaus in Yorkshire mit fünfundzwanzig Hektar Land«, hörte Kenneth die Stimme des Notars wie durch Watte, der in einem monotonen Tonfall weiterlas. Es interessierte ihn nicht, was dieser noch zu sagen hatte.

Es war also passiert. *Hast du was anderes erwartet?*, schoss es ihm durch den Kopf.

Nein, das hatte er nicht. Nicht wirklich. Der Titel und das Schloss gingen von jeher an den ältesten Sohn. Da es in dieser Generation der MacGregors nur einen Sohn gab, war klar, dass ihm diese zweifelhafte Ehre zuteilwerden würde.

Er könnte das Erbe immer noch ausschlagen.

*Was wird dann aus den Angestellten? Dem Titel? Dem Anwesen?*

Am liebsten würde er aufschreien: Scheiß auf die Tradition, es kümmerte ihn überhaupt nicht, aber es stimmte nicht. Nicht ganz. Das Problem lag woanders: Er wollte dieses Leben nicht, er hatte ein ganz anderes, und das hatte sein Vater auch gewusst, nicht umsonst waren sie vor Ewigkeiten genau deshalb im Streit auseinandergegangen. Er war in seinem Element, wenn er auf dem Pferderücken einem kleinen Bambus, oder manchmal auch einem kleinen Lederball, nachjagte. Ein scharfer Schmerz durchzuckte seine Schulter, als ob ihn jemand daran erinnern müsste, dass er derzeit nicht in der Lage war, seinen Beruf auszuüben. Er hatte sich nach der schweren Verletzung und der notwendigen Operation nur langsam erholt und hoffte, dass er in einigen Wochen endlich wieder fit sein würde. Vielleicht konnte er einfach einen Verwalter für das Schloss einstellen. Ja, genau, das wäre eine Möglichkeit.

Zum ersten Mal, seit er die Todesnachricht erhalten hatte, keimte so etwas wie Zuversicht in ihm auf.

»Haben Sie noch Fragen?«, riss Jeffersons Stimme Kenneth aus seiner Schockstarre.

»Nein, ich denke, es ist alles klar«, gab Shirley als Erste zurück.

»Was ist, wenn ich das Erbe ausschlage?«, hörte sich Kenneth sagen.

Shirley atmete scharf ein. »Das wagst du nicht!« Sie hatte goldblonde Locken, einen zart gebräunten Teint, zarte, lange Glieder und einen messerscharfen Verstand.

Kenneth sandte ihr einen grimmigen Blick, sie hatten kein besonders inniges Verhältnis, hatten sie ihre Kindheit doch auf unterschiedlichen Internaten verbracht. Seit seine Schwester den französischen Privatbankier geheiratet hatte, sahen sie sich auch nur selten – was ihn nicht störte. Er hatte schon lange mit seinem alten Leben abgeschlossen. Kenneth lag wenig an Geld oder Titel, seine Leidenschaft galt seinem Sport, aus dem er auch seinen Beruf gemacht hatte. Polo bedeutete alles für ihn. Er sah den Notar fragend an. »Was sagen Sie?«

Jefferson rückte sich die Brille auf der Nase zurecht und räusperte sich. »Nun ja, in dem Falle hat Ihr Vater folgende Verfügung getroffen.«

Er war sich nicht sicher, ob er es überhaupt hören wollte, schwieg dennoch und wartete mit rasendem Puls.

»Wo haben wir es denn?« Jefferson kramte in den Papieren. »Ach, ja. Hier ist es. Für den Fall, dass mein Sohn das Erbe ausschlägt ...«

Der Alte hatte also damit gerechnet, kein Wunder, sie hatten in den letzten zwanzig Jahren kaum mehr ein Wort gewechselt. »...wird Kiltarff Castle abgerissen und das Land der Gemeinde vermacht.«

Shirley schrie empört auf, Kenneth schnappte nach Luft.

»Das kann nicht sein Ernst sein«, stieß Kenneth aus. »Das Anwesen ist seit mehr als fünfhundert Jahren im Familienbesitz, es hat die Jakobitenkriege überstanden, zwei Weltkriege, und dann will er es einfach abreißen lassen?«

»Nein«, sagte Shirley. »Das will er nicht. Nur im Fall, dass du das Erbe ausschlägst.«

»Shirley, du weißt so gut wie ich, dass ich weder mit dem Titel noch Kiltarff Castle etwas anfangen kann.«

»Die Queen wurde auch nicht vorher gefragt, ob sie den Thron besteigen will.«

Kenneth unterdrückte ein Augenrollen. »Das ist ja wohl was anderes.«

»Das sehe ich nicht so. Du bist dafür geboren, den Titel zu tragen und ihn weiterzugeben.«

»Die meisten Dynastien sterben irgendwann mal aus.«

Shirley wurde blass und Kenneth fühlte mit ihr, seine Schwester hatte immer zu ihrem Vater gestanden, sie lebte die Tradition. Manchmal hatte sich Kenneth gefragt, warum nicht sie Titel und Schloss hatte erben können – aber das war nicht vorgesehen. Leider. »Das würdest du nicht tun«, wisperte sie. »Mr Jefferson. Vom Titel haben Sie gar nichts gesagt? Würde in dem Falle – der nicht eintreten wird, weil Kenneth das Erbe sehr wohl antritt – der Titel an meinen Sohn fallen, wenn ich denn mal einen bekomme?«

Jefferson beugte sich über die Papiere, dann schüttelte er den Kopf. »Nein, ich fürchte, Titel und Schloss wären dann für immer verloren.«

»Das sieht ihm ähnlich!«, brummte Kenneth und ballte seine Hände zu Fäusten.

»Wollen Sie nicht lieber ganz in Ruhe über die verschiedenen Optionen nachdenken?«, erkundigte sich der Notar höflich.

»Nein, will er nicht«, gab Shirley kühl zurück.

»Doch, das will und das werde ich. Vielen Dank, Mr Jefferson, ich kontaktiere Sie in den nächsten Tagen.«

»Mr MacGregor?«, fügte er noch an.

»Ja?«

Kenneth ahnte, dass das anscheinend noch nicht alles gewesen war.

»Sie haben vierzehn Tage Zeit, sich zu entscheiden.«

# Kapitel 3

Eigentlich könnte Ellie einfach satt und zufrieden aus dem »The Lantern« schlendern und ihren Urlaub genießen. Eigentlich, aber nachdem der Akku geladen war, waren auch Alexanders Nachrichten eingegangen. Die Mailbox hatte sie gar nicht abgehört, aber der Ton in den WhatsApp-Nachrichten genügte, um ihr die Stimmung zu verhageln. Es war unglaublich, dass er sich über sie aufregte. Jemanden monatelang zu betrügen, war anscheinend nur halb so schlimm, wie einen Betrüger samt Gepäck aus dem Auto zu schmeißen. Unfassbar.

Sie atmete tief durch und beschloss, sich nicht von Alexanders Hartnäckigkeit stören zu lassen. Stattdessen marschierte sie über eine schmale Brücke, die über den Caledonian Kanal führte, und kaufte sich ein Buch in einem Geschäft, sie hoffte, das würde sie ablenken. Zum Lesen hatte sie bisher nicht die innere Ruhe gefunden, obwohl der kleine Buchladen an der Ecke ganz ansprechend wirkte. Vielleicht würde sich das in den nächsten Tagen ändern, und sie hatte nur die falsche Lektüre im Gepäck gehabt. Ja, ein neues Buch war eine gute Idee, sie sah sich schon in ihrem kleinen Klappstühlchen vor ihrem Zelt sitzen und in dem Krimi schmökern.

Vielleicht lieber keinen Krimi, sonst würde sie sich womöglich doch davor fürchten, alleine im Zelt zu schlafen.

Egal, sagte sie sich. Ihr Telefon brummte schon wieder, wenn das so weiterging, war der Akku ruckzuck wieder leer.

»Geh ich doch nachher einfach mal zu Girvan's«, plapperte sie und spürte, wie sich ein breites Grinsen auf ihrem Gesicht ausbreitete, dann bemerkte sie, dass sie mit sich selbst redete, und sah sich verstohlen um. Gut, keiner in der Nähe, der sie für verrückt erklären und sie einweisen lassen könnte. Mit einem sanften Kopfschütteln besorgte sie sich den Adapter und machte einen kleinen Verdauungsspaziergang am Ufer des Loch Ness. Ein paar Touristen standen hier und da und knipsten Selfies, ein Pärchen spielte mit einem Labrador, immer wieder warfen sie einen Ball ins Wasser, den der fleißige Vierbeiner brav apportierte. Ein kühler Wind wehte von Norden und zerzauste Ellies schulterlange Haare. Sie fühlte sich so lebendig und frei wie schon lange nicht mehr. An der Mauer lagen mehrere Boote, die entweder auf ihre Schleusenabfertigung warteten oder bereits durchgekommen waren und den Tag in Kiltarff verbringen wollten, ehe sie den Loch Ness in Richtung Inverness durchquerten. Und dann entdeckte Ellie wieder das alte Schloss auf der anderen Seite des Kanals, dessen Spitzen durch die Baumwipfel ragten. Es musste riesig sein, und es war umgeben von einem noch größeren Park. »Wie cool ist das denn?« Gleichzeitig schämte sie sich ein bisschen, dass sie keine Ahnung von dem Ort hatte, an dem sie für zwei Wochen Urlaub gebucht hatten. Zu ihrer Verteidigung konnte sie zumindest vorbringen, dass sie neben ihrem Job als Souschefin mit den langen Tagen und kurzen Nächten einfach keine Zeit gehabt hatte, Reiseführer zu wälzen. Umso besser, sagte sie sich, es vor Ort zu erkunden, war sowieso viel spannender. Sie zückte ihr Smartphone und machte ein paar Bilder vom Loch Ness – natürlich war Nessie bisher nicht aufgetaucht – und machte sich dann auf den Weg zu dem imposanten Herrenhaus. Es waren nur ein paar Hundert Meter, bis sie die schwenkbare Brücke erreichte, auf der anderen Seite kam sie an einem Häuschen vorbei, das Tickets für Bootstouren über den See verkaufte. Selbstverständlich machten sie Werbung mit dem Seeungeheuer, ein Werbeargument war, dass sie ein Radar an Bord hatten, mit dem sie den ganzen See scannen konnten. »Sehr niedlich«, sie schüttelte den Kopf, gleichzeitig erwischte sie sich aber dabei, dass sie die Preisliste las. Vielleicht hatte sie in den nächsten Tagen irgendwann Langeweile ...

Über einen schmalen Kiesweg ging sie am Rande des Parks entlang bis zum Ufer, sie wollte erst einmal den Blick von dieser Seite aus über den See genießen. Immer wieder schaute sie durch die dichten Büsche und bewunderte die Aussicht auf das prachtvolle Schloss, hier gab es bestimmt ein Museum mit Ritterrüstungen und einen Kerker. Ja, das würde sie sich ansehen, darauf freute sie sich.

Am steinigen Ufer angelangt, sah sie, dass jemand eine Art künstlichen Hafen angelegt hatte, und dann fiel ihr Blick auf ein altes Bootshaus. Die Farbe an den Brettern war abgeblättert, das Dach bemoost, die Fenster so schmutzig, dass man kaum hindurchsehen konnte. Sie lief weiter und entdeckte ein Ruderboot, das unter dem Haus angebunden war. Ob jemand das Ding noch benutzte? Es wirkte so schäbig. Wie schade, wo man von hier aus doch die beste Sicht über Loch Ness hatte. Wem die Hütte wohl gehörte?

Ein Bild zuckte durch ihren Kopf, das hier war der perfekte Platz, um im Sommer Tische und Stühle aufzustellen, im Winter konnte man von drinnen über den See blicken. Das Häuschen war groß genug, dass man sicherlich zehn bis fünfzehn Vierertische unterbringen konnte ... Wäre dann noch genug Platz für die Küche?

O Mann, sie konnte es einfach nicht lassen. Wo immer sie ein Haus in netter Lage entdeckte, malte sie sich sofort aus, wie es wäre, darin ein Restaurant zu eröffnen. Ihre Lieblingsspinnerei. Sie schüttelte sich wie ein nasser Hund, als ob das die Saat, die eben in ihrem Gehirn aufgegangen war, eingehen lassen könnte.

Sie warf noch einen letzten Blick auf das hübsche, aber doch äußerst renovierungsbedürftige Häuschen und schlenderte dann weiter. Sie wollte sich das echte Herrenhaus ansehen und nicht Luftschlösser bauen. Sie war im Urlaub, sie hatte einen Job – hoffentlich immer noch, wenn sie zurückkam – und sie war Souschefin, nicht Restaurant-Betreiberin. Und überhaupt, woher sollte sie Geld für eine aufwendige Renovierung herbekommen, selbst wenn das Haus überhaupt zur Verfügung stünde. Und doch ...

Ellie schlug sich mit der flachen Hand gegen die Stirn, als ob das helfen würde. Aber leider, es war einfach ideal: die Aussicht, die frische Luft, das Gefühl von Freiheit und der blaue Himmel. Das alles kam ihrem Traum von der idealen Location für ein Restaurant schon verdammt nah.

In Hamburg war der Himmel nie so tiefblau wie hier. Sogar das Grün der Blätter war intensiver als zu Hause. Sie hatte die Leute immer für bescheuert gehalten, die von den Highlands schwärmten, als stünden sie unter Drogen, und jetzt – kaum einen Tag nach ihrer Ankunft – ging es ihr schon genauso.

Sich über sich selbst wundernd, ging sie um das Bootshaus herum. Nur, weil es eine Abkürzung zum Schloss war, sagte sie sich. Einige abgetretene Stufen führten nach hinten, sie waren von Moos bewachsen, hier gab es eine zweite Tür, eine Art Hinterausgang. Perfekt. Es war einfach perfekt. Hier konnte man die Waren anliefern, es wäre der Zugang für das Personal und die Küche.

Ellie zog eine Grimasse und ging weiter. Eine Entenfamilie schwamm schnatternd neben ihr her. Ein Schmetterling

45

flatterte ein paar Meter weiter über die runden Steine. Sanft schwappte das dunkle Wasser ans Ufer. Die Äste hingen tief, hin und wieder musste sie sich bücken, dann entdeckte sie eine Bank. Der perfekte Platz, um sich ein wenig zu entspannen. Im nächsten Moment riss sie etwas zu Boden. Sie keuchte auf, alle Luft entwich aus ihren Lungen. Ihr Gesicht wurde nass. Dieses Etwas stank nach nassem Hund. Es war riesig, aber das ... Tier schien sie zu mögen.

»Hey, geh runter von mir! Ja, ja, ist ja gut.« Zum Glück hatte sie keine Angst vor Hunden, obwohl dieses Exemplar wirklich gigantisch war. Du liebe Zeit, das war ein Kalb mit zotteligen grauen, langen Haaren und den sanftesten braunen Augen, die sie je bei einem Hund gesehen hatte. Sie setzte sich und tätschelte dem Tier den Kopf. »Ja, schon gut. Ich glaube, du verwechselst mich mit jemandem.« Sie kicherte. »Bäh, nein, hör auf, mich anzusabbern, das ist eklig.« Sie schob seine Schnauze von ihrem Gesicht, als ein scharfer Pfiff ertönte. »Siehst du, dein Herrchen oder Frauchen sucht dich schon.« Als Nächstes hörte sie polternde Schritte auf dem steinigen Strand auf sich zukommen. »Was zur Hölle machen Sie auf meinem Grundstück!«, rief jemand.

Ellie kam umständlich wieder auf die Füße, der Hund schmiegte sich an ihren Oberschenkel und warf sie damit beinahe noch einmal um. Ein dunkelhaariger, grimmig dreinschauender Typ in Stiefeln, grüner Jacke und kariertem Schal trat auf sie zu. Der Hund machte keinerlei Anstalten, zu ihm zurückzulaufen.

»Dougie, du alter Flohsack, auf einmal wirst du zutraulich, oder wie?«, schimpfte er.

Ellie kniff die Augen zusammen, irgendwas an dem unfreundlichen Menschen kam ihr bekannt vor, und dann ging ihr ein Licht auf.

»Sie sind das!«, stieß sie hervor.

46

Er blieb stehen. »Sie sind das!«, gab er mit einem resignierten Seufzen zurück.

Für einen Moment verharrten sie beide regungslos und starrten sich einfach an. Und dann bemerkte sie die Leere in der unendlichen blauen Tiefe seiner Augen. Eine umfassende Einsamkeit und eine so heftige Traurigkeit, dass Ellie das Herz schwer wurde.

»Das ist ein Privatgrundstück.«

Ellie musste blinzeln, seine harschen Worte holten sie in die Realität zurück. Die Leere war einem kühlen Ausdruck gewichen, sodass sie sich fragte, ob sie sich vielleicht getäuscht hatte.

»Wie bitte?«, erwiderte sie.

»Das hier ist ein Privatgrundstück. Was machen Sie hier?«

»Ich bin ein bisschen spazieren gegangen.«

»Nun.« Er atmete aus. »Gehen Sie woanders spazieren.«

Ihr Mund klappte auf, und dann schloss sie ihn wieder, ohne etwas zu sagen.

»Dougie, komm her«, forderte er seinen Vierbeiner auf, der immer noch keine Anstalten machte, sich von Ellie zu entfernen. Sie kraulte ihn zwischen den Ohren, und er hechelte zufrieden.

Sie konnte nicht anders, aber als sie seine Reaktion auf ihr triumphierendes Grinsen bemerkte, bereute sie, dass sie sich nicht beherrscht hatte. Seine Kiefer mahlten, sein Mund war zu einem schmalen Strich zusammengepresst, und sie fragte sich, warum dieser eigentlich attraktive Mensch – eine Untertreibung, er war heiß! – so schlecht gelaunt war. Schon wieder. Vermutlich war das bei ihm ein Dauerzustand, was auch die steile Falte, die zwischen seinen Augen zu sehen war, verriet. Zu schade. Sie konnte Leute, die ohne Grund mies drauf waren, nicht leiden. Das Leben war zu kurz, um sich dauernd zu ärgern.

»Hätten Sie vielleicht die Freundlichkeit, mein Grundstück zu verlassen?«

»Wieso ist es nicht eingezäunt? Ich sehe nirgends ein Schild. Gehen Sie hier Patrouille, oder wie?«

»Es ist allgemein bekannt, dass das Schloss im Privatbesitz ist.«

»Sie leben da drin? Alleine? Jesus!«

Er hob eine Augenbraue und seine vollen Lippen verzogen sich zu einem arroganten Lächeln. »Nein, ich bin nicht Jesus.«

Ellie runzelte die Stirn, hatte er versucht zu scherzen? Der Kerl hatte nicht nur schlechte Laune, sondern auch einen äußerst merkwürdigen Sinn für Humor.

»Dann gehört Ihnen auch das Bootshaus da hinten?« Sie zeigte mit dem Daumen hinter sich.

»Ich wüsste nicht, was Sie das angeht.«

»Äh, ja. Klar. Dann geh ich besser mal, und danke für die Hilfe gestern.«

»Haben Sie es noch geschafft, Ihr Auto zum Laufen zu bringen, oder haben Sie Diesel in einen Benzintank gekippt?«

Machte er sich etwa über sie lustig? Ja, es sah ganz danach aus.

»Sehr witzig, ich lache dann später. Schönen Tag noch.«

Ellie vollführte eine filmreife Drehung und wollte davonlaufen, der Hund folgte ihr.

»Na los, geh schon zu deinem schlecht gelaunten Herrchen«, wandte sie sich an ihn und tätschelte noch einmal seinen Kopf.

»Ich kann Sie hören«, teilte er ihr trocken mit.

Sie wurde rot. Shit. Hatte sie das wirklich derart laut gesagt?

Sie zog eine Schnute und drehte sich dann zu dem eigenartigen Schlossbesitzer um. »Sorry. War nicht böse gemeint,

48

ich verstehe nur nicht, warum Sie so ... na ja ... nicht nett sind.«

Er riss überrascht die Augen auf, als ob er es nicht gewohnt wäre, dass Leute in seiner Gegenwart aussprachen, was sie dachten.

»Ich bin nicht nett«, wiederholte er lakonisch.

»Nicht wirklich.«

»Gut.« Er musterte sie so eindringlich, dass ihr unter ihrer Jacke schrecklich heiß wurde. Der Kerl schüchterte sie irgendwie ein, gleichzeitig fand sie ihn äußerst faszinierend. So jemandem wie ihm war sie noch nie begegnet. Sie kannte die reichen Leute, die nach Geld stanken, sie kannte auch die andere Seite, aber niemand war so – seltsam – wie er.

»Äh, ja, ich werde dann mal ...«, stammelte sie und trat von einem Fuß auf den anderen. »Wären Sie so *nett* und rufen Ihren Hund zurück?«

»Scheint nicht so, als würde er auf mich hören.« Seine Mundwinkel zuckten verräterisch.

»Haben Sie mal daran gedacht, eine Hundeschule zu besuchen? Gerade bei so großen ...«

Sein eisiger Blick brachte sie zum Schweigen.

»Schon gut«, sie atmete aus und schob das Fellmonster von sich. »Nun lauf schon! Herrchen will weitergehen.«

»Wissen Sie, was mich wundert?« Er kratzte sich am glatt rasierten Kinn.

»Was?«

»Dougie hasst Menschen. Nicht mal die Köchin traut sich in seine Nähe, und die gibt ihm das Futter.«

Klar, solche Leute wie er hatten Personal für alles. Und der Hund hasste also Menschen, es kam ihr eher so vor, als ob der Besitzer derjenige wäre, der keine Leute um sich herum leiden mochte ...

Der Gedanke ließ sie schmunzeln, gleichzeitig erwischte sie sich dabei, wie sie seine Finger nach einem Ehering absuchte, aber da war nichts. Ein Jammer, ein Mann wie er würde sicher ganz prachtvolle Kinder machen.

Ellie japste nach Luft, als ihr klar wurde, in welche Richtung ihre Gedanken wanderten. Herrgott noch mal, was stimmte eigentlich nicht mit ihr?

»Tja, scheint, er macht bei mir eine Ausnahme. Falls er ihnen wegläuft – ich bin auf dem Campingplatz zu finden.«

Shit. Warum hatte sie das gesagt? Hitze flammte in ihren Wangen auf. »Sie wissen, was ich meine. So, ich muss dann mal.«

Sie machte auf dem Absatz kehrt und marschierte davon. Dougie trottete ein paar Meter neben ihr her, dann entschied er sich dafür, doch lieber einigen Enten hinterherzujagen. Der Pfiff seines Besitzers tönte noch ein paar Mal, bis irgendwann ein derber Fluch folgte, der so klang wie: »Dann mach doch, was du willst, du dämlicher Köter.«

Ellie konnte nicht anders, sie musste lachen. Warum in aller Welt schaffte sich jemand einen so großen Hund an, wenn er so offensichtlich nicht mit dem Tier umgehen konnte?


Kenneth saß im Arbeitszimmer seines Vaters und raufte sich die Haare. Es fühlte sich falsch an, hier in diesem dunklen Lederstuhl zu sitzen. Es fühlte sich falsch an, seine Hände über das Mahagoni gleiten zu lassen, und es fühlte sich noch falscher an, Robert MacGregors Post zu öffnen. Deswegen ließ er es bleiben.

Dougie schnarchte leise, ihn interessierte das alles nicht. Kenneth schüttelte den Kopf. Er hatte bis vor Kurzem keine Ahnung gehabt, dass Hunde schnarchen konnten. Das Vieh verfolgte ihn nach wie vor auf Schritt und Tritt. Seufzend ließ er die Hände sinken, drehte sich im Stuhl zum Fenster und schaute hinaus auf den See. Sonnenstrahlen spiegelten sich im dunklen Wasser, einige Enten schwammen am Ufer entlang. Das satte Grün der Wiese wirkte unter dem blauen Himmel der Highlands noch intensiver. Es war so anders hier als in London. Die Farben, die Luft ... die Leute. Obwohl er hier geboren war, hatte er nicht viel Gemeinsamkeiten mit den Einheimischen. Im Grunde war er ein Fremder, schon früh war er, wie es sich für einen Adeligen gehörte, nach Eton geschickt worden.

»Was mache ich hier eigentlich?«, murmelte er und dachte zum wiederholten Mal an die seltsame Touristin mit den hoffnungsvoll schimmernden grünen Augen. Gegen seinen Willen hatte er mehrmals innerlich geschmunzelt, ihre unverblümte, beinahe schon naive Art hatte etwas in ihm angerührt. Gleichzeitig deprimierte es ihn, dass eine Begegnung mit einer aufdringlichen Deutschen – ihr Akzent war sehr ausgeprägt gewesen – den Höhepunkt seines trüben Alltags hier darstellte.

*Vierzehn Tage*, hallte es immer wieder in seinem Kopf. Vierzehn Tage hatte er Zeit, um sich zu entscheiden.

Das Bimmeln seines Telefons riss ihn aus seinen Gedanken.

»Hallo?«, antwortete er, ohne auf das Display zu sehen.

»Darling, ich vermisse dich. Wo steckst du?«

»Helena, Liebes, wo soll ich schon sein? Ich versuche immer noch, die Angelegenheiten hier zu regeln.« Wobei man nicht sagen konnte, dass er wirklich etwas regelte, er hatte es noch nicht mal geschafft, die Post zu öffnen.

*Weil du Angst vor dem nächsten Schritt hast.* Bald müsste er sich um die Erledigung der dringenden Angelegenheiten kümmern, Rechnungen bezahlen – die Gehälter der Angestellten gingen hoffentlich automatisch jeden Monat vom Konto ab. Sobald er mit dem Papierkram anfing, würde er mittendrin stecken, dabei wollte er das nicht. Aber welche Wahl hatte er?

»Kenneth?«, holte ihn die Stimme seiner Freundin in die

Realität zurück. »Ich vermisse dich, kommst du nicht bald wieder nach London?«

Er glaubte nicht, dass sie ihn wirklich vermisste. Zumindest nicht auf eine romantische, verliebte Weise. Sie führten zwar eine Art Beziehung, hatten aber nach wie vor getrennte Wohnungen und teilten auch sonst nichts außer Bett und die Auftritte in der Öffentlichkeit. Das perfekte Arrangement für jemanden, der im Grunde seine Ruhe haben wollte.

»Ich kann leider noch nicht weg«, meinte er.

Helena seufzte schwer. »Wie schade. Wie geht es mit der Physiotherapie voran?«

Gar nicht, wollte er sagen, stattdessen gab er »Jeden Tag ein bisschen besser« zurück.

»Na, immerhin. Kenneth-Darling?«, flötete sie.

»Ja, Helena?«

»Wirst du es auch zum Wochenende nicht schaffen? Du weißt doch, wir haben diese Einladung von den Mathews.«

Aha, das war also der eigentliche Grund ihres Anrufs.

»Tut mir leid, das werde ich unmöglich einrichten können.«

»Aber du fehlst mir so schrecklich.«

Kenneth glaubte ihr kein Wort, sie war es gewohnt, dass sie sich wochenlang nicht sahen, wenn er durch seinen Beruf als Polospieler unterwegs war. »Dann komm du doch zu mir. Die Luft ist frisch hier oben, erhol dich ein paar Tage vom Großstadtleben.«

Er hörte, dass sie scharf einatmete. »Bist du verrückt geworden? Ich setze mich doch nicht in einen leeren Salon in den Highlands, starre durchs Fenster auf den grauen See und hoffe, dass einem armseligen Schotten der Rock hochfliegt.«

Er wollte gerade sagen, dass er selbst einer der »armseligen Schotten« war, als es an der Tür klopfte. Donald kam herein, vermutlich um ihn an das Essen zu erinnern, das die Köchin gleich auftragen würde. »Sweetheart, ich muss leider Schluss machen. Falls du es dir anders überlegst, ich würde mich freuen, dich hier bei mir zu haben.«

Nachdem er das Telefonat beendet hatte, wandte er sich dem Butler zu. »Donald?«

»Sir, das Essen ist angerichtet.«

»Bin sofort da.«

Als der hagere Mann noch immer keine Anstalten machte zu gehen, fragte er. »War sonst noch was?«

»Kommen Sie voran mit den ... Angelegenheiten?« Die grauen Augen des Butlers wanderten zu den noch immer kaum angerührten Poststapeln.

Kenneth spürte Unbehagen in sich aufsteigen, er hatte das Gefühl, der alte Kerl durchleuchtete seine Gedanken wie ein Röntgengerät. »Es ist gar nicht so einfach«, wich er aus und stand so energisch auf, dass Dougie hochschreckte. »Haben Sie eine Ahnung, was Isla heute zubereitet hat?«, wagte er, vorsichtig zu fragen. Kulinarisch gesehen war die Reise hierher ein Albtraum, entweder hatte sein Vater am Ende kaum mehr funktionierende Geschmacksnerven im Mund gehabt, oder sie beide hatten ein völlig unterschiedliches Verständnis davon, was appetitlich war.

»Steak Pie, Mylord«, gab Donald zurück.

Schon wieder.

»Nennen Sie mich nicht so«, brummte er.

»Wie darf ich Sie dann ansprechen?«

»Ich habe Ihnen doch schon tausendmal gesagt, Kenneth genügt.«

Donald verzog keine Miene, aber er konnte es dem armen Kerl ansehen. Er würde es nie über sich bringen, den Earl of Glencairn mit dem Vornamen anzusprechen. Kenneth schmunzelte innerlich und stand auf.

# Kapitel 4

Eine Lektion hatte Ellie gelernt: Kauf nie ein günstiges Zelt, wenn du wirklich darauf angewiesen bist, darin zu schlafen. Alles war klamm, sie fror jede Nacht wie ein Schneider – aber war irgendwie trotzdem glücklich. Das Telefon hatte sie seit dem ersten Morgen nicht wieder angestellt, die Nachrichten aus Deutschland konnten und mussten warten. Natürlich schweiften ihre Gedanken hin und wieder zu dem Skandal um das »Kopernikus«, aber je länger sie weg war, desto weniger panisch wurde sie. Immer öfter tauchte das Bild des Bootshauses vor ihrem Auge auf, auch wenn ihr klar war, dass das nur ein Hirngespinst war. Sie konnte nicht einfach hier bleiben, sie konnte nicht ein Restaurant in den Highlands eröffnen, sie hatte keinerlei Erfahrung ...

Okay, das stimmte nicht ganz. Als Souschefin war sie lange genug im Geschäft, die Bestellungen bei den Lieferanten übernahm grundsätzlich sie alleine, und auch dem Service gab sie am Abend die Anweisungen, bevor es losging. Das Menü hatte sie seit zwei Jahren selbst zusammengestellt ...

Ellie wurde ganz heiß, obwohl sich ihre Füße eher wie Eisklumpen anfühlten. Sie saß auf ihrem Klappstuhl und hatte eine Tasse Kaffee in der Hand. Vorgestern hatte sie sich bei Girvan's – der Laden hatte tatsächlich alles – einen besseren Gaskocher gekauft. Und der Betreiber erst ...

Meine Güte, es schien wirklich so, als wären alle Einwohner dieses Dorfes heiße Typen. Colin, der Ladenbesitzer, war dunkelhaarig, hatte ebenso dunkle Augen und ein breites Kreuz. Ellie musste grinsen, vielleicht achtete sie sonst einfach nicht so darauf, und es war nur eine Nebenwirkung nach der Trennung von Alexander, dass ihr auf einmal überall gut aussehende Männer über den Weg liefen.

Die Sonne blitzte durch die Wolken hindurch und tauchte das Tal in ein goldenes Licht. Es war windstill, den täglichen Regen hatten sie schon hinter sich, als Ellie beschloss, sich zum Mittagessen etwas im »The Lantern« zu gönnen, wo sie auch ihr Telefon mal wieder aufladen wollte. Ganz konnte sie sich nicht davon freimachen, auf Neuigkeiten von Sabine zu warten.

Pfeifend schlenderte sie über die mittlerweile bekannte Hauptstraße, lächelte über die Touristen, die gerade aus ihren Bussen ausgestiegen waren und jetzt wie verrückt Bilder machten. Sie hatte in den wenigen Tagen mitbekommen, dass die meisten hier nur auf der Durchreise waren, oft in organisierten Reisegruppen, sie blieben für ein paar Stunden, machten eine Bootstour auf dem Loch Ness, kauften sich vielleicht ein paar Souvenirs, tranken einen Kaffee, und dann ging es auch schon weiter. Abends war in Kiltarff nicht viel los, was ihr ganz gelegen kam. Sie suchte keine Gesellschaft.

»Hallöchen«, grüßte sie, als sie ins »The Lantern« kam. Kendra winkte ihr lächelnd zu.

»Hey, schön, dich zu sehen. Wie geht's dir?«

»Sehr gut, auch wenn ich mich an die Kälte nachts nur schlecht gewöhnen kann.«

Kendra kicherte. »Kann ich mir vorstellen. Schau mal, dein Plätzchen am Fenster ist frei.«

Die meisten der zehn Tische waren mit Touristen besetzt, sie hatten ihre Handys, Reiseführer und Rucksäcke dabei.

Ellie nickte und setzte sich ans Fenster. Kendra kam nach ein paar Minuten und brachte ihr die Speisekarte.

»Eigentlich kenne ich alles, was drauf steht«, scherzte Ellie. »Was hatte ich denn noch nicht probiert?«

»Haggis?«

»Stimmt, aber dafür muss ich mir erst Mut antrinken.« Ellie zwinkerte.

»Soll ich dir ein Ale bringen?«

»Nee, lass mal. Ich glaube, ich nehme heute einfach einen Burger.«

»Mit Käse und Bacon?«

»Na klar, und dazu eine Cola.«

»Wird gemacht.«

»Ach, Kendra. Darf ich wieder mal mein Handy aufladen?«

»Sehr gerne, ich bringe es dir aber erst später. Du wirst immer so schlecht gelaunt, wenn du es anmachst.«

Das war ihr also aufgefallen. Sie war eine gute Beobachterin, das musste sie auch sein als Wirtin. »Das stimmt. Zu Hause gibt es ein paar Probleme.«

»Oh, ich hoffe nichts Schlimmes?«

»Wenn man von einer Trennung und dem Verlust der Arbeitsstelle mal absieht, nein, nichts Schlimmes.«

Kendra sah sie überrascht an, dann verzog sie die Lippen. »Du machst es schon richtig, lass dir den Urlaub nicht verderben.«

»Was mir den Urlaub verderben könnte, wäre höchstens die Tatsache, dass alle meine Sachen klamm sind. Das Zelt ist echt schlecht.«

»Du könntest ja für ein, zwei Tage in einer Pension schlafen.«

»Stimmt, das könnte ich.« Sie würde sich nachher mal umsehen.

»Was arbeitest du eigentlich, in Deutschland, meine ich?«

»Ich bin Köchin.«

»Oh, cool.«

»Ja, aber es ist ein Knochenjob. Vor zwei Uhr nachts bin ich selten im Bett.«

»Ist es ein nobles Restaurant? Es klingt irgendwie so.«

»Ja, die Küche ist erstklassig – aber es gibt Probleme, also ich weiß nicht, ob ich dort bleiben kann.«

»Schade ... Hast du schon was anderes in Aussicht?«

Sie dachte sofort an das alte Bootshaus. »Nein«, gab sie zurück. »Nur Träume.« Von denen sie bis vor wenigen Tagen noch nicht mal gewusst hatte, dass sie hier wahr werden könnten. Es war einfach verrückt.

»Uns würde hier ein Restaurant fehlen, das was anderes anbietet als das Übliche, du weißt schon: mal kein Steak Pie, Fish and Chips oder Burger.«

»Tatsächlich?«

»Ja. Aber was rede ich«, sie winkte ab. »Du hast sicher nicht vor, hier ein neues Leben zu beginnen.«

»Nein«, murmelte sie wenig überzeugend. »Habe ich nicht. Würdet ihr ein neues Lokal nicht als unerwünschte Konkurrenz ansehen?«

Kendra lachte. »Du musst mal im Sommer herkommen, da stehen die Leute Schlange und kloppen sich fast um die Tische. Jetzt ist es noch ruhig, aber warte mal in ein paar Wochen ... nein, wir wären froh, wenn sich das etwas entzerren würde. Aber klar, im Winter ist nicht so viel los.«

Ellie rieb sich das Kinn. Sie wusste, dass manche Leute für ein wirklich gutes Essen sehr weit fuhren, wenn sie es richtig anstellte, könnte sie es schaffen, dass auch in den Monaten, in denen wenige Touristen unterwegs waren, genug zu tun war. Die Betriebsferien wären dann sowieso in den Winter, anstatt in den Sommer zu legen. »Verstehe«, murmelte sie. »Weißt du, ich habe das alte Bootshaus gesehen.«

»Total verkommen, der Schuppen. Schade drum, nicht?«

»Ja, so traurig. Die Lage ist fantastisch.«

»Stimmt, aber der alte MacGregor hat sich seit dem Tod seiner Frau nicht mehr darum gekümmert.«

Alt? So alt war der Schlossbesitzer doch gar nicht gewesen, na ja, schon ein wenig älter als Kendra, aber ... okay, dann hatte er also seine Frau verloren. Der Arme, kein Wunder, dass er so verbittert war. »War es ein Unfall?«

Kendra zuckte die Schultern und schaute betroffen. »Es war eine tragische Geschichte.«

»Puh, das klingt ja schrecklich.«

»Tut mir leid, ich wollte dich nicht mit Geschichten aus dem Dorf langweilen, ich gebe mal deine Bestellung in die Küche und mach dir die Cola. Da hinten winken die Leute an den beiden Tischen schon wie verrückt, die verlieren die Geduld, wenn ich denen nicht gleich die Rechnung bringe.«

Ellie wusste genau, wovon sie sprach. »Klar, kümmere dich um deine Gäste.«

»Wir können ja abends irgendwann mal ein Bier trinken, momentan hab ich echt viel Zeit. Hier ist ja sonst nichts los.« Sie zwinkerte ihr zu.

»Sehr gerne!«

Während sie aus dem Fenster sah, nahmen ihre Vorstellungen des Bootshauses immer konkretere Formen an. Sie würde die Fassade frisch streichen, das würde vermutlich genügen, morsch sah das Holz noch nicht aus. Das Dach musste man vom Moos befreien ... aber sie hatte natürlich keine Ahnung, wie es drinnen aussah.

Und so eine Küchenausstattung war schweineteuer – es sei denn, man kam irgendwo gebraucht an etwas. Aus einem alten Gasthof vielleicht ...

*Stopp!*, rief sie sich innerlich zu. *Was tust du da eigentlich?*

Sie plante ernsthaft ihre Zukunft in diesem kleinen Dorf? Es war absurd, aber momentan konnte sie sich wirklich vorstellen, hierzubleiben. Was sollte sie noch in Hamburg? Vielleicht erwiesen sich die Geldwäschevorwürfe ja als unbegründet. Sie schnitt eine Grimasse. Nein, sie spürte es, und sie hatte schon zu viel gesehen. Irgendwie glaubte sie nicht daran, dass ein normaler Betrieb im »Koperni-kus« nach so einer Sache möglich wäre, selbst wenn es irgendwann, irgendwie weitergehen würde.

Nachdem sie ihren Burger gegessen und ihre Cola getrunken hatte, verließ sie das »The Lantern« und sah sich in der Auslage des Metzgers um. Der Laden war winzig, aber wirkte top organisiert. Vermutlich konnte man in so einem Dorf keinen Mist anbieten, den schlugen einem die Einwohner garantiert sofort um die Ohren und kauften nie mehr dort ein. Sie wagte sich hinein und begutachtete das Angebot. Sie kam nicht umhin, eine Diskussion zwischen der betagten und sehr rundlichen Metzgersfrau und einem hageren, grauhaarigen Mann anzuhören, der eine Einkaufsliste in der Hand hielt.

»Es ist geradezu unmöglich, vernünftiges Personal zu bekommen«, jammerte er. Er sprach mit sehr starkem Akzent und rollendem R, zum Glück hatte sich Ellie schon an ein wenig an den hiesigen Dialekt gewöhnt, sonst hätte sie kaum ein Wort verstanden.

Die Frau hinter dem Tresen nickte. »Aye, das ist es.«

Ellie fragte sich, um welche Position es ging.

»Unser Hausmädchen ist einfach abgehauen, kann man sich das vorstellen? Das habe ich dem Herrn noch gar nicht mitgeteilt, der Arme hat gerade andere Sorgen.«

Ellie horchte auf. Dem Herrn? Meinte er vielleicht den grummeligen Schlossbesitzer? Oh! Dann war es also wirklich noch nicht lange her, dass seine Frau verstorben war?

»Ich kann dir leider auch niemanden empfehlen«, die pausbäckige Metzgerin zuckte die Achseln. »Donald, was darf es denn noch sein?«

Er seufzte. »Das Übliche, Isla denkt gar nicht daran, den Speiseplan umzustellen, nur weil sich im Haushalt etwas dramatisch verändert hat.«

»Aye, dann pack ich dir einmal Blutwurst, Kotelett und Lamm ein.«

»Ich bitte darum. Und wenn du was hörst, dann melde dich bitte. Unterkunft und Gehalt ist garantiert, und Kost natürlich auch.«

»Ist gut, Donald.« Sie tütete die Waren für ihn ein und reichte ihm seinen Einkauf über den Verkaufstresen. »Bitte.«

»Danke, Fenella.«

Ellie senkte den Blick, ihre Wangen waren heiß, weil sie die Ohren so gespitzt hatte, obwohl es sie nichts anging. Andererseits, die beiden hatten auch keine Staatsgeheimnisse ausgetauscht, und sie hatten laut vor ihr gesprochen. Sie wunderte sich selbst, warum sie die Details aus dem Leben des Schlossbesitzers so interessierten.

»Tag, was kann ich für Sie tun?«, erkundigte sich Fenella bei ihr.

»Guten Tag, können Sie mir sagen, welches Fleisch ich für einen Steak Pie brauche?«

»Das ist unterschiedlich, kommt auf das Rezept an.«

»Was nehmen Sie, wenn Sie ihn zubereiten? Sie haben ja welche zum Fertigbacken hier, wenn ich das richtig sehe.«

»Das ist richtig. Wir nehmen Rindfleisch, und zwar vom Roastbeef, dann wird es richtig zart.«

Sehr hochwertig, genau wie Ellie vermutet hatte. »Und andere?«, hakte sie dennoch nach.

»Manche nehmen Filet, und dann gibt es welche, die nehmen Gulasch. Was wollen Sie?«

»Ich hätte gerne etwas von dem Lamm. Ist das lokal?«

»Was glauben Sie denn, dass wir das Zeug aus Neuseeland einfliegen lassen?« Fenella wirkte entrüstet, was sie für Ellie sehr sympathisch machte.

»Ich bin froh, dass Sie das sagen. Dann hätte ich gern einen Lammlachs. Leider habe ich keinen Ofen, sonst würde ich den Steak Pie hier mitnehmen.«

»Ach, Sie wohnen in Kiltarff? Sie sind aber nicht von hier.«

Überraschung, wollte Ellie rufen. Stattdessen nickte sie. »Ich bin im Urlaub, auf dem Campingplatz. Ich hab nur eine kleine Flamme, also zum Steak braten reicht es. Oder Lammlachs.« Sie lächelte.

»Nur ein Stück?«

»Ja, ich bin alleine unterwegs«, beantwortete sie die indirekte Frage, und Fenella blinzelte ein paar Mal. »Das hätte es bei uns früher nicht gegeben.«

»Ist das gut oder schlecht?«

»Nun«, die stämmige Frau packte das Fleisch in Wachspapier und faltete es ordentlich. »Ich nehme an, das ist gut. Selbst ist die Frau, nicht?«

Ellie hob eine Augenbraue. »Absolut. Vielen Dank, was bekommen Sie von mir?«

Sie zahlte, nahm ihren Einkauf entgegen und verließ den Laden. Eigentlich hatte sie gar nichts kaufen wollen, sich dann aber umentschieden, weil sie nicht nur wie eine Gafferin – und Lauscherin – dastehen wollte. Sie ging ein paar Meter und entschied dann, sich das Bootshaus noch einmal anzusehen, auf dem Weg dorthin schaltete sie ihr Handy an. Es brummte ununterbrochen. Sie verdrehte die Augen, vermutlich war eine ganze Reihe der Nachrichten von Alexander.

Tatsächlich hatte sie mehrere, auch von ihrer Mutter und von Sabine. Zuerst hörte sie Sabines Sprachnachricht an.

Es gab nichts Neues, das Restaurant blieb bis auf Weiteres geschlossen.

Auch gut.

Ihre Mutter bat sie um Rückruf, sie habe von dem Skandal um das »Kopernikus« gehört und wolle außerdem fragen, wie es im Urlaub lief.

O Gott. Sie hatte ihren Eltern noch gar nichts von der Trennung erzählt. Sie würde sie gleich anrufen müssen.

Die letzte Nachricht war von Alexander, es war ein Foto. Von ihren Sachen. In Tüten und Kisten verpackt, sie standen auf der Straße! Dazu hatte er geschrieben: »Du schmeißt mich raus. Ich schmeiß dich raus. Das war's mit uns.«

Alle Luft entwich aus ihren Lungen. Dieser Mistkerl!

Die Nachricht war heute verschickt worden, wenn sie Glück hatte, war noch nicht alles weg. Sie musste ihre Mutter anrufen und sie bitten zu retten, was noch zu retten war.

Mit zittrigen Händen wählte sie ihre Nummer. »Ellie, Schätzchen, wie schön, von dir zu hören«, flötete ihre Mutter nach dem dritten Klingeln.

»Hallo Mama«, gab sie zurück.

»Wie gefällt es dir in Schottland?«

»Super, du, Mama. Ich brauche deine Hilfe!«

»Was ist los? Ist irgendwas passiert?«

»Na ja«, fing sie an. »Alexander und ich haben uns getrennt.«

»O nein! Jetzt im Urlaub? Wenn ihr euch gestritten habt ...«

»Nein, Mama, schon vorher. Pass auf, es ist wirklich dringend. Er hat mich betrogen, und er ist gar nicht erst mitgefahren.«

Dass sie ihn unterwegs auf der Autobahn rausgeworfen hatte, musste ihre Mutter gar nicht wissen.

»Nicht? Wo bist du denn jetzt?«

»In Schottland.«

»Aber sagtest du nicht gerade ...?«

»Ich bin ohne ihn gefahren, er ist nicht mitgekommen.«

»Du bist alleine unterwegs? Ist das nicht gefährlich?«

»Ach was, ich habe mit achtzehn Interrail überlebt, dann stehe ich auch das hier durch. Keine Sorge. Trotzdem habe ich ein Problem.«

»Das mit dem Kopernikus habe ich gelesen, das ist ja schlimm. Aber weißt du, Papa und ich, wir sind uns da schon lange einig, du solltest dein eigenes Restaurant aufmachen, du hast dein Talent da nur vergeudet ...« Sie holte Luft. »Wir haben das Erbe von Oma nicht angetastet, das haben wir für dich gespart. Du könntest jederzeit ...«

Ihr wurde ganz schwindelig. »Mama, nicht jetzt. Ich ... Alexander hat meine Sachen gepackt und auf die Straße geworfen. Kannst du bitte in die Pestalozzistraße fahren und einsammeln, was noch da ist?«

»Er hat was?« Ihre Stimme klang schrill.

»Ja, genau. Er hat alle meine Sachen rausgeworfen.«

»So ein Mistkerl!«

»Das dachte ich auch. Hilfst du mir?«

»Aber natürlich, ich fahre sofort los. Helmut?«, rief sie nach ihrem Mann. »Du musst mitkommen. Schatz, ich melde mich gleich, wenn wir wieder da sind.«

»Danke!«

»Dieser Blödmann hätte mich einfach anrufen können, ich hätte deine Sachen doch geholt!«, schimpfte sie, und Ellie liebte ihre Mutter dafür umso mehr. Es war großartig, wenn man sich auf seine Familie verlassen konnte.

»Er wollte, dass ich noch mehr Scherereien habe als ohnehin schon«, gab sie mit einem Seufzen von sich.

»Das zeigt nur seinen schwachen Charakter. Gut, dass du ihn los bist.«

Ellie musste über den Pragmatismus ihrer Mutter lachen. »Das sehe ich auch so.«

Es überraschte sie selbst, wie wenig sie über das Ende ihrer Beziehung trauerte. Vielleicht, weil sie in den letzten Monaten sowieso nur noch nebeneinander her gelebt hatten. Es war mindestens genauso lange her, dass sie Sex gehabt hatten. Nun war sie froh darüber, musste sie sich wenigstens keine Sorgen machen, dass sie sich irgendeine Krankheit geholt hatte, die er sich beim Sex mit der anderen eingefangen hatte ... Sie verdrehte die Augen und verdrängte die aufsteigenden Bilder in ihrem Kopf.

»Natürlich melde ich mich, bis später, Liebes.«

Ellie ließ das Telefon sinken und merkte erst jetzt, dass sie schon beim Bootshaus angekommen war. Sie stellte ihren Rucksack auf dem Boden ab und setzte sich gleich daneben auf einen großen Stein. Wurde ihr Leben eigentlich immer nur noch komplizierter?

Ihr war klar gewesen, dass sie nicht mehr mit Alexander in einer Wohnung hausen würde, nachdem sie sich getrennt hatten. Aber sie hatte geglaubt, dass sie sich in Ruhe eine neue Bleibe suchen konnte, wenn sie zurück war. Nun hatte er sie vor die Tür gesetzt, einfach so, als Rache für den Rauswurf aus dem Auto.

Unfassbar. Es war einfach unfassbar. Sie konnte nicht glauben, dass er sich die Mühe gemacht hatte, alle ihre Sachen in Kisten und Tüten zu schmeißen, um sie dann wie Müll auf der Straße abzustellen. Bücher, Fotoalben, Ordner, Ausbildungsunterlagen, alle ihre Klamotten, Schuhe, Erinnerungsstücke ...

Zum Glück hatte sie ihren Rechner mit! Der wäre sonst sicher längst weg.

Fassungslosigkeit breitete sich in ihr aus. Was sollte sie nur tun?

Im nächsten Augenblick hatte sie eine feuchte Zunge im Gesicht.

»Shit«, stieß sie aus und schob Dougie zurück. Wo kam der denn so plötzlich her? »Ich finde es ja süß, dass du mich magst, aber hör auf, mir das Gesicht abzuschlecken.« Dougie hechelte und genoss ihre Aufmerksamkeit, sie kraulte seinen Kopf.

»Sie schon wieder!«, hörte Ellie eine nicht sehr erfreute Stimme aus nicht allzu weiter Entfernung. Sie blickte zu ihm und konnte ihm nicht mal seinen grimmigen Gesichtsausdruck übel nehmen.

Jetzt, wo sie wusste, was der Arme durchgemacht hatte, konnte sie verstehen, warum er so knurrig war. »Oh, ich bin übrigens Ellie. Und Sie?«

»Mister MacGregor«, kam von ihm, was sie ein wenig irritierte. An den Nachnamen hätte sie sich eigentlich erinnern müssen, das hatte der Alte auch beim Metzger gesagt. »Haben Sie auch einen Vornamen?«

Er runzelte die Stirn. »Aber sicher.«

Ellie verzog ihre Lippen. »Versuchen wir es doch noch mal neu. Ich bin Ellie, freut mich, Sie kennenzulernen.« Sie stand auf und streckte ihm ihre Hand entgegen. Er war noch ein paar Meter von ihr entfernt und machte keine Anstalten, sie zu ergreifen.

»Und Sie sind?«, hakte sie nach.

»Mister MacGregor.«

»Gut, in Ordnung«, sie ließ die Hand sinken und nickte. »Bleiben wir förmlich.«

»Ihnen ist klar, dass Sie schon wieder auf meinem Grundstück sind?«

Sie sah sich um. »Ja, natürlich. Es ist gut, dass ich Sie treffe.«

Er schaute sie an, als ob er sie für vollkommen verrückt hielt. Sie erwartete eine Reaktion, aber er schwieg und sah sie auf eine sehr seltsam eindringliche Weise an, die ihr die Hitze in die Wangen trieb.

»Äh, ja, wo war ich?«, stammelte sie und klopfte sich den Schmutz vom Hintern ab, der Stein, auf dem sie gesessen hatte, war voller Moos gewesen, das jetzt garantiert teilweise an ihr hing. Dougie hatte das Interesse verloren, schnüffelte weiter und verschwand im Unterholz.

»Sie haben sich gefreut, mich zu sehen«, wiederholte er, immer noch irritiert.

»Stimmt. Sehen Sie, ich wollte Sie fragen, ob man das Bootshaus vielleicht, äh, mieten könnte?«

Er riss die blauen Augen auf. »Wie bitte?«

»Das Bootshaus, es wirkt vernachlässigt. Man könnte hier doch sicher ...«

»Nein!«, unterbrach er sie mit einer brüsken Handbewegung.

»Aber Sie haben noch gar nicht gehört, was ich Ihnen vorschlagen wollte«, protestierte sie und ging auf ihn zu.

Er schüttelte den Kopf. »Vergessen Sie es! Und nun sehen Sie zu, dass Sie endlich von meinem Grund und Boden verschwinden.«

Ellie schnappte nach Luft, sie wollte etwas entgegnen, ihn umstimmen, aber sein finsterer Gesichtsausdruck hielt sie davon ab. Sie starrte ihn nur wortlos an und fragte sich seltsamerweise, wie seine Züge wohl aussahen, wenn er einmal lächelte.

Er hatte kantige Wangen, ein energisches Kinn mit einem kleinen Grübchen und für einen Mann sehr volle Lippen. Die Augenbrauen waren ebenso dunkel wie seine Ausstrahlung. Sein Haar war zu lang, aber sah trotzdem irgendwie korrekt aus, obwohl man keine eindeutige Linie erkennen konnte. Das Faszinierendste an ihm waren die Augen, die von einem so reinen, kräftigen Blau waren, dass es ihr den

Atem verschlug. Sie waren so tief und schillernd, dass sie sich unweigerlich fragte, was wohl in ihm vorgehen mochte. Den Schmerz, die Einsamkeit, sie hatte sie schon beim ersten Mal hier am Loch Ness darin entdeckt, aber da war noch etwas anderes, das sie innehalten ließ.

»Sind Sie taub?«, stieß er hervor, und seine kräftigen Kiefer mahlten.

»W-wie bitte?«

»Sie sollen endlich verschwinden. Wenn ich Sie hier das nächste Mal sehe, rufe ich die Polizei.«

Ellie kniff die Augen zusammen. Ja, sicher, er trauerte, aber das gab ihm doch noch lange nicht das Recht, sie so anzufahren. Sie war höflich gewesen, hatte nur eine Frage gestellt. »Ja, ich gehe«, gab sie zurück und straffte sich. Sie reckte ihr Kinn noch ein Stück nach vorne. »Trotzdem muss ich sagen, dass Sie für so einen vornehmen Kerl ziemlich ruppig und grundlos unfreundlich zu mir sind. Ich habe Ihnen eine höfliche Frage gestellt, was, zur Hölle, gibt Ihnen das Recht, mich so gemein zu behandeln? Schon mal auf die Idee gekommen, dass Sie nicht der Einzige sind, der Probleme hat. Hm? Nein, vermutlich nicht, Herr Ich-bin-mit-dem-goldenen-Löffel-im-Mund-geboren!«

Sie funkelte ihn an und spürte, wie heftig ihr Herz klopfte.

Ellie war zu weit gegangen, ihr Mund war mal wieder schneller als ihr Hirn gewesen. Verdammt, dass ihr das ausgerechnet heute passieren musste! Trotzdem tat es ihr irgendwie nicht leid, sie hatte genug davon, sich anpflaumen und betrügen zu lassen. Sie rechnete mit einem weiteren Donnerwetter seinerseits, stattdessen bogen sich seine Mundwinkel ein Stück weit nach oben.

O Gott.

Er lächelte.

Ihr wurde ganz anders. Wer hatte den Sauerstoff abgestellt?

Ihre Knie fühlten sich an, als wären sie weich gekochte Spaghetti. Sie konnten jede Sekunde unter ihr nachgeben.

»Sie haben recht. Entschuldigung«, sagte er schließlich, und seine tiefe Stimme klang mit einem Mal ganz anders, samtiger und ein bisschen rau. Er ging ihr unter die Haut. Wie es wohl wäre, wenn er ihr etwas ins Ohr flüsterte? Ellie schnappte nach Luft. Was dachte sie denn da?

Himmel, nein! Sie wollte garantiert nicht, dass irgendein verwitweter Schlossbesitzer ihr schmutzige Sachen zuraunte. Alles, aber nicht das!

Sie wollte das Bootshaus, um daraus ein Restaurant zu machen.

Ja, das musste sie leider zugeben. Mit jeder Sekunde, seit diese Idee in ihrem Kopf aufgetaucht war, wollte sie es mehr.

»Schon in Ordnung.« Leider klang ihre Stimme alles andere als selbstsicher.

»Ich wollte Sie nicht so anfahren«, sagte er dann auch noch, und sie spürte wieder diesen seltsamen forschenden Blick auf sich.

Sie seufzte. »Ich verschwinde dann mal besser.«

Sie wollte gerade gehen, da fasste sie sich noch einmal ein Herz. »Und Sie sind sicher, dass man das Bootshaus nicht mieten kann?«

Er hob eine Augenbraue, das Lächeln war verschwunden. »Ich dachte, ich hätte mich klar ausgedrückt.«

»Ja, das haben Sie. Entschuldigung.« Wenn sie ihm doch nur ihre Idee erklären könnte, vielleicht wäre er dann zu überzeugen.

»Das Einzige, was man mit diesem verdammten Bootshaus machen sollte, wäre, es abzureißen«, murmelte er abwesend.

Ellie wollte etwas erwidern, ihm sagen, was sie vorhatte, dann begriff sie, dass sie nicht in der Position war, überhaupt etwas von ihrer hirnrissigen Idee zu erzählen.

Sie musste sich erst einmal darüber klar werden, ob sie tatsächlich in der Lage war, ein solches Projekt zu realisieren – selbst wenn ihre Eltern das Geld für sie teilweise bereitstellen würden.

Er trat einen Schritt zurück und brummte, dann fuhr er sich mit der Hand durch die Haare. »Von mir aus können Sie im Park spazieren gehen, aber lassen Sie diese verfluchte Baracke in Ruhe.«

Sie machte große Augen. Hatte er das wirklich gesagt?

»Wie lange bleiben Sie überhaupt noch in Kiltarff?«

Ihre Mundwinkel bogen sich nach oben. »Vierzehn Tage waren geplant, ich bin jetzt fast eine Woche hier ... bleiben demnach noch sieben Tage, dann sind Sie mich los.«

Er schwieg einen Atemzug lang. »Na schön. Spazierengehen, nicht schnüffeln, haben Sie mich verstanden?«

»Klar.« Sie grinste. »Danke!« Sie streckte ihm noch einmal ihre Hand hin, und zu ihrem Erstaunen ergriff er sie. »Kenneth«, sagte er, und in dem Moment, in dem sich ihre Finger berührten, hörte die Welt für eine Sekunde auf, sich zu drehen. Ihre Blicke verhakten sich ineinander, ihr Herz begann aufs Neue zu rasen, und das Atmen fiel ihr schwer. Seine Haut war warm, trocken und viel seidiger, als sie es von einer starken Hand wie seiner erwartet hätte.

Hastig zog sie ihre zurück, und versuchte, sich die Verwirrung nicht anmerken zu lassen. »Ja, dann, äh, will ich Sie mal nicht länger stören.«

Ellie schnappte sich ihren Rucksack und hastete davon. Sie spürte seinen Blick noch lange im Rücken.

# Kapitel 5

Ellie war erleichtert, dass ihre Eltern die meisten ihrer Sachen von der Straße hatten retten können. Lediglich eine Kiste mit Büchern und Klamotten war verschwunden, das konnte sie verschmerzen. »Ich bin so froh, dass ihr gleich losgefahren seid«, sagte sie ins Telefon.

»Aber sicher doch. Alexander war übrigens nicht zu Hause, den wollte ich nämlich zur Rede stellen. Ich hoffe, du hast deinen Anteil der Miete nicht überwiesen, wenn doch, solltest du das Geld dringend zurückfordern.«

»Dauerauftrag«, gab sie zerknirscht zurück. »Guter Punkt, den muss ich ändern.«

»Kannst du das denn aus Schottland?«

»Klar, Internet gibt es sogar in den Highlands.« Sie verkniff sich ein Schmunzeln.

»Ist das denn sicher?«

»Ich kann auch bei meiner Bank anrufen.«

»Ja, mach das lieber.«

»Das werde ich.«

»Hast du mal über meinen Vorschlag nachgedacht? Mit dem eigenen Restaurant, meine ich.«

Ellie kratzte sich am Kopf, wenn ihre Mutter wüsste, wie sehr sie tatsächlich gerade daran dachte. »Ähm. Ja, ich weiß nicht«, wich sie aus. »Über welche Summe sprechen wir überhaupt?«

»Vierzigtausend Euro.«

Sie japste nach Luft. »So viel?«

»Für ein eigenes Restaurant ist das leider nur ein Tropfen auf dem heißen Stein. So eine Einrichtung ist doch bestimmt teuer?«

»Es kommt ganz darauf an, wie man es anstellt«, sagte Ellie und hatte schon die tollsten Bilder vom Bootshaus im Kopf. Es sollte alles sehr klar und rustikal gehalten werden. Etwas anderes passte hier auch nicht hin. Trotzdem, man musste so viele Dinge vorfinanzieren: Küche, Möbel, Farbe, Materialien, Lebensmittel, Personal ...

»Du denkst also ernsthaft drüber nach?«, fragte ihre Mutter.

»Vielleicht wäre das eine Möglichkeit, ja.« Tatsächlich drehten sich die Gedanken immer schneller weiter. Vierzigtausend Euro! Damit würde sie eine ganze Menge bewirken können.

»Das wäre wundervoll. Letztens habe ich gesehen, dass bei uns in der Rosenstraße ein Lokal zu verpachten ist, nicht groß, du kennst es vielleicht noch, das Sabacca. War mal ein Italiener drin, aber der ist eingegangen.«

Natürlich hatte ihre Mutter keinen Schimmer, dass Ellie überlegte, hier in den Highlands neu anzufangen. Es war auch verrückt. Unvernünftig. Zum Scheitern verurteilt.

Trotzdem schlug ihr Herz höher, wenn sie davon träumte. Doof nur, dass der Besitzer so gar kein Interesse an einem Gespräch mit ihr hatte. Vielleicht würde er anders denken, wenn er wüsste, dass sie eine sehr gute Köchin mit Erfahrung war?

»Ellie?«

»Äh, was, Mama? Sorry, ich war gerade abgelenkt. Was hast du gesagt?«

»Das kann ich gut verstehen, ist ja auch alles gerade ein bisschen viel, nicht?«

»O ja.«

»Dann genieß noch die paar freien Tage, und wir reden drüber, wenn du wieder zu Hause bist. In Ordnung? Du kommst doch erst mal zu uns, oder? Dein Zimmer ist noch, wie es war ...«

Ach du meine Güte. Nein, das ging auf keinen Fall. Sie liebte ihre Eltern, aber ein wenig Abstand war dringend nötig, damit sie sich nicht gegenseitig die Köpfe einschlugen. Ihre Mutter hatte die Angewohnheit, sich überall einzumischen. Alleine, dass sie schon mit einem Vorschlag für ein Lokal angekommen war, zeigte deutlich, dass sich diesbezüglich nie etwas ändern würde.

Nein, sie konnte unmöglich wieder bei ihren Eltern einziehen. Sie würde gleich mal im Internet nach Wohnungen suchen. Zur Not musste für den Übergang eben ein Zimmer in einer WG herhalten.

»Dann bis bald, Mama«, sagte sie und wartete gar nicht auf eine Antwort, sondern drückte sie weg.

Ellie atmete hörbar aus und schnappte sich ihren Rucksack. Sie ging nicht zum »The Lantern«, sondern zum Buchladen auf der anderen Seite des Kanals. Dort gab es WLAN, vier kleine Tische und man konnte in Ruhe Kaffee trinken und Mails lesen – oder nach Wohnungen suchen.

Gott, wieso war ihr Leben eigentlich so kompliziert geworden?

Eine halbe Stunde später war sie sich sicher, dass sie ihr Zelt auch in Hamburg benötigen würde. Der Wohnungsmarkt war leer gefegt. Es gab nicht mal eine Mausefalle, die erschwinglich war.

»Mist«, stieß sie hervor und trank einen Schluck von ihrem nur noch lauwarmen Milchkaffee.

*Du kannst immer noch das Bootshaus kriegen*, sagte ein Stimmchen in ihrem Kopf.

Aber wie?

Dass der Eigentümer resolut und deutlich klargemacht hatte, dass nie jemand diese Hütte anrühren dürfte, hatte sie auch nicht vergessen. Aber was, wenn wie es ihm erklärte? Sie könnte für ihn kochen ...

Ja, klar. Sie verzog das Gesicht. Weil er ein so umgänglicher Typ war, der direkt Ja sagen würde. »Sicher, Ellie, komm in meine Küche, fühl dich wie zu Hause ...«

Wohl kaum.

Sie runzelte die Stirn und grübelte und stürzte sich auf ihr neustes Lieblingshirngespinst, um sich vom Desaster ihres Lebens abzulenken. Weil in Kiltarff auch nicht allzu viel los war – das redete sie sich zumindest ein.

Wie kam sie nur an den verschlossenen Witwer ran? Sie konnte ihren Kram packen und ihm wieder in seinem Garten auflauern. Dass diese Methode garantiert nicht von Erfolg gekrönt sein würde, war sicher. Aber was konnte sie dann tun?

Sie schaute aus dem Fenster und entdeckte einen hageren Mann, der mit zwei Tüten aus dem Metzgersladen kam. Sie erinnerte sich an ihn, er arbeitete im Schloss und hatte gejammert, dass er dringend Unterstützung brauchte.

Sie hatte gerade keine Verpflichtungen, sie stand ohne Job da, ohne Wohnung, und ein bisschen mehr Abstand zu Hamburg und zu Alexander würde ihr auf jeden Fall guttun. Den Campingplatz hatte sie auch satt. Warum also nicht dort im Schloss arbeiten? Andere Leute buchten extra Work-&-Travel-Arrangements, um Land und Leute unmittelbarer kennenzulernen. Und so ein Aufenthalt in einem echten schottischen Schloss, das hatte doch was. Ja, das wäre eine Möglichkeit, ihren Urlaub zu verlängern, und nicht alle finanziellen Polster, die sie sich mühsam angespart hatte, aufzubrauchen. Hatte er nicht gesagt, sie suchten ein Hausmädchen?

Ihre Handflächen wurden feucht. War sie wirklich drauf und dran, sich in ein Schloss einzuschleusen, um sich an den Hausherrn ranzumachen?

Nicht in dem Sinne natürlich.

Auf keinen Fall in diesem Sinne!

Ellie schloss für einen Moment die Augen und versuchte, das Bild vom sie anlächelnden Kenneth aus ihrem Kopf zu bekommen ...

Stopp!

Sie hob eine Hand, dann begriff sie, dass sie nicht alleine war und die Leute anfingen, sie anzustarren. Sie lächelte und murmelte. »Alles okay, alles okay, ich bin nicht verrückt.«

Na ja. Vielleicht war sie ein bisschen verrückt. Ein bisschen viel sogar.

Sie zahlte ihren Kaffee, raffte ihre Sachen zusammen und ging in den Metzgersladen. Fenella stand hinter dem Tresen und parierte Rindfleisch.

»Tag«, grüßte Ellie.

»Guten Tag. Na, wie hat das Lamm geschmeckt?«

Ah! Sie erinnerte sich an sie, sehr gut.

»Wundervoll. Sagen Sie, der Mann, der eben hier im Laden war ...«

»Was wollen Sie? Glauben Sie vielleicht, ich bin eine Klatschbase?«

»Nein, natürlich nicht. Ich meine nur, als ich das letzte Mal hier war, habe ich mitbekommen – ja, das war leider nicht zu verhindern, weil ich gewartet habe, dass ich an die Reihe kam, und, na ja – da habe ich also gestanden und gewartet und zufällig mit angehört ...«

»Mädchen«, unterbrach die rundliche Frau sie mit einer energischen Handbewegung. »Haben Sie nicht gelernt, wo Komma und Punkt hingehören? Ich komme ja gar nicht mehr mit. Was wollen Sie eigentlich?«

74

Ellie atmete tief durch, schloss für eine Sekunde die Augen, sah die Verkäuferin dann direkt an. »Ich suche einen Job, und ich habe gehört, dass im Schloss einer frei ist.«

»Sie wollen drüben im Schloss arbeiten?«

»Ja, wieso nicht? Kost und Logis wären frei, und ich habe zwei gesunde Hände, bin nicht vorbestraft und ...«

»Halt, warten Sie. Ich bin nicht die Ansprechpartnerin. Melden Sie sich bei Donald Cumming.«

»Und, äh, wie komme ich da hin?«

»Kiltarff Castle werden Sie wohl schon entdeckt haben.« Fenella grinste breit.

»Ja, das schon. Aber ... wo ist der, äh, Dienstboteneingang? So was haben die doch sicher. Ich will ja nicht den Hausherrn stören ...«

Dem wollte sie erst einmal so was von überhaupt nicht begegnen!

»Aye, das meinen Sie. Ja, natürlich. Sie gehen also hinten an der Kapelle vorbei, dort ist auch der Hintereingang. Dort klingeln Sie und sagen, was Sie wollen.«

Ihr war jetzt schon schlecht.

»Danke.«

»Wollen Sie auch noch was kaufen?«

»Heute nicht, Fenella. Tut mir leid.«

»Dachte ich mir schon.«

»Sorry.«

Sie winkte ab. »Schon okay. Viel Glück.«

Ihr war übel, und ihr wurde noch unwohler, als sie wenig später vor der Tür stand und klingelte. Vögel zwitscherten, Sonnenstrahlen wärmten ihren Rücken. Auf dem Rasen hoppelten unzählige Kaninchen umher, die schienen eine echte Landplage zu sein.

Nach einer gefühlten Ewigkeit riss jemand die Tür auf. »Ja, bitte?«

Es war der Mann, Donald, der Herr, den sie von der Metzgerei kannte. Sehr gut, gleichzeitig rutschte ihr das Herz in die Hose.

Er wirkte uralt, sein Gesicht war faltig, die grauen Augen wässrig. »Guten Tag, ich habe gehört, dass Sie ein Hausmädchen suchen.«

Er hob eine Augenbraue. »Und wie kommen Sie darauf, dass Sie qualifiziert dafür sind? Haben Sie Referenzen?«

Dafür, dass er vor ein paar Tagen wirklich verzweifelt geklungen hatte, benahm er sich jetzt ziemlich von oben herab. Vielleicht gehörte dieses Gehabe zu seinem Job? Ellie hatte keine Ahnung, ihr Wissen über Butler der Oberklasse beschränkten sich auf das aus Büchern und Filmen.

»Äh, na ja. Putzen kann ich super. Ich bin darin sehr erfahren.« Okay, das stimmte nicht ganz, sie schluckte und hoffte, dass er nicht bemerkte, wie ihr der Schweiß ausbrach. »Bin ein Ass im Abstauben.« Sie lächelte gezwungen.

Donald neigte den Kopf ein wenig. »Sie sind nicht von hier«, stellte er fest.

Sie hatte keine Ahnung, was in ihm vorging, es konnte sein, dass er sie gleich vom Grundstück jagte – oder, dass er sie hereinbat. Die Ahnungslosigkeit machte sie fast wahnsinnig.

»Nein«, gab sie zurück. »Ich bin nicht von hier.«

»Dann laufen Sie sicher nach ein paar Wochen wieder weg, wie die Letzte. Nein, danke.«

Er wollte ihr gerade die Tür vor der Nase zuschlagen, aber sie hielt den Fuß dazwischen und schob sie wieder auf. »Bitte! Ich bin wirklich zuverlässig. Ehrlich.«

Donald zögerte, und Ellie wusste, dass er dringend jemanden brauchte. »Es gibt hier keine Extra-Zulagen oder so neumodischen Quatsch«, brummte er schließlich.

»Was zahlen Sie?«

76

»Zweihundertfünfzig Pfund die Woche, Essen ist frei.«

Ihr Mut sank. O Gott, sie würde sich den Rücken und die Hände für so ein mickriges Gehalt ruinieren?

»Hatten Sie nicht auch was von einem Zimmer gesagt?«, erkundigte sie sich.

Seine Lippen wurden schmal. »Wir sind kein Hotel.«

Sie wollte beinahe auflachen. »Äh, also Fenella war sich ganz sicher, dass die Unterkunft inbegriffen sein würde.«

Er seufzte. »Na schön. Ein Zimmer hätten wir.«

Eins? Vermutlich standen in diesem Kasten an die dreißig Räume leer! Sie biss sich auf die Innenseite ihrer Wange, damit sie nichts Dummes sagte und sich so die Chance nahm, doch noch an den Hausherrn ranzukommen.

Wie sie es schaffen sollte, ihn dann umzustimmen, wusste sie auch nicht. Aber ein Schritt nach dem anderen.

Wenn sie den Job bekam, hätte wenigstens das Elend im Zelt ein Ende, und sie hatte noch ein wenig Zeit, ehe sie nach Hamburg zurückmusste. Ihr war klar, dass die Chancen, aus dem Bootshaus ein gut gehendes Restaurant zu machen, gering waren. Aber sie wollte sich am Ende des Lebens nicht eingestehen müssen, dass sie es nicht wenigstens versucht hatte. Es gab nichts Schlimmeres als verpasste Chancen und das Bedauern, sie nicht genutzt zu haben. Sie würde nicht gehen, ohne alles gegeben zu haben. Der Gedanke baute sie auf, sie straffte ihren Rücken.

»Wundervoll«, antwortete sie mit einem freundlichen Lächeln. »Ich bin Ellie Richter.« Sie streckte ihm die Hand hin.

Sie tauschen einen kurzen Händedruck aus. »Wann kann ich anfangen? Ich könnte in einer Stunde mit meinen Sachen hier sein. Gibt es auch so was wie einen Parkplatz? Ich bin mit dem Auto hier.«

»Sind Sie auch ganz sicher keine Klatschreporterin, die sich hier austoben will?«

Klatschreporterin? Sie begriff nicht ganz, worauf er hinauswollte.

»Ich? Natürlich nicht.«

Er beäugte sie noch einmal skeptisch. »Sicher?«

»Mr Cumming, ich schwöre Ihnen, ich habe viele Talente, aber Fotografieren und Artikelschreiben gehören nicht dazu.«

»Na gut. Dann holen Sie Ihren Kram und kommen Sie her.«

Jetzt knallte er ihr doch die Tür vor der Nase zu. Im nächsten Moment ging sie noch einmal auf. »Und dann melden Sie sich bei Isla MacMillan, sie ist die Köchin und zeigt Ihnen, wo alles zu finden ist, ich muss nachher noch mal weg.«

»Verstanden. Vielen Dank, Sir.«

Er machte sich nicht die Mühe zu antworten.

»Auch gut«, murmelte sie.

Sie hatte es geschafft, es war zwar nur der erste Schritt, aber immerhin!

Etwas später war sie wieder zurück, es hatte länger gedauert, weil sie noch mit dem Zelt hatte kämpfen müssen. Aber sie hatte gewonnen, der ganze Kram war jetzt in ihrem kleinen Golf verstaut und die Zeit in einem klammen Schlafsack war damit beendet, jetzt stand sie vor der Tür des Schlosses und klingelte. Ihr Herz schlug kräftig gegen ihre Rippen, sie war zwar nicht als Hochstaplerin unterwegs, ganz ehrlich war sie aber auch nicht gewesen. Zuerst musste sie die Köchin überzeugen, dass sie sie an ihre Kochtöpfe ließ. Isla MacMillan, was für ein schöner Name. Bestimmt war die Frau nett!

In dieser Sekunde ging die Tür auf, und Ellies Mund klappte auf.

»Ja, bitte?«, sagte eine Frau zu ihr, die so hoch wie breit

war. Sie hatte ihre grauen Haare zu einem unordentlichen Knoten gebunden. Über dem wogenden Busen spannte eine grüne Kittelschürze.

»Äh, guten Tag, ich bin Ellie Richter ... das neue Hausmädchen. Sind Sie Isla MacMillan?«

Ellie hatte sich eine hübsche, sanfte Frau mit kornblumenblauen Augen und Sommersprossen vorgestellt. Stattdessen stand der Inbegriff der schlechten Laune vor ihr. Die Augen waren zu Schlitzen verengt, der verkniffene Mund der älteren Frau zeugte davon, dass sie nicht wusste, wie man lachte – oder es verlernt hatte. Sie ahnte, dass die Frau ihr vermutlich nicht kampflos Zugang zu ihrer Küche gewähren würde ...

»Was haben Sie denn gedacht?«, brummte sie. »Kommen Sie mit.«

»Natürlich.« Ellie schnappte sich ihr Gepäck und folgte Isla, deren schwere Schritte über den knarzenden, mit ausgetretenem Teppich ausgelegten Boden schlurften. Verblichene Tapeten klebten an den Wänden, hier und da hingen Bilder, aber Ellie hatte keine Zeit, sich näher umzusehen. Sie fühlte sich wie in einem Museum. In einem schlecht instand gehaltenen Museum.

»Hier ist das Zimmer.« Isla drückte die Klinke einer schweren Eichenholztür nach unten. Sie öffnete sich mit einem lauten Knarren. Ihr schlug der Geruch abgestandener Luft entgegen, Ellie unterdrückte ein Husten. Und dann entdeckte sie das zerwühlte Bett.

»Hier soll ich schlafen?«, rief sie, ohne groß darüber nachzudenken. »Das ist ja benutzt.«

Isla stieß einen Laut aus, der einem Grunzen am nächsten kam. »Herzchen, Sie sind das Hausmädchen. Glauben Sie, jemand macht Ihnen das Bett?«

»Verstehe«, gab sie höflich zurück und erinnerte sich selbst daran, dass die Tätigkeit nur das Mittel zum Zweck war, um dem Hausherrn klarzumachen, dass man hier im Ort dringend ein Restaurant wie das Bootshaus brauchte.

Gott, war sie denn völlig verrückt geworden? In ihrem Kopf hatte ihr Traum schon solche Formen angenommen, dass es sich für sie echt anfühlte. Vielleicht war die sauerstoffreiche Luft der Highlands doch zu viel für sie ...

»Stellen Sie Ihre Sachen ab und kommen Sie mit.«

»Mitkommen?«

»Dachten Sie vielleicht, Sie sind zum Urlaub hier? Es wartet Arbeit auf Sie.«

Ellie atmete hörbar aus. »Ich soll gleich anfangen?«

»Es wäre gut, wenn Sie die Zeit nicht mit Quatschen vergeuden würden.« Dann setzte sie ihren fülligen Körper in Bewegung und ließ Ellie sprachlos zurück. Sie blinzelte ein paarmal, dann stellte sie ihre Sachen ab und lief der Köchin hinterher.

Sie war sich sicher, dass sie sich in diesen Gängen ständig verirren würde. »Gehen wir jetzt alles zusammen durch?«

»Ich zeige Ihnen die Haupträume, den Rest übernimmt Donald morgen.«

»Die Haupträume.«

»Ja, oder sind Sie vielleicht taub?«

Ellie hob eine Augenbraue. Mein Gott, warum war die Frau nur so unfreundlich zu ihr? Sie nahm sich vor, es nicht persönlich zu nehmen und sie durch Leistung zu überzeugen. Gleichzeitig fand sie es wahnsinnig spannend, das Schloss zu inspizieren, das hier war keine Kulisse, kein Museum und vor allem, es war nicht für die Öffentlichkeit zugänglich. Sie stand in einem echten, schottischen Schloss – mit einem grummeligen Besitzer.

Anscheinend machten einem diese dicken Mauern hier schlechte Laune, alle, die sie bisher kennengelernt hatte, waren irgendwie grantig. Hoffentlich würde das nicht auf sie abfärben.

80

Isla stieß eine weitere Tür auf. »Hier finden Sie alles, was Sie brauchen.«

Ellie entdeckte einen alten Industriestaubsauger, Wischer und Eimer, Staubwedel und ein paar Putzmittelchen. Das war alles? Außerdem gab es Industriewaschmaschine und Trockner – immerhin. »Wäsche, wo finde ich die? Also, Bettwäsche und Handtücher.«

Isla deutete auf eine Schrankwand. »Schrank eins ist für die Herrschaften, Schrank zwei ist für das Personal. Bringen Sie das niemals durcheinander.«

»Selbstverständlich.«

Wortlos ging die Reise über den dicken Teppich weiter, Stufen führten nach oben, und es wurde zwar nicht heller, dafür aber prunkvoller. Sie gingen durch eine Tapetentür und befanden sich nun in einem gelben Salon, der äußerst weiblich wirkte. Blumige Sofas standen in der Mitte des Raums vor einem übergroßen Kamin mit Säulen rechts und links und einem Marmorsims, auf dem ein paar Bilder standen, die sie aus der Entfernung nicht gut erkennen konnte. Schwere Brokatvorhänge hingen von hohen Decken, bodentiefe Fenster führten in den Garten hinaus. Von hier aus hatte man einen atemberaubenden Blick auf den Loch Ness.

»Wenn Sie genug geglotzt haben, können wir dann weitermachen?«

Ellie verkniff sich einen Kommentar. »Natürlich.«

»Hier geht's lang.« Isla schlurfte schweren Schrittes durch den Salon, über teure Perser, durch einen Gang – das Gebäude schien nur aus Gängen zu bestehen – in einen weiteren Salon, der mit seinen vertäfelten Wänden, dem roten Teppich und den schweren, braunen Ledermöbeln sehr maskulin wirkte. In der Ecke vor den Fenstern stand ein glänzender Flügel, allerdings konnte man schon von Weitem erkennen, dass er von einer dicken Staubschicht überzogen war. Im Kamin lag Asche, sogar einige

81

Spinnweben baumelten von der Decke. Ellie schluckte. Das hier war mehr als ein Vollzeitjob.

»Und weiter geht's«, sagte Isla. Durch diesen Salon gelangte man in einen weiteren. Drei mit Teppich ausgelegte Stufen führten in eine Bibliothek, die Ellie sprachlos machte. So viele Bücher auf einmal hatte sie in ihrem ganzen Leben noch nicht gesehen. Alle Wände waren von oben bis unten – und die Deckenhöhe in dem Raum betrug ganz sicher an die zehn Meter – mit Bücherregalen bestückt. Ledereinbände mit goldenen Lettern noch und noch.

Ellie schluckte. »Ach du liebe Zeit.«

»Sie sollen die Bücher ja nicht lesen«, kommentierte Isla. »Weiter geht's.«

Ellie fürchtete sich vor noch mehr Räumen, trotzdem folgte sie der Köchin. Wieder ging es durch eine schwere Eichentür in ein etwas kleineres Zimmer, das einen runden Erker hatte. Davor stand ein dunkler Mahagonischreibtisch, auf dem sich unzählige Papiere stapelten. Die Post hatte wohl länger schon niemand mehr geöffnet, das war das Erste, was ihr auffiel. Eine Grünpflanze in einem hellen Topf warf alle Blätter von sich. Der Raum war ein Anblick des Grauens, es roch – wie im ganzen Haus – nach Staub und Vergangenheit. Eigentlich störte sie so was nicht, aber irgendwie hing noch mehr in der Luft, etwas Bedrückendes, Schweres, das sich auf ihre Brust legte. Selbst wenn sie nicht wüsste, dass es kürzlich einen Todesfall in der Familie gegeben hatte, würde sie spätestens jetzt merken, dass hier etwas ganz und gar nicht stimmte.

Das Schloss wirkte mit all seinen prachtvollen Möbeln, Gemälden, Teppichen und silbernen Leuchtern wie ein Luxusgefängnis, in dem niemand leben wollte. Ellie schluckte. Kein Wunder, dass alle so mies drauf waren.

»Jetzt fehlen noch die Privaträume des Earls.«

Wo Kenneth wohl gerade steckte?

82

»Sicher.« Was war das hier, wenn nicht privat? Öffentliche Empfangssalons? Unbehagen machte sich in ihr breit. Vielleicht war es doch keine so gute Idee gewesen, diesen Posten anzunehmen, das war für einen Menschen allein doch gar nicht zu schaffen … Hatte man früher in solchen Häusern nicht unzählige Dienstboten beschäftigt, und nun sollte sie das alles allein bewältigen? Kein Wunder, dass das vorige Hausmädchen davongelaufen war.

Isla war schon weitergegangen, Ellie blieb nichts anderes übrig, als ihr zu folgen, wenn sie sich nicht verlaufen wollte.

Sie gingen durch all die schon besichtigten Räume zurück und dann eine Treppe nach oben. »Gibt es hier noch mehr Geheimgänge?«

Isla schnaubte. »Geheimgänge gibt es hier gar nicht.«

»Sie wissen schon, was ich meine.«

Die Köchin ging gar nicht weiter darauf ein, während sie sicher an die fünfundzwanzig Stufen einer Holztreppe, die – wie sollte es auch anders sein? – mit Teppich ausgelegt war, nach oben gingen. »Nach rechts geht es in den Raven-Wing. Hier entlang kommen wir zu den Privaträumen.«

Ellie ging hinter Isla her und fragte sich, was wohl im Raven-Wing zu finden war, traute sich aber nicht, zu fragen.

Die Tapeten in diesem Bereich waren nicht so schäbig wie im Dienstbotentrakt, aber wirkten sehr aus der Mode, der Boden knarzte auch hier unter jedem Schritt. Die Wände waren bis zur Hälfte mit dunkler Eiche vertäfelt, eine Ahnengalerie schmückte den endlosen Gang. Düstere, wenig ansprechende Ölgemälde verströmten die Aura einer langen Vergangenheit. Ellie hatte nie darüber nachgedacht, aber nun war sie froh, aus einer ganz normalen Familie zu stammen. Es war sicher kein Leichtes, mit so viel Tradition und den Verpflichtungen, die daraus erwuchsen, umzugehen.

»Hier ist der Master Bedroom«, sagte Isla und stieß die Tür auf. Muffiger Geruch schlug ihnen entgegen.

Ellie hustete. »Hier schläft jemand?«

»Nein, momentan nicht, seit dem Todesfall nicht. Der Earl zieht es vor, im Eckzimmer zu nächtigen.«

Das konnte Ellie verstehen. Wenn seine Frau hier gestorben war, würde er in diesem Raum sicher keine Ruhe finden. Die Vorhänge waren zugezogen, aber selbst im schwachen Licht konnte Ellie erkennen, dass die Dinger vermutlich älter waren als sie. Das breite Himmelbett war mit einem Überwurf aus dunklem Samt überzogen. Es sah aus wie ein Grab.

Eine Gänsehaut überkam sie unweigerlich. Wie schrecklich. Hier musste dringend etwas getan werden.

Aber stand es ihr überhaupt zu, Dinge wegzuwerfen und zu erneuern?

»Badezimmer?«, fragte Ellie stattdessen knapp.

»Gibt es zu jedem Raum, der frühere Earl hat das so einrichten lassen.«

»Na, immerhin.«

Isla warf ihr einen Blick zu, der sie zum Schweigen brachte. Im nächsten Moment ging eine Tür auf und schwere Schritte kamen über den Flur auf sie zu. Ellie ahnte, wer das war. Ihre Hände wurden feucht, sie straffte sich. Kenneth wirkte abwesend, er telefonierte, und seine Miene glich einer dunklen Gewitterwolke. Er nickte Isla zu und nahm von Ellie keinerlei Notiz.

Eigentlich hätte sie erleichtert aufatmen müssen, aber irgendwie störte sie seine aristokratische Überheblichkeit seinen Angestellten gegenüber.

»Na super«, murmelte sie.

»Was war das?«, zischte Isla.

»Nichts«, beeilte sie sich zu sagen.

»Ist auch besser so.« Isla ging weiter und zeigte ihr die

restlichen Zimmer. Keines wirkte einladend, und sie fragte sich, wer all diese Räume brauchte. Selbst für eine Familie mit zehn Kindern wäre das Haus noch zu groß. Nicht Haus, Schloss, korrigierte sie sich – und sie hatte noch nicht mal alles gesehen. Es war absurd und fühlte sich unwirklich an.

Endlich erreichten sie das Eckzimmer, das sich, wenn sie sich richtig orientierte, über dem Arbeitszimmer befand. Die Aussicht war jedenfalls die gleiche – wobei man von diesem Flügel aus wohl aus jedem Raum sehr schön auf den Loch Ness schauen konnte. In diesem Zimmer war offensichtlich kürzlich gelüftet worden. Ellie nahm dennoch den zarten Hauch eines herben Rasierwassers wahr, das Bett war nicht gemacht, die Laken zerwühlt, und eine ganze Reihe von Kopfkissen lag auf und neben dem breiten Bett mit dicken, verzierten Pfosten. Kein Schnickschnack, keine schweren Vorhänge. Eine helle Tür verband den Raum mit dem angrenzenden Badezimmer. Eine weitere, mit Tapete verkleidete, konnte sie ausmachen. »Wo führt diese Tür hin?«, erkundigte sie sich.

»Das werden wir gleich feststellen«, sagte Isla und ging voraus. »Das war es fürs Erste. Wenn Sie mit den Räumen durch sind, können Sie auch mit den anderen Flügeln weitermachen.«

Das war nicht ihr Ernst! »Das soll ich alles alleine machen?«

»Das kriegen Sie schon hin. Sie sind jung, und im Grunde ist hier ja alles in Ordnung.«

»O Gott«, mehr brachte sie nicht hervor. »Aber hoffentlich nicht mehr heute.«

»Heute fangen Sie mit dem Zimmer des Earls an, Bettwäsche wechseln, Badezimmer sauber machen, Staub wischen, das Übliche eben.«

»Wer wäscht seine Kleidung?«

»Stellen Sie mir diese Frage ernsthaft? Im Badezimmer

ist ein Korb, bislang habe ich das übernommen, aber da Sie ja nun da sind ...«

»Auch bügeln?«

»Sagen Sie mal, in welchem Haushalt haben Sie vorher gearbeitet, dass Sie so offenkundig keine Ahnung haben?«

Ellie schwieg, dann sagte sie: »Ich möchte nur sichergehen, dass ich alles richtig mache.«

Isla bedachte sie mit einem abschätzigen Blick. »Dann fangen Sie mal an, ich werde jetzt beginnen, das Abendessen zu richten.«

»Ich bin mir nicht sicher, ob ich den Weg finden werde ...«

Isla atmete rasselnd aus. »Dachte ich mir irgendwie, dann kommen Sie mit mir, hier entlang. Von der Küche aus ist es ganz leicht.«

## Kapitel 6

*E*s war mitten in der Nacht, als Kenneth in London eintraf. Seltsamerweise stellte sich nicht das erhoffte Gefühl der Erleichterung bei ihm ein, als er die Tür zu seiner Wohnung aufschloss. Alles war wie immer, und doch war nichts wie zuvor.

Eine Woche der Frist war bereits verstrichen, und er hatte noch immer keine Ahnung, was er tun sollte. Sein Gewissen regte sich, nachdem er Dougie vorübergehend bei einer Hundepension abgegeben hatte. Aber es hatte sein müssen, in einer Großstadt wie London hatte so ein Riesentier nichts zu suchen. Auf dem Rückweg würde er ihn wieder abholen.

Kenneth goss sich ein Glas Wasser ein, ging ins Wohnzimmer und schaute aus dem Fenster. Der vertraute Blick über die Themse ließ die Anspannung in seinen Schultern nicht weichen wie sonst, wenn er von einer Reise nach Hause kam. *Weil es keine normale Reise gewesen ist*, dachte er. Eigentlich hätte er gar nicht aus Kiltarff wegfahren dürfen, solange nichts geregelt war, aber sein Manager Winston machte Druck, und er wollte ihn beschwichtigen. Er brauchte einfach noch ein wenig Zeit, außerdem konnte er mit der Schulter in diesem Zustand unmöglich spielen. Leider. Außerdem dachte er an das andere Jobangebot, von dem er Winston noch weniger erzählen konnte, denn dieser hasste den Klub abgrundtief und würde ihn nie und nimmer unterstützen. Dann wäre die Zusammenarbeit beendet und sie waren immer ein gutes Team gewesen.

»Verdammter Mist«, fluchte er leise und fuhr sich mit der Hand über das Gesicht. Irgendwann, es konnten Stunden oder Minuten vergangen sein, legte er sich ins Bett und fiel in einen traumlosen Schlaf.

Kenneth erwachte erst, als es längst hell war. Er streckte sich, vergaß für einen Moment seine Schulter, bis ihn ein scharfer Schmerz durchzuckte, der ihm den Atem raubte.

Er stöhnte und verzog gequält das Gesicht. Er brauchte dringend einen Termin bei seinem Physiotherapeuten. Kenneth fischte das Smartphone von der Nachtkonsole und wählte Matts Nummer.

»Hey, Alter, du lebst noch?«, antwortete dieser sofort.

»Sehr witzig, Matt. Hast du heute Zeit?«

»Du bist wieder in der Stadt? Konntest du alles regeln?«

»Noch nicht, trotzdem bin ich in London. Ich muss dich sehen.« Vielleicht sollte er es bezeichnend finden, dass er zuerst seinen Physiotherapeuten und nicht Helena anrief, aber er machte sich darüber keinen Kopf. So war es nun mal, und solange sie sich nicht beschwerte ...

»So schlimm?«

»Ich würde gerne etwas anderes sagen, aber ja. So schlimm.«

»Eigentlich bin ich komplett ausgebucht, aber wenn du in einer Stunde hier bist, dann kann ich sicher was einschieben.«

»Bin schon auf dem Weg.« Hoffentlich machte ihm der Londoner Verkehr keinen Strich durch die Rechnung.

Im Taxi schrieb er Helena eine Nachricht, ob sie sich zum Mittagessen treffen wollten. Sie fuhren an endlosen Häuserreihen vorbei, quälten sich durch den trägen Stadtverkehr und bogen schließlich beim British Museum um die Ecke, als Helenas Antwort eintraf. *Du bist wieder da? Endlich xxx Sehen uns nachher im Sky, ich reserviere einen Tisch für dreizehn Uhr.*

Ein Lächeln schlich sich auf sein Gesicht. Wenigstens etwas in seinem Leben, das funktionierte. Das bisschen gute Laune verging ihm jedoch gleich wieder, als Matt ihn eine halbe Stunde später in die Mangel nahm.

»Alter, du bist steif wie ein Siebzigjähriger. Hast du deine Übungen nicht gemacht?«

Kenneth biss die Zähne aufeinander, er saß auf einer Behandlungsliege und kalter Schweiß stand auf seiner Stirn. »Was glaubst du denn? Natürlich habe ich trainiert.«

Matt drückte noch fester, und Kenneth schrie auf.

»Willst du mir den Arm abreißen?«, presste er zwischen zusammengebissenen Zähnen hervor.

»Wenn du die Schulter nicht beweglich bekommst, wird das nichts mehr mit dem Polospielen.«

»Danke, als ob ich das nicht wüsste.«

»Du brauchst täglich Physio, nicht einmal alle vierzehn Tage.«

»Tja, keine Ahnung, aber ich habe so das Gefühl, dass es in Kiltarff niemanden gibt, dem ich meine Schulter anvertrauen möchte. Du müsstest mich schon begleiten.«

Matt atmete aus. »Vergiss es. Mein Terminkalender ist voll, wie soll ich das denn machen?«

Kenneth seufzte. »Zu dumm.«

»Wie lange willst du denn noch dort bleiben?«

»Wenn ich das wüsste«, gab Kenneth düster zurück, von Wollen konnte nicht die Rede sein.

Matt dehnte den Arm samt Schulter noch ein wenig mehr, und Kenneth stöhnte. »Sorry, Mann. Aber das muss sein. Je öfter es gemacht wird, desto besser wird es.«

»Ich wünschte, ich könnte dir zustimmen. Es fühlt sich ganz und gar nicht danach an.«

»Hallo Darling«, begrüßte Helena ihn um eins vor dem Restaurant *Sky* mit einem langen Kuss. Der zäh fließende Straßenverkehr kam ihm lauter vor als sonst. Es war einer der wenigen sonnigen Tage Londons, und die Luft roch nach Abgasen. Helena schmiegte sich in seine Arme, und er wurde vom Geruch ihres schweren Parfüms eingehüllt. Es war von allem zu viel.

Kenneth fühlte sich hier mit einem Mal so fehl am Platz, obwohl diese Stadt so lange sein Zuhause gewesen war.

»Darling, was ist los?« Sie blinzelte ihn aus ihren hellen blauen Augen an, die von dunklen Wimpern umrahmt waren.

»Tut mir leid, ich bin einfach ein wenig gestresst, die Physio war sehr schmerzhaft.«

»Hast du schon eine Schmerztablette genommen?«

Er schüttelte den Kopf. »Es muss langsam auch mal ohne gehen. Die Operation ist drei Monate her ...«

»Aber wenn du doch noch Probleme hast?«

»Komm«, er legte ihr eine Hand auf den unteren Rücken. »Lass uns reingehen.«

Sie betraten das Gebäude und nahmen den Lift in die achtzehnte Etage, dabei schmiegte sich Helena an ihn und streichelte über seinen Rücken. Er war beinahe erleichtert, als sich die Türen wieder öffneten und sie von ihm ablassen musste. Kenneth war nicht in Stimmung für Zärtlichkeiten, wollte sie aber nicht vor den Kopf stoßen.

Eine Blondine, in schwarzem Hemd und Hose, führte sie kurz darauf zu einem ruhigen Tisch am Fenster. Die Aussicht über die Stadt bis zur Themse war großartig. Das *Sky* war modern eingerichtet, klare Linien und helle Farben bestimmten die Einrichtung. Es war ein Restaurant, wie man es in jeder Großstadt der Welt finden würde, lediglich das Panorama wechselte von Metropole zu Metropole. Eigentlich mochte er das Sky sehr gern, das Essen war sehr gut, das Ambiente und der Service stimmten. Deswegen kamen sie häufig hierher. Jetzt stellte er jedoch zum ersten Mal fest, dass dem Lokal die Seele fehlte.

Vermutlich war er selbst das Problem, nicht das *Sky*. Er schüttelte den bedrückenden Gedanken ab und rückte Helena den Stuhl zurecht.

Die Mitarbeiterin ließ die Speisekarten für sie da. »Darf es schon ein Aperitif sein?«, erkundigte sie sich mit einem höflichen Lächeln. Professionell, so wenig echt wie ihre Haarfarbe.

»Ich nehme ein Glas Champagner bitte. Rosé, wenn Sie haben. Du auch, Darling?« Helena lächelte ihn an.

»Nein, danke. Für mich bitte einfach stilles Wasser.«

Er sah es an ihrer Reaktion, so hatte sie sich ein Wiedersehen nicht vorgestellt, aber er hatte keinen Grund zu feiern, und Alkohol wollte er auch keinen trinken. Er hatte schon Probleme genug, die wollte er nicht noch vergrößern. Aus einem Glas wurden irgendwann zwei, dann drei und so weiter. Das war nicht die Lösung, und dem Heilungsprozess seiner Schulter sicher auch nicht zuträglich.

Er sah, dass Helenas Lächeln zwar noch im Gesicht klebte, aber nicht mehr so strahlend wie zuvor. »Tut mir leid«, sagte er. »Ich brauche heute einfach einen klaren Kopf.«

»Das ist doch kein Problem«, flötete sie. »Wirklich nicht. Ich kann auch verzichten, wenn du möchtest.«

»Nein, das ist wirklich Unsinn. Solange meine Schulter noch solche Probleme macht, lasse ich das mit dem Trinken lieber.« Damit war für ihn das Thema beendet. »Was gibt es Neues?«, fragte er stattdessen und nahm ihre Hand in seine. Ihre Nägel waren wie immer perfekt manikürt, die Haut zart wie ein Babypopo. Sonst hatte er das anziehend gefunden, heute ließ es ihn seltsam unberührt.

Er wusste, dass sie sich einen Ring mit einem funkelnden

Diamanten wünschte, aber er war einfach noch nicht bereit dafür, sich zu binden. Nicht so jedenfalls.

»Ach«, sie lachte, es klang ein wenig zu hoch, um echt zu sein. »Du weißt doch, im Grunde hast du nichts verpasst. Ist doch immer das Gleiche in der *Society*.« Sie betonte das letzte Wort so deutlich, dass er sich fragte, warum sie das tat. Weil sie so dringend ein Teil davon sein wollte, aber insgeheim wusste, dass es nie dazu kommen würde?

Was dachte er da? Er wollte sich doch nicht von Helena trennen.

*Aber vermisst hast du sie auch nicht.*

»M-hm«, machte er und konnte den letzten Gedanken nicht ganz ablegen. »Du hast mir gefehlt«, fügte er hinzu, als ob er sich selbst daran erinnern müsste.

Sie blinzelte kokett. »Du mir auch, Darling. Sehr sogar. Wenn du willst, können wir das Mittagessen auch ausfallen lassen und fahren gleich zu dir ...«

»Nein.« Das kam etwas zu schnell, er räusperte sich. »Nein, ich meine, das ist doch nicht alles, was ich von dir will, Helena.« Der zweite Satz schien sie ein wenig zu beruhigen, beim ersten Nein war sie zusammengezuckt, als hätte er ihr einen Schlag verpasst.

»Das weiß ich doch. Du fehlst mir nur so schrecklich, all die Nächte, die ich ohne dich verbracht habe ... Hast du inzwischen alles geregelt?«

Er wünschte, es wäre so. Und es nervte ihn, dass ihn jeder danach fragte. »Beinahe«, log er.

»Dann musst du also nicht mehr nach Schottland?«

»Doch, leider konnte ich noch nicht alles erledigen.« Was für ein dämliches Wort, als ob man einen Adelstitel und ein Schloss *erledigen* könnte. Er atmete angestrengt aus.

»O nein. Aber jetzt bleibst du doch erst einmal für eine Weile?«

Die Uhr tickte immer lauter, eigentlich hätte er gar nicht

herkommen dürfen. Aber auf Kiltarff Castle hatte ihm die Last der Entscheidung die Luft zum Atmen genommen. Seltsamerweise hatte er in London auch nicht die erhoffte Erlösung gefunden, hier fiel es ihm genauso schwer, diese Last von seinen Schultern abzuwerfen.

Ellie tat jeder einzelne Knochen im Leib weh, und sie war erst einen Tag als Hausmädchen beschäftigt. Innerlich verfluchte sie sich für ihre impulsive Entscheidung, aber gleichzeitig tat es ihr irgendwie auch gut, sich in dieser fremden Welt den Kopf frei zu putzen. Sie arbeitete sich von Raum zu Raum vor. Jedes Zimmer war zwar vollständig und sehr exklusiv eingerichtet, wirkte aber dennoch leblos. Hier gab es nichts Persönliches, keine Zeitungen, keine Bücher, in die jemand Eselsohren gemacht hatte, nicht mal ein Bonbonpapier lag irgendwo herum.

*Wer sollte hier schon Bonbons essen?*, schoss es ihr durch den Kopf.

Kenneth' Zimmer hatte sie sich noch nicht vorgenommen, irgendwie hatte sie Angst gehabt, ihm dort zu begegnen. Warum auch immer, deswegen war sie doch eigentlich hergekommen. Sie kapierte es selbst nicht, versuchte sich aber einzureden, dass sie erst die richtigen Argumente sammeln wollte, um ihn auch wirklich überzeugen zu können. So viele Gelegenheiten würde er ihr nicht geben, ihr Anliegen vorzubringen, das war sicher.

Ellie schwang den Staubwedel, die Fenster hatte sie geöffnet, sodass hoffentlich viel von der abgestandenen Luft nach draußen abzog und kühle, klare Luft hineinströmte.

»Was tun Sie hier?«, fragte jemand hinter ihr, und sie schrie entsetzt auf.

Donald stand ungefähr einen Meter von ihr entfernt und wirkte *not amused.*

»Putzen?«, schlug sie vor.

»Sehr lustig. Das sehe ich, aber warum hier? Das Zimmer des Earls. Es ist noch immer unordentlich.« Donald verkündete es, als würde er die Nachrichten verlesen.

»Ja?«

»Gehen Sie rauf und bringen Sie das in Ordnung. Sofort. Ein Glück, dass er nicht da ist, sonst hätte es schon Ärger gegeben.«

War Kenneth wirklich so, dass er sich beschwerte, wenn sein Bett nicht gemacht wurde?

Ja, wahrscheinlich. Sie hatte keine Ahnung von den Allüren eines Aristokraten. »Natürlich, Sir, ich dachte nur, dass ich mich von unten nach oben vorarbeiten würde ...«

»Sie dachten«, unterbrach er sie kühl. »Nun, alles, was die persönlichen Räume des Earls betrifft, hat natürlich Vorrang. Merken Sie sich das.«

»Verstanden.«

»Gut.«

Als sie keine Anstalten machte, mit dem Abstauben aufzuhören, räusperte sich der Butler. »Jetzt«, war alles, was er noch von sich gab.

Ellie unterdrückte ein Seufzen, schloss die Fenster und schnappte sich ihre Putzutensilien. »Wo ist der Earl? Also, wenn ich fragen darf? Ich möchte natürlich nicht unhöflich sein, aber ihn auch nicht stören, falls er zurückkommt und sich, äh, zurückziehen möchte.« Sie hatte keine Ahnung, was so ein Earl den lieben langen Tag machte, blöderweise interessierte es sie brennend.

»Das wird kein Problem sein. Der Earl hält sich in London auf.«

»London?«, wiederholte sie und riss die Augen auf. Was machte er denn da? Kaffee mit der Queen? Ach nein, Engländer tranken Tee – oder Gin and Tonic. Viel wichtiger war die Frage, wann er wieder zurückkam ...

Donald bedachte sie mit einem Blick, der ihr klarmachte,

94

dass es sie absolut und gar nichts anging, was und wo der Earl überhaupt etwas machte – außer in seinem Zimmer, das sie dann aufräumen oder putzen durfte.

»Bin schon unterwegs«, verkündete sie und sah zu, dass sie Land gewann.

Bei dem Gedanken, in Kenneth' Zimmer – oder Zimmern – herumzuwuseln, wurde ihr noch wärmer als es nach der körperlichen Anstrengung ohnehin schon war.

Schnaufend gelangte sie ins erste Stockwerk und stellte erst einmal alles ab, den Putzeimer mit Glasreiniger, Badreiniger und den gelben Plastikhandschuhen nahm sie mit hinein. Sie verkniff sich einen Blick auf das immer noch ungemachte Bett und ging als Erstes ins Bad. Dort entdeckte sie, dass man noch in einen weiteren Raum gelangte. Ein Ankleidezimmer.

»Oh, là, là«, murmelte sie und wagte einen Blick. Es war dunkel, also knipste sie erst einmal das Licht an. Ein begehbarer Schrank ohne Fenster, allerdings befand sich nicht viel darin.

Irgendwie hatte sie gedacht, dass so ein Earl eine lange Reihe von schwarzen Anzügen und eine mindestens genauso lange Reihe mit weißen Hemden zur Auswahl haben würde. Oder wenigstens den ein oder anderen Schottenrock.

Sie kicherte.

Es war beinahe schon traurig, wie wenig von allem es hier gab. Und die Kleidung seiner Frau hatte er wohl schon entsorgen lassen. *Seltsam*, dachte sie. *Das alles hier ist echt seltsam.*

»Putzen«, erinnerte sie sich murmelnd. »Ich sollte putzen, sonst krieg ich gleich wieder eins aufs Dach.«

Die Einsamkeit machte ihr zu schaffen, Musik könnte dabei vielleicht helfen. Morgen würde sie ihre Kopfhörer einstöpseln und sich damit hoffentlich weniger allein fühlen. Das Badezimmer war eingerichtet, wie man es sich

in einem guten, englischen Landhaus vorstellte. Ein wei-
ßes Waschbecken mit Standfuß und goldenen Armaturen.
Darüber hing ein riesiger, beleuchteter Spiegel, der schon
länger keinen Glasreiniger mehr zu spüren bekommen hatte, Zahnpastaspritzer und Schlieren gab es mehr als Fliesen
auf dem Boden. Zur Ausstattung gehörten eine begehba-
re Dusche mit einer Glastür – die Kalkflecken bereiteten
ihr jetzt schon Kopfzerbrechen – und eine Badewanne auf
goldenen Füßchen, in der locker zwei Personen Platz hatten. Sie konnte sich einfach nicht vorstellen, wie er mit
seiner Frau hier glückliche Tage verlebt haben sollte. Es
wirkte alles vom Feinsten, aber hier gab es nichts Feminines
oder Lebendiges. Nicht mal ein Stück rosafarbene Seife oder
einen Parfümflakon.

*Geht mich nichts an*, sagte sie sich. Jeder ging wohl anders
mit seiner Trauer um.

Aber dass es nicht mal ein Foto von dem Paar gab, fand
sie merkwürdig. Nicht einmal eins?

Vielleicht hatte sie auch noch nicht an den richtigen Stellen geschaut. Nicht, dass sie danach gesucht hätte natürlich.

Sie schrubbte weiter, aber die Zahnpastaflecken im
Waschbecken gingen schwieriger ab, als sie gedacht hatte.
Hier war schon länger als nur ein paar Tage nicht geputzt
worden. Und dann stellte sich der Butler so an, wenn sie
nicht sofort in das Zimmer gerannt war? *Nicht wundern*,
sagte sie sich. *Keine Fragen stellen.* Trotzdem verdrehte sie
die Augen.

Der Wäschekorb quoll über, kein Wunder, dass kaum
noch was im Schrank hing. Den nahm sie gleich mit und
stellte ihn in den Flur, im Austausch griff sie sich den Staubsauger und nahm ihn mit, saugte eine Runde, dann kam
die Feinarbeit. Ein bisschen machte die Putzerei auch Spaß,
eine andere Form der Entdeckertour, so eine, bei der genau
hinsehen auch wirklich erlaubt war.

Ellie nahm sich weiter das Bad vor – der Klodeckel war runtergeklappt, das war ihr sehr sympathisch –, dann drehte sie ihre Runde durch das Schlafzimmer. Außer dem riesigen, sehr beeindruckenden Bett gab es noch ein Sofa vor dem Fenster, einen Tisch und zwei gemütliche Sessel. Der obligatorische und sehr große Kamin durfte natürlich auch nicht fehlen. Darüber hing das Bild eines Jungen, sie schätzte das Alter vielleicht auf acht oder neun. Dunkle Haare, blaue Augen.

War es möglich, dass das Kenneth war?

Sie hielt einen Moment inne und betrachtete es genauer. Ja, doch. Er musste es sein, oder die Ähnlichkeiten in dieser Familie waren äußerst gravierend. Andererseits, Kindersachen gab es hier keine – oder nicht mehr?

All diese Fragen, die ständig in ihrem Kopf auftauchten – dabei ging es sie doch gar nichts an. Sie kapierte auch gar nicht, wieso es sie überhaupt interessierte. Mit dem Wissen über seine familiäre Situation würde sie den Zugang zum Bootshaus auch nicht bekommen. Seufzend setzte sie ihre Staubsaugertour fort.

Eine gute Stunde später war sie schweißgebadet und fertig mit dem Privatbereich des Earls. Wann er wohl wieder hier eintreffen würde?

Wäre ja blöd, wenn er erst nach London reisen und dann drei Wochen auf den Bahamas verbrachte, während sie so dringend auf eine Gelegenheit hoffte, ihn davon zu überzeugen, dass er ihr das Bootshaus doch zur Verfügung stellen sollte, um daraus ein Restaurant zu machen. Ellie seufzte. Diese Gedanken brachten sie gerade auch nicht weiter, für heute machte sie erst mal Feierabend.

Nach einer heißen Dusche freute sie sich auf eine warme Mahlzeit. Hoffentlich war die Köchin schon weg – Hoffnung darauf bestand durchaus, da sie den Earl nicht verköstigen musste –, dann konnte Ellie sich selbst etwas zubereiten, was auch wirklich genießbar war. Isla war eine miserable Köchin, und das war noch freundlich ausgedrückt. Gestern hatte sie ein Curry gekocht, das man kaum hatte essen können. Das Fleisch war zäh, die Soße war braun, statt gelb gewesen, über die Konsistenz wollte sie gar nicht mehr nachdenken. Ellie schüttelte sich beim Gedanken daran. Nein, das ging gar nicht. Es müsste doch ein Leichtes sein, Kenneth von ihren Kochkünsten zu überzeugen – sofern sie die Gelegenheit dazu bekam. Sie hatte Isla noch nicht gefragt, bisher ging sie der unfreundlichen Person lieber aus dem Weg, hatte aber so eine starke Vermutung, dass sie das Feld nicht kampflos räumen würde. Immerhin war es ihre Küche, und wenn sie es richtig verstanden hatte, dann war sie schon seit Ewigkeiten im Schloss beschäftigt.

Kenneth' Laune war unter den Nullpunkt gesunken, das Gespräch mit seinem Manager war, gelinde gesagt, wenig erfreulich gewesen. Er hatte ihm das Messer auf die Brust gesetzt, entweder er war für den Dubai Cup in acht Wochen wieder fit, oder mit seiner Karriere hatte es sich erledigt.

»Die wahren Superstars kommen sowieso aus Argentinien«, hatte Winston im Brustton der Überzeugung verlauten lassen. »Und du bist auch nicht mehr der Jüngste. Sehen wir den Tatsachen ins Auge, ich mag dich, aber das ist in unserem Business einfach nicht genug.«

Kenneth hatte nur geschluckt, Argumente hatte er leider keine vorbringen können, es war schwer genug, sich im gesunden Zustand zu behaupten, jetzt, wo er kaum in der Lage war, einen Medizinball zu halten, war er tatsächlich nicht fürs Team zu gebrauchen. Wieder dachte er an das andere Angebot, das bisher nie infrage gekommen war. War es nun so weit, dass er sich wirklich an diesen Strohhalm klammern musste? In ihm sträubte sich bei dem Gedanken alles, wobei ihm klar war, dass die Gesundheit seiner

Schulter über allem stand – würde er nicht wieder fit werden, konnte er seine Karriere vergessen.

Helena wartete in seiner Wohnung auf ihn, am liebsten würde er ihr schreiben, dass er allein sein wollte. Aber er brachte es nicht über sich, sie wegzuschicken. Sie war seine Freundin, eigentlich sollte er ihr von seinen Problemen erzählen, sie würde ihn verstehen – oder es zumindest versuchen. Seufzend gab er dem Taxifahrer einen Schein und verließ den schwarzen Wagen. Nieselregen benetzte sein Gesicht, über den Abendhimmel zogen dunkle Wolken. Endlich wieder etwas Normalität. London und Sonnenschein am Mittag, das war ja beinahe schon absurd gewesen.

Auf dem Weg nach oben versuchte er, das Gespräch mit Winston auszublenden, gleichzeitig fragte er sich, welches seiner zahllosen Probleme er zuerst angehen sollte. Dabei war es fast klar, denn die Deadline lief ab, ob er nun wollte oder nicht. Und Kenneth zweifelte nicht daran, dass sein Vater es ernst gemeint hatte. Er würde Titel und Tradition in Schutt und Asche legen, wenn Kenneth nicht seinen Wünschen entsprach. Eigentlich war er kein Typ, der sich von einem Toten erpressen ließ, aber der Gedanke, dass Kiltarff Castle wegen ihm dem Erdboden gleichgemacht würde, gefiel ihm genauso wenig. Hatte er das Recht, seinen Willen über die jahrhundertealte Tradition zu stellen?

Mit einem tiefen Atemzug öffnete er die Tür zu seinem Apartment, es brannte überall Licht, aus dem Wohnzimmer hörte er leise Musik. »Hey, Babe, ich bin zu Hause«, rief er.

»Ich bin hier«, gab sie zurück.

Kenneth legte seine Schlüssel auf die Anrichte, schlüpfte aus den Schuhen und ging zu ihr. Helena rekelte sich in einen Kimono gehüllt auf seinem cremefarbenen Sofa und blinzelte ihn unter halb gesenkten Lidern an. »Hi«, sagte sie noch einmal, ihre Stimme war ein einziges Schnurren. Er wusste genau, was sie von ihm wollte.

99

Und er wollte es ja auch. Normalerweise.

Sie klopfte mit der linken Hand auf den Platz neben sich, Kenneth ließ sich zu ihr sinken und küsste sie. Helenas Nägel fuhren über seinen Rücken, er spürte ihr Verlangen. Leider tat sich bei ihm wenig. Er würde sich ein bisschen mehr Mühe geben müssen.

Er ließ seine Zunge in ihren Mund gleiten und schob seine Hände unter den dünnen Seidenstoff, der ihre zarte Haut verhüllte. Sie seufzte leise unter seiner Berührung und zog ihn noch dichter zu sich heran. Ihr schien es nicht schnell genug zu gehen, er hingegen brauchte mehr Zeit.

Ungeduldig zerrte sie an seinem Hemd, dann nestelte sie am Gürtel seiner Hose. Der Kuss wurde intensiver, sie drückte ihn in die Kissen des Sofas und kleidete ihn aus, dazwischen schlüpfte sie aus dem Kimono und präsentierte ihm ihre perfekten Brüste. Hoch, rund und voll, genau, wie er sie mochte. Sein Hemd stand offen, sie ließ ihre Finger über seinen flachen Bauch tiefer gleiten und schob ihm die Jeans von den Hüften, bis sie auf den Boden fiel, nun kam seine Boxershorts an die Reihe. Es war ihm unangenehm, dass sich bei ihm noch nicht viel regte, aber sie ließ sich davon nicht beirren, im Gegenteil. Als er Helenas Lippen an seinem Geschlecht spürte, stieß er ein Stöhnen aus, mehr aus Gewohnheit als aus Lust. Die Mechanik funktionierte, Gott sei Dank! Wenigstens etwas. Er schloss die Augen und versuchte, ihre Bemühungen zu genießen. Als vor seinem inneren Auge plötzlich grüne, schillernde Augen auftauchten, keuchte er auf.

Himmel!

Wo kam Ellies Gesicht auf einmal her?

Helena schien nicht zu begreifen, wie sollte sie auch, sondern sie fühlte sich dadurch nur noch mehr angespornt. Aber für Kenneth war es vorbei, das brachte nicht mal er fertig, dass er es sich von seiner Freundin oral besorgen ließ, während er eine andere vor Augen hatte. Wieso dachte er überhaupt an diese hartnäckige Touristin?

Das schrille Bimmeln seines Telefons erlöste ihn aus der Situation. »Entschuldige«, murmelte er und schob Helena sanft zurück. Er griff nach seinem Smartphone und stand auf. Von seiner mühsam erarbeiteten Erektion war bereits nicht mehr viel übrig.

Er sah aus dem Augenwinkel, dass Helena sich entrüstet aufsetzte und ihm hinterherschaute. »Hallo?«, antwortete er.

»Hey, Kenneth, ich bin's.«

Shirley.

Natürlich war sie es, es wunderte ihn sowieso, dass seine Schwester sich jetzt erst meldete.

»Hallo Shirley«, brummte er. »Wie geht's?«

»Wunderbar, die Sonne scheint, du weißt schon, wie es in Südfrankreich eben so ist. Der Punkt ist vielmehr, wie geht es dir? Du lässt gar nichts von dir hören ...«

»Als ob wir sonst viel miteinander sprechen würden.« Er hob eine Augenbraue und konnte sich den ironischen Unterton nicht verkneifen. Sie hatten weder ein besonders gutes noch ein schlechtes Verhältnis, sie kannten sich einfach nicht wirklich gut. Geschwister, die schon früh auf verschiedene Elite-Internate geschickt wurden, damit der Vater seine Ruhe und keine Scherereien hatte, machte das aus Menschen, die sich als Kinder nahegestanden hatten.

»Du weißt, was ich meine, Kenneth. Dass wir nicht viel Kontakt haben, liegt nicht nur an mir.«

Da hatte sie recht, aber sie war auch nicht unschuldig. »Das ist doch nicht der Grund deines Anrufs.«

»Nein, den muss ich dir wohl nicht groß erläutern.«

»Nein, ich denke nicht.«

»Und, hast du dich entschieden? Ich meine«, sie lachte spitz auf, als ob sie die ganze Diskussion absurd fände – was sie ja auch war, »du musst natürlich das Erbe annehmen, das ist doch wohl klar.«

Er atmete hörbar ein und spürte, wie sich sein Nacken noch mehr verspannte. »Ich kann es nicht leiden, wenn mir jemand sagt, was ich tun muss.«

Shirley atmete zischend ein. »Bitte, Kenneth, du kannst doch nicht ernsthaft in Erwägung ziehen, dass alles ... zerstört wird? Ich weiß, du und Vater, ihr hattet eure Differenzen, aber tief in dir, da musst du doch auch fühlen, dass es das einzig Richtige ist, die Tradition fortzuführen. Es ist unser Elternhaus, Kenneth. Ich kann die Vorstellung einfach nicht ertragen, dass es Kiltarff Castle nicht mehr geben könnte.«

Er spürte, wie die Wut in ihm aufstieg. »Wenn es so wäre, wäre es nicht meine Schuld, und das weißt du.«

»Vater wollte, dass du den Titel erbst, so wie es immer gewesen ist.«

»Ich habe diese beschissenen Regeln nicht gemacht.«

»Aber du wirst dich doch daran halten, oder?« Er hörte, dass ihre Stimme leicht zitterte.

Er verstand sie, das tat er wirklich. Doch auch er hatte seine Gründe, die ganze jahrhundertealte Bürde hinter sich zu lassen und nicht in die Fußstapfen seines Vaters zu treten. Kenneth war nicht von Shirleys Gefühlsausbruch überrascht, ihm ging es ähnlich, aber er war schon immer besser darin gewesen, das, was in ihm vorging, zu verbergen. Auch etwas, das man lernte, wenn einem zu früh die Liebe entzogen wurde, nach der man sich sehnte. Die Zeiten waren lange vorbei, er war kein kleiner Junge mehr, der nach Anerkennung und Zuneigung heischte. Zum Glück. Er war erwachsen und brauchte all das nicht. Nicht mehr. Aber insgeheim musste sich Kenneth eingestehen, dass es nicht so einfach war, alle familiären Verwicklungen hinter sich zu lassen. Es kam ihm so vor, als holte ihn die Vergangenheit gerade mit rasender Geschwindigkeit ein.

Kenneth fuhr sich durch die Haare. »Ich ... ich weiß es nicht, okay?«

»Nein, das ist nicht okay. Bitte, Mutter hätte ...«

»Fang jetzt nicht damit an, Shirley. Das ist geschmacklos. Sie ist tot, und sie zu benutzen, um mich umzustimmen, ist nicht fair.«

Mit dem Unfalltod ihrer Mutter hatten viele Dinge einen neuen Lauf genommen, vielleicht wäre der Vater nicht so kalt ihnen gegenüber gewesen, wenn er nicht so früh zum Witwer geworden wäre. Aber was konnten er oder Shirley dafür? Gar nichts. Kenneth spürte den altbekannten Groll in sich aufsteigen, sein Vater hätte die Kinder umso mehr lieben müssen, statt sie von sich zu schieben.

»Ach, Kenneth.« Ihr leises Seufzen sagte mehr, als Worte es je tun würden. »Ich bitte dich, überlege es dir. Und wenn du das Erbe erst annimmst? Wenn du nachher immer noch meinst, dass du es nicht haben willst ... Du könntest Kiltarff immer noch verkaufen. Davon stand nichts im Testament.«

»Den Titel aber nicht.«

»Wäre es denn so schlimm, ein Earl zu sein?«

Er überlegte einen Augenblick. »Ich habe ihm vor zwanzig Jahren gesagt, dass ich nie sein Erbe antreten werde. Soll ich mein Wort brechen?«

»Du hast es im Streit gesagt und nicht so gemeint.«

»Das ist nicht wahr, ich habe jedes einzelne Wort ernst gemeint.«

»Du warst jung. Zu jung für solche Entscheidungen.«

»Das ist immerhin meine Wahl, in den meisten Dingen meiner Kindheit hatte ich keine. Jetzt schon.«

»Du willst das Erbe aus Rache nicht annehmen? Bitte nicht, Kenneth. Du wirst es bereuen.«

»Das glaube ich kaum.«

Obwohl er es mit fester Stimme sagte, war er sich hier und jetzt gar nicht mehr so sicher, ob Shirley nicht doch recht hatte.

»In Ordnung, was soll ich noch sagen. Würdest du es für mich tun?«

Das war unfair, und sie wusste es. »Shirley ...«

»Bitte, Kenneth. Spring über deinen Schatten, Vater hat dich geliebt.«

»Er hatte eine seltsame Art, das zu zeigen.«

»Er konnte nicht aus seiner Haut, er hat sehr unter eurem Streit gelitten.«

»Er hat sich kein einziges Mal bei mir gemeldet.«

»Du dich auch nicht bei ihm.«

Das stimmte, aber Kenneth war seinem Vater oft genug hinterhergelaufen und genauso oft abgewiesen worden. Er hatte einfach genug gehabt und damals nicht nach den Gründen des Vaters gefragt. Heute sah das ein wenig anders aus – auch wenn er sein Verhalten nach wie vor nicht nachvollziehen konnte. In keiner Weise.

»Hör zu, Kenneth. Geh in dich, du hast noch ein paar Tage Zeit. Gib dir einen Ruck. Du liebst das Schloss so wie ich. Es ist dein Erbe, dein Titel.«

»Ich hasse das Schloss.« Abgrundtief, jede Ecke davon war voll von verschwommenen, einsamen Erinnerungen. Und Trauer. So viel Trauer.

»Das ist nicht wahr.«

»Du kennst mich nicht.«

»Ich kenne dich gut genug, ich weiß, was du durchgemacht hast, zufällig bin ich deine Schwester.«

»Wir hätten füreinander da sein sollen, stattdessen hat er die Familie weiter zerstückelt.«

»Er war überfordert, auch mit seinem eigenen Kummer.«

So hatte Kenneth es bislang nie gesehen, seine Perspektive war die eines kleinen Jungen. Auch heute noch. Am Ende blieb man immer das Kind der eigenen Eltern, egal, wie alt man war.

»Na schön«, hörte er sich sagen. »Ich überlege es mir.«

»Das ist also ein Ja?«

»Das habe ich so nicht gesagt, aber ich sage auch nicht Nein. Noch nicht.«

»Du würdest mich damit sehr glücklich machen.«

»Indem ich einsam in einem alten Kasten in den Highlands lebe?«

Shirley lachte, es war ein helles, ehrliches Lachen. Er hatte es vermisst. Er hatte sie vermisst. »Du weißt, dass es so nicht sein muss.«

Er wusste gar nichts mehr. »Ich ruf dich an«, sagte er schließlich.

»Das hoffe ich.« Sie schwieg eine Sekunde. »Ich hab dich lieb.«

Kenneth musste schlucken, es war lange her, dass ihm das jemand aus seiner Familie gesagt hatte. »Ich dich auch.«

Hinter seinen Augen brannte es, er blinzelte und schüttelte den Kopf. Verdammte Scheiße, vielleicht wurde er jetzt auch psychotisch wie seine Mum, wenn er bei einem einfachen Telefonat anfing zu flennen wie ein Kind? Shirley hatte aufgelegt, und er ließ das Smartphone sinken. Erst jetzt wurde ihm bewusst, dass er Helena vergessen hatte.

Langsam drehte er sich um, ihm war klar, wie absurd die Situation war, sein Hemd stand offen, sonst war er nackt. Er hatte das Telefonat mit seiner Schwester einem Blowjob vorgezogen.

Helena hatte ihren Kimono wieder übergezogen und starrte auf ihre Nägel. »Helena, es tut mir leid«, sagte er und setzte sich zu ihr auf das Sofa.

»Was genau tut dir leid?«

105

»Dass ich ... Ich stehe einfach neben mir.« Er nahm ihre Hand in seine und hob ihr Kinn mit der anderen an. »Verzeihst du mir?«

Sie schluckte, dann lächelte sie. *Es ist fast zu einfach*, dachte er. Warum wurde sie nie wütend, warum beschwerte sie sich nicht, wenn er sie so behandelte? Und viel wichtiger, warum ging er so respektlos mit ihr um? Das war nicht seine Art, und es gefiel ihm nicht, dennoch konnte er nicht aus seiner Haut.

»Du bist abgespannt, Darling. Das verstehe ich doch. Du hast Probleme. Du musst mal raus, entspannen und Kraft tanken. Wie wäre es, wenn wir ein paar Tage verreisen?«

Er wollte spontan mit »Nein, auf keinen Fall« antworten, stattdessen sagte er: »An was hattest du gedacht?«

Ihre Züge entspannten sich, sie wirkte beinahe schon erleichtert. »Wie wäre es denn, wenn wir eine Kreuzfahrt machen? Nur für eine Woche, ich weiß doch, wie beschäftigt du bist. Wir mieten eine hübsche Suite, tagsüber schauen wir uns verschiedene Städte an, und nachts ...« Sie ließ die freie Hand über seine Oberschenkelinnenseite gleiten. »Nachts kümmern wir uns um uns.«

Eigentlich sollte ihn der Gedanke auf viel Sex freuen, stattdessen hatte er das Gefühl, dass ihm schon wieder jemand diese Granitsäule auf die Brust legte. »Kommt nicht infrage, mich bekommst du auf kein Schiff.«

Seit Urzeiten war diese beklemmende Angst vor Wasser in ihm, die er sich nicht erklären konnte. Helena wusste davon nichts, dennoch würde er nie freiwillig darüber sprechen.

»Was? Wieso das denn nicht? Das ist der pure Luxus. Du spürst gar nicht, dass du auf dem Ozean bist.«

»Kommt einfach nicht infrage, sorry, Babe.«

Noch nie hatte er eine Einladung auf irgendeine Privatjacht angenommen, es ließ ihn erschaudern, wenn er auch nur daran dachte, den festen Boden unter den Füßen zu verlieren.

Mit einem Mal wollte er nur noch weg, aber wohin? Zurück nach Kiltarff?

Ja, vielleicht. Das wäre die beste Lösung, er musste sich endlich der Realität stellen. Bislang hatte er nur in Schockstarre dagesessen und nichts getan. Es konnte nicht so weitergehen.

Er stand auf und zog seine Boxershorts über. »Es tut mir leid, Helena. Ich kann jetzt nicht in den Urlaub fahren. Das verstehst du doch? Ich muss Entscheidungen treffen und gesund werden, mich wieder um meine Karriere kümmern.«

»Natürlich.« Sie straffte ihren Rücken. »Was tust du da?«

»Ich ziehe mich an.«

»Das sehe ich. Aber warum?«

»Ich muss zurück.«

»Zurück?« Ihre Augen waren zwei Fragezeichen.

»Nach Kiltarff.«

»Jetzt? Aber du bist doch gerade erst gekommen? Wir haben noch nicht mal ...« Sie sprach den Satz nicht zu Ende.

»Babe«, er nahm noch einmal ihre Hand. »Komm doch einfach mit. Ich könnte mich um die Angelegenheiten kümmern und hätte trotzdem viel Zeit für dich.«

»Ich weiß nicht. Ich habe Termine ... Außerdem ist es dort so einsam.«

»Du und ich, wir wären zusammen.«

Sie knipste ein Lächeln an, das er ihr nicht vollständig abnahm. »Das wäre schön.«

»Wenn ich Earl werde, dann gehört das Schloss mir.«

»Aber ... du würdest doch nicht dort leben wollen?«

Noch vor einer Stunde hätte er gesagt, Nein, aber jetzt? Er war sich nicht sicher. Es gab einiges, worüber er seit langer Zeit nicht nachgedacht hatte. Vermutlich war es nötig, dass er ein paar Dinge aus der Vergangenheit aufarbeitete, vorher konnte er auch keine Entscheidung treffen. Mit einem Mal hatte er es sehr eilig, er hatte ohnehin schon viel zu viel Zeit verschwendet.

»Hör zu, Helena. Ich hätte dich gern dabei, aber wenn du nicht möchtest, dann ist das deine Sache. In London kann ich jedenfalls nicht länger bleiben.«

Sie zog einen Schmollmund, vermutlich dachte sie, dass es anziehend wäre, ihn stieß es jedoch ab. Langsam dämmerte ihm, dass Helena wirklich nur die hübsche Fassade zu bieten hatte, aber sonst nichts. Worüber hatten sie früher geredet? Er konnte sich nicht erinnern, vielleicht, weil sie nie wirklich über irgendetwas diskutiert hatten. Der Sex war gut gewesen, aber wenn nicht mal mehr das funktionierte, was blieb zwischen ihnen noch übrig?

# Kapitel 7

Ellie war gerade dabei, die Fenster in der Bibliothek zu schließen, als sie Kenneth' Land Rover in die Auffahrt biegen sah. Sofort erhöhte sich ihr Herzschlag, sie trat einen Schritt zurück, er sollte sie nicht sehen. Er war also wieder da.

Ihre Mundwinkel bogen sich nach oben, jetzt musste sie nur noch die Köchin dazu bringen, das Feld zu räumen. Konnte doch wohl nicht so schwer sein, oder? Gut gelaunt packte sie ihre Putzutensilien zusammen und machte sich auf den Weg in den Dienstbotentrakt.

Isla stand tatsächlich schon am Herd, allerdings roch das, was sie darauf zubereitete, nicht lecker.

»Guten Tag«, grüßte Ellie, obwohl sie sie schon am Morgen beim Frühstück gesehen hatte.

»Na, schon fertig?«

»In der Tat, ich habe in den letzten beiden Tagen wirklich wie ein Wirbelwind durchs Haus gefegt.«

Isla hob eine Augenbraue, sagte aber nichts dazu.

Ellie trat näher. »Und da dachte ich, dass ich vielleicht helfen könnte, das Essen für den Earl vorzubereiten.«

Isla sog scharf den Atem ein. »Das hier ist immer noch meine Küche.«

»Das weiß ich, ich dachte auch nur an, äh, Hilfsarbeiten. So was wie ... Zwiebeln schneiden.«

»Es gibt heute nichts mit Zwiebeln.« Ellie biss sich auf die Unterlippe. War fast klar gewesen, dass die blöde Kuh sie nicht an die Töpfe lassen wollte. »Ich habe sowieso schon gesehen, dass du abends immer noch mal herkommst und dich an meinen Vorräten bedienst.« Am Morgen hatten sie sich darauf geeinigt, dass sie sich duzen würden, leider war sie ansonsten noch immer genauso wenig zugänglich wie zuvor. Außerdem: Ellie stahl doch nichts! Kost und Logis waren inbegriffen. »So kann man das ja wohl nicht nennen.«

»Ist dir mein Essen nicht gut genug?«

O je, das war nicht gut. Ellie überlegte fieberhaft, was sie sagen konnte, um Isla nicht noch mehr zu verärgern. Die Alte war wirklich ein Drachen. »Ich, äh, es ist nur, weil ...«, stammelte sie. »Ich habe Heimweh!«

Puh. Gott sei Dank war ihr das noch eingefallen.

»Heimweh?«

Ellie nickte. »Ja, ganz schreckliches Heimweh. Aber nun bin ich da und möchte auch bleiben, und das wird auch sicher wieder vergehen, aber ...« Sie atmete tief ein. »Ich wollte auch niemanden stören, und wenn ich etwas genommen habe, was gebraucht wird ... Ich kann sofort ins Dorf laufen und einkaufen.«

Isla hob eine Augenbraue. »Donald geht sonst die Besorgungen machen.«

»Ja, das weiß ich. Ich meinte ja nur, falls was fehlt, und ich möchte niemandem mehr Arbeit machen als nötig.«

Die Köchin blinzelte ein paar Mal, dann wandte sie sich wieder ihrem großen Topf zu – was auch immer darin brodeln mochte. »Ich brauche nichts.«

Ellie ließ die Schultern enttäuscht hängen.

Wow, mit ihr klarzukommen, war schwieriger, als es in der Wüste regnen zu lassen. »In Ordnung, dann ... darf ich mir einen Kaffee machen und einen kleinen Imbiss?«

»Wenn du mir nicht in die Quere kommst?«

»Bestimmt nicht!« Ein erster Schritt, sie durfte hochoffiziell die Küche benutzen, zwar nur für sich selbst, aber ... beinahe hatte sie befürchtet, dass Isla sie hochkant rauswerfen würde, umso erleichterter war sie, dass sie bleiben und kochen durfte. Für sich. Natürlich war der Plan der, dass sie der rundlichen Schottin etwas von ihrer Mahlzeit anbieten und sie begeistert sein würde, nachdem sie gekostet hatte. Was dazu führen würde, dass sie vielleicht doch mithelfen durfte.

Leider ging ihr Plan nicht auf.

Ellie hatte sich ein Omelett mit braunen Champignons, Zwiebeln und schottischem Cheddar gebraten, darüber streute sie Schnittlauchröllchen. Dazu hatte sie Toast mit Butter in einer Pfanne geröstet. Es roch verführerisch, ihr lief das Wasser im Mund zusammen. Sie richtete zwei Teller an und hielt Isla einen hin. »Bitte, möchtest du vielleicht?«

Isla guckte misstrauisch, dann rümpfte sie die Nase. »Nein, mit so neumodischem Kram kann ich nichts anfangen.«

Ellie spürte, dass Tränen in ihr aufstiegen. Verflixte Axt, wie kam man nur an diese Frau heran? Das musste doch möglich sein. Hastig wandte sie sich ab. »Gut, ich decke es ab und packe es in den Kühlschrank. Vielleicht hast du nachher noch Appetit.«

Als Antwort erfolgte ein empörtes Grunzen. Ellie sah zu, dass sie aus der Küche kam. Sie nahm ihren Teil des Omeletts und setzte sich nach draußen. Es war ein milder, sonniger Tag, die Vögel zwitscherten, mehrere Kaninchen hoppelten über den kurzen Rasen. Es wehte ein leichter Ostwind, der weiße Schäfchenwolken über den tiefblauen Himmel trieb. Eigentlich wundervoll, leider war ihr der Appetit vergangen. Lustlos stocherte sie in ihrem Essen.

In den folgenden drei Tagen entwickelte sich eine seltsame Routine, Ellie kam am Mittag in die Küche, bot Isla etwas an, die lehnte ab, Ellie packte ihren Anteil in den Kühlschrank, am nächsten Morgen war der Teller leer.

*Also doch*, dachte sie am Abend des dritten Tages triumphierend. Irgendwann musste Isla sich eingestehen, dass ihr Ellies Essen schmeckte.

Kenneth brütete über den Papieren, es war mühsamer, als er gedacht hatte, Herr über das Chaos zu werden. Es mangelte ihm an allem, Konzentration und Motivation und auch an buchhalterischen Kenntnissen. Außerdem knurrte ihm der Magen, das Abendessen war mal wieder ungenießbar gewesen. Es war unglaublich, langsam dachte er, dass Isla sich womöglich üble Scherze mit ihm erlaubte. Bislang hatte er angenommen, die Frau könnte einfach nicht kochen und sein Vater hätte es geduldet, weil sie schon seit Ewigkeiten im Dienst des Earls stand. Als er aus London zurückgekehrt war und gegen Mitternacht in die Küche gegangen und den Kühlschrank auf der Suche nach etwas Essbarem geöffnet hatte, hatte er einen Rest von einem hübsch angerichteten Omelett entdeckt, und das ließ ihn an seinen bisherigen Annahmen zweifeln. Das Omelett hatte sogar kalt genial geschmeckt, sodass er sich hinterher geärgert hatte, dass er es so schnell verschlungen hatte. Zum ersten Mal seit der Nachricht vom Tod seines Vaters hatte er eine Mahlzeit genossen – auch wenn es wirklich nicht mehr als eine Spatzenportion gewesen war.

Sein Magen knurrte lautstark, er sollte nicht so viel an Essen denken. Das müsste er nicht, wenn das, was ihm serviert wurde, schmecken würde. Genervt rieb er sich über die Stirn. Er hatte Donald vorhin schon deswegen angesprochen, aber der wusste natürlich von nichts. Diese Dienstboten steckten doch unter einer Decke.

Einen Fluch unterdrückend stand er auf, Dougie sprang auf die Beine und folgte ihm. Als er ihn auf dem Rückweg bei der Hundepension abgeholt hatte, war er vor Freude fast ausgeflippt. Die Betreiberin hatte ihm mitgeteilt, dass der Hund das Fressen verweigert und schwer getrauert hatte, sie riet davon ab, ihn in nächster Zeit noch einmal von seinem Herrchen zu trennen. Kenneth hatte ihr erklären wollen, dass sein Herrchen tot war, aber Dougie hatte so freudig mit dem Schwanz gewedelt und gequietscht, also hatte er es gelassen und langsam, aber sicher akzeptiert, dass er den alten Flohsack vorerst wohl nicht mehr los wurde. Das war auch der Moment, in dem ihm klar geworden war, dass seine Schwester recht hatte, dass er irgendwie an dem alten Kasten hing und nicht bereit war, ihn aufzugeben. Noch nicht.

Obwohl es spät war, zückte Kenneth sein Telefon und rief den Notar an, es sprang nur die Mailbox an, aber er wollte seine Nachricht loswerden, ehe ihn der Mut verließ. »Guten Abend, hier ist Kenneth MacGregor, ich wollte Ihnen mitteilen, dass ich das Erbe antrete. Ich denke, wir sollten einen Termin vereinbaren. Rufen Sie mich bitte an.«

Dann legte er auf und ließ sich wieder in seinen Stuhl sinken.

»O Gott«, brummte er. »Was mache ich da nur? Ich will kein Schloss. Ich will kein Earl sein.«

Und irgendwie wollte er es doch. Es war seltsam, aber etwas war mit ihm passiert, etwas, das er sich nicht erklären konnte. Dougie legte seinen Kopf auf Kenneth' Oberschenkel und guckte ihn aus dunklen, treuen Augen an. »Sabber mich nicht voll«, knurrte Kenneth, tätschelte aber seinen Kopf. »Komm, wir schauen mal in die Küche, ob die Alte wieder was im Kühlschrank versteckt hat.«

Dougie sprang schwanzwedelnd zur Seite und war bereit, seinem neuen Herrchen überall hin zu folgen. Irgendwie war seine Gesellschaft in vielerlei Hinsicht besser als die der meisten Menschen, dachte Kenneth auf dem Weg in den Dienstbotentrakt. Der Hund himmelte ihn bedingungslos an – warum auch immer – er wollte nichts außer ein paar Streicheleinheiten und Fresschen, das konnten die meisten Menschen nicht von sich sagen. Alle wollten irgendwas von ihm, er war in den letzten Jahren kaum jemandem begegnet, der ohne Berechnung etwas für ihn getan hatte. Was für ein jämmerliches Leben er doch führte. Sogar Helena, die sich selten bis nie beklagte, machte das nur aus einem Grund: Sie wollte einen Ring und seinen Namen und damit den Zugang zur *Society.*

»Ich sollte Schluss machen«, murmelte er vor sich hin, während er die Stufen zur Küche hinunterging.

*Hoffentlich gibt es noch was Gutes,* dachte er. Sein Magen hing ihm in den Knien. Seine Hosen schlackerten ohnehin schon alle, er hatte sicher ein paar Kilo abgenommen, das war nicht gut. Er hielt inne, als er hinter der Tür jemanden mit Geschirr hantieren hörte. Mist, wenn er auf eines keine Lust hatte, dann auf Gesellschaft. Vielleicht hatte er Glück, und nach einem kleinen Spaziergang mit Dougie – er musste vor der Nacht sicher noch ein Geschäft verrichten – hatte er nachher seine Ruhe und etwas Gutes zu Essen im Kühlschrank.

Leise vor sich hin pfeifend, verließ er das Schloss, es war kühl, aber er genoss es, die frische Abendluft auf seinem Gesicht zu spüren. Er hatte heute viel zu lange vor verwirrenden Rechnungen gesessen.

Als er eine halbe Stunde später zurückkehrte, zog ein verführerischer Duft über den Flur des Dienstbotentrakts. Ihm lief schon jetzt das Wasser im Mund zusammen. Energisch stieß er die Tür auf, Dougie sprang vor ihm in die Küche, alles war blitzblank, wie immer, und dann entdeckte der den Steak Pie. Vorsichtig näherte er sich der Auflaufform

– aus der jemand schon etwas genommen hatte – und roch
daran. Er war noch lauwarm.

»O Gott«, stöhnte er und schloss die Augen. »Wenn das
Ding so schmeckt, wie es riecht, werde ich gleich in den
siebten Himmel schweben.« Dabei mochte er dieses Gericht
eigentlich nicht so gerne.

Argwöhnisch betrachtete er ihn noch einmal, er kannte
Islas Steak Pie, der hatte noch nie so gut gerochen und auch
nicht so saftig ausgesehen. Jetzt war er sich sicher, dass
die Alte ihn absichtlich so schlecht bekochte. Vielleicht
wollte das Personal, dass er das Schloss aufgab und den
Titel ablehnte. Aber warum? Er hatte ihnen doch nichts
getan, er war Ewigkeiten nicht mehr hier gewesen.

Nicht jetzt, nahm er sich vor. Er wollte sich nicht den
Appetit verderben lassen. Kenneth griff nach einer Gabel
und stach direkt in die Form. Eigentlich nicht seine Art,
aber er war so hungrig, dass er nicht mehr warten konnte.
In dem Fall waren seine guten Manieren vergessen und
Teller überbewertet.

Unglaublich, es war unglaublich. Dieser Pie schmeckte
noch besser, als er roch. Er musste im falschen Film sein.
»Shit«, stieß er mit vollem Mund hervor und schüttelte mit
einem Grinsen den Kopf. »Dougie, das musst du probieren.«

Er holte seinen Napf und füllte ihm etwas von dem nur
noch lauwarmen Gericht ein. »Nur ein bisschen, wir wollen
ja nicht, dass du Bauchschmerzen bekommst.«

Als Antwort erfolgte ein »Hechel, hechel« und ein Sab-
bern, das einem Boxer alle Ehre machen würde.

»Bitte schön.« Kenneth stellte Dougies Napf zu seinen
Füßen und der Hund schlabberte alles weg.

Satt und zufrieden schob Kenneth die Auflaufform irgendwann von sich, jetzt war ihm schlecht. Vielleicht hätte
er nicht alles aufessen sollen.

»Komm, Dougie«, rief er dem Hund zu, nahm sich noch ein Glas Wasser, dann verließen sie die Küche und gingen nach oben.

# Kapitel 8

Ellie stand im Park des Schlosses und ließ ihr Telefon sinken. Vögel zwitscherten in den Bäumen, eine Biene summte an ihrem Ohr vorbei. Sie nahm es kaum wahr. Fassungslosigkeit breitete sich in ihr aus, nachdem sie zuvor die Nachricht ihrer Kollegin Sabine abgehört hatte, dabei hatte sie insgeheim ohnehin damit gerechnet. Aber nun war es amtlich: Alle Mitarbeiter wurden mit sofortiger Wirkung entlassen, waren nun arbeitslos und ohne Perspektive auf eine neue Stelle. Die Referenzen eines Lokals, das wegen Geldwäsche geschlossen worden war, waren nicht viel wert. Aus einer vorübergehenden, außerplanmäßigen Schließung war nun eine permanente geworden.

Ellie griff sich an die Stirn und atmete hörbar aus. »Tja, dann war es wohl richtig, dass ich mir erst mal eine Putzstelle gesucht habe«, murmelte sie vor sich hin und setzte ihren Weg ins Dorf fort. Sie hatte heute ihren ersten freien Tag, den wollte sie nicht in ihrem kleinen Zimmer im Schloss verbringen. Zwar gab es dort einen Fernseher, aber sonst gar nichts. Sie musste echte Menschen sehen, mit denen sie sprechen konnte und von denen sie auch eine halbwegs vernünftige Antwort bekam. Isla und Donald waren leider keine geeigneten Kandidaten für ein Schwätzchen. Der Gedanke ließ sie beinahe schon hysterisch auflachen, die

117

beiden alten Grummel waren einer weniger gesprächig als der andere.

Ellie steuerte das »The Lantern« an, vielleicht hatte Kendra Zeit für einen Kaffee oder eine Cola. Sie zuckte zusammen, als sie sich bewusst machte, dass Kendra nicht ihre Freundin war, sie war eine Wirtin, die freundlich zu einem Gast gewesen war. Das sollte Ellie mal lieber nicht verwechseln. Sie atmete ein und betrat das Pub.

»Tag«, grüßte sie, und Kendra winkte ihr mit einem breiten Lächeln.

»Hey, wie gut, dich zu sehen, ich dachte schon, du wärst abgereist, ohne Tschüss zu sagen.«

Ellie machte große Augen. »Nein, das würde ich doch nicht tun.«

»Bleibst du jetzt doch länger? Kann man es überhaupt so lange im Zelt aushalten?«

Ellie lachte und setzte sich an ihren selbst ernannten Stammplatz. »Nein, kann man nicht.«

»Hast also doch aufgegeben. Und in welcher Pension schläfst du jetzt?« Kendra kam mit der Speisekarte. »Brauchst du die überhaupt noch?«

Sie schüttelte lachend den Kopf. »Nein, brauch ich nicht. Ich hätte gern ein Cask Ale und Fish and Chips.«

Vielleicht half das frittierte Essen, die eben erhaltene Nachricht zu verdauen.

»Gerne. Wie geht's dir? Langweilst du dich nicht langsam, so alleine in den Highlands?«

»Ich langweile mich überhaupt nicht, im Gegenteil.« Kendra hatte ja keine Ahnung, dass sie von morgens bis abends putzte und schrubbte. Sie musste ihr nur ihre rissigen und roten Hände zeigen, die Fingernägel waren alle abgebrochen.

»Tatsächlich? Hör mal, es ist nicht viel los heute, ich gebe eben deine Bestellung rein, und hast du was dagegen, wenn ich mich dann mit einer Tasse Tee zu dir setze?«

»Nein, gar nicht. Ich würde mich freuen.« Ellie lächelte glücklich.

»Super, bin gleich wieder da.« Die rothaarige Schottin eilte zur Küche, gab ihren Fisch in Auftrag, zapfte ein Bier für Ellie, schnappte sich ihre Tasse, kam dann zum Tisch zurück und setzte sich ihr gegenüber.

»Hab grad gehört, dass ich meinen Job in Deutschland endgültig los bin«, sprudelte es einfach so aus ihr heraus.

»Oh, das tut mir leid.«

Ellie runzelte die Stirn. »Es ist seltsam, aber mir irgendwie nicht.« Das stimmte, obwohl sie geschockt gewesen war, fühlte sie etwas anderes: Erleichterung.

»Wie kommt's? War es ein blöder Chef?«

»Ja, das auch. Ich ...«, ihr wurde heiß, sie wollte nicht über das Thema Geldwäsche und den Mist reden. »Ich habe im Schloss angefangen«, wechselte sie das Thema.

»Hier im Schloss? Auf Kiltarff Castle?« Kendra hatte die Augen weit aufgerissen. »Ist Isla krank?«

»Nee, die Frau hat eine Konstitution wie ein Bär.«

Kendra kicherte. »Wohl eher wie ein Elefant.«

»So wollte ich es jetzt nicht ausdrücken.« Ellie nahm einen Schluck von ihrem Bier. Es schmeckte kräftig und nach Malz, ganz anders als diese Standard-Industriebiere. Wirklich lecker. »Ich bin dort als Hausmädchen angestellt.« Wobei, einen Vertrag oder so was hatte sie bisher von Donald nicht ausgestellt bekommen. Sie musste sich bei Gelegenheit danach erkundigen.

Eine steile Falte erschien zwischen Kendras Augen. »Hausmädchen? Ich kann mir dich gar nicht mit Staubwedel und Putzeimer vorstellen.«

»Konnte ich bis vor Kurzem auch nicht, aber ... na ja, es ist nur übergangsweise.«

»Hast du Pläne? Nein, vermutlich noch nicht. Ich kann mich ja mal umhören. Ach, das wäre cool, wenn du hierbleiben würdest und frischen Wind in unser Dörfchen bringst.«

Ellie spürte, wie sich ihre Mundwinkel nach oben bogen. »Hier ist nicht so viel los, hm?«

»Ach, es geht so. Nein, außer dem bisschen Tourismus eigentlich nicht. Die Sommermonate sind sehr geschäftig, also alles in allem ist es in Ordnung, schätze ich. Sonst wäre ich ja nicht mehr hier.«

»Aber einen Freund hast du nicht?«, wagte sich Ellie vor.

»Nein, irgendwie ... na ja, was soll ich sagen. Ich kenne die Jungs hier quasi, seit ich ein Baby bin.«

»Aber komm, Colin von Girvan's ist attraktiv und Stuart auch irgendwie und der Feuerwehrmann erst ...« Ellie wedelte mit der Hand vor dem Gesicht. »Echt heiß, oder?«

Kendra gluckste. »Bist du wegen einem von ihnen geblieben?«

»Äh, nein. Nicht wirklich. Ich bin ja Neu-Single, und ehrlich gesagt, von allen Menschen mit zu viel Testosteron halte ich mich in der nächsten Zeit fern.«

»Das klang eben aber nicht so.«

»Du wirst es nicht glauben, aber mein Ex hat alle meine Sachen quasi raus auf die Straße geworfen, und davon hat er mir ein Foto geschickt.«

»Nein!«

»Doch, zum Glück wohnen meine Eltern in der Nähe und konnten das meiste retten.«

»So ein Schwein.«

»Allerdings.«

»Aye, das ist ein Grund, erst mal Single zu bleiben, das muss man verdauen.«

»Und was ist *dein* Grund?«

Sie zuckte die Schultern. »Ich weiß nicht, es gibt keinen speziellen Anlass. Ich habe einfach noch nicht den Richtigen kennengelernt. Und ich komme auch nicht viel raus, guck dich mal um. Ich stehe hinter dem Tresen, und die Kerle, die vorbeikommen, haben meistens eine Frau oder Freundin dabei. Du fährst nicht allein nach Schottland in den Urlaub, also die meisten nicht.« Sie warf Ellie einen entschuldigenden Blick zu. »Ich habe das jetzt nicht böse gemeint, tut mir leid.«

»Schon okay, meine Situation war außergewöhnlich, eigentlich hätte mein Urlaub auch ein Pärchenurlaub werden sollen, wenn mein Ex mir nicht auf der Fahrt verklickert hätte, dass er mich zuvor monatelang betrogen hat ...«

»Du liebe Zeit, was für ein Idiot!«

»Das kannst du laut sagen.«

Ein Bimmeln aus der Küche ertönte, und Kendra sprang auf. »Das dürfte dein Fisch sein. Bin gleich wieder da.«

Ellie trank noch einen Schluck vom Cask Ale und lehnte sich zurück. Herrlich, es war schön hier und so entspannend, wenn man sich mal bedienen lassen konnte. Gleichzeitig regte sich ihr Gewissen, denn sie hatte ihren Eltern vor ein paar Tagen zwar verkündet, dass sie ihren Urlaub aufgrund der Situation verlängert hätte. Sie hatte ihnen aber noch nicht gesagt, dass sie vorhatte, hier zu arbeiten – oder vielmehr, dass sie bereits einen Job angenommen hatte. Ihre Mutter würde sicher ausflippen, wenn sie hörte, dass sie von der Souschefin zu einer Putzfrau abgestiegen war. Nichts gegen Leute, die putzten, aber das war einfach nicht das, was sie auf Dauer tun wollte. Nein, natürlich nicht, es war auch nur der Weg zum Ziel.

*Dann müsstest du endlich mal mit Kenneth reden.* Allein der Gedanke an den dunkelhaarigen Schotten ließ ihr Herz höherschlagen. Seit sie im Schloss wohnte, hatte sie ihn nur hinter den schweren Brokatvorhängen hervor beobachtet, wie er mit Dougie über den Rasen um das Seeufer spazierte. Und sie hatte sich noch immer nicht die richtigen Worte zurechtgelegt, mit denen sie ihn überzeugen könnte. Gleichzeitig fragte sie sich, ob sie ihm dabei auch schon eine Art Finanzplan vorlegen sollte oder ob ihn das gar nichts anging? Sie war einfach so unerfahren, was den Umgang mit einem potenziellen Vermieter anging. Kendra brachte ihr Essen, und Ellie beschloss, diese Überlegung noch einmal zu vertagen. Sie würde nachher zum Bootshaus gehen und es sich genauer ansehen, vielleicht war es doch schon zu morsch und gar nicht mehr zu retten. Dann hätte sich das Thema sowieso erledigt.

Kenneth stapfte durch den Park und vergrub seine Hände in den Hosentaschen. Eben hatte er das Telefonat mit dem Notar beendet und einen Termin für den nächsten Morgen in Inverness vereinbart, er war aufgewühlt und konnte kaum klar denken. Tat er das Richtige? Er wusste es nicht, er wusste nur, dass er es tun musste. Es führte kein Weg daran vorbei, und das hatte wohl auch sein Vater beabsichtigt, als er sein Testament verfasst hatte. Eine jahrhundertealte Tradition konnte nicht mal Kenneth leichtfertig über Bord werfen, er hatte eine Verantwortung für sein Erbe und den Namen, die größer war als er selbst. Shirley hatte er noch nicht informiert, er würde sie morgen nach dem Papierkram anrufen.

*Ich muss erst mal selbst damit klarkommen.*

Dougie verschwand mal wieder irgendwo im Unterholz, und Kenneth fragte sich, was er dort so spannend fand. Kaninchen jagen schien nicht sein Ziel zu sein, bei der Menge an den Plagegeistern, die hier überall herumhoppelten, war es fast ausgeschlossen, dass ein so riesiges Vieh wie Dougie keinen fing. Er müsste nur das Maul aufmachen und warten, bis irgendwann eins von selbst hineinsprang. Kenneth war froh, dass der Hund keinen mörderischen Jagdtrieb hatte.

Er kickte einen losen Stein weg und lief weiter. Und dann traf ihn beinahe der Schlag. Vor dem Bootshaus saß schon wieder diese Touristin. Wie hieß sie noch mal? Ach ja, als Ellie hatte sie sich letztens vorgestellt.

»Hey, was machen Sie denn hier?«, brummte er.

Sie hob ihren Kopf, und der Schreck war ihr anzusehen. Sie hatte ihre hübschen grünen Augen weit aufgerissen, und sie wurde blass. »Sie! Hier!«

Er runzelte die Stirn und seine Mundwinkel zuckten. »Tun Sie nicht so, Sie wissen doch, dass das Bootshaus tabu ist.«

Er hatte gedacht, dass sie längst abgereist wäre.

»Äh, ja, klar«, stammelte sie, und er fragte sich, warum sie so nervös war. Sie stand auf und klopfte sich Blätter und lose Erde von der Hose. Es kam ihm vor wie ein Déjà-vu.

»Also, wieso sind Sie noch hier?«, wiederholte er seine Frage.

»Sie hatten mir doch erlaubt, dass ich hier spazieren gehen darf.«

»Ja, das hatte ich. Aber, sagten Sie nicht, dass Sie nach zwei Wochen wieder abreisen würden?«

»Daran erinnern Sie sich?« Sie starrte ihn an, und er sah, wie ihre Brust sich hob und senkte. Sie befeuchtete sich ihre vollen Lippen mit der Zunge, und Kenneth fragte sich, ob sie genauso gut schmeckten, wie sie aussahen.

Shit, ihm gefiel nicht, in welche Richtung sich sein Blut bewegte. Gleichzeitig begriff er, dass er sich an jedes einzelne Wort erinnerte, das er mit ihr gewechselt hatte. Er hatte sich eben fast gefreut, sie hier zu sehen. Vielleicht tat ihm die Isolation in Kiltarff doch nicht so gut, wenn er sich schon nach einem Schwätzchen mit einer nervigen Touristin sehnte.

»Sicher erinnere ich mich daran, wem ich erlaube, auf meinem Land zu sein.«

Sie schluckte. »Ja, natürlich.«

»Gefällt es Ihnen in Kiltarff so gut, dass Sie Ihre Reise verlängern?«

Keine Ahnung, warum es ihn interessierte.

»So ungefähr, ja.«

Schweigen breitete sich zwischen ihnen aus, es war nicht unangenehm. Es war ... elektrisierend. Kenneth runzelte irritiert die Stirn und fuhr sich durch die Haare.

Sie trat einen Schritt auf ihn zu, und ein Windhauch schickte einen schwachen Geruch nach Pfirsich und Blüten zu ihm herüber. Verdammt, wieso musste sie so gut duften? Dabei stand er nicht mal auf Brünette in Funktionskleidung.

Bis jetzt anscheinend.

Es musste an der Isolation und dem mangelnden Sex der letzten Wochen liegen. Seit Helenas vergeblichen Bemühungen herrschte tote Hose, und davor war auch nicht viel los gewesen. Umso mehr regte sich jetzt darin. Leider. Hoffentlich achtete sie nicht darauf. Ihm wurde unangenehm heiß.

»Kann ich Sie was fragen?« Sie guckte ihn aus riesigen, endlos tiefen grünen Augen an.

»Sicher«, antwortete er und setzte sich auf einen Stein, um seine körperlichen Reaktionen zu verbergen.

Wenn sie überrascht war, dann ließ sie sich nichts anmerken. In diesem Moment kam Dougie aus dem Gebüsch gestürzt und sprang an Ellie hoch. Sie taumelte und kippte um.

Direkt in seine Arme.

Sie stieß einen spitzen Schrei aus.

Er auch.

Dougie schlabberte ihr in der Zwischenzeit ausgiebig über das Gesicht.

»Hau ab«, schrie Kenneth, und Ellie versuchte, aufzustehen.

Er hielt sie fest. »Nicht Sie! Er!« Kenneth schob den Köter mit einer Hand weg. »Den Hund meine ich.«

Ellie entspannte sich ein wenig, und er stellte fest, dass sich ihre Kurven ziemlich gut auf seinem Schoß anfühlten. Zu gut. Verflucht!

Der blumige Duft intensivierte sich, und ihre Blicke trafen sich zur gleichen Zeit. Er entdeckte kleine, goldene Sprengsel im Grün ihrer Augen, die ihm zuvor noch nicht aufgefallen waren. Dichte, dunkle Wimpern umrahmten sie und ließen sie damit noch intensiver strahlen. Verwirrung und ein seltsames Schimmern, das er nicht zuordnen konnte, lagen darin. Sie weckten eine Sehnsucht in ihm, die sein Herz schneller schlagen ließ. Ihre Lippen waren nur wenige Zentimeter von seinen entfernt, er müsste sich nur zu ihr beugen, dann würde er herausfinden, wie sie sich anfühlten. Weich, heiß und nass, schätzte er. Göttlich. Anregend. Himmlisch, fiel ihm noch dazu ein, während er auf ihren Mund starrte.

Er hatte keine Ahnung, wie viele Sekunden verstrichen, es kam ihm wie eine kleine Ewigkeit und doch viel zu kurz vor. Ellie rührte sich und streifte seine Erektion mit ihrem Hintern.

Er biss sich auf die Lippen, um ein Keuchen zu unterdrücken.

Hilfe, die Frau war wie ein Brandbeschleuniger auf einem schwelenden Feuer.

Ein Ruck ging durch ihren Körper, und sie löste sich aus seinen Armen. »Tut mir leid«, stammelte sie, und er gab sie frei.

Er war es, der sich entschuldigen sollte. Verdammt noch mal. Verwirrt, wie er war, brachte er nicht mal einen vernünftigen Satz zustande, also schwieg er. Ellie schien es genauso zu gehen. Sie schob sich eine Strähne aus dem Gesicht und trat von einem Fuß auf den anderen. Er zog

125

es vor, sitzen zu bleiben und den Pulli weiter nach unten zu ziehen. So musste er zu ihr aufschauen, leider blieb sein Blick an ihrem wogenden Busen hängen. Sofort schaute er wieder zu Boden.

»Tut mir leid«, wiederholte sie und machte ihm damit klar, dass er verdammt noch mal endlich den Mund aufbekommen musste.

Der Gedanke kühlte ihn so weit ab, dass er wieder halbwegs denken konnte. »Nicht doch, ich muss mich entschuldigen. Dougie ist unmöglich, dabei springt er sonst wirklich keinen an. Er hasst Menschen.«

»Es ist komisch, dass Sie das ständig sagen«, gab sie mit einem Glucksen zurück. Dougie machte neben ihnen Sitz, seine Zunge hing heraus, und er guckte treudoof von einem zum anderen. »Es sieht nämlich gar nicht so aus.«

»Sie sollten mal erleben, wie er die Leute im Schloss anknurrt. Oder im Dorf, da geh ich erst gar nicht mehr mit ihm hin.«

Ellie zuckte die Schultern. »Manche Hunde vertrauen eben nicht jedem.«

»Ja, aber wieso gerade Ihnen?«

Das Funkeln in ihren Augen erlosch, und er wollte sich für seine Frechheit ohrfeigen.

»So meinte ich das nicht, ich meinte, er kennt Sie ja gar nicht.«

»Hunde haben eben eine ganz andere Wahrnehmung als wir.«

»Ja, vermutlich.« Er rieb sich das Kinn und stand auf. Endlich schien sich das Hormonchaos in seinem Körper zu regulieren. »Sie wollten mich doch eben etwas fragen?«

»Ja.« Sie trat wieder von einem Fuß auf den anderen und knetete nervös die Hände. Dann blickte sie ihn direkt an. »Kann ich das Bootshaus pachten?«

Er presste die Lippen aufeinander. »Das Thema hatten wir doch schon.«

»Ja, aber da haben Sie Nein gesagt.«

Er stutzte, dann brach er in Lachen aus. »Und Sie machen jetzt so lange weiter, bis ich Ja sage, oder wie? Da kann ich Ihnen versprechen, eher friert die Hölle zu, als dass ich die Hütte hier verpachte. Außerdem«, er kickte mit dem Fuß an ein Brett, »das Ding ist baufällig.«

Er sah, wie sie sich straffte, und er bewunderte sie für ihren Mut. Nicht viele Menschen waren so hartnäckig wie dieses Persönchen.

»Ich würde es herrichten.«

Er brummte. »Auf keinen Fall.«

»Warum nicht?«

Wirklich, ihre Beharrlichkeit imponierte ihm. Aus irgendeinem, ihm sich nicht erschließenden Grund wollte er wissen, was sie antrieb. Warum genau dieses verdammte Bootshaus, das am besten niemals errichtet worden wäre. »Es geht Sie nichts an.« Er atmete aus. »Was wollen Sie überhaupt damit? Zum Wohnen ist es nicht geeignet.«

»Ich würde nicht darin wohnen wollen.«

Er verlor die Geduld, nein, er wollte es wirklich nicht wissen. Sein Vater hätte die Hütte abreißen lassen sollen. Das wäre vernünftig gewesen, stattdessen stand das verfluchte Ding nach all der Zeit immer noch da, als wäre nichts gewesen. »Wissen Sie was, es interessiert mich doch nicht. Vergessen Sie es, suchen Sie sich ein anderes Objekt für was auch immer Sie vorhaben. Ist das klar?«

Er sah sie noch einmal schlucken, und beinahe tat ihm sein ruppiger Tonfall leid. Andererseits musste diese Frau endlich begreifen, dass sie hier nicht tun konnte, was auch immer sie tun wollte. Ende der Geschichte.

# Kapitel 9

*A*ufgeben, ja, vielleicht sollte sie einfach aufgeben Es war sowieso eine blöde Idee gewesen. Wie sollte sie ganz allein in den Highlands ein Restaurant aufbauen? Absurd, dumm, zum Scheitern verurteilt.

Sie hasste Putzen, sie hasste Staubsaugen, aber sie liebte Kochen. Hier würde sie niemals diesen Traum, der immer vor ihrem Auge auftauchte, sobald sie sie schloss, leben können. Kenneth hatte sich klar ausgedrückt. Mehrfach und sehr bestimmt.

Ein Nein war ein Nein, und das würde immer so bleiben. *Eher friert die Hölle zu,* hallte es in ihrem Kopf wider.

Ellie hackte die Zwiebel energischer als nötig, als hoffte sie, damit ihre Niedergeschlagenheit genauso zerstören zu können wie das weiße Ding in ihren Händen. Irgendwann begriff sie, dass die Zwiebel bald Püree war, und legte das Messer weg.

Sie versenkte ihre Hände im Mürbeteig, den sie noch einmal kräftig durchkneten wollte, ehe sie ihn ausrollte. Draußen war es längst dunkel, sie war heute spät dran, weil sie zuvor noch mit Kendra etwas trinken gewesen war. Dabei hatten sie Stuart und Colin getroffen und ein wenig geplaudert, eigentlich ein schöner Abend, wenn sie bloß nicht immer wieder an den Nachmittag hätte zurückdenken müssen. Es war nicht nur Kenneth' Absage, die sie beschäf-

128

tigte, es waren leider vielmehr seine kräftigen Oberarme, sein durchtrainierter Körper und seine sonore Stimme gewesen, die sie immer wieder an ihn denken ließen.

Ellie seufzte schwer und hielt einen Moment inne. Sie ließ die Schultern sinken und schloss die Augen. Was machte sie hier eigentlich? Sie stand in einer Schlossküche, in der sie gar nicht kochen durfte, und träumte davon, von einem wildfremden Mann geküsst zu werden, der gerade seine Frau verloren hatte.

Sie war wohl nah an der Grenze, verrückt zu werden – oder vielleicht war es schon zu spät, sie wusste es nicht.

Ein Geräusch, das nicht in ihre Routine passte, drang an ihre Ohren, aber sie war zu sehr mit sich beschäftigt, um eins und eins zusammenzuzählen. Im nächsten Augenblick hörte sie genau die Stimme, an die sie immer wieder denken musste.

»Das gibt's doch nicht. Was zur Hölle machen Sie in meiner Küche?« Er klang nicht wütend, im Gegenteil, er wirkte überrascht, vielleicht sogar ein wenig amüsiert.

Shit. Er war hier.

Er hatte sie erwischt.

Würde er sie jetzt rauswerfen?

Oder vielleicht anzeigen? Nein, das ging ja nicht, sie war angestellt, auch wenn er nichts davon wusste.

Möglicherweise würde er sie in seine Arme reißen und küssen?

Nein, Letzteres ganz bestimmt nicht. Vor allem nicht das. Ganz sicher hatte sie in diese seltsame Situation am Nachmittag etwas völlig Falsches hineininterpretiert.

Die Einsamkeit stellte komische Dinge mit ihr an. Es war absurd, dass sie auch nur einen Gedanken daran verschwendete, von einem völlig unnahbaren Mann, der in allen Belangen nicht zu ihr passte, geküsst zu werden.

Wollte sie das denn überhaupt?

129

Nein, absolut nicht.

Sie hatte doch erst heute Mittag zu Kendra gesagt, dass sie Abstand von allen Wesen mit Testosteron brauchte. Und dass Kenneth genug davon hatte, o ja, das war eindeutig. Er war männlicher, als Alexander es nach jeder Hormonbehandlung jemals sein würde.

Sie stieß einen leisen Seufzer aus, und der eindringliche Blick des Schlossherrn sagte ihr, dass er auf irgendwas wartete. Eine seiner dunklen Augenbrauen wanderte in die Höhe.

Ach ja, sie hatte noch gar nicht geantwortet. Wie blöd von ihr.

»Also? Was tun Sie hier?«, wiederholte er noch einmal und trat näher.

»Kochen?«, gab sie selten dämlich zurück.

Sie wartete auf das Donnerwetter, stattdessen grunzte er und schüttelte den Kopf. »Sie kochen, soso.« Er schnaufte aus, als ob er immer noch nicht fassen könnte, dass er in seiner Dienstbotenküche auf sie gestoßen war. »Das sehe ich, aber warum sind Sie in meiner Küche? In meinem Haus?«

Die Frage war zu erwarten gewesen, gleichzeitig war sie froh, dass er sie nicht anbrüllte oder hinauszerrte.

»Na, als Haus kann man den Kasten hier kaum bezeichnen.«

Sein Blick ließ sie schweigen, aber nur für einen Moment, dann korrigierte sie sich. »Also, ich meine, es ist ein schönes Haus, natürlich, wobei ich eher Schloss dazu sagen würde.«

Kenneth verzog seine Lippen zu einem schwachen Lächeln, das ihren Magen einen Salto vollführen ließ. »Ellie«, fing er noch einmal an, dabei sprach er so leise und sanft wie mit einem kleinen Kind, dem man erklärte, dass es nun Zeit war, mit den Süßigkeiten aufzuhören, ehe man Bauchweh bekam. »Sagen Sie mir, warum Sie hier eingestiegen sind. Oder nein, ich verstehe schon, klar. Sie zelten auf dem

Campingplatz, auf Dauer haben Sie keine Lust mehr auf Kekse und Chips aus der Tüte. Aber Ihnen ist doch klar, dass Einbrechen nicht die Lösung sein kann, oder?«

Ellie blieb die Luft weg, sie war so überrascht von seinen Schlussfolgerungen, dass sie nichts erwidern konnte.

Er kam noch näher, und sie konnte die Kraft und seine Präsenz körperlich spüren. Es war absurd, aber sie fand ihn tatsächlich anziehend. Ihn, den miesepetrigen ... Witwer.

Der Gedanke ernüchterte sie. »So war es nicht«, fing sie an.

»Sie machen das schon seit einigen Tagen, oder?«

Ellie nickte.

»Das Essen im Kühlschrank, das waren Reste, von dem, was Sie gekocht haben?«

Sie nickte noch einmal.

*Na los, nun sag ihm schon, dass du hier das neue Hausmädchen bist.*

Sie konnte es nicht. Warum auch immer, sie begriff es selbst nicht.

»Wie sind Sie reingekommen?«

»Durch die Tür?«

»Hören Sie auf, Fragen mit Fragen zu beantworten.« Er guckte sie streng an.

»Ja, natürlich.«

»Haben Sie etwas geklaut?«

Ellie atmete zischend ein. »Was? Nein, natürlich nicht.«

»Gut, so habe ich Sie auch nicht eingeschätzt.«

Sie wusste nicht wieso, aber es freute sie, dass er sie nicht für eine Verbrecherin hielt. Also, außer dem Ding mit dem Einbruch. Er glaubte, sie hätte aus Verzweiflung irgendwo ein Schloss geknackt, um sich was zu essen zu machen. Das war ja beinahe schon süß. Irgendwie.

»Wollen Sie das Bootshaus mieten, damit Sie darin übernachten können?«

Sie wollte etwas sagen, aber er hob die Hand. »Vergessen Sie es, es ist mir im Moment egal.« Er beugte sich mit dem Gesicht über ihre Schüssel, dann guckte er sie an. Sein Magen knurrte lautstark. »Was kochen Sie da?«

Ellie merkte, dass sich ihre Mundwinkel nach oben bewegten. »Ich, äh, ich wollte eine Zucchini-Quiche vorbereiten, außerdem habe ich Salat besorgt, dazu wollte ich gleich ein Orangendressing zusammenrühren.«

Sie sah, wie er schluckte. Seine Pupillen waren geweitet. »Das ... klingt gut.«

Ellie hatte Probleme mit dem Atmen, wo war auf einmal der Sauerstoff hin? »G-gut?«, stammelte sie.

Kenneth kam näher, so nah, dass sie die Hitze, die von seinem Körper ausging, bis in jede Zelle spüren konnte. »Kochen Sie weiter«, flüsterte er dicht an ihrem Ohr. Sie bekam eine Gänsehaut und erschauderte. »Ich überlege in der Zeit, was ich mit Ihnen mache.«

Sie war versucht, ihren Kopf zu neigen und ihm ihren Hals anzubieten, gerade noch rechtzeitig erinnerte sie sich daran, dass sie das lieber lassen sollte.

Dennoch konnte sie nicht verhindern, dass schmutzige Bilder von ihr und ihm auf der Arbeitsfläche, auf der sie eigentlich den Teig ausrollen wollte, in ihren Gedanken auftauchten.

Sie schüttelte den Kopf, um diese ... niemals real werdenden Bilder zu vertreiben.

»Nein?«, fragte er und trat einen Schritt beiseite. »Sie wollen nicht weitermachen?«

Ellie schnappte nach Luft wie ein Fisch auf dem Trockenen.

»Dann muss ich wohl doch die Polizei anrufen.« Sie fragte sich, ob er es ernst meinte. Entweder sie kochte, oder er ließ sie verhaften?

Ihre Lippen verzogen sich zu einem breiten Lächeln. Das war gut, das war sogar sehr gut, und dann begriff sie.

»Oh, jetzt verstehe ich.«

Wie hatte sie nur so lange dafür brauchen können?

*Weil dein Gehirn nur an eins gedacht hat, nämlich, dich von ihm begrapschen und flachlegen zu lassen.*

Ellie atmete tief durch. »Sie waren das, der immer die Reste gegessen hat, nicht Isla.«

»Isla? Nein.« Er schlug sich mit der flachen Hand gegen die Stirn. »Und ich Blödmann habe gedacht, Isla kocht absichtlich schlecht, um mich loszuwerden.«

Ellie begriff nicht. »Wieso sollte sie das tun?«

»Das habe ich mich auch gefragt.«

Ihre Blicke trafen sich, dann lachten sie los. Kopfschüttelnd starrten sie sich weiter an, jeder in seinem eigenen Missverständnis gedanklich versunken.

»Na los«, trieb er sie schließlich an. »Ich habe Hunger.«

»Sehr wohl«, antwortete sie und griff zielstrebig nach dem Nudelholz, um den Teig auszurollen. »Kann ich Ihnen in der Zwischenzeit vielleicht ein Glas Wein anbieten?«

Kenneth grinste. »Sie scheinen sich hier ganz gut eingelebt zu haben, dafür dass es mein Haus ist.«

Ups.

»Äh, na ja.« Hitze flammte in ihren Wangen auf.

»Was habe ich denn für Wein im Angebot?«

Sie schnappte sich die Zucchini und verarbeitete sie zu kleinen Stücken. »Ich denke, zur Quiche würde ein leichter Riesling gut passen, ich glaube sogar, ich habe da einen im Kühlschrank gesehen.« Sie vermied es, ihn direkt anzuschauen. Tatsächlich hatte sie heute extra die Zutaten in der Tankstelle-Schrägstrich-Supermarkt eingekauft und war sich dementsprechend sehr sicher, dass der Riesling einigermaßen trinkbar sein würde.

Sie legte das Messer weg und wollte zum Kühlschrank

gehen, aber er hielt sie am Handgelenk fest. Ein Stromschlag durchzuckte sie, er schien es auch gemerkt zu haben, denn mit einem Mal starrte er sie an, als hätte sie die Pest. Oder so was Ähnliches. Jedenfalls ließ er sie spontan los, sodass sie leicht schwankte. »Ich mach das schon«, gab er ein wenig atemlos zurück und wandte ihr seinen breiten Rücken zu. Er hatte einen ansehnlichen Rücken und einen noch ansehnlicheren Hintern, der in der dunkelblauen Jeans perfekt in Szene gesetzt wurde.

Hastig wandte sie den Blick ab, ehe sie am Ende noch zugriff, um sich zu vergewissern, dass er genauso knackig war, wie er ausschaute. Sie hatte definitiv einen an der Waffel.

»Möchten Sie auch ein Glas?«, fragte er jetzt.

Sie würgte ein »Gern« hervor und rollte dann endlich den Teig aus.

Ellie fühlte sich beobachtet, aber hütete sich davor, ihren Blick zu heben. Ansonsten würde er womöglich erkennen, worüber sie schon die ganze Zeit nachdachte, und das wäre mehr als peinlich. Peinlicher noch, als für eine Einbrecherin gehalten zu werden. Sie sparte sich jeglichen Kommentar, aus ihrem Mund würde ohnehin nur zusammenhangloser Müll kommen, dessen war sie sich zumindest sicher.

Wortlos stellte er ihr ein Glas hin und setzte sich auf die Arbeitsfläche ihr gegenüber. Sie fühlte, wie er sie musterte, wie er seinen Blick über ihre Haare, ihre Hände und ihre Kehrseite gleiten ließ.

*Gleiches Recht für alle*, dachte sie und schmunzelte. Wie sein Urteil wohl ausfiel?

Nein, das wollte sie lieber nicht wissen.

Ihre Hüften waren ein wenig zu breit und ihre Beine zu kurz geraten, sie war durchschnittlich, nicht das, worauf so ein Earl abfuhr. Nicht, dass sie viele Earls kannte, um das beurteilen zu können.

*Shit, reiß dich mal zusammen,* rief sie sich zur Ordnung und konzentrierte sich endlich auf die Sahne-Gemüse-Ei-Masse, die sie jetzt in die Form auf dem Mürbeteig gab.

Während sie darauf warteten, dass die Quiche fertig wurde, unterhielten sie sich ein wenig über belanglose Dinge, bis er plötzlich sagte: »Ich frage jetzt mal lieber nicht weiter, wie es kommt, dass Sie in meiner Küche stehen und für mich kochen. Tun wir einfach so, als wäre das ganz normal.« Er drehte das Weinglas in seiner Hand: »Wo kommen Sie eigentlich her?«

»Aus Hamburg.«

»Schöne Stadt, dort regnet es fast genauso oft wie bei uns, nicht? Wie gefällt es Ihnen überhaupt in den Highlands?«

»Es ist ganz anders, als ich erwartet habe.«

»Inwiefern?«

Sie zuckte die Schultern. »Na ja, ich habe mir, um ehrlich zu sein, vorher nicht so viele Gedanken gemacht. Ich hatte es aber für übertrieben gehalten, dass alle, die schon mal in Schottland gewesen sind, so ins Schwärmen kommen. Der blaue Himmel, die grünen Weiden, die tiefen Seen und die raue, karge Natur, die alten Häuschen, die vielen Kamine auf den Dächern. Ich dachte immer, es kann in echt gar nicht so schön sein.«

»Und?«

»Es ist bescheuert«, sie blinzelte und lächelte schüchtern, »aber es ist viel schöner als all die romantisch, verträumten Postkarten, die man kaufen kann. Kein Foto und kein Film der Welt kann Schottland so zeigen, wie es wirklich ist. Ich bin wirklich umgehauen worden, die frische Luft alleine schon. Es ist der pure Wahnsinn.«

Kenneth schmunzelte, und sie ärgerte sich, dass sie so ins Schwärmen gekommen war. Er hielt sie sicher für dämlich oder naiv. »Ich habe zu viel geredet.«

Er schüttelte den Kopf. »Gar nicht, ich höre Ihnen sehr gerne zu. Und um ehrlich zu sein, mir ging es kürzlich wie Ihnen. Ich bin eine Weile weg gewesen und sehe das hier jetzt alles noch einmal mit ganz anderen Augen.«

»Ach ja?«

Ein Schatten huschte über sein Gesicht, er wandte sich für einen Augenblick ab.

Verflucht, jetzt hatte sie es geschafft, ihn an seine tote Frau zu erinnern. »Ich, äh, ich sehe mal nach der Quiche, die müsste bald fertig sein. Keine Sorge, ich quatsche Sie auch nicht länger voll. Ich rede einfach zu viel.« Sie stand auf und machte eine Geste, als ob sie sich den Mund mit einem Reißverschluss versiegeln wollte. »Stille. Absolute Stille. Sie hören gar nichts mehr von mir. Nichts. Nada. Schweigen.«

»Ellie«, unterbrach er sie.

»Ja?«

»Sie reden immer noch.«

»Oh. Mist. Ja, ich weiß, das tue ich immer, wenn ich nervös bin. Dumme Angewohnheit.«

»Warum sind Sie nervös?«

Scheiße. Irgendwann würde sie sich noch mal um Kopf und Kragen reden. »Wegen der Quiche«, sie drehte ihm den Rücken zu und guckte in den Ofen. »Ich bin gespannt, ob sie Ihnen schmeckt.«

»Da habe ich keinen Zweifel, alleine der Duft lässt mich schon schwach werden.«

Sie hörte, wie er Wein in beide Gläser auffüllte. Am liebsten würde sie es mit einem Zug austrinken, vielleicht würde sich ihre Nervosität dann legen.

Nein, vermutlich nicht. Sie würde nur noch mehr reden. Besser, sie hielt sich zurück. Beim Essen sprachen sie tatsächlich nicht viel, Ellie genoss es sehr zu sehen, wie

136

Kenneth jeden einzelnen Bissen zelebrierte. Immer wieder seufzte er leise auf, schloss die Augen und brummte genüsslich.

»Werden Sie morgen wieder hier einbrechen?«, fragte er sie irgendwann, und die Zeit stand still, während sie einander tief in die Augen schauten.

»Worauf hätten Sie denn Appetit?«, fragte sie und spürte ihr Herz gegen die Rippen hämmern.

»Ich habe schon Ewigkeiten kein gutes Steak mehr gehabt. Keinen Pie, bitte nicht, obwohl der zugegebenermaßen göttlich war. Aber ... Steak mit Kräuterbutter, können Sie so was?«

»Kräuterbutter, meine leichteste Übung«, erwiderte sie und grinste selbstzufrieden.

»Kartoffelgratin dazu?«

»Jetzt werden Sie aber fordernd ...«

»Na gut, Bratkartoffeln tun es auch.«

»Nein, ich habe gescherzt. Gratin, das geht klar. Dazu Erbsen oder lieber einen Salat?«

»Rotwein, ich werde mal sehen, ob wir was im Keller haben.«

»Gut, dann mache ich einen Salat dazu.«

Kenneth machte sich daran, seinen Teller abzuräumen, aber Ellie hielt ihn auf. »Bitte nicht, ich erledige das. Das ist das, äh, Mindeste, was ich tun kann.«

»Soll ich Ihnen Geld fürs Einkaufen geben? Ja, natürlich, warten Sie, ich hole eben ...«

»Nein!« Sie hielt ihn am Shirt fest. »Das kommt nicht infrage!«

»Aber, ich meine, Sie müssen hier einbrechen, weil Sie offensichtlich das Essen im Restaurant nicht zahlen können, da wäre es doch ...«

»Kenneth«, bat sie ihn leise und wich seinem Blick aus. *Sag es ihm, sag ihm, dass du hier angestellt bist. Sag ihm,*

*dass du ihn mit deinen Kochkünsten überzeugen willst, um
das Bootshaus zu mieten.*

Aber sie brachte es nicht über sich, er würde wissen, dass
sie seine Unterhosen bügelte, er würde wissen, dass sie sein
Bett jeden Tag machte. Nein, es ging nicht. Außerdem hatte
sie Angst vor einem weiteren Nein.

»Bitte, lassen Sie mich einkaufen. Das ist wirklich kein
Problem«, sagte sie stattdessen.

Er griff nach ihrer Hand und hielt sie fest. Seine Haut war
trocken und warm, seine Finger kräftig und wunderschön.

»Also gut, Sie besorgen die Zutaten. Wie klingt neun für
Sie?«

Wow, das war ja beinahe wie ein Date. Im Prinzip war es
auch eins, ein Koch-Date, sie kochte, er aß, genau das, was
sie wollte. Nur noch ein paar Gerichte, dann würde sie ihm
erzählen, was ihr Plan war ...

»Perfekt!« Sie atmete erleichtert aus.

Er könnte ihre Hand jetzt loslassen und gehen. Aber sie
wollte nicht, dass er sie losließ. Der Ausdruck in seinen
Augen ließ sie schneller atmen.

»Gute Nacht«, seine Stimme klang rauer als sonst. »Schlafen Sie gut.«

»Sie auch.«

»Wir könnten das dämliche Sie auch weglassen«, schlug
er zu ihrer Überraschung auch noch vor.

»In Ordnung«, erwiderte sie mit einem Kribbeln im
Bauch.

»Gute Nacht, Ellie.«

»Gute Nacht, Kenneth.«

Und dann ließ er ihre Hand los und ging mit langen
Schritten aus der Küche. Von draußen hörte sie einen leisen
Pfiff, dann vier eilig herannahende Pfoten.

»Komm, du alter Flohsack, lass uns noch eine Runde
drehen.«

Ellie wusste nicht, was sie tun oder sagen sollte. Sie fühlte sich seltsam, als würde sie ein paar Zentimeter über dem Boden schweben.

Morgen würde sie ihm das beste Steak seines Lebens braten!

# Kapitel 10

*K*enneth saß im Büro des Notars und setzte mit dem Füllfederhalter zur Unterschrift an, er zögerte aber eine Sekunde und seine Hand zitterte ein wenig. Wenn er das jetzt durchzog, gab es kein Zurück mehr. Sonnenstrahlen fielen durch das Fenster, Staubkörnchen wirbelten im Licht und glänzten, als wären sie aus Gold.

*Tu es*, machte er sich Mut, dann ließ er den Füller über das Papier gleiten. Ein leises Kratzen war neben seinem rasenden Herzschlag das Einzige, was er wahrnahm. Er legte den Montblanc zur Seite und schob Mr Jefferson die Unterlagen über den Tisch zu.

»Bitte schön.«

»Vielen Dank, Mr MacGregor. Dann hätten wir jetzt nur noch einige wenige Formalitäten zu erledigen.«

*Was denn noch?*, fragte er sich, nickte aber nur wortlos. Noch immer war er sich nicht im Klaren darüber, ob er lachen oder weinen, feiern oder sich aus Verzweiflung betrinken sollte.

»Die Vollmachten natürlich, Sie erhalten nun Zugang zu allem, was Ihrem Vater gehörte. Bankkonten, Aktien, Depots und so weiter. Außerdem unterhielt er in der Royal Bank of Scotland ein Schließfach, hier ist der Schlüssel dafür.«

Kenneth schluckte, als der ältere Herr ihm selbigen reichte. Danach folgte ein Ordner mit weiteren Papieren.

»Hier ist alles aufgelistet, mein Büro wird die offiziellen Schreiben an die entsprechenden Stellen versenden, sodass Sie in Kürze Zugang zu allem erhalten sollten. Ihre Adresse?«

»Was meinen Sie?«

»Wohin soll ich Ihnen den Schriftverkehr zukommen lassen?«

Kenneth atmete tief ein und fasst einen Entschluss. »Ich werde vorerst auf Kiltarff Castle bleiben, bis ich mir einen Überblick über alles verschafft habe.«

Sofort regte sich sein Gewissen, ja, ihm war bewusst, dass er sich um einen Physiotherapeuten vor Ort kümmern musste. Matt hatte sich klar ausgedrückt, er würde ihm nur in London zur Verfügung stehen. *Später*, nahm er sich vor.

»Haben Sie noch Fragen?«, erkundigte sich Mr Jefferson.

»Nein, momentan nicht.« Er nickte ihm zu und stand auf.

»Es sollte wirklich nur ein paar Tage dauern.«

»Moment, eine Frage habe ich doch noch«, sagte Kenneth. »Wissen Sie, wer sich um seine Belange gekümmert hat?«

»Was meinen Sie?«

»Ich meine den Papierkram, das Organisatorische? Alltägliches, wie das Bezahlen von Rechnungen, Versicherungen und so weiter.«

Mr Jefferson zuckte die Achseln. »Das kann ich Ihnen leider nicht sagen, ich habe Ihren werten Herrn Vater nie in Begleitung eines Sekretärs gesehen. Soweit mir bekannt ist, hat er seine Güter selbst verwaltet.«

»Er war bis zum Ende dazu in der Lage«, murmelte Kenneth mehr zu sich selbst.

»Der Herzinfarkt kam für uns alle sehr plötzlich, natürlich, er war nicht mehr der Jüngste, aber ...«

»Ja«, meinte Kenneth. »Das kam sehr plötzlich.« Er straffte sich und reichte dem Notar die Hand.

»Rufen Sie mich jederzeit an, wenn Ihnen noch etwas einfällt.«

»Vielen Dank, eine Sache vielleicht noch. Wie gut kannten Sie meinen Vater?«

»Nun ja«, er rieb sich das Kinn. »Ganz gut, würde ich sagen, warum?«

Kenneth verließ der Mut, er hatte ihn fragen wollen, wie sein Vater gewesen war. War er einsam oder gar zynisch oder zufrieden mit seinem Einsiedlerleben? All die Jahre hatte er jeden Gedanken an ihn verdrängt, er konnte sich an ihn erinnern, wie er früher war: herrisch und wenig herzlich. Vermutlich hatte sich da in den letzten Jahren nicht viel geändert.

»Schon in Ordnung, ich habe mich nur gewundert, warum er mir alles vermacht – bis auf das Landgut natürlich. Ich hatte irgendwie damit gerechnet, dass meine Schwester alles erben würde, was für mich völlig verständlich gewesen wäre.«

Mr Jefferson sah Kenneth mit einem unergründlichen Blick an, dann seufzte er leise. »Ihr Vater hat bis zum Ende gehofft, dass sich der Kontakt zwischen Ihnen verbessern würde.«

Beinahe hätte Kenneth aufgelacht. Gehofft, dass sich der Kontakt verbessern würde? Sie hatten seit Ewigkeiten kein einziges Wort miteinander gewechselt. Er hatte nicht ein einziges Mal versucht, ihn zu erreichen – weder zu Weihnachten noch zum Geburtstag, nie. Auch nicht nach seinem Unfall.

»Ich bin mir sicher, mein Vater hätte Mittel und Wege gehabt, meine Telefonnummer oder Adresse herauszufinden, wenn es ihn interessiert hätte.«

»Das hat er, glauben Sie mir.«

Kenneth zweifelte daran, mehr als das. Er war sich sicher, dass seinem Vater sehr bewusst gewesen war, dass er schuld an der Funkstille war. Wie viel wusste der Notar von ihrem Streit? Dass sein Vater mit seiner Berufswahl nicht einverstanden gewesen war und ihn schließlich vor die Wahl gestellt hatte: Entweder er würde das Polospielen als Hobby ausüben und sich einem anständigen Studium wie Jura oder Betriebswirtschaft widmen, oder er würde jeglichen Kontakt zu ihm abbrechen, er wäre nicht mehr sein Sohn.

Tja, Kenneth hatte sich noch nie erpressen lassen. Von niemandem, also war er gegangen.

»Was macht Sie so sicher?«

Ein leises Lächeln, das auch etwas wehmütig war, zeichnete sich auf dem kantigen Gesicht des Notars ab. »Wären Sie sonst hier, mein Junge?«

Der Satz stand eine Weile im Raum, bis Kenneth begriff, dass der Notar recht hatte. »Sieht so aus, als wäre er zu stur gewesen, sich bei mir zu entschuldigen.«

»Es gibt immer zwei Seiten, wenn ich mir diese Formulierung erlauben darf.«

»Bitte, ich hatte Sie ja gefragt. Nun«, er räusperte sich, »mein Vater ist dahingeschieden, und niemand wird uns diese Fragen beantworten können. Ich danke Ihnen für Ihre Mühe.« Noch einmal schüttelte er seine Hand, dann ging er mit den Unterlagen und dem Schließfachschlüssel hinaus.

Vor dem Altbau aus dem achtzehnten Jahrhundert blieb Kenneth stehen und atmete tief durch. Es war also passiert, obwohl er sich vor Jahren geschworen hatte, dass das nie der Fall sein würde. Er war nun offiziell der Earl of Glencairn. Ein seltsames Gefühl, das weder Freude noch Ärger war, breitete sich in seiner Brust aus. Er konnte es weder greifen noch benennen, aber es war da. Definitiv.

Hoffentlich würde er diese Entscheidung nicht eines Tages bereuen.

Eine Stunde später saß er in seinem Land Rover und hielt das Steuer mit beiden Händen umklammert. Neben ihm auf dem Beifahrersitz stand eine verschlossene Schatulle – der Inhalt des Schließfaches, das er zuvor gekündigt hatte. Der Ordner mit den übrigen Unterlagen lag auf dem Rücksitz. Alles zusammen wog sicher nicht mehr als ein paar Kilo, aber ihm war, als würde er eine tonnenschwere Last mit sich herumschleppen, dabei hatte er noch nicht einmal hineingesehen.

Sein Telefon klingelte, aber er ging nicht ran, als er sah, dass es Helena war. Sicher wollte sie nur fragen, wann er endlich wieder nach London kommen würde. Er konnte die Diskussion jetzt nicht führen, er musste nachdenken und erst einmal selbst mit den neusten Veränderungen in seinem Leben klarkommen. Helena würde nicht begeistert davon sein, dass er zunächst für ein paar Wochen hier blieb, bis er alles so weit geregelt hatte – was auch immer *alles* hieß. Gleichzeitig, und das machte ihm ein wenig Sorgen, störte es ihn nicht, was sie dachte. Im Grunde war klar, was zu tun war. Er musste diese Beziehung, die zu nichts führte, beenden. Das würde nicht mit einem einfachen Telefonanruf erledigt sein, er besaß immerhin so viel Taktgefühl, dass er es ihr persönlich sagen würde, unter vier Augen.

Kenneth seufzte und konzentrierte sich wieder auf die kurvige Straße. Er wählte bewusst den langsameren Weg, der ihn östlich vom Loch Ness von Inverness nach Kiltarff brachte. Er war lange nicht mehr hier gewesen, aber es hatte sich kaum etwas verändert. Ein kleines Dorf nach dem anderen reihte sich an die schmale Straße. Immer wieder konnte man den tiefen lang gezogenen See zwischen dichten Bäumen hindurchblitzen sehen. Die Sonne spiegelte sich im Wasser, es war ein wundervoller Tag. Kenneth wusste nicht so recht, ob die Macht da oben sich über ihn lustig machen wollte. Regen und peitschenden Wind hätte er verstanden, der den neu ernannten Earl auf dem Weg zurück in sein jahrhundertealtes Schloss begleitete, in dem er von nun an alleine leben würde. Aber Sonnenschein? Es kam ihm wie ein schlechter Witz vor.

»Shit«, murmelte er. Seine Fantasie ging mit ihm durch, als ob das Wetter irgendein Omen darstellen würde.

Er lachte und schüttelte über sich selbst den Kopf. Stattdessen versuchte er, die Fahrt zu genießen, er kurbelte das Fenster herunter und ließ sich den Fahrtwind um die Nase wehen. Das Radio stellte er lauter, es kam gerade der Song von U2 »I still haven't found what I'm looking for«.

Nun war eigentlich nur noch ein Punkt auf seiner Liste abzuhaken – seine Schulter. Wenn es so einfach wäre! Er zog eine Grimasse, als er die Geschwindigkeit ein wenig verringerte. Das Gefälle nahm zu, er wusste genau, nach der nächsten Kurve würde man Kiltarff und die Dächer des Schlosses erkennen. Er war bald zu Hause.

Zu Hause, ein komischer Ausdruck. Er war sich nicht sicher, ob er passte, ein echtes Heim war das Schloss jedenfalls nicht für ihn gewesen. Nicht mehr nach Mums Tod.

Er schob den Gedanken beiseite und steuerte auf das Zentrum des Dorfes zu, parkte den Land Rover und stieg aus. Das Aussichtsboot startete gerade zu einer Tour, bei dem die Gäste Nessie mal wieder nicht finden würden. Einige Asiaten standen am Caledonian Kanal und fotografierten einander, knipsten Selfies, ein Reisebus schloss seine Türen und ließ den Motor mit einem lauten Rumpeln an.

145

Kenneth sah sich um, entdeckte die hiesige Arztpraxis, darüber prangte ein weiteres Schild. Physiotherapie, Massage und Akupunktur. »Na also«, brummte er, ging die drei Stufen hinauf und schob die Tür auf. Es war kühl im Flur, die alten Holzdielen knarrten unter seinen Schritten. Kenneth drückte die Klinke herunter und betrat die Gemeinschaftspraxis. Hinter dem weißen Empfangstresen saß eine Frau mittleren Alters, die ihn mit einem Lächeln begrüßte. »Guten Tag, Sir. Was kann ich für Sie tun?«

»Guten Tag, ich brauche einen Termin zur Physiotherapie.«

»Worum geht es?«

»Meine Schulter.«

»An wann hatten Sie gedacht?«

»Sofort.«

Sie schaute ihn irritiert an. »Sofort, damit meinen Sie jetzt?«

»So ist es.«

»Also, Sie haben keinen Termin, habe ich das richtig verstanden?«

»Nein, ich habe keinen, ich hatte gehofft, Sie könnten mir einen geben.« Kenneth wurde ungeduldig, er hatte wenig Lust, stundenlang zu diskutieren, andererseits war ihm klar, dass er eigentlich nicht erwarten konnte, sofort drangenommen zu werden.

»Gibt's ein Problem, Penny?« Ein grauhaariger, drahtiger Mann kam aus einem Behandlungszimmer. Er trug eine weiße Hose und ein zitronengelbes Poloshirt. Er kam Kenneth irgendwie bekannt vor.

»Nein«, antwortete Kenneth an die Dame gerichtet.

»Der Herr wollte einen Termin zur Physio vereinbaren«, informierte Penny ihren Chef.

»Na gut, dann kommen Sie mal mit«, meinte der Alte gutmütig.

»Aber ... Mrs Shepherd kommt gleich«, protestierte Penny.

»Schon gut, sag ihr, sie soll kurz im Wartezimmer Platz nehmen.«

Kenneth sagte nichts, sondern folgte dem Herrn in seinen Behandlungsraum. Er schloss die Tür hinter sich.

»Du bist groß geworden«, meinte er dann.

Kenneth runzelte die Stirn. »Ich wünschte, ich könnte Ihnen ebenfalls etwas Nettes sagen, aber ich habe keine Ahnung, wer Sie sind.«

»Das ist ja was, Jungchen. Kennst mich nicht mehr, hm?«

»Ich bedauere ...«

»Ich bin Angus Sinclair.«

»Angus!« Natürlich, er erinnerte sich, Angus hatte sich früher schon um seine mehr oder wenig kleinen oder großen Wehwehchen gekümmert. Wie kleine Jungs so sind, hatte sich auch Kenneth hin und wieder überschätzt, war von einem Baum gestürzt oder hatte sich den Fuß verdreht. Wenn das der Fall gewesen war, hatten sie Angus ins Schloss gerufen. Es war Kenneth peinlich, dass er ihn nicht sofort erkannt hatte. »Es ist lange her«, meinte er schließlich und schaute Angus direkt in die Augen.

»Wie geht's dir?«

»Na ja«, fing er an und seufzte leise. »Das mit meinem Vater wird sich mittlerweile wohl herumgesprochen haben?«

»Natürlich. Mein Beileid.«

»Danke.«

»Und du bist jetzt wieder häufiger in Kiltarff?«

»Mal sehen. Jedenfalls, äh, jetzt bin ich erst einmal wegen meiner Schulter hier.«

»Was gibt's für ein Problem?«

»Ich hatte einen Unfall, sie war gebrochen, eine Sehne war verletzt, das musste operiert werden.«

147

»Und nun macht sie Probleme?«

»So könnte man es ausdrücken.« Kenneth verzog sein Gesicht.

»Dann zieh mal dein Hemd aus.«

»Brauchst du keine Röntgenbilder oder so was?«

»Nein.«

Kenneth wusste nicht, ob er sich wundern oder das Schlimmste befürchten sollte, zog aber dennoch sein Hemd aus und hängte es über einen Stuhl, der vor Angus' Schreibtisch stand.

»Setz dich mal bitte, du bist so groß geworden, so lässt es sich schlecht arbeiten.« Angus lächelte breit, dann fiel sein Blick auf die Narbe.

»Noch nicht lange her, hm?«

»Nein. Das Problem ist, so kann ich nicht spielen.«

»Du bist richtig gut, hm?«

»Du weißt, dass ich Polospieler bin?«

»Natürlich, das weiß jeder hier.«

Kenneth wusste nicht, was er darauf erwidern sollte. Angus legte seine Hände auf die Schulter und fing an, sie abzutasten. Er drückte hier und da, dann hob er seinen Arm an und Kenneth biss vorsorglich die Zähne aufeinander. Der Schmerz durchzuckte ihn wie ein heißer Stromschlag, der ihn entzweizureißen drohte. Er keuchte auf.

»So schlimm?«

Was dachte er denn? Dass er für Hollywood übte? »Ja«, presste Kenneth hervor.

Angus führte den Arm sanft zurück und tastete dann die Rücken- und Nackenmuskulatur ab. Dabei stieß er ein paar Ahs und Hms aus, die Kenneth nicht deuten konnte.

Schließlich trat Angus zurück, zog sich einen Stuhl heran und setzte sich vor Kenneth. »Und, wann willst du wieder spielen?«, fragte Angus ganz ruhig.

Kenneth war perplex, er hatte damit gerechnet, dass er ihm ein paar Massagen und Salben aufschreiben würde. »Äh«, war alles, was er hervorbrachte.

»Am besten gestern?«, schlussfolgerte Angus.

Kenneth konnte nicht anders, er musste lachen. »Gut erkannt.«

Der Ausdruck des Alten wurde ernst. »Ich fürchte, daraus wird nichts.«

»Wie bitte?«

»Die Schulter ist steif, die Narbe ist wulstig, und ich schätze, der Knochen ist auch nicht gut verheilt. Was für ein Stümper hat dich denn zusammengeflickt?«

»Hast du Röntgenaugen?«

»Nein, aber viel Erfahrung.«

Kenneth wollte aufspringen und gehen, aber irgendwas in Angus' Blick hielt ihn zurück. »Was ist, willst du mir nach drei Minuten erklären, dass meine Schulter nie wieder zu gebrauchen sein wird?«

»Nein, so würde ich es nicht ausdrücken. Aber für den Profisport sehe ich schwarz, sofern du nicht in fünf oder zehn Jahren den Arm permanent in einer Schlinge herumtragen möchtest.«

»Das ist doch Schwachsinn.« Er weigerte sich, das Geschwätz eines Greises zu glauben.

Aber warum stand er dann nicht einfach auf und ging? Irgendwas hielt ihn zurück.

»Ich kann versuchen, mit dir zu arbeiten, Kenneth. Aber ich sag es dir gleich, die Chance, dass du je schmerzfrei sein wirst, wenn du weiterspielst, ist gering.«

»Dafür gibt es Spritzen und Schmerzmittel.«

Angus kniff die Augen zusammen. »Die gibt es, hier muss man sich allerdings die Frage stellen, ist es das wert, dass du dir die Gesundheit für drei bis vier Jahre im Profisport ruinierst?«

149

»Das ist ja wohl meine Sache. Du sollst nur meine Schulter in Ordnung bringen.«

»Niemand kann deine Schulter in Ordnung bringen, Junge.«

Verdammt. Er schluckte. »Da bist du der Erste, der mir das so offen sagt. Ich weiß nicht, ob ich das gut finde.«

»Dann haben die anderen einfach keine Eier in der Hose, die Wahrheit auszusprechen. Es ist offensichtlich, Kenneth, du merkst es doch selbst, warum bist du sonst gekommen?«

Für einige Atemzüge überlegte Kenneth, was zu tun war. Sollte er ihm glauben, ihn anschreien oder sich weiter vor der Wahrheit verschließen? Es war hart, aber mit jedem weiteren Herzschlag kam die Botschaft auch bei ihm an.

»Es ist vorbei?«

Angus seufzte und hob die Schultern. »Ich bin mir sicher, du hast dich schon einmal mit dem Gedanken befasst.«

Hinter seinen Augen brannte es, sein Hals wurde eng. Er erinnerte sich so genau an den Unfall, dass ihm noch heute übel wurde, wenn er daran dachte. Sein Pferd war umgeknickt, gestürzt und hatte ihn unter seinem Körper begraben. Das Krachen der brechenden Knochen hallte noch immer in seinem Kopf. Er bekam eine Gänsehaut, ihm wurde flau im Magen.

Angus legte ihm eine Hand auf die gesunde Schulter. »Kenneth«, sprach er ihn sanft an und holte ihn in die Realität zurück.

»Ja, ich habe mich damit befasst, aber ich kann nicht einfach aufgeben.«

»Ich verstehe.«

»Was schlägst du vor?«

»Zieh dein Hemd wieder aus.« Angus rieb sich die Stirn. »Ich sage dir gleich, das wird wehtun.«

»Das ist mir egal.«

»Du wirst für eine Weile jeden Tag zu mir kommen müssen.«

»Das ist kein Problem.«

»Es ist möglich, dass es vergeblich sein wird.«

»Ich verstehe.«

»Willst du es trotzdem?«

»Ja.«

»Das dachte ich mir. Setz dich wieder.«

Kenneth fragte sich, ob er um ein Beißholz bitten sollte, das er sich zwischen die Zähne schieben konnte. Er hatte das dumpfe Gefühl, es würde schlimmer werden, als einfach nur wehtun.


Ellie war aufgeregt. Leugnen half nichts, sie hatte schon alles Mögliche versucht, um ihre Nervosität zu vertreiben. Immer wieder schielte sie auf die Uhr, es war bereits viertel nach neun, und Kenneth war noch immer nicht in der Küche aufgetaucht. Vielleicht hatte sie etwas falsch verstanden?

Nein, er hatte gesagt um neun, da war sie sich sicher. Sie hatte ihr Gespräch vom gestrigen Abend mindestens hundertmal Revue passieren lassen, während sie heute sein Schloss geputzt hatte. Sie pflückte die Salatblätter auseinander und warf sie ins kalte Wasser. Vielleicht hatte er es sich auch einfach anders überlegt.

Der Gedanke betrübte sie, ihre Schultern sanken nach vorne.

Vielleicht hatte sie gestern zu viel geredet?

Oder das Falsche gesagt.

Sie hätte ihn reden lassen sollen. Mist.

Andererseits, sie hatte sich so wohl gefühlt in seiner Gegenwart und geglaubt, dass es ihm auch so ergangen war. Tja, anscheinend war es nicht so weit her mit ihrer Menschenkenntnis.

Sie lachte hysterisch auf. Nein, natürlich nicht, ansonsten

hätte ihr Exfreund sie nicht monatelang betrügen können, ohne dass sie etwas davon mitbekommen hatte.

»Egal, dann esse ich das Steak halt alleine.« Sie straffte ihren Rücken und presste die Lippen trotzig aufeinander.

In der nächsten Sekunde flog die Küchentür mit einem Krachen an die Wand. Ellie schrie überrascht auf, und ihr Herz setzte für einen Schlag aus.

»Sorry«, murmelte Kenneth. In der Rechten hielt er ein Whiskeyglas.

Ihre Blicke trafen sich, und seine vollen Lippen verzogen sich zu einem spöttischen Lächeln. »Tag, Frau Einbrecherin«, grüßte er und hob den Tumbler in ihre Richtung. Die Eiswürfel klirrten leise.

Seine blauen Augen wirkten glasig. War er etwa angeheitert?

Sie konnte sich ein Grinsen nicht verkneifen. »Tag, Herr Schlossbesitzer.«

»Wie unhöflich von mir, einer Dame keinen Drink anzubieten. Was darf es sein?«

»Weißt du überhaupt, was es gibt?«

»Oh, doch. Ich habe die Hausbar gefunden. Einiges davon ist nicht mehr trinkbar, aber anderes hingegen ist durchaus genießbar. Wie man sieht.«

Er hatte die Hausbar gefunden? Wie seltsam. Er schien betrunkener zu sein, als man auf den ersten Blick erkannte. Seine Aussprache war allerdings in Ordnung, und er konnte gerade stehen. Sein Outfit hingegen wirkte ein bisschen ramponiert. Das Hemd hing an der rechten Seite aus der Hose, die zu langen Haare waren verwuschelt, als ob er sie sich mehrfach gerauft hätte.

»Ist alles in Ordnung?«, erkundigte sie sich vorsichtig. Vielleicht hatte er einen schlechten Tag und trauerte um seine Frau? Er wirkte aber nicht betrübt, sondern eher belustigt.

Er stieß einen leisen Pfiff aus und kam näher. Sein Blick war unergründlich. »Ich habe, um ehrlich zu sein, keine Ahnung, was in Ordnung ist und was nicht.«

Ihr Magen zog sich nervös zusammen.

»O je. Schwierigkeiten?« Am liebsten würde sie ihn in den Arm nehmen und ihn trösten. Oder küssen.

Nein, natürlich nicht. Wie kam sie nur auf so eine dämliche Idee. Sie würde kochen und sonst nichts.

»Bin mir nicht sicher«, gab er zurück, was für sie gar keinen Sinn ergab. »Was ist mit dem Drink?«

»Was hast du da?«

»Whiskey natürlich. Einen guten.« Er hielt ihr sein Glas hin. »Bitte, koste mal. Ein Single Malt hier aus der Gegend, die Tullibardine Destillerie verwendet ausschließlich spanische Fässer, in denen zuvor Sherry gereift ist.«

Weil sie nicht unhöflich sein wollte, nahm sie es ihm ab. Dabei berührten sich ihre Fingerspitzen. Kenneth' Lippen verzogen sich zu einem breiten Lächeln. »Das ist seltsam, nicht?«, meinte er. »Jedes Mal, wenn wir uns berühren, funkt es.«

Okay, jetzt war sie sich sicher, dass er blau war. »Äh«, machte sie und roch am Whiskey.

»Ein Hauch von Früchten, Vanille und Zimt mit etwas Rauch«, murmelte sie.

Sie sah, dass er sie beobachtete, was ihren Puls weiter in die Höhe trieb. Er neigte den Kopf und starrte sie wie gebannt an. Ellie setzte das Glas an ihre Lippen und kostete einen Schluck. Der Whiskey brannte erst in ihrer Kehle, dann in ihrem Hals. »Komplexe Aromen«, meinte sie. »Schwer im Abgang.«

»Du kennst dich aus?«

»Nein, eigentlich nicht.« Ihr Fachgebiet lag woanders. In der Küche.

»Schmeckt er dir?«

Der Gedanke, dass seine Lippen vor ihren an diesem Glas geklebt hatten, gefiel ihr. Sie nahm noch einen Schluck. »Nicht besonders«, gab sie zu und hustete leicht.

»Was ist nicht gut daran?«

Sie zuckte die Schultern. »Alles ist gut daran, es ist ein vorzüglicher Whiskey.«

»Aber?«

»Bin kein Fan, das Zeug ist mir zu stark, zu rauchig, zu viel von allem.«

Er schnalzte mit der Zunge und nahm ihr das Glas wieder aus den Händen, dabei berührte er sie eine Sekunde zu lang. Es war ihm bewusst, das sah sie am Funkeln in seinen Augen. Mit flatterndem Herzen wandte sie sich wieder dem Salat zu.

»Dann werde ich mal sehen, dass endlich was auf den Tisch kommt.«

»Hast du es eilig?«

»Nein, aber ich habe Hunger.«

»Du hast noch immer nicht meine Frage beantwortet.«

»Welche?« Sie spürte, dass er dicht hinter ihr stand.

»Möchtest du etwas trinken?«

»Vielleicht etwas von dem Rotwein, ich war so frei, die Flasche schon mal zu öffnen, damit sich das Aroma entfalten kann.«

»Du verstehst was davon.« Es war eine Feststellung, keine Frage.

»Es geht.«

Er kommentierte die Antwort mit einem Stirnrunzeln. »Was hast du Schönes gekauft?«

»Um ehrlich zu sein, in eurem Laden hier ist die Auswahl begrenzt.«

»In der Tat.«

»Es ist ein Rioja, ich hoffe, du magst spanische Weine.«

»Sicher.«

Sie wandte sich zu ihm. »Wirst du mir die ganze Zeit über die Schulter sehen?«

»Wieso nicht? Mache ich dich etwa nervös?«

Sie schnappte nach Luft. Flirtete er mit ihr? »Ein bisschen«, gab sie zu.

»Das gefällt mir.« Seine samtige Stimme hüllte sie ein wie ein warmer Mantel, gerade wollte sie etwas erwidern, als sie seine sich entfernenden Schritte hörte. Kenneth goss Wein in die von ihr bereitgestellten Gläser, dann kam er zurück.

»Cheers«, sagte er und reichte ihr eins.

»Cheers«, erwiderte sie. Für einen Augenblick war es still zwischen ihnen, nur die Luft um sie herum knisterte erneut.

»Wirst du mir verraten, wo die Sicherheitslücke im Schloss ist?«, fragte er mit blitzenden Augen.

Schuldbewusst wandte sie sich ab. »Dann wäre ich eine schlechte Einbrecherin, oder?« Sie sollte ihm endlich die Wahrheit sagen, lügen war nie gut.

»Auch wieder wahr.« Er ging um die Arbeitsfläche herum und setzte sich auf den gleichen Platz ihr gegenüber wie gestern. Ellie war fertig mit dem Salat und schälte jetzt die Kartoffeln, sie hätte es schon längst tun können, denn das Gratin brauchte am längsten. Aber ein Teil von ihr wollte Zeit schinden, mehr Zeit mit ihm verbringen.

Sie war dumm.

»Vielleicht hoffe ich, dass du aus Versehen mal bei mir einsteigst.«

Ellie riss die Augen auf. Das war definitiv ein Flirtversuch, wenn nicht sogar mehr als das. »Du bist betrunken«, stellte sie fest. Aus welchem Grund sollte er sonst so etwas sagen? Einem Mann wie ihm mangelte es sicher nicht an Möglichkeiten.

Er grunzte leise. »Warum denkst du das?«

»Warum solltest du so was sonst sagen?«

Er warf ihr einen sonderbaren Blick zu, den sie nicht einordnen konnte. Deshalb kümmerte sie sich weiter um die Kartoffeln für das Gratin. Ihre Finger zitterten leicht, das hier war gar nicht so einfach.

»Ich hatte vielleicht ein paar Drinks auf leeren Magen, aber das eine hat mit dem anderen nichts zu tun.«

»Hat es nicht?« Sie war gespannt wie ein Flitzebogen, obwohl es ihr egal sein sollte.

Leider interessierte es sie brennend.

»Nein.«

O Gott, ihr wurde schwindelig. *Also, noch mal ganz langsam zum Mitschreiben, er flirtet mit dir.* Ellie wusste nicht, wie sie damit umgehen sollte. Ja, sie fühlte sich auch irgendwie zu ihm hingezogen, aber das war eine sehr, sehr schlechte Idee. Sie sollte besser nicht mit ihrem hoffentlich zukünftigen Vermieter flirten.

Zu schade.

Der Gedanke ernüchterte sie, aber so konnte sie sich wenigstens wieder auf die Küchenarbeit konzentrieren. Nachdem sie alle Kartoffeln geschält und in feine Scheiben gehobelt hatte, setzte sie Milch mit Sahne in einem Topf auf. Die Mischung mit Salz, Pfeffer und einer Prise Muskat wollte sie aufkochen und dann über die geschichteten Kartoffeln gießen.

Das Schweigen wurde immer lauter, aber ihr fiel partout nichts Belangloses ein, das sie mit ihm besprechen konnte. Und er schien nicht das Bedürfnis zu haben zu plaudern. Sie spürte aber die ganze Zeit seinen Blick auf sich, bemerkte, dass er immer mal wieder einen Schluck trank. Dabei wirkte er sehr entspannt. Nein, er sah nicht so aus, als hätte er einen schlechten Tag gehabt.

»Wann wirst du nach Hause fahren?«, fragte er schließlich, während sie die Auflaufform in den Ofen schob. Beinahe hätte sie sie fallen gelassen.

»Wieso?« Sie schlug die Klappe zu und wandte sich ihm zu.

Er zuckte die Schultern. »Bis dahin muss ich mir ein paar Kilo anfressen.« Er grinste und klopfte sich auf den flachen Bauch.

»Ach so.«

»Und?«

»Bin mir noch nicht sicher.«

»Wartet zu Hause niemand auf dich?«

»Nicht wirklich.« Wenn man ihre Mutter mal ausnahm, die heute schon wieder angerufen hatte. Ellie hatte sie nach fünf Minuten abgewimmelt.

»Arbeitest du freiberuflich?«

Danke, Gott, jubilierte sie innerlich. Er hatte ihr gerade die perfekte Ausrede geliefert. »Genau.«

»Als was?«

Verdammt. Ellie fing an zu schwitzen, sie war schon immer eine miserable Lügnerin gewesen.

»Jetzt sag nicht Sicherheitstechnik.« Er lachte über seinen eigenen Scherz. Ellie musste auch lachen.

»Nein, das sage ich bestimmt nicht.« Ellie nahm das Fleisch aus dem Wachspapier. »Wie magst du dein Steak?«

»Medium.«

»In Ordnung. Ich habe Lamm Rib-Eye gekauft, was ganz Feines.«

»Interessant. Dich hat nicht zufällig eine gute Fee geschickt, um mich zu retten?«

Ellie kicherte. »Nein, glaubst du etwa an Märchen?«

»Mädel, du bist in Schottland! Im Land der Sagen und Mythen, es wäre doch schön, wenn wir ein bisschen mehr Magie um uns hätten.«

Sie griff nach ihrem Glas und trank einen Schluck. »Ich

bin mir noch immer nicht sicher, ob du betrunken bist oder verrückt.«

Kenneth schnalzte mit der Zunge. »Ein bisschen von beidem, schätze ich. Habe gerade eine schwierige Phase.« Er seufzte schwer.

Also doch, etwas belastete ihn.

Sie erinnerte sich, die verlorene Ehefrau. Wenn sie miteinander scherzten, sich unterhielten und Blicke zuwarfen, war es leicht zu verdrängen, dass jeder von ihnen eine Vergangenheit hatte, die eine Zukunft unmöglich machte.

»Verstehe«, sagte sie deshalb nur.

»Schon gut, kein Grund, Trübsal zu blasen.« Er sprang von der Arbeitsfläche und ging zum Ofen. »Sieht verführerisch aus.«

»Hoffentlich schmeckt es auch so.«

»Da mache ich mir keine Sorgen.«

Er goss ihnen noch einmal nach, dann richtete er die vorbereiteten Teller auf dem kleinen Dienstbotentisch an und setzte sich. Bis zum Essen unterhielten sie sich über Belangloses, was Ellie ganz recht war. Sie konnte noch immer nicht einordnen, was heute mit Kenneth los war. Leider gefiel er ihr immer mehr. Es war gar nichts mehr von dem griesgrämigen, muffeligen Adeligen übrig, den sie kennengelernt hatte. Er war herzlich, witzig und charmant. Ein bisschen frech sogar.

O Gott.

Sie hielt mitten in der Bewegung inne. Alle Alarmglocken schrillten in ihr. Sie war doch nicht etwa dabei, sich in ihn zu verlieben? Shit, er war nur hier, weil sie kochen konnte, und das war auch genau der Grund, aus dem sie hier war. Nicht, um sich von ihm flachlegen zu lassen. Sicher nicht. Auf keinen Fall.

»Alles okay?«, fragte er.

»Klar.« Hilfe, dem Mann entging wohl gar nichts.

Sie warf die Steaks in die Pfanne, ein Zischen erfüllte den Raum, kurz darauf zogen verführerische Röstaromen durch die Küche.

»Ich sterbe«, meinte Kenneth. »Hast du eine Ahnung, wie hungrig ich bin?«

Sie lachte und spürte, dass ihr der Rotwein langsam zu Kopf stieg. »Tut mir leid, schneller geht's nicht.«

»Das Warten auf etwas Gutes lohnt sich meistens.«

Sie war sich nicht sicher, ob er nur über das Essen sprach. Ein Teil von ihr hoffte, dass das nicht alles war. Ein sehr dummer Teil. Ein Teil, auf den sie auf keinen Fall auch nur eine Sekunde lang hören durfte. Und doch.

Sie seufzte und wendete die Steaks nach drei Minuten. »Und, was möchtest du morgen essen?«, fragte sie, weil sie nicht wusste, wie sie das Schweigen sonst brechen konnte. »Magst du Fisch?«

»Klar mag ich Fisch.«

»Im Laden hier habe ich nur Lachs und Schellfisch gesehen, dabei soll es doch gerade in den Highlands gute Forelle und Saibling geben.«

Er zuckte die Schultern. »Mich darfst du nicht zur Einkaufspolitik der Läden befragen.«

»Ist klar.« Sie kicherte. »So, dann richte ich mal an.«

Ellie nahm das Gratin aus dem Ofen, gab eine Portion auf beide Teller, dann etwas vom Salat und zu guter Letzt das Steak mit einem Klacks Kräuterbutter, die sie als Erstes zubereitet hatte, ehe Kenneth in der Küche eingetrudelt war.

»Ich sabbere gleich wie Dougie«, warnte er.

»Das möchte ich sehen.«

Tatsächlich hechelte Kenneth, als wäre er ein Hund, und brachte Ellie damit erneut zum Lachen. »An dir ist ein Komiker verloren gegangen.«

»Da bist du die Erste, die das findet.«

»Wirklich?« Sie musterte ihn, und seine Miene war auf einmal verschlossen.

Toll, da hatte sie mit einem blöden Spruch schon wieder die Stimmung ruiniert. Das erinnerte sie daran, dass sie den Mann ihr gegenüber nicht mal ansatzweise kannte. Auch wenn es sich anfühlte, als wären sie seit Ewigkeiten befreundet.

Sie räusperte sich und nahm ihr Besteck zur Hand. »Guten Appetit, ich hoffe, es schmeckt.«

»Danke gleichfalls, ich bin mir sicher, es wird göttlich sein. Vielleicht solltest du mal in die Richtung denken beruflich, wenn es mit der Sicherheitsfirma nicht mehr klappt.«

Ellie verschluckte sich und musste husten. »Ich sagte doch, dass ich *nicht* bei einer Sicherheitsfirma arbeite.«

Er zwinkerte und schob sich eine Gabel mit einem Stück Fleisch in den Mund. »Weiß ich doch.«

Einige Sekunden sagte niemand etwas, Ellie wartete gespannt auf sein Urteil.

Auf einmal warf er sein Besteck zur Seite und lehnte sich zurück. Erschrocken hielt sie mitten in der Bewegung inne. »Was ist? Hast du dich verschluckt?«

Kenneth schloss die Augen und hob die Hand, um sie zum Schweigen zu bringen. Sie wartete gespannt, das Herz schlug ihr bis in den Hals hinauf.

»M-mhh«, machte er und schüttelte den Kopf mit einem breiten Grinsen. »Genial!«

Dann stand er auf, und sie verstand die Welt nicht mehr. »Kenneth?«

»Ich bin ein schlechter Gastgeber«, meinte er und holte die Rotweinflasche, verteilte den Rest daraus in beide Gläser. »Warte kurz, bitte.«

Dann rannte er aus der Küche und ließ sie sprachlos zurück.

Was zur Hölle?

Endlose Sekunden verstrichen, in denen sie sich fragte, ob er ihr Essen doch ekelhaft fand und ins Badezimmer gerannt war – was sie nach der Reaktion kaum glauben konnte – oder ob er einfach noch eine weitere Flasche Rotwein holte. Beides war keine gute Idee, denn sie wollte sich ganz sicher nicht mit dem Mann betrinken, von dem sie ein Bootshaus pachten wollte.

Außerdem würde dann womöglich eins zum anderen führen, und das wollte sie schon gar nicht.

*Lügnerin.*

Ja, okay, wollen und dürfen waren nun mal zwei verschiedene Paar Schuhe.

Die Tür flog auf und Kenneth kam zurück – mit einer brennenden Kerze, die er mit einem breiten Lächeln zwischen sie auf den Tisch stellte.

Er schaute sie zufrieden an, seine Augen schimmerten dunkel und unergründlich.

Bumm. Bumm. Bumm. Ihr Herz hämmerte hart gegen ihren Brustkorb.

O Gott. Es war passiert.

*Scheiße,* dachte sie und unterdrückte einen Fluch. Sie hatte sich in ihn verguckt.

Sie stöhnte auf und griff nach ihrem Weinglas. Verdammt, verdammt, verdammt! Wie war das möglich? Sie hatten sich doch erst ein paar Mal gesehen!

»Alles okay, Ellie?«

Sie rang sich ein Lächeln ab. »Aber sicher doch, ich bin einfach nur erleichtert, dass du nicht weggelaufen bist, weil es dir nicht schmeckt.«

»Da brauchst du dir wirklich keine Sorgen machen. Es schmeckt sogar so gut, dass ich im siebten Genießer-Himmel schwebe.«

»Das freut mich.«

»Morgen gibt's dann Fisch?«

»Ich soll also wiederkommen?«

»Ich bitte darum. Natürlich nur, wenn du nichts vorhast, ich meine ...«

»Ich habe nichts anderes vor, und es ist ja nicht so, dass das hier ein Rendezvous wäre.« Sie stieß ein hysterisches Lachen aus.

*Mensch, Ellie, reiß dich zusammen.*

»Nein, das ist es nicht.« Er senkte den Blick, und sie würde einiges dafür geben, um zu erfahren, was in seinem Kopf vorging.

Es war besser, dass sie keine Ahnung hatte. Wirklich.

Und doch ...

Sie versuchte, sich auf ihr Essen zu konzentrieren, aber irgendwie war ihr der Appetit vergangen.

»Willst du das nicht mehr?«, fragte er irgendwann und zeigte mit der Gabel auf ihr Steak.

Sie blinzelte. »Äh, nein, ich bin satt.«

»Darf ich?«

Sie schob ihm den Teller über den Tisch zu. »Aber sicher doch.«

»Unglaublich gut«, murmelte er mit vollem Mund.

Ellie lehnte sich im Stuhl zurück und beobachtete ihn verstohlen. Die Ärmel seines Hemdes hatte er lässig aufgekrempelt, eine lose Haarsträhne fiel ihm immer wieder in die Augen. Das Kerzenlicht tauchte alles in ein sanftes Licht. Seine Unterarme waren kräftig und sehnig, die Finger lang und schlank. Sie wusste bereits, wie sie sich anfühlten.

Viel zu gut.

»Ich kann nicht mehr«, meinte er dann und schob auch ihren Teller von sich. »Danke, Ellie.«

»Das habe ich gern gemacht.«

Sie stand auf und fing an abzuräumen, damit ihre Hormone nicht doch noch das Kommando übernahmen und sie blöde Dinge sagte, die sie morgen bereute. Kenneth machte sich daran, ihr zu helfen.

»Lass nur, das ist schon in Ordnung.«

»Nein, ist es nicht.« Er duldete keinen Widerspruch, und Ellie hatte keine Energie, mit ihm über so etwas Unsinniges wie den Abwasch zu diskutieren. Sie konzentrierte sich lieber darauf, ihn nicht versehentlich zu berühren.

Oder sich ihm an den Hals zu werfen.

Gerade hatte sie die Teller in die Spülmaschine geräumt und wandte sich um, um die Gläser zu holen, da prallte sie gegen etwas. Nein, nicht gegen etwas. Gegen ihn.

Wow, er hatte eine ziemlich harte Brust, und er roch noch immer göttlich. Männlich und herb, wie eine warme Sommerbrise im Wald.

Und dann beging sie einen großen Fehler, sie blickte zu ihm auf. Der hungrige Ausdruck in seinen Augen sandte direkte Impulse in ihren Unterleib. Ellie schnappte nach Luft, wo war auf einmal der ganze Sauerstoff hin? Kenneth legte einen Finger unter ihr Kinn und verhindert so sanft, aber bestimmt, dass sie wegsah. Er starrte auf ihren Mund, als würde ihn nichts mehr interessieren. Ellies Kehle wurde trocken, sie fuhr sich mit der Zunge über die Lippen und merkte, wie sich Kenneth anspannte. Sein Brustkorb hob und senkte sich schneller. Die Spannung zwischen ihnen war beinahe greifbar.

*Lauf,* sagte die Stimme der Vernunft.

*Küss ihn,* lockte die Stimme der Sehnsucht.

Nur einmal, vielleicht war er ja ein schlechter Küsser. Beinahe hätte sie gelacht. Nein, vermutlich wusste er genau, was Frauen wollten. Sie erschauderte beim Gedanken daran.

Kenneth schluckte, und das Wissen, dass auch er mit sich rang, beflügelte sie auf eine seltsame Art und Weise, die sie sich nicht erklären konnte. Er wollte sie küssen, da war sie sich sicher.

Ellie hielt den Atem an und wartete auf den magischen Moment. Sie sah, wie er die Augen schloss, gleich würde es passieren. In ihrem Bauch kribbelte es, das Blut rauschte durch ihre Adern. Und dann, wie ein Glockenschlag in völliger Stille, trafen sich ihre Lippen. Die Welt um sie herum verblasste, sie tauchte in eine andere ein. In seine.

*Kenneth*, hallte es durch ihren Kopf.

Seine Lippen, seine Zunge, sein heißer Atem, der sich mit ihrem vermischte, waren alles, woran sie noch denken konnte. Nur am Rande nahm sie wahr, dass er sie in seine Arme zog, sie ließ es geschehen, als wäre sie eine Marionette an goldenen Fäden. Verlangen strömte durch ihre Nervenbahnen und ließen ihre Knie zittern. Sie lehnte sich an ihn, atmete seinen Duft ein, verlor sich im besten Kuss ihres Lebens.

Irgendwann löste er sich von ihr, so als ob er nicht wollte, aber es sein musste.

Ellie öffnete die Augen und begegnete seinem verhangenen Blick.

Seine Hand lag an ihrer Wange. »Ellie.«

Nur ein Wort, ein Hauch, der sie erneut erschaudern ließ.

»Ich hätte das nicht tun dürfen.« Seine Stimme klang rau.

*Tu es noch mal*, wollte sie rufen. Aber sie konnte sich nicht rühren, war wie gelähmt und berauscht zugleich.

»Sehen wir uns morgen?«, fragte er zu ihrer Überraschung.

Sie konnte nur nicken.

Er wirkte erleichtert, dann ließ er seine Hand sinken und trat einen Schritt zurück. Ein Verlustgefühl breitete sich in ihr aus, aber endlich konnte sie auch wieder halbwegs klar denken.

O Gott, was hatte sie getan?

Er schien ihre Reaktion zu bemerken, hob seine Hand

164

und ließ sie sogleich wieder sinken. »Es tut mir leid, ich hätte dich nicht überfallen dürfen. Das war unmöglich von mir.«

»Du musst dich nicht entschuldigen«, gab sie zurück, ihre Stimme zitterte leicht.

»Doch, das muss ich. Es ist eigentlich nicht meine Art, das kannst du mir glauben.«

Sie zweifelte nicht daran, als sie die Reue in seinen Augen erkannte.

Er bereute den Kuss.

Eine kalte Dusche hätte keine wirkungsvollere Methode sein können, sie wieder auf den Boden der Realität zurückzuholen. »Es war nur ein Kuss, machen wir keine große Sache daraus«, sagte sie, um der Wirkung seiner Worte die Schärfe zu nehmen.

Er hatte sie verletzt, und er merkte es nicht mal, denn jetzt lächelte er freundschaftlich. Unverbindlich.

Genau so, wie es zwischen ihnen sein sollte.

Warum, verdammt, fühlte es sich dann an, als hätte er ihr eine Abfuhr verpasst?

»Gute Nacht, Ellie. Danke für das Essen.«

»Das sagtest du schon«, gab sie lakonisch zurück. »Gute Nacht.«

Wenn er nicht bald verschwand, würde sie Dinge sagen, die *sie* später bereute. Glücklicherweise tat er ihr den Gefallen und ging mit langen Schritten aus der Küche, er pfiff nach Dougie, dann verließen sie das Schloss.

Ellie blieb wie betäubt zurück, dann ließ sie sich auf seinen Stuhl sinken. Sie wollte das F-Wort benutzen, aber nicht mal das würde ausdrücken, wie sehr sie sich über sich selbst ärgerte.

Warum zur Hölle hatte sie es so weit kommen lassen?

Es war doch klar gewesen, dass das keine gute Idee war.

Beinahe verletzte sie seine Reaktion darauf noch mehr.

Reue. Hatte er Schuldgefühle seiner verstorbenen Frau gegenüber?

Natürlich, das musste es sein. Das konnte sie sogar nachvollziehen.

Sie atmete erleichtert aus. Ein Kuss, sagte sie sich, hat nichts zu bedeuten.

Das würde sogar sie hoffentlich nach ein wenig Abstand begreifen.

Er hatte nichts zu bedeuten, denn er trauerte noch immer um seine Frau.

Nicht der Rede wert, sagte sie sich immer wieder, auch wenn es der beste Kuss ihres Lebens gewesen war.

# Kapitel 11

Müde stand Kenneth unter der Dusche und ließ das warme Wasser über seine verspannten Muskeln rieseln. In der letzten Nacht hatte er kaum ein Auge zugetan, was nur zum Teil an dem späten Essen und dem Alkohol lag. Nein, eigentlich lag es überhaupt nicht daran.

Er schloss die Augen und hielt das Gesicht unter den Wasserstrahl. Natürlich lag es an Ellie, oder vielmehr an dem Kuss, den er ihr aufgedrängt hatte.

Was war nur in ihn gefahren?

Verdammter Mist, allein der Gedanke an den gestrigen Abend ließ ihn steinhart werden. Trotzdem bereute er, dass es dazu gekommen war.

Es war nicht fair, nicht ihr gegenüber und Helena gegenüber schon gar nicht. Auch wenn er endlich begriffen hatte, dass die Beziehung zu nichts führte, waren sie noch immer zusammen. Und dann war da noch die Tatsache, dass Ellie bald wieder verschwinden würde. Sie war hier nur im Urlaub.

*Was würde das ändern?*, schoss ihm durch den Kopf. Nun ja, er hatte keine Ahnung.

»Verdammt«, fluchte er und seifte sich ein.

Er hatte so viele Probleme am Hals, da musste er nicht auch noch Fremdgehen auf seine lange Liste hinzufügen.

Seine Karriere stand auf der Kippe, er hatte ein Schloss geerbt und Personal, das schon vor Jahren in Rente hätte gehen müssen.

Nachdem er sich den Schaum abgespült hatte, stellte er das Wasser ab und griff nach dem Handtuch.

Zehn Minuten später verschwand er im Arbeitszimmer.

Donald tauchte kurz darauf auf und brachte ihm sein Frühstück und eine Kanne Kaffee.

»Brauchen Sie sonst noch etwas, Sir?«

»Nein, eigentlich nicht.« Er zögerte, dann fuhr er fort. »Sagen Sie, Donald. Hatte mein Vater jemanden, der sich um seinen Papierkram oder seine Bankgeschäfte gekümmert hat?«

»Soweit ich weiß nicht, Sir.«

Kenneth atmete tief durch. »Verstehe. Dann hat er also alles selbst geregelt?«

»Nun ja«, der Butler räusperte sich. »Natürlich hatte er einen Steuerberater und jemanden, der die Buchhaltung erledigt hat. Was brauchen Sie? Kann ich Ihnen helfen?«

Kenneth brannten tausend Fragen auf der Zunge, wie war sein Vater gewesen in den letzten Jahren? Aber er brachte es nicht über sich, sie zu stellen. »Danke, das wäre alles.«

Donald nickte. »Sehr wohl, Sir. Wenn Sie noch etwas brauchen ...«

»Nein, im Moment nicht. Vielen Dank.«

Der Butler verließ das Arbeitszimmer, und Kenneth blieb alleine mit sich und seinen Gedanken zurück.

Sein Blick fiel auf die Schatulle, die er aus Inverness mitgebracht hatte. Was auch immer darin war, es musste warten. Er trank einen Schluck Kaffee, ließ das Frühstück links liegen und machte sich einen Plan, was er heute alles erledigen wollte.

In mühevoller Kleinstarbeit erstellte er eine Liste der fälligen Rechnungen, nach Datum sortiert. Papierkram hatte er schon immer gehasst, aber es musste sein. Damit ging er am frühen Mittag zur örtlichen Bank. Es nieselte leicht, dichter Nebel hing in den Bergen und ließ die Gipfel darin verschwinden. Ein kühler Wind blies ihm um die Ohren, sodass er etwas schneller ging. Drei Stufen führten zum Eingang der Royal Bank of Scotland, Kenneth hatte nie gezählt, wie viele Generationen vor ihm schon genau den gleichen Weg zu der Filiale in Kiltarff genommen haben mussten. Es fühlte sich noch immer seltsam an, nun die Verantwortung für alles zu haben.

»Guten Tag«, begrüßte ihn eine Mitarbeiterin am Schalter. Er schätzte sie auf Anfang dreißig, sie trug eine helle Bluse und eine dunkle Hose, die blonden Haare hatte sie zu einem Knoten hochgesteckt. »Was kann ich für Sie tun?«

»Guten Tag, ich habe hier eine Liste von Rechnungen, die ich bitte überweisen möchte.«

»Haben Sie kein Online-Banking?«

»Wäre ich sonst hier?« Er lächelte und schob ihr das Papier zu.

»Oh«, machte sie. »Mr MacGregor, mein Beileid.«

»Danke.«

»Ich muss Sie leider fragen, ob Sie sich ausweisen können und ob Sie eine Vollmacht haben. Das tut mir leid, es sind Formalitäten, an die ich mich halten muss.«

»Selbstverständlich, ich habe hier zunächst die Information vom Notar, dass ich der rechtmäßige Erbe bin, Sie müssten eigentlich auch ein Schreiben erhalten haben. Und hier ist mein Pass.«

»Vielen Dank.« Sie lächelte zaghaft und überflog die Unterlagen. Mit einem unsicheren Augenaufschlag wandte sie sich ihm wieder zu. »Leider übersteigt das meine Befugnis, ich würde Sie gerne dem Direktor der Filiale vorstellen. Entschuldigen Sie mich einen Moment.«

Ein mulmiges Gefühl überfiel ihn, aber er nickte höflich. Zwei Minuten später kehrte sie mit einem Mann Ende fünfzig zurück, er trug einen dunklen Anzug mit Einstecktuch und eine Lesebrille. »Ah, Mr MacGregor«, begrüßte er ihn mit einem festen Händedruck. »Scott Darlington, freut mich sehr. Kommen Sie doch bitte mit in mein Büro, dort können wir ungestört reden.«

»Sehr gern.« Er nahm die Unterlagen und folgte ihm.

»Darf ich Ihnen einen Kaffee anbieten?«

»Nein, danke.«

Er hielt die Glastür zu seinem Büro auf, von dem aus der Direktor einen Blick über seine Bank hatte. Sein Schreibtisch war aufgeräumt, ein moderner Bildschirm, der so gar nicht ins Bild der traditionsreichen Bank passte, bildete das Zentrum darauf.

»Bitte«, er bot ihm einen Platz an.

Kenneth setzte sich.

»Möchten Sie wirklich keinen Kaffee?«

»Nein, vielen Dank, das ist nicht nötig.«

»Wie kann ich Ihnen denn behilflich sein?« Er ging um seinen Schreibtisch und setzte sich in den wuchtigen Chefsessel, der einem Bankdirektor alle Ehre machte. Das dunkle Leder knarzte unter seinem Gewicht.

»In den letzten Wochen sind einige Rechnungen aufgelaufen, wie Sie sich sicher vorstellen können. Ich habe das mal zusammengestellt und würde Sie bitten, die Überweisungen für mich auszuführen. Ihre Mitarbeiterin erwähnte etwas vom Online-Banking, ich nehme an, mein Vater nutzte dies nicht?«

Mr Darlington schüttelte den Kopf. »Nein, wir haben diese Aufgaben für ihn übernommen.«

»Gut, in Zukunft regele ich das gerne selbst. Wie sieht es mit den Gehältern aus? Butler, Köchin, Gärtner und so weiter.«

»Dafür gibt es Daueraufträge, der Steuerberater kümmert sich um die Sozialabgaben.«

Steuerberater, gutes Stichwort, den würde er auch kontaktieren, daran hatte er bislang noch gar nicht gedacht.

»Ja, sehen Sie«, es war ihm etwas unangenehm. »Ich muss mich in der neuen Rolle erst einmal zurechtfinden.«

»Das ist doch klar.« Der Bankdirektor lächelte freundlich und verschränkte die Finger auf seinem Tisch ineinander.

»Hier, ich habe alles mit Zahlungstermin zusammengestellt, hier ist auch das Schreiben des Notars, dass ich der Alleinerbe von Kiltarff Castle bin.«

»Danke schön.«

»Der Notar hat Ihnen das auch zukommen lassen.«

»Natürlich, wird sicher in den nächsten Tagen eingehen, das werden wir schon alles regeln, nicht?«

Erleichterung machte sich in Kenneth breit. »Sehr gut, wissen Sie, das hat mir alles ein wenig Bauchschmerzen bereitet.«

»Das verstehen wir. Nach so einem Trauerfall hat man erst einmal anderes zu tun, als die Post zu öffnen.«

»Genau.«

»Eine Frage hätte ich allerdings noch.«

»Ja?«

»Haben Sie sich schon Gedanken gemacht, wie es weitergehen soll?«

Kenneth begriff nicht ganz. »Was meinen Sie? Helfen Sie mir ein bisschen aus.«

»Nun ja«, er setzte sich ein wenig aufrechter in seinem Stuhl. »Es ist noch genau eine halbe Million Pfund auf den Konten Ihres Vaters, bei den monatlichen fixen Ausgaben, den Reparaturen, Instandhaltung, reicht das möglicherweise noch für zwei Jahre, vielleicht auch drei ...«

O Gott. Kenneth wurde schlagartig schlecht. Er war davon ausgegangen, dass ...

171

»Was ist mit den Aktien, Geldanlagen und Wertpapieren?«

»Nun ja«, Mr Darlington rutschte unruhig in und her. »Ihr Vater hat in den letzten Jahren einiges investiert, aber der Brexit ...«

»Sie wollen mir sagen, dass das alles weg ist?«

»Nicht alles ...«

»Und Sie haben das für ihn verwaltet?«

»Nein, das nicht, aber ich war so frei, Ihnen schon einmal eine Übersicht vorzubereiten, denn wir haben die Depots und die Aktien bei uns für Ihren Vater verwahrt.«

Keine Panik sagte er sich.

»Sie haben natürlich ein eigenes Vermögen, das ist mir klar, und ich möchte auch gar nicht indiskret sein, Mr Mac-Gregor«, fuhr der Bankdirektor fort. »Sie haben sicher längst einen Plan.«

Er schluckte. »Natürlich.«

Er war geliefert. Aber so was von.

Zwei bis drei Jahre würde er über die Runden kommen – wenn keine größere Reparatur anstand oder irgendwas passierte. Natürlich hatte er selbst Geld, er hatte ein teures Apartment in London und auch flüssige Mittel, aber seine Karriere ging gerade den Bach runter, das, was er besaß, würde nicht für den Rest seines Lebens reichen.

»Ja, dann werden wir uns mal um diese kleine Liste hier kümmern«, Mr Darlington verfiel in einen leichten Plauderton. »Die Unterlagen fürs Online-Banking lassen wir Ihnen zukommen.«

»Sehr freundlich, vielen Dank.«


Kenneth war noch immer völlig durch den Wind, als er sich auf den Weg in die Küche machte. Er hoffte, dass Isla niemals dahinterkam, dass er Teile ihres Essens an Dougie verfütterte, damit es zumindest so aussah, als ob er etwas aß. Glücklicherweise war es beinahe salz- und gewürzlos, sodass er deswegen kein schlechtes Gewissen haben musste. Der Hund würde nicht darunter leiden. »Mach schön Platz«, sagte er zu ihm und ging nach unten. Dougie ließ sich mit einem lauten Plumps fallen und guckte seinem Herrchen hinterher. Wenigstens etwas, das funktionierte.

Gott, was für ein Tag! Er hatte wirklich nicht damit gerechnet, dass er in naher Zukunft neben allen anderen Problemen auch noch Geldsorgen haben würde.

Vielleicht war es gar nicht so schlimm, er musste sich nur einmal alles in Ruhe anschauen. Keine Panik, sprach er sich immer wieder Mut zu. Leider beruhigte es ihn wenig. Auch Angus' Behandlung hatte ihm heute wenig Grund zur Freude gegeben. Wenn Kenneth es nicht besser wüsste, würde er glauben, der Alte wollte ihn umbringen, anstatt ihm zu helfen. Hoffentlich würden seine seltsamen Behandlungsmethoden wenigstens Besserung bringen.

Vor der Küchentür blieb er einen Augenblick stehen. Wie sollte er Ellie begegnen? So tun, als hätte es den Kuss nicht gegeben? Sich noch einmal dafür entschuldigen?

Nein, das sicher nicht. Er wollte sie nicht anlügen, denn leid tat es ihm nicht wirklich. Ja, er hatte ein schlechtes Gewissen, er hatte sich wie ein Scheißkerl benommen, aber trotzdem ... Irgendwie war er froh, dass er sie geküsst hatte. Was komplett absurd war, wenn man bedachte, dass es zu nichts führen konnte. Durfte. Was auch immer. Er hatte keine Ahnung!

Kenneth atmete tief ein, dann ging er hinein. Ellie stand am Waschbecken und spülte zwei Fischfilets mit Wasser ab.

»Hallo, guten Abend«, grüßte Kenneth. »Schon fleißig?«

»Oh, hi. Ja, wie du siehst. Nicht, dass du heute wieder so lange warten musst.«

*Ja klar,* dachte er sarkastisch. *Sie will sichergehen, dass du sie nicht wieder begrapschst.*

Irgendwie konnte er sie sogar verstehen, und dann auch wieder nicht. Warum kam sie immer wieder in seine Küche, und wo zur Hölle stieg sie eigentlich ein? Sie sah wirklich nicht aus wie eine Einbrecherin, diese Geschichte hatte er von Anfang an nicht geglaubt. Viel zu hübsch, zu unschuldig, zu ehrlich. Aber sie war ihm immer wieder ausgewichen und ihm eine echte Erklärung schuldig geblieben.

Sie trug eine einfache Jeans und ein Ringelshirt, ihre Füße steckten in flachen Ballerinas, und sie sah einfach hinreißend aus.

»Was gibt es denn?«, erkundigte er sich und kam näher, aber nicht zu nah.

Sie schien sein Zögern nicht zu bemerken, oder sie ignorierte es. Beides war ihm sehr willkommen.

»Lachs in Zitronensoße mit Bandnudeln und Gurkensalat. Magst du Dill?«

»Es klingt auf jeden Fall verführerisch.«

Verführerisch? Gott, was redete er da.

»Lecker«, korrigierte er sich.

»Gut, also dann kann ich Dill an die Gurken geben?«

»Auf jeden Fall. Kann ich dir was helfen?«

»Nein, danke. Na, hast du heute nicht die Bar geplündert?« Sie schaute zu ihm auf, und er entdeckte ein spöttisches Funkeln in ihrem Blick, das sein Herz seltsam weit werden ließ.

»Nein, heute nicht. Alkohol ist auch nicht die Lösung.«

»Wofür?«

Im nächsten Moment riss sie den Kopf hoch und guckte ihn mit großen Augen an. »Entschuldige, ich wollte nicht neugierig sein. Ehrlich nicht. Vergiss es einfach.«

»Hey, alles okay«, gab er ruhig zurück und ging hinüber zur Arbeitsfläche und setzte sich auf seinen Stammplatz.

Ellie arbeitete ruhig und mit geschmeidigen Bewegungen, sie wirkte sehr routiniert in ihren Handgriffen. Auf dem Herd stand ein Topf mit heißem Wasser, die Gurke war bereits in Scheiben geschnitten und mit einem weißen Dressing angerichtet, über das sie jetzt noch gehackten Dill streute. Als Nächstes stellte sie eine gusseiserne Pfanne auf den Herd. »Für den Lachs«, kommentierte sie.

»Dachte ich mir.«

Er überlegte, ob er eine Flasche Weißwein öffnen sollte, verwarf den Gedanken aber sogleich. Nicht, dass er sich wieder gehen ließ und dummes Zeug anstellte. Da sie auch nicht danach fragte oder Gläser holte, nahm er an, dass sie seiner Meinung war. Obwohl keiner mehr ein Wort über den gestrigen Abend verlor, schwang die ganze Zeit über etwas Seltsames mit. Die Stimmung war anders, befangen, und das fand er sehr schade, wusste aber auch nicht, wie er es ändern konnte.

Einige Minuten später rief sie ihn zu Tisch, er hatte gar nicht mitbekommen, dass alles fertig war. Gott, er musste völlig in Gedanken versunken gewesen sein.

»Bin schon da.« Mit einem Satz sprang er auf die Füße und folgte ihr an den Tisch. Er schnupperte an seinem Lachs. »Du hast dich mal wieder selbst übertroffen.«

»Nicht doch«, gab sie verlegen zurück und rückte mit ihrem Stuhl näher heran. »Guten Appetit.«

»Den wünsche ich dir auch.«

Sie aßen schweigend, jeder hing seinen Gedanken nach. Er wollte sie so vieles fragen, aber nichts davon kam über seine Lippen. Es war klar, Ellie war irgendwie sauer auf ihn, es fühlte sich so an, als ob sie hier nicht sein wollte. Und er konnte sie sogar verstehen.

»Wegen gestern«, fing er schließlich an, und sie machte große Augen, ihre Gabel fiel klirrend auf den Teller zurück.

»Tut mir leid«, gab sie zurück und schluckte.

»Mir tut es leid. Und auch wieder nicht.«

So, da war es raus.

Sie nickte, als ob sie genau wüsste, was in ihm vorging. Verständnisvoll und mitfühlend schaute sie ihn an.

Wieso? Er runzelte die Stirn und begriff nicht.

»Ich kann dich verstehen«, sagte sie dann auch noch.

»Kannst du?«

Sie knetete die Hände in ihrem Schoß. »Na ja, ist doch klar. Du trauerst noch, es ist einfach zu früh.«

»Ich trauere? Ach, ja, natürlich. Gut, du weißt also von meinem Vater. Aber glaub mir, der hatte mit dem Kuss nichts zu tun.« Irgendwie amüsierte ihn der Gedanke, er musste schmunzeln.

»Dein Vater?« Ihr Gesicht schien aus einem Fragezeichen zu bestehen. »Was ist mit deiner Frau?«

Kenneth verschluckte sich und musste husten. »Meine ... was?«

»Deine Frau? Oh, verstehe. Du willst nicht darüber reden. Ich kann das gut nachvollziehen, wenn der Schmerz so frisch ist, dann ...«

Er hob eine Hand und brachte sie zum Schweigen. »Ellie«, sagte er streng. »Wovon redest du? Ich bin nicht verheiratet.«

»Nein, natürlich nicht. Sie ist gestorben, und das tut mir sehr, sehr leid.« Sie schaute ihn traurig an.

Endlich begriff er, sie glaubte, er hätte kürzlich seine Frau verloren. »Was in Gottes Namen lässt dich annehmen, dass ich Witwer sein soll?«

»Nun, ich äh ...« Sie lief tiefrot an. »Ich habe da was gehört.«

»Was auch immer du gehört hast, ich war nie und bin nicht verheiratet.«

»Bist du nicht?«

»Nein.«

»Oh!«, war alles, was sie sagte.

Sie schauten sich an, niemand sprach ein Wort. Die verschiedensten Gefühle spiegelten sich in ihrem hübschen Gesicht wider: Überraschung, Verwirrung und Hoffnung.

Hoffnung worauf?

Und was wollte er?

Egal, was ihm sein Kopf sagte, sein Körper wollte etwas anderes, so viel war klar. Er war kein kompletter Idiot, und das, was ihm bei Helena fehlte, war bei Ellie doppelt und dreifach vorhanden.

Er stand auf und ging um den Tisch, nahm ihre Hand und zog sie auf die Füße. »Ellie«, seine Stimme klang belegt.

»Kenneth«, erwiderte sie.

In der nächsten Sekunde bimmelten die Glöckchen über der Tür.

»Was zur Hölle ist das?«, fragte er.

»Es ist dein Haus«, meinte sie sarkastisch. »Sieht aus wie 'ne Art Klingel. Weißt du, ich habe so was schon mal bei Downton Abbey gesehen.«

»Downton- was?«

»Das ist so eine Serie, da gibt es einen ganz wunderbaren Butler und zwei Töchter und eine seltsame Schwiegermutter, und eine ganze Reihe von Dienstboten und na ja, wenn da in irgendeinem Zimmer jemand bimmelt, dann klingelt es in der Küche, dann wissen die Bescheid, dass bei den Herrschaften jemand gebraucht wird.«

»Ellie«, unterbrach er sie mit einem Lächeln. »Holst du jemals Luft?«

Sie atmete ein. »Ja, sorry, das vergesse ich manchmal.«

Es bimmelte erneut.

»Willst du nicht nachsehen, wer da was möchte?«

Kenneth hob eine Augenbraue. »Ich dachte immer, ich wäre der Earl. Außer mir gibt es im Schloss keinen, der nach jemandem klingeln dürfte.«

Sie runzelte die Stirn und schaute ihn zweifelnd an. Sie hatte nie schöner ausgesehen.

»Gut, also an Geister glaubst du schon mal nicht. Das ist gut, wo wir gerade über deine tote Frau gesprochen haben, die es gar nicht gibt. Gott, ich war ja so dämlich.«

Er grinste breiter, dann erstarb sein Lächeln. Da niemand im Schloss klingelte, konnte es nur bedeuten, dass draußen jemand vor der Tür stand. Eine dumpfe Vorahnung erfasste ihn, dass ihm dieser Besuch nicht gelegen kam.

»Entschuldigst du mich einen Moment. Ich fürchte, ich muss nachsehen.«

»Was ist mit dem Butler?« Sie holte zischend Luft. »Ich meine, du hast doch einen, nicht, dass ich ihn schon mal gesehen hätte oder so, äh.« Sie wurde schon wieder rot, und das Verlangen, sie noch einmal zu küssen, raubte ihm den Verstand.

»Ja, ich habe einen Butler.«

Und da klingelte es wieder. »Aber Donald wohnt nicht im Schloss, er ist jetzt natürlich zu Hause. Normalerweise ist hier nicht viel los, weißt du?«

»Äh, nein, das weiß ich natürlich nicht. Dann geh doch nachsehen, ich komme hier schon klar.«

»Okay, tut mir leid, dass das jetzt …«

»Hey«, unterbrach sie ihn. »Nicht dauernd entschuldigen, es ist okay, ich meine, du kannst ja nichts dafür, wenn jemand kommt und dich besuchen will. Das zeigt nur, dass du Freunde hast, das ist doch gut. Nehme ich an. Ist es doch, oder?«

»Ja, natürlich.« Damit ließ er Ellie in der Küche und machte sich auf den Weg zur großen Pforte.

Er beeilte sich nicht besonders, vielleicht weil er hoffte, dass der Besucher wieder verschwand. Als er die Tür öffnete, bestätigte sich seine Befürchtung.

»Helena«, sagte er und wünschte sich, er hätte das Klingeln ignoriert.

Sie lächelte, falls sie seine unterkühlte Reaktion bemerkte, so versteckte sie es geschickt. »O, gut dass du da bist, ich dachte schon, ich müsste hier auf der Stufe zum Schloss übernachten.«

Okay, immerhin, einen leisen Vorwurf konnte er aus ihrer Stimme heraushören. Sein schlechtes Gewissen hielt sich allerdings in Grenzen, er hatte keine Ahnung gehabt, dass sie auf dem Weg gewesen war.

»Ich dachte, du magst die Highlands nicht?«, warf er ein und schämte sich sogleich, dass er sie nicht einfach umarmte und hereinbat.

*Weil du lieber bei Ellie sein möchtest*, sagte das Stimmchen in seinem Hinterkopf. Ja, es stimmte, er hatte sich auf den Abend mit ihr gefreut. Mit Ellie konnte man sich unterhalten, diskutieren, mit Helena, nun ja, mit Helena gab es nicht viele Themen, die über die Society, Feste und Veranstaltungen hinausgingen. Früher hatte es ihm genügt, heute war das anders. Er hatte sich verändert, sein ganzes Leben stand kopf.

»Stimmt, das Landleben ist nicht so meine Sache, aber ich wollte dich sehen. Willst du mich nicht hereinbitten?«

Verdammt, ja, das sollte er endlich tun. Wenn er ehrlich war, dann wünschte er, sie würde direkt wieder gehen.

»Natürlich, bitte entschuldige.« Er trat zur Seite, Helena ging auf ihn zu und wollte ihn küssen. Er drehte sein Gesicht weg, sodass ihre Lippen auf seiner Wange landeten.

Wenn sie irritiert war, so ließ sie sich nichts anmerken. Beinahe wollte er sie anschreien, dass sie doch endlich die Fassade fallen lassen sollte. »Wow, das Schloss ist ja riesig«, kommentierte sie mit Ehrfurcht in der Stimme.

»Das ist es.«

Shit, was sollte er jetzt tun? In der Küche saß Ellie und wartete mit dem Essen, vor ihm stand seine Freundin. Es war absurd, dass so etwas geschah. Er war noch nie untreu gewesen, aber obwohl bis auf den Kuss nichts passiert war, fühlte er sich mies.

»Komm bitte mit.« Er führte sie über die breite Treppe hinauf in den gelben Salon. »Kannst du hier kurz warten? Ich muss eben was holen.«

»Ich soll hier warten?« Sie runzelte die Stirn und schob ihre Unterlippe vor. Nun war sie definitiv irritiert.

Endlich eine Reaktion, die nicht gespielt wirkte. Wie hatte ihm all das nicht früher auffallen können?

»Ja, bitte. Wenn es dir nichts ausmacht?«

»Na schön, ich setze mich so lange.«

Ohne ein weiteres Wort hastete er durch die Tapetentür hinab in den Dienstbotentrakt zurück in die Küche. Ellie saß vor ihrem Teller, als sie ihn bemerkte, drehte sie den Kopf in seine Richtung. Sie lächelte schwach. »Und? Kein Geist?«

Nein, leider nicht.

»Es ist mir etwas unangenehm, aber ich kann nicht mit dir essen.« Er fühlte sich wie das letzte Arschloch, vermutlich war er das auch.

»Oh.« Ihr Lächeln verblasste.

»Ich muss etwas Dringendes regeln.«

»Natürlich. Das ist kein Problem.« Er sah an ihren Augen, dass sie enttäuscht war. Das war er auch. Sehr sogar.

Andererseits war es gut, dass Helena gekommen war. So konnte er das Unvermeidliche endlich aussprechen, er würde gleich die Karten auf den Tisch legen und nicht um den heißen Brei herumreden. Sie hatte es nicht verdient, belogen zu werden. Keine von ihnen.

Moment mal, von Ellie wollte er nicht mehr, als bekocht zu werden.

Er seufzte, weil er wusste, dass es eigentlich nicht stimmte. Es war komisch, aber sie hatte sich ganz still und leise in sein Herz gekocht. Er mochte sie und er fühlte sich zu ihr hingezogen, auch wenn klar war, dass das nicht mehr als ein Flirt war. Sie würde bald wieder nach Deutschland verschwinden, und er?

Er hatte keine Ahnung, was aus ihm wurde.

»Doch, das ist ein Problem. Ich wollte mit dir essen.« Er wollte sie bitten zu bleiben, auf ihn zu warten, aber das ging natürlich nicht. Er konnte Helena nach der langen Fahrt nicht in fünf Minuten abfertigen und wieder wegschicken.

»Ich kann warten.« Ellie war so süß. Am liebsten würde er sie auf die Beine ziehen und sie küssen. Gleichzeitig fühlte er sich wie der letzte Scheißkerl, aber er hielt auch nichts davon zu lügen. »Meine Freundin ist eben eingetroffen.«

Ellie wurde blass, sie hielt sich an der Tischkante fest, als hätte ihr gerade jemand den Boden unter den Füßen weggezogen. »Na dann«, war alles, was sie hervorbrachte.

»Ich weiß, das klingt nicht sonderlich überzeugend, aber die Beziehung ist am Ende.«

»Kenneth, du bist mir keine Rechenschaft schuldig. Wirklich nicht. Ich habe gekocht, du hast gegessen. Das war alles.«

Sie wussten beide, dass das nicht stimmte.

»Ich hätte es dir vorhin sagen müssen, als wir das andere Missverständnis ausgeräumt haben.«

Wie bescheuert das klang, das andere Missverständnis, Helena war vieles, aber kein Missverständnis. Er hatte Ellie einfach nichts von ihr erzählt. Natürlich nicht, er hatte nicht vorgehabt, sich von ihrer freien Art einnehmen zu lassen. Tja, er hatte die Situation falsch eingeschätzt, oder einfach gar nicht. Vermutlich Letzteres. Es war passiert, und jetzt bereute er, dass es bei dem einen Kuss bleiben würde. Er hätte sie gern noch einmal in seinen Armen gehalten, aber ihrer Reaktion nach zu urteilen, war sie weiter davon entfernt, denn je. Und das war richtig, vernünftig – und es kotzte ihn an. Kenneth ärgerte sich über sich selbst, er war wütend auf sich und das beschissene Timing in seinem Leben.

Ellie senkte den Kopf. »Nein, hättest du nicht. Kein Problem, ehrlich.«

»Dann macht es dir nichts aus?«

Wie blöd war er eigentlich? Seltsamerweise hatte ihn ihre beinahe schon stoische Reaktion gekränkt. Hatte er etwa erwartet, dass sie eifersüchtig reagieren würde? Er wusste es nicht, er wusste nur, dass sich sein Magen verkrampft hatte und er bei ihr bleiben wollte. Und irgendwie auch nicht.

»Ich habe für dich gekocht, also, warum sollte es mir etwas ausmachen?« Tatsächlich, sie wirkte nicht gekränkt oder gar eifersüchtig. Ellie war verständnisvoll und ruhig wie jemand, dem es nichts bedeutete, wenn es plötzliche Planänderungen gab. Er bedeutete ihr nichts.

Enttäuschung breitete sich in ihm aus. Für ihn war es mehr gewesen, das begriff er erst jetzt in vollem Umfang. »Dann habe ich womöglich etwas falsch verstanden.«

Sie lächelte freundlich. »Ja, wahrscheinlich. Du solltest deine Freundin nicht warten lassen.«

Eigentlich hatte er ihr sagen wollen, dass er Schluss machen würde, dass sie warten sollte, bis er frei war. Jetzt hielt er es für albern, diesen Seelenstriptease hinzulegen. Ihre Reaktion hatte ihn getroffen. Er fühlte sich mit einem Mal wieder wie der kleine Junge, der von seinem Vater eine Abfuhr bekam auf die Bitte, etwas Zeit mit ihm verbringen zu dürfen. So wollte er sich nie wieder fühlen. Nie wieder.

»Du hast recht, ich nehme an, du findest den Weg hinaus alleine?«

Der beißende Sarkasmus in seiner Stimme ließ sie zusammenzucken. »Natürlich.«

Er machte auf dem Absatz kehrt und ging zu Helena zurück. Sie saß auf einem der geblümten Sofas und tippte etwas auf ihrem Smartphone. Äußerlich war er gelassen, aber innerlich tobte ein Sturm. Er hatte Ellie gemocht, vielleicht sogar ein bisschen mehr als das. Er hatte zu viel in diese Koch-Nummer hineininterpretiert, das bereute er jetzt. Und er wünschte sich nichts mehr, als dass Helena gehen würde. Er brauchte Zeit zum Nachdenken.

»Das hat ja ganz schön lange gedauert«, kommentierte sie, als er zurückkam, ihre langen Beine hatte sie überschlagen, sie wippte mit dem oberen Fuß.

Er seufzte und nahm ihr gegenüber Platz. Er war nicht in der Stimmung für lange Gespräche über Themen, die ihn nicht mehr interessierten. »Können wir reden?«, fragte er deshalb rundheraus und kurz angebunden. Es war ihm egal, wie sie das fand.

»Natürlich, Darling. Wieso hast du nicht auf meine Anrufe reagiert? Ich habe mir Sorgen gemacht.«

»Es geht mir gut, wie du siehst.«

Er war so ein erbärmliches Arschloch, Helena hatte ihm nichts getan. Aber er konnte einfach nicht mehr länger mit ihr zusammen sein, er wollte es nur noch hinter sich bringen. Er hätte schon in London mit ihr Schluss machen sollen.

»Ich bin hier, weil ich dich so sehr vermisse, Darling.« Sie verzog ihre vollen Lippen und strahlte ihn an.

Er glaubte ihr nicht, denn ihre Beziehung war nie von großen Gefühlen geprägt gewesen. Das war immer klar gewesen, und es klang jetzt so falsch in seinen Ohren, dass er am liebsten laut aufgelacht hätte.

»Helena, ich möchte, dass du weißt, dass ich dich sehr schätze.« Er atmete hörbar aus. »Als Mensch.«

Ihr Lächeln erstarb.

»Aber in letzter Zeit ist unsere Beziehung doch merklich abgekühlt, findest du nicht?«

»Was? Nein!«

»Helena, es tut mir leid, aber ich glaube, wir sollten uns trennen.«

»Das ist jetzt nicht dein Ernst. Ich bin den ganzen weiten Weg hierher gefahren!«

»Ich mache keine Witze, vor allem nicht bei diesen Themen. So gut solltest du mich kennen. Es tut mir leid, dass du diese weite Reise auf dich genommen hast.«

»Das kannst du nicht machen, weißt du, wie lange ich unterwegs war?«

Er wollte sagen, dass er sie nicht darum gebeten hatte, aber als er die Tränen in ihren Augen schimmern sah, hielt er sich zurück. »Du hast jeden Grund, sauer auf mich zu sein. Aber ich möchte keine Lüge leben, ich will ehrlich zu dir sein. Ich sehe keine Zukunft für uns.«

»Hast du eine andere?«

Er dachte an Ellie, dann schob er den Gedanken an sie beiseite. Sie hatte ihm eben deutlich gemacht, dass seine Gefühle einseitig waren. Er hatte sich etwas eingebildet, vermutlich würde er sie ohnehin nie wiedersehen.

»Nein, Helena. Darum geht es auch nicht. Aber im Moment überfordert mich das hier alles, und ich bin kein guter Partner für dich gewesen. Du hast jemanden verdient, der dir die Aufmerksamkeit schenkt, die du verdienst. Der für dich da ist, dich umsorgt, dich liebt.«

Er liebte sie nicht, das hatte er nie. Eigentlich hatte er gedacht, dass Helena das gewusst hatte. Aber an ihrem flehentlichen Ausdruck erkannte er, dass es ihr anders ging. Vielleicht aber auch nicht, möglicherweise wurde ihr nur klar, dass mit dem Ende ihrer Beziehung auch die Eintrittskarte zur höheren Gesellschaft ungültig wurde.

»Ich kann warten, Kenneth. Ich habe dir doch hoffentlich nicht das Gefühl gegeben, dass ich unzufrieden bin?« Sie hatte ihr falsches Lächeln wieder angeknipst. Früher wäre er darauf eingegangen, aber die Wochen hier hatten ihn verändert, er sah sie nun mit anderen Augen. Vielleicht war es ihr gegenüber nicht fair, aber so war es nun mal. Er wollte nicht mehr so leben. Nicht mit Helena.

»Nein, das hast du nicht.« Sie hatte immer zu allem Ja und Amen gesagt, aber das reichte nun mal nicht für eine ernsthafte Beziehung.

»Warum dann?«

*Weil ich dich nicht liebe.*

»Es ist ein schlechter Zeitpunkt, Helena. Ich brauche momentan einen klaren Kopf.«

»Dann soll ich jetzt aufstehen und gehen?«

*Ja.*

»Du kannst natürlich bleiben und ein paar Tage ausspannen.«

*Bitte nicht.*

»Aber du hast deine Entscheidung getroffen?«

Er nickte. »Es tut mir leid, Helena. Ich wollte wirklich nicht, dass es so kommt.«

Sie wischte sich über die Augen. »Es ist spät, ich würde tatsächlich gerne über Nacht bleiben, wenn das in Ordnung für dich ist.«

»Natürlich. Ich bin ja kein Unmensch.«

Schweigen erfüllte den Raum, es war unangenehm und bedrückend. Irgendwann stand er auf. »Ich zeige dir ein Schlafzimmer.«

»Kann ich nicht bei dir schlafen?«

»Nein, Helena. Ich halte das für keine gute Idee.«

# Kapitel 12

Ellie fühlte sich erbärmlich, wie eine Schnüfflerin, oder noch schlimmer, wie eine eifersüchtige Geliebte. Das Wetter entsprach ihrer Stimmung, der Himmel über den Highlands war grau und von dichten Wolken bedeckt, die dunkel und bedrohlich wirkten. Es sah aus, als würde ein Sturm aufziehen.

*Sei nicht albern*, schimpfte sie sich immer wieder, während sie den Staubsauger hinter sich her zog. Seit einer halben Stunde drückte sie sich davor, in Kenneth' Zimmer nach dem Rechten zu sehen, das Bett zu machen, die schmutzige Wäsche einzusammeln und das Bad zu putzen. Sie wollte einfach nicht die Spuren einer Liebesnacht beseitigen, in der sie die Hauptrolle hatte spielen wollen. Stattdessen war er mit seiner Freundin im Bett gewesen.

O Gott.

Er hatte eine Freundin.

Natürlich hatte er eine Freundin. Männer wie er blieben nicht allein. Eine gute Partie, adelig und reich noch dazu.

Wie hatte sie auch nur eine Sekunde annehmen können, dass der Kuss, die Gespräche, die gemeinsame Zeit etwas bedeutet haben könnten?

Sie war so dumm.

»Nichts gelernt«, brabbelte sie vor sich hin und drückte schließlich die Klinke nach unten und wagte sich hinein.

Sie hielt den Atem an, warum wusste sie auch nicht. Als Erstes riss sie die Fenster auf und blieb selbst kurz davor stehen. Ihr war unangenehm heiß, Verlegenheit brannte auf ihren Wangen. Sie hatte sein Bett schon so oft gemacht, aber heute war es anders. Auch vorher hatte sie sich schon manchmal vorgestellt, wie er wohl aussah, wenn er schlief. Ob er ein Bauchschläfer war, der das Kissen unter seinem Gesicht zerdrückte, hingen seine Füße am Ende oder der Seite heraus? Oder schlief er lieber auf der Seite und kuschelte sich ganz in Decken und Kissen ein?

Es sollte ihr egal sein, aber das war es nicht. Ganz und gar nicht.

Ellie atmete tief ein und machte sich an die Arbeit. »Ich werde ganz professionell sein, ich schau gar nicht hin«, murmelte sie, während sie die Kopfkissen aufschüttelte. Das Bett war zerwühlt.

Na klar.

Sie zog eine Grimasse. Natürlich.

*Bring es hinter dich, und gut ist es*, nahm sie sich vor und machte weiter. Sie zog das Laken glatt, dann die Bettdecke. Na also, dann saugte sie schnell durch und ging ins Bad.

Ihre Augen scannten die Dusche nach teurem Shampoo und Duschgel ab, aber da war nichts. Auf dem Waschbeckenrand lag nur eine Zahnbürste.

Komisch.

Egal, sie machte weiter. Wischte schnell einmal alles durch, spülte die Toilette, schnappte sich die Wäsche aus dem Korb und huschte wieder hinaus. Dann kehrte sie noch einmal zurück und schloss die Fenster. Ellie atmete tief durch, nachdem sie die Tür hinter sich geschlossen hatte, als wäre sie der Hölle gerade noch einmal entkommen.

Auf dem Weg zur Waschmaschine kam ihr Donald entgegen. »Guten Tag«, grüßte sie, es war bereits früher Mittag.

»Hallo Ellie«, gab er mit einem knappen Nicken zurück.

»Ich würde mich dann mal um den Raven-Wing kümmern, ist Ihnen das recht?«

»Das dürfte ein hartes Stück Arbeit werden.«

»Wieso?«

»Den Trakt benutzt schon lange niemand mehr.«

»Wieso nicht?«

»Seit die frühere Frau des Earls verstorben ist.«

»Oh, das wusste ich nicht. Ist sie im Haus ...?«

»Nein, und das ist auch nicht von Interesse. Jedenfalls ist der Trakt derzeit unbewohnt. Die Möbel sind abgedeckt.«

»Aber Staubsaugen kann ja wohl nicht schaden?«

»Nein, vermutlich nicht.«

»Und Fenster putzen?«

Donald legte seine Stirn in Falten. »Woher der plötzliche Eifer?«

Ellie presste kurz ihre Lippen zusammen, dann fasste sie sich. »Sie können wirklich nicht über mich sagen, dass ich nicht fleißig wäre, oder sind Sie mit meiner Arbeit etwa nicht zufrieden?«

Er beäugte sie einen Augenblick, dann atmete er aus. »Nein, natürlich nicht. Also gut, dann schauen Sie in den Raven-Wing. Aber sagen Sie hinterher nicht, ich hätte Sie nicht gewarnt.«

Sie verstand nicht so ganz, was er meinte, aber es war ihr auch egal. Sie würde lieber mit dem Teufel Kaffee trinken, als Kenneth und seiner Freundin begegnen.

Gleichzeitig fragte sie sich, warum sie nicht einfach das Handtuch warf und abreiste. Es war vergebliche Liebesmüh, von dem Bootshaus zu träumen. Sie würde es niemals bekommen.

»Was ist?«, hörte sie Donalds Stimme und blickte zu ihm auf.

»Entschuldigung«, murmelte sie und setzte ihren Weg fort.

Kurz darauf war sie mit Staubwedel und Staubsauger bewaffnet auf dem Weg in den unbewohnten Flügel. Sie stieß die Doppeltür auf, abgestandene Luft schlug ihr entgegen. Es sah gespenstisch aus und roch nach Staub und der Vergangenheit. Spinnweben hingen wie Engelshaar in den Ecken und über den goldgerahmten Ölbildern und silbernen Leuchtern auf dem Kaminsims. Die Seidentapete musste einmal rot gewesen sein, jetzt war sie verblasst und strahlte nicht mehr. Der Boden war von einer dicken Staubschicht bedeckt, die Teppiche lagen zusammengerollt an der Wand. Unter Laken waren die Möbel versteckt, mehrere Stühle, ein Sofa, eine Chaiselongue und diverse Beistelltische. Das hier war ein Salon mit Blick auf den Park. Hatte die Familie hier früher beisammengesessen und gespielt, gelesen und geplaudert? Ellie konnte es sich nicht vorstellen. Sie atmete durch.

Hier würde sie eine ganze Weile beschäftigt sein, allerdings legte sie nicht direkt los. Die Neugier war geweckt, und sie wollte zunächst die anderen Räume sehen, ehe sie sich an die Arbeit machte. Sie durchmaß den langen Raum und öffnete eine weitere Flügeltür, die in ein ähnliches Zimmer wie das vorige führte. Es wirkte durch die grüne Tapete männlicher, ein Sekretär stand an der Wand, Landschaftsgemälde zierten die Wände. In der Mitte des Raums befanden sich wieder abgedeckte Sitzmöbel und Tische. Als Nächstes gelangte sie in einen riesigen Saal, der so gut wie leer war. Über ihr hingen Kronleuchter. O Gott, sie würde eine sehr lange, stabile Leiter benötigen, um dort sauber machen zu können.

Was war das hier? Ein Ballsaal? Bodentiefe Fenster führten auf eine Terrasse, von der aus Stufen in den Park führten. *Wow*, dachte sie, *was für ein Raum!* Draußen entdeckte sie die Gärtner, die sich um den Rasen kümmerten. Soweit sie das richtig beobachtet hatte, kamen sie einmal in der Woche.

Sie wandte sich ab und stellte sich in die Mitte des Raumes. Ellie schloss die Augen und hob die Arme, als würde sie einen imaginären Tanzpartner vor sich haben, und drehte sich im Dreivierteltakt. Für einige Sekunden verschmolz sie mit der Atmosphäre des Hauses. Hatte man hier früher häufig gefeiert? Sie stellte sich ein Violinenquartett vor, das einen Walzer spielte. Menschen unterhielten sich, lachten, Gläser klirrten. Lange Röcke schwebten über das gebohnerte Parkett, gestärkte Hemden, festliche Anzüge und stattliche Herrschaften erfüllten den Ballsaal und das ganze Anwesen mit Leben.

Sie stolperte und riss die Augen wieder auf.

»Ja, oder so«, stieß sie mit einem Lachen hervor. »Was für eine Verschwendung!«

*Hier müsste man etwas draus machen*, dachte sie. So viel Geschichte, so viel Atmosphäre und Stil. Ein Jammer, dass dieser Flügel so stiefmütterlich behandelt wurde.

Und dann fiel ihr wieder ein, dass das nicht ihre Baustelle war, sie war hier zum Putzen, für nichts sonst. Sie entdeckte ihre Fußspuren im Staub und stöhnte. Dennoch nahm sie sich auch die anderen Räume des Flügels kurz vor, vom Ballsaal aus gelangte man in einen kleinen Gang, der sich gabelte, die eine Seite führte zu großen Badezimmern, die andere zu Privaträumen und einem weiteren Salon, in dem einige Bücherregale standen. Bei Weitem nicht so imposant wie in der Bibliothek im Westflügel, aber dennoch irgendwie gemütlich. Wieder dachte sie, was für ein Jammer es war, dass hier niemand mehr lebte. Ein Mann allein, dem so ein großer Kasten gehörte. Ein Butler im Rentenalter und eine Köchin, die nicht kochen konnte.

Es geht dich nichts an, sagte das Stimmchen immer wieder zu ihr, aber sie konnte den Gedanken nicht ganz abschütteln, dass es eine unsinnige Verschwendung war, alles verkommen zu lassen.

Kenneth atmete erleichtert aus, als Helena in ihrem Mercedes vom Grundstück fuhr. Er hatte in der letzten Nacht kaum ein Auge zugetan und fühlte sich wie gerädert. Helena hatte die Trennung mit Fassung hingenommen, sie hatte weder eine Szene gemacht noch ihn angefleht, es sich noch einmal zu überlegen. Das rechnete er ihr hoch an, vielleicht war es aber auch lediglich der Tatsache geschuldet, dass sie ihn auch nicht geliebt hatte.

Möglicherweise hatte sie ja bereits einen möglichen Kandidaten auf ihrer geistigen Liste, den sie jetzt ins Visier nehmen würde. Er wünschte ihr mehr Glück mit diesem Mann und war einfach nur froh, dass er sie los war.

»Frei«, murmelte er und schnitt eine Grimasse. Wie man es nahm. Er hatte einen Klotz in Form eines Schlosses am Bein, dessen Unterhaltung jährlich Unsummen kostete, aber keinen Pence einbrachte. Trotzdem war er froh, dass es nicht der Abrissbirne zum Opfer gefallen war. Noch nicht. Er musste sich etwas überlegen, ansonsten blieb ihm nichts anderes übrig, als es zu verkaufen. Ob das in seines Vaters Sinne gewesen wäre? Wohl kaum.

Seufzend setzte er sich in Bewegung, er drehte eine Runde mit Dougie im Schlosspark. Aus dem Augenwinkel nahm er eine Bewegung hinter den Fenstern im Raven-Wing wahr. Er blinzelte und schaute weg, nun sah er schon Gespenster. Der Flügel war seit Jahren unbewohnt.

Seit seine Mutter tot war.

Er konnte sich kaum an sie entsinnen, er war einfach noch zu klein gewesen, als sie gestorben war. Alles, woran er sich erinnerte, war, dass sie ihn geliebt hatte. Ihre Wärme, ihre sanfte Stimme, ihre Lieder, ihre überschwängliche Energie. Aber die Bilder waren verschwommen, es waren kaum mehr als Erinnerungsfetzen eines Dreijährigen. Kenneth ging weiter und schaute noch einmal zum Ballsaal hinüber. Für einen Augenblick dachte er, dass er die Umrisse einer

Frau darin gesehen hätte, aber im nächsten Moment war da nichts mehr.

»Verdammt!« Er rieb sich die Augen und schüttelte den Kopf. Er musste dringend mehr schlafen, wenn er sogar schon Halluzinationen hatte.

»Dougie, komm!«, rief er dem Hund zu, der sich gerade auf dem Rücken wälzte und Spaß mit sich selbst hatte. Mit einem Sprung war der Irische Wolfshund auf den Beinen und trottete hinter Kenneth her.

Auch am späten Nachmittag, als er von Angus' Behandlung zurückkehrte, dachte er immer wieder an den Raven-Wing, obwohl er es nicht wollte. Früher hatte die Familie hier Feste gefeiert, Gäste empfangen und gelebt. Später hatte man die Türen verschlossen und die Möbel mit Tüchern bedeckt. Um sie zu schonen. Um sie zu verstecken.

Was auch immer. Kenneth hatte irgendwann aufgehört, seinen Vater nach seiner Mutter zu fragen, er hatte nie Antworten bekommen. Über das Kapitel sprach man nicht gerne. Schließlich hatten sie ganz aufgehört zu reden. Und dann war Kenneth auch noch auf die Idee gekommen, die Schule zu schmeißen und sich dem Profisport zu widmen. Das war das Ende der Vater-Sohn-Beziehung gewesen.

Kenneth setzte sich mit einem schweren Seufzen in seines Vaters Stuhl, sein Blick fiel auf die Schatulle. Warum hatte der Vater sie in einem Schließfach aufgehoben?

Vielleicht war Schmuck darin? Alte Familienerbstücke? Vermutlich.

Warum hatte er dann Angst, sie zu öffnen? Er hatte ein flaues Gefühl im Magen, das ganz sicher nicht daher rührte, dass er heute noch nichts gegessen hatte.

Dougie lag zu seinen Füßen. Warum konnte er sich hier nie entspannen? Obwohl er alleine war, fühlte er sich, als würde ihm ständig jemand über die Schulter gucken.

Er wurde paranoid.

War seine Mutter so gewesen? Kenneth hatte keine Erinnerungen daran, aber von Shirley hatte er irgendwann einmal das Wort manisch im Zusammenhang mit ihrer Mutter gehört. Sie war fünf Jahre älter als er, sicher konnte sie sich besser an sie erinnern. Er rieb sich mit der Hand über die Stirn, dann rief er Shirley an.

»Hey, Kenneth«, antwortete sie nach dem zweiten Klingeln.

»Hallo Schwesterchen. Wie geht's?«

»Gut, und selbst?«

»Bestens«, log er.

»Hast du dich schon dran gewöhnt?«

»Es geht so.«

»Ach, komm, du bist doch kein anderer Mensch, nur weil du nun endlich den Titel trägst.«

»Ich weiß nicht.«

»Was ist los?«, fragte sie, und ihre sonst fröhliche Stimme klang mit einem Mal besorgt.

»Ich weiß auch nicht. Es ist nicht gerade viel los hier.«

»Ja, natürlich. Kiltarff ist nicht London.«

»Nein, das ist es nicht, London fehlt mir nicht mal.«

»Was ist es dann?«

»Erzähl mir von unserer Mutter«, sprudelte es aus ihm hervor, und er hörte, dass Shirley scharf einatmete.

»Was willst du wissen?«

»Wie war sie?«

»Sie war die beste Mutter«, sagte sie dann leise. »Manchmal.«

»Dann tanzte sie, lachte und sang Lieder mit uns«, fuhr er fort, denn dieses Gespräch hatten sie früher einmal geführt. Es war zwischen ihnen wie ein Mantra gewesen, das war, bevor sie auf unterschiedliche Internate geschickt worden waren. Danach hatte sich alles verändert, sie, die als kleine

Kinder wie Pech und Schwefel zusammengehalten hatten, waren sich fremd geworden.

»Sie hatte die tollsten Ideen«, fuhr Shirley fort. »Alles war möglich.«

»Es gab Süßigkeiten bis spät in die Nacht.«

»Picknicke im Schnee.«

»Nächte unterm Sternenhimmel.« Das war das Schönste gewesen, sie hatten Decken unter und über sich ausgebreitet und gemeinsam nach der Milchstraße, dem Großen Wagen und dem Kleinen gesucht.

»Wir haben im Ballsaal getanzt, auch wenn außer uns niemand da war.«

Und dann zuckte ein Bild durch seinen Kopf, das er nicht zu fassen bekam. Wasser, Kälte und das Gefühl zu ersticken.

»Kenneth?«, hörte er Shirley am anderen Ende.

»Ja?«

»Sag mir, was ist los? Wir haben seit Jahren nicht über sie gesprochen.«

Das stimmte, im Grunde hatten sie seit Jahren nur an der Oberfläche gekratzt, man sah sich nicht häufig. Selten, bis nie.

»Wusstest du etwas von einer Schatulle, die Vater in einem Schließfach in Inverness hatte?«

»Nein, ich hatte keine Ahnung. Was ist drin?«

»Ich weiß es nicht, ich habe sie noch nicht geöffnet.«

»Wieso nicht?«

»Keine Ahnung.« Er rieb sich das Kinn. »Ich war heute im Park, da dachte ich für einen Moment, dass sich im Raven-Wing was bewegt.«

Shirley lachte, aber es war beiden klar, dass das kein Witz war.

»Für eine Sekunde habe ich geglaubt, dass sie da wäre. Und in der nächsten dachte ich, dass jetzt ich an der Reihe bin. Dass ich verrückt werde.«

194

»Kenneth, du bist nicht wie sie. Ganz sicher nicht. Es war wahrscheinlich nur ein Schatten, eine Spiegelung im Fenster.«

»Ja, wahrscheinlich. Pass auf, wenn es Mutters Schmuck ist, lasse ich ihn dir zukommen.«

»Das hat keine Eile.«

»Warst du schon auf dem Landsitz in Yorkshire? Wirst du ihn behalten?«

»Bin mir nicht sicher. Also, ich war noch nicht dort. Keine Zeit, wir, äh, waren beschäftigt.«

Kenneth wusste, dass Shirley seit Jahren versuchte, schwanger zu werden, das hatte sie einmal erwähnt. Nun war sie schon vierzig, und die Zeit wurde langsam knapp. Aber da ihr Verhältnis nicht besonders eng war, wollte er nicht danach fragen.

»Klar, es steht da seit Ewigkeiten.«

»Es gibt einen Verwalter.«

»Tatsächlich? Das ist klug. Ich habe auch überlegt, ob ich hier einen einsetzen könnte.«

Er vermied es, über Geld zu sprechen. Es war nicht Shirleys Problem, dass von dem Vermögen nicht mehr viel übrig war.

»Das wäre eine Lösung, langfristig wäre es aber doch wundervoll, wenn wieder Leben ins Schloss käme.«

»Ich habe nicht vor, in naher Zukunft zwölf Kinder in die Welt zu setzen.«

Shirley schwieg einen Moment. »Äh, ja, klar.«

Mist, er hatte natürlich das Falsche gesagt. »Pass auf, ich gucke jetzt mal rein, dann gebe ich dir Bescheid, falls es wirklich der Schmuck ist.«

Was sollte es sonst sein?

»In Ordnung, pass auf dich auf, kleiner Bruder.«

Das hatte sie lange nicht gesagt, etwas in ihm zog sich zusammen. »Du auch, Große.«

Dann legten sie auf, und er saß weiter vor der Schatulle und starrte sie an.

Kenneth hob seine Hände und legte sie auf das dunkle Holz, es fühlte sich kühl und glatt unter seinen Fingern an. Es kam ihm nicht im Geringsten bekannt vor.

Er ließ das Scharnier aufschnappen, dann klappte er den Deckel hoch.

Der Geruch von altem Papier schlug ihm entgegen. Er warf einen Blick hinein und runzelte die Stirn.

Briefe und mehrere Kladden, sonst nichts. Er nahm eines der Notizbücher heraus und schlug es auf. Die markante, kräftige Schrift kannte er, es war die seines Vaters.

Kenneth überfiel ein beklemmendes Gefühl, es fiel ihm schwer zu atmen, als er die Worte las.

>*... nach den Wochen des Überschwangs, in denen sie alle mit Liebe, Ideen und Verrücktheiten überschüttet, folgt die Schwere. Die Dunkelheit und das Schweigen. Es lastet schwer auf uns, noch schwerer auf den Kindern. Kenneth ist noch zu klein, er bemerkt zwar, dass die Kinderfrau nun morgens, mittags und abends für ihn da ist, aber Shirley versteht längst, dass mit ihrer Mutter etwas nicht stimmt. Ich wünschte, ich könnte Monique helfen, ich möchte sie rütteln, schütteln und dann einfach nur in den Armen halten und sie küssen. Als junger Mann hat mich ihre überschwängliche Energie in den Bann gezogen, da wusste ich noch nicht, wie tief sie fallen kann. Wie dunkel es in ihr sein kann, so dunkel, dass sie den Weg ans Licht nicht mehr findet.*«

Kenneth wurde schlecht. Er las weiter.

»Ich kann nicht beides sein, Vater und Mutter. Ich
bin ganz anders erzogen, ich weiß nicht, was ich
tun soll. Ich habe Angst, etwas falsch zu machen.
Wie soll ich ihnen die Mutter ersetzen, solange
Monique eine ihrer Phasen hat? Wie lange wird
es dieses Mal dauern? Und was mir vielleicht
noch mehr Angst macht: Was ist, wenn sie in
ihren Hochs, in denen die Welt für Monique in
allen Farben des Regenbogens schillert, etwas tut,
das die Kinder in Gefahr bringt? Heute habe ich
sie mit Kenneth und Shirley gefunden, sie sind
mit dem Auto unterwegs gewesen, die Kinder waren nicht angeschnallt, Kenneth saß auf ihrem
Schoß und durfte lenken. Er ist doch erst zwei
Jahre alt! Was ist, wenn sie ein Auto übersieht?
Ich darf gar nicht daran denken, aber ich möchte
sie auch nicht verletzen. Sie gibt sich so viel Mühe, sie liebt ihre Kinder so sehr. Ich weiß einfach
nicht, was richtig und was falsch ist, darf ich
ihr überhaupt etwas verbieten? Ich weiß nicht,
an wen ich mich wenden kann. In unseren Kreisen spricht man nicht darüber, dass man eine
Frau hat, die krank ist. Wir leben zurückgezo-
gen, bei den Festen ist sie entweder die perfekte
Gastgeberin oder liegt offiziell mit einer Grippe
darnieder. Ich glaube nicht, dass jemand ahnt,
was wirklich ...«

Kenneth hörte auf zu lesen. Er erinnerte sich nicht daran,
überhaupt einmal mit der Mutter im Auto unterwegs gewesen zu sein. Vielleicht hatte der Vater es ihr danach doch
verboten? Wer weiß. Er konnte ihn nicht mehr fragen.

Er war geschockt, seine Finger zitterten. Kenneth ließ
die Kladde sinken und legte sie zurück in die Truhe. Er

wollte nicht mehr lesen. Das war die Vergangenheit, es wäre besser, sie ruhen zu lassen.

Warum hatte sein Vater gewollt, dass er die Kladden und Briefe bekam? Und was für Briefe waren es?

Nicht jetzt, er brauchte Abstand. Luft. Raum zum Denken.

Kenneth sprang auf und verließ das Arbeitszimmer, ohne nachzudenken, taperte er durch das Schloss, bis ihm bewusst wurde, dass er auf dem Weg zum Raven-Wing war.

Er blieb vor der Doppeltür stehen und hielt inne. Wollte er wirklich da reingehen?

Warum nicht? Was sollte schon passieren? Dort war niemand, seit Jahren nicht mehr. Er glaubte weder an Gespenster, noch war er besonders abergläubisch.

Trotzdem war es seltsam und verwirrend, als er die Tür öffnete und in den roten Salon trat. Es überraschte, ihn zu sehen, dass der Raum relativ sauber war, es roch nach Staub, aber der Boden wirkte, als sei er kürzlich gewischt worden. Er ging weiter, im grünen Salon sah es schon anders aus, hier roch es nach muffigen Polstermöbeln, die Türen zum Ballsaal waren geöffnet und Kenneth ging gedankenverloren in die Richtung. Dann entdeckte er Spuren im Staub. Seltsame Spuren, die sich in Kreisen durch den Saal zogen, so als ob jemand getanzt hätte.

Da hatte er also den Geist.

Kenneth hob eine Augenbraue und wunderte sich. Da hatte sich wohl jemand einen seltsamen Scherz erlaubt.

Irritiert verließ er den Saal und drehte eine lange Runde mit Dougie. Für seine verwirrenden Empfindungen war kein Platz zwischen den dicken Wänden des Schlosses.

# Kapitel 13

Mit der Zeit entwickelte Kenneth eine Art Routine, morgens stand er bei Angus auf der Matte und ließ sich quälen, dann kümmerte er sich um den Papierkram, am Nachmittag trainierte er. Dafür hatte Angus ihm einige therapeutische Bänder besorgt, eines davon hing sogar an der Decke, er konnte sich hineinhängen und Übungen, die auf dem eigenen Körpergewicht basierten, ausführen. Für die Schulter war dies momentan das Beste. Schwere Gewichte wären eher kontraproduktiv, das war zumindest Angus' Sicht, und er vertraute ihm. Kenneth hatte das Zimmer neben seinem Schlafzimmer zu einer Art Sportraum umfunktioniert. Es war kein Studio, aber es reichte für seine Zwecke aus. Dougie freute sich über die zusätzlichen Kilometer, die er nun neben ihm hertrotten durfte, während das neue Herrchen joggte.

Lediglich mit seinen Abenden war er nicht zufrieden, Islas Essen schmeckte nach wie vor scheußlich, und Ellie hatte er seit dem letzten Mal nicht mehr gesehen. Natürlich nicht. Vermutlich war sie längst zurück in Deutschland, auf dem Campingplatz standen drei Wohnmobile, aber kein Zelt mehr.

Nicht, dass er deswegen dort seine Runde gedreht hatte, natürlich nicht. Und doch war er rein zufällig heute zum ersten Mal dort vorbeigelaufen und hatte sich gefragt, ob sie noch in Kiltarff war oder nicht. Nun, er hatte die Antwort darauf zumindest bekommen. Sie war weg.

Kenneth war überrascht, wie sehr ihn diese Erkenntnis gelähmt hatte, denn Ellie war die einzige Person gewesen, mit der er in den letzten Wochen wirklich kommuniziert hatte.

Jetzt war er wieder allein.

Er schob den Teller von sich, den kalten Braten hatte er kaum angerührt, er war so trocken und zäh wie eine alte Schuhsohle. So ging das nicht weiter, entweder lernte er selbst kochen, oder Isla musste in Rente geschickt werden. Morgen würde er mit Donald ein ernstes Wörtchen darüber wechseln. Er wollte wirklich kein Unmensch sein, aber er wollte auch nicht verhungern.

Er tigerte unruhig durch die Bibliothek, sein Magen knurrte. Außerdem fiel ihm die Decke auf den Kopf, er brauchte einen Tapetenwechsel und eine warme, genießbare Mahlzeit.


Wenn so viele Stimmen durcheinanderredeten, fiel es Ellie noch immer etwas schwer, allen zu folgen. Aber sie wurde immer besser darin, den hiesigen Akzent zu verstehen, sogar in einem Pub mit drei waschechten Schotten und zwei Schottinnen. Sie saß mit Kendra, Maisie aus dem Buchladen, Colin von Girvan's Hardware, Stuart aus der Werkstatt und Wallace, dem Feuerwehrmann, an einem Tisch im »Lock Inn«, dem zweiten Pub im Ort. Vor ihnen standen Cask Ales und gesalzenes Popcorn in kleinen Schälchen. Ellie fühlte sich wohl, auch wenn sie zu den Gesprächen über den ein oder anderen Dorfbewohner nichts beisteuern konnte, aber das machte nichts.

»Wie läuft's eigentlich im Schloss?«, fragte Kendra sie irgendwann.

»Es läuft«, gab Ellie ausweichend zurück.

»Willst du wirklich länger als Hausmädchen arbeiten?«

»Keine Ahnung.« Sie seufzte, und Kendra klärte die anderen auf.

»Eigentlich ist Ellie nämlich Köchin.«

»Ach, wirklich? Dann könntest du doch direkt hier anfangen«, scherzte Colin. »Die alte Shona hat Rheuma und würde sich ganz gewiss freuen, kürzertreten zu können.«

»Ich habe ihr auch angeboten, bei uns zu arbeiten«, meinte Kendra. »Aber Ellie hat schon ganz andere Pläne.«

»So so?« Stuart guckte interessiert und trank von seinem Bier.

»Na ja.« Ellie winkte ab. »Da wird sowieso nichts draus.«

»Nun sag schon, jetzt sind wir alle gespannt.« Maisie lächelte und piekte sie in die Seite.

»Das Bootshaus«, brummte Ellie und schaute auf ihre Hände. Vermutlich hielten sie alle für bescheuert.

»Was ist damit?«, fragte Stuart.

»Es ist der perfekte Platz, die Lage ist so großartig, und das Bootshaus selbst könnte zum Restaurant werden.«

»O Gott«, stieß Colin hervor. »Der alte Schuppen?«

Ellie seufzte. »Natürlich müsste man erst einmal was dran machen.«

»Etwas?« Kendra lachte. »Eine ganze Menge, aber Ellie hat einen Plan. Nicht, Ellie?«

Ellie nickte und spürte, dass sie knallrot angelaufen war. Es war eine Sache, vom Bootshaus zu träumen, eine andere, darüber zu sprechen. Vermutlich hielten sie alle für verrückt.

»Man müsste natürlich renovieren und eine Ausstattung besorgen. Aber von den Örtlichkeiten wäre es perfekt, es gibt zwei Räume, in einem wäre genug Platz für die Küche. Man müsste natürlich noch sanitäre Anlagen einbauen, aber ehrlich, das Bootshaus ist viel geräumiger, als es von außen ausschaut.«

»Du hast dir ja schon 'ne Menge Gedanken gemacht, hm?« Stuart wirkte überrascht.

»Ja, das habe ich.«

»Drüben in Invermoriston ist doch das Craigdarroch Inn, das hat vor zwei Jahren zugemacht, weil der Besitzer verstorben ist. Die Frau lebt über dem Lokal, aber möchte den Betrieb nicht wieder aufnehmen«, erklärte Colin.

»Ach, und das weißt du, weil?« Kendra machte große Augen.

»Ich kenne sie ganz gut.« Colin zwinkerte, und Ellie verstand, dass er und die Besitzerin sich manchmal trafen. Der gut aussehende Schotte war kein Kostverächter, das war ganz klar, aber binden wollte er sich wohl auch nicht. Das hatte zumindest Kendra irgendwann mal erzählt, als sie nach einem langen Putztag auf einen Salat vorbeigekommen war.

»Das wäre ja großartig.« Maisie klatschte in die Hände. »Wir würden dich natürlich unterstützen, wo wir nur können. Nicht, Jungs?«

Die drei stimmten zu. »Klar doch, wäre cool, wenn du bleiben würdest.«

Ellie freute sich wahnsinnig, dass sie so offen und herzlich aufgenommen wurde. »Ihr habt doch alle mit euren Jobs genug zu tun, ich kann euch nicht so ausnutzen.«

»Quatsch«, unterbrach Kendra sie. »Wir helfen gerne. Colin, frag, äh, wie heißt sie noch gleich? – doch mal, ob was von der Einrichtung günstig zu haben wäre.«

Er hob eine Hand an die Stirn. »Aye, Ma'am. Das mache ich.«

»Hey, wartet doch mal. Ich habe doch noch gar keine Zustimmung, dass ich das Bootshaus pachten darf.«

»Oh, stimmt.« Kendra trank von ihrem Bier. »Diese Hürde steht uns, äh, dir noch im Weg.«

202

»Wie ist er denn so?«, erkundigte sich Wallace. »Ich hab ihn in den letzten Tagen ein paarmal mit seinem Hund joggen gesehen, ansonsten treibt er sich nicht viel im Ort herum.«

Ellie spürte, dass sie rot wurde. »Ich, äh, kenne ihn gar nicht. Ich meine, ich putze – er ist der Schlossherr.«

»Und wie willst du dann an das Bootshaus kommen?«, fragte Kendra mit einem Stirnrunzeln.

Ellie wollte gerade sagen, dass sie das auch nicht wüsste, als die Tür aufging.

Ihr Herz setzte einen Schlag aus.

Wenn man vom Teufel sprach.

Es war, als würden alle Geräusche um sie herum verstummen, die Atmosphäre im Raum veränderte sich, als Kenneth eintrat und sich im Raum umsah. Seine Miene war ausdruckslos, aber nicht unfreundlich, er trug ein kariertes Hemd und einen grauen Wollpullover darüber. Seine langen Schenkel steckten in einer dunklen Jeans, die Füße in schweren Stiefeln, als hätte er einen Spaziergang durch die Heidelandschaft gemacht. Als spürte er, dass sie ihn anstarrte, schaute er zu ihr herüber. Etwas flackerte in seinem Blick auf, erlosch aber sofort wieder, sodass Ellie glaubte, sie müsse sich getäuscht haben. Sie überlegte, was sie tun sollte. Aufstehen und winken? Wegsehen und so tun, als hätte sie ihn nicht bemerkt?

Er nahm ihr die Entscheidung ab, denn er ging mit langen Schritten zur Theke, setzte sich auf einen Barhocker, bestellte ein Bier und warf einen Blick in die Karte.

*Ja, klar,* dachte Ellie.

*Er will mit mir nichts zu tun haben.*

*Er hat eine Freundin.*

*Und Hunger.*

Ein Schmunzeln schlich sich auf ihre Lippen, sie wusste ja, wie schlecht Isla kochte. Kein Wunder also, dass er

203

irgendwann sein Schloss verließ, um etwas Essbares aufzu-
treiben.

Kendra schob ihr den Ellenbogen in die Seite. »Das ist er,
nicht?«, flüsterte sie.

»Ja, das ist er.«

»Wow, er ist ja heiß.«

»Findest du?«

»O, absolut.«

Ellie wollte es nicht, aber sie spürte den Stich der Eifersucht, was albern war, denn sie hatte keinerlei Anspruch
auf Kenneth. Und sie wollte das auch nicht. Auf keinen Fall.

Es schien, als ob alle im Pub wüssten, wer er war, aber
niemand sprach ihn an. Kenneth saß auf dem Barhocker
wie auf einem Thron. Einsam und unantastbar.

»Er ist also dein Typ?«

Kendra gluckste. »Keine Ahnung, ich kenne ihn ja gar
nicht. Willst du nicht rübergehen und Hallo sagen?«

Ellie grunzte leise. »Garantiert nicht. Was sollte ich denn
sagen? ›Hallo Chef, schön Sie zu sehen? War es Ihnen recht,
wie ich das Klo geputzt habe?‹«

»O, stimmt. Nein, das geht natürlich nicht. Aber wie
willst du ihn denn überzeugen, dass du das Bootshaus zum
Restaurant umbauen darfst?«

»Gute Frage, ich habe ehrlich gesagt keine Ahnung.« Ihr
ursprünglicher Plan war nicht aufgegangen, zwar hatte er
ihr Essen gemocht, aber dann war die Freundin aufgetaucht.

*Du hättest trotzdem noch für ihn kochen können.*

Ja, klar, wollte sie rufen. Es war ein wenig komplizierter
als das. Ellie seufzte. »Ich glaube, ich werde mal gehen.«

»Was? Wieso das denn?«, wollte Maisie wissen. »Kommt
gar nicht infrage. Ich bestelle noch eine Runde.« Sie gab
dem Wirt ein Zeichen, zum Glück saßen sie weit genug
entfernt, dass Kenneth nicht mitbekam, worüber sie am
Tisch sprachen.

Kenneth war sich der Blicke im Raum deutlich bewusst, als er sich an den Tresen setzte und ein Bier bestellte. Er überflog die Speisekarte und orderte Fish und Chips mit Erbsenpüree. Er hatte einen Bärenhunger, und es war ihm verdammt noch mal egal, ob er angeglotzt wurde wie ein Tier im Zoo. Zu gerne hätte er sich allerdings umgedreht und noch einmal nach Ellie gesehen. Er war so überrascht – und erleichtert – gewesen, sie hier anzutreffen, dass er nach dem Eintreten für einen Atemzug zur Salzsäule erstarrt war.

Ellie war also noch im Dorf, und sie war nicht allein. Wenn ihn nicht alles täuschte, dann saß sie mit Dorfbewohnern am Tisch, die ihm alle bekannt vorkamen. Möglicherweise hatte er mit einigen von ihnen als Junge gespielt, er war sich nicht sicher, aber es gab keinen Grund, jetzt hinüberzugehen und danach zu fragen.

Außer, dass er mit ihr reden wollte, vielleicht. Aber nicht vor allen anderen. Dennoch brannten ihm einige Fragen auf der Zunge: Was machte sie hier, warum kannte sie die Leute und wo in aller Welt war sie in den letzten Tagen gewesen?

Er hatte öfter an sie gedacht, als gut für ihn war. Einerseits war er sehr erleichtert, sie zu sehen, andererseits hatte er keine Ahnung, was er tun sollte. Sie hatten keine Gemeinsamkeiten, sie waren weder Freunde noch Bekannte.

Obwohl es sich anders anfühlte. Er erinnerte sich an ihr Lachen, wie ihre Augen funkelten, wenn sie scherzte, an ihre geschmeidigen, geübten Handgriffe, wenn sie hinter dem Herd stand. Er erinnerte sich an ihre Stimme, an das Grün ihrer Augen, die manchmal so sehnsüchtig schimmerten.

Und dann erinnerte er sich an den Grund, warum sie nicht mehr gemeinsam gegessen hatten. Sie hatten sich geküsst, während er ein gebundener Mann gewesen war.

Jetzt nicht mehr, aber das änderte nichts an der Tatsache, dass er sie enttäuscht hatte.

Jemand stellte ein Bier vor ihm ab, er schaute kurz auf und bedankte sich, ohne wirklich etwas wahrzunehmen. Er war zu sehr in seine Gedanken versunken.

Kenneth trank einen Schluck. Jemand legte eine Hand auf seine Schulter.

»Mein Junge, dass du dich mal aus dem Schloss traust!«

»Angus«, stellte Kenneth mit einem Grinsen fest. »Und du? Noch nicht genug Knochen gebrochen heute?«

»Doch, das macht hungrig. Darf ich?« Er zeigte auf den Hocker neben seinem.

»Klar, setz dich.«

Angus nahm neben ihm Platz und orderte ebenfalls ein Bier. »Und, hast du schön deine Übungen gemacht?«

»Aye, Sir.«

»Das lobe ich mir. Sehr gut.«

Kenneth bekam sein Essen.

»Lass es dir schmecken.« Angus klaute sich eine Pommes.

»Danke. Und du? Was treibt dich vor die Tür?«

»Ach, ich bin öfter mal hier«, gab der Alte achselzuckend zurück. »Sonst ist ja nicht viel los, und das Lantern hat heute geschlossen.«

Angus bestellte einen Eintopf. »Meine Kochkünste sind eher rudimentär.«

»Verstehe, geht mir ähnlich.« Kenneth grinste.

Die beiden unterhielten sich eine Weile über die Veränderungen im Ort, seit er eine Junge gewesen war, schweiften dann auf den Brexit ab und kehrten schließlich zum ursprünglichen Thema zurück. Kenneth warf einen Blick über seine Schulter und sah, dass der Tisch, an dem Ellie gesessen hatte, jetzt leer war. Verdammt, er hatte sie so gern erwischen und ihr ein paar Fragen stellen wollen.

206

Aber er hatte Angus nicht mitten im Gespräch sitzen lassen können.

»Stimmt was nicht?«

»Doch, doch. Alles gut.« Er schob seinen leeren Teller von sich. »Kanntest du die Leute am Tisch da hinten?«

Angus lachte. »Ob ich die kannte? Natürlich. Du etwa nicht?«

»Alle?«

»Kendra vom Lantern, Colin aus der Werkstatt ...« Angus zählte auf, bis er zu Ellie kam. »Die Brünette muss neu hier sein. Alles krieg ich also doch nicht mit.« Er zwinkerte.

Kenneth war enttäuscht, er hatte gehofft, vielleicht von Angus zu erfahren, in welcher Pension Ellie sich eingemietet hatte. Aber warum? Er würde wohl kaum dort hingehen und an ihrer Tür klopfen. Er verwarf den Gedanken, so schnell er gekommen war. »Der Nachteil, wenn man in einem Internat groß wurde, man kennt am Heimatort niemanden mehr.«

»Das lässt sich ja wohl schnell ändern.«

Ja, aber wollte er das? Er war sich noch nicht mal sicher, ob er überhaupt bleiben würde. Oder bleiben konnte, das Thema Geld war noch immer eines, das ihm Kopfschmerzen bereitete. Er wollte hysterisch auflachen, er hatte keinen Schimmer, wie er aus seinem Kapital so ein Vermögen anhäufen sollte, dass er damit auf Dauer das Schloss unterhalten konnte.

»Mal sehen, heute aber nicht mehr. Ich merke erst jetzt, wie müde ich bin.« Er gähnte hinter vorgehaltener Hand. »Habe die letzten Tage nicht besonders gut geschlafen.«

»Plagt dich die Schulter?«

Kenneth nickte, wobei das nur zum Teil stimmte. Die Kladden und die Briefe verfolgten ihn, obwohl er die Truhe

207

seit dem ersten Mal nicht wieder geöffnet hatte. »Ich lade dich ein«, sagte er zu Angus und legte zwanzig Pfund auf den Tresen.

»Na schön, aber das nächste Mal zahle ich.«

»Abgemacht. Gute Nacht, Angus.«

»Aye, gute Nacht. Bis morgen.«

Auf dem Weg zurück zum Schloss genoss er den milden Abend und den Blick in den Sternenhimmel. Der Mond leuchtete hell und voll über dem Loch Ness und tauchte alles in ein blaues Licht, das seltsam beruhigend auf ihn wirkte, obwohl er sich in der Nähe des Sees eigentlich immer irgendwie unbehaglich fühlte. Er wusste nicht wieso, nur dass es, seit er sich erinnern konnte, so war. Kenneth schlenderte am Ufer entlang und schlug dann den Weg durch den Park zum Hintereingang des Schlosses ein. Ein Uhu schrie in der Ferne, ansonsten hörte er nur das leise Rauschen der Blätter im Wind. Den Londoner Straßenlärm hatte er keine Sekunde vermisst, und auch jetzt empfand er die Stille und die natürlichen Geräusche der Natur als eine Wohltat. Es war spät, aber er war noch nicht müde. Das Haus schlief, es lag im Dunkeln. Anstatt nach oben in sein Schlafzimmer zu gehen, schlug er den Weg ins Arbeitszimmer ein. Er wusste nicht wieso, aber etwas zog ihn dorthin.

Dougie kam schwanzwedelnd auf ihn zu und schmiegte sich an ihn. »Alles gut, Kumpel, ich bin wieder da. Komm mit.«

Der Hund trottete ihm ergeben hinterher, Kenneth schaltete das Licht an und schloss die Tür zum Arbeitszimmer hinter ihnen. Er klappte den Deckel der Truhe nach oben und nahm die Briefe heraus. Er kannte die Handschrift nicht, außerdem waren sie nicht frankiert.

Er nahm den obersten Umschlag, zog den Briefbogen heraus und fing an zu lesen.

*Liebster Robert,*

*ich hoffe, du weißt, dass ich dich über alles liebe. Du warst immer mein Licht in der Dunkelheit, mein Quell der Liebe und des Lebens. Du gibst mir so viel, und was tue ich? Ich wünschte, es wäre anders, aber ich sehe keinen Weg vor uns. In den hellen Phasen bin ich mir sicher, dass es von jetzt an immer so sein wird. Dass wir es schaffen, gemeinsam. Doch die Realität holt mich immer wieder ein. Diese dunkle Leere in mir überschattet alles, und ich sehe nicht mehr das Gute, das, was ich an dir und den Kindern habe. Ich bürde dir so viel auf, du bist so geduldig und liebevoll. Du hast mehr verdient als das, was ich dir geben kann. Es ist nicht genug, es wird nie genug sein.*

*Du warst immer der Stärkere in unserer Beziehung, dafür danke ich dir. Es fällt mir schwer, diese Worte zu Papier zu bringen, ich habe versucht, sie auszusprechen, aber es gelang mir nicht.*

*Ich liebe dich. Ich liebe die Kinder, ihr Lachen, ihre bedingungslose Liebe, ihre Freude, den Glanz in den Augen. Wenn ich ihre kleinen, zarten Händchen halte, dann wünsche ich mir, sie für immer begleiten zu können.*

*Nach dem, was in der letzten Woche passiert ist, bin ich mir allerdings nicht mehr sicher, dass ich das Beste für meine Kinder bin. Ich weiß, dass ich in meinen guten Phasen vor Energie übersprudele, an der ich alle teilhaben lassen möchte. Ich gebe immer alles, weil ich nie weiß, wie lange es anhält, bis die Kerze abgebrannt ist und ich wieder in der Dunkelheit festsitze.*

*Kenneth und Shirley sind noch jung, aber irgendwann werden sie begreifen, dass ich nicht die Mutter bin, die sie verdient haben. Ich möchte mehr für sie sein, aber ich kann es nicht. Es gelingt mir nicht, egal wie viel Mühe ich mir gebe. Ich bin ehrlich, vielleicht zum ersten Mal in all den Jahren, die du meine Höhen und Tiefen nun schon erträgst und bei mir stehst. Ich werde nie genug für sie sein, ich schade ihnen, ich bringe sie in Gefahr. Dass Kenneth in der letzten Woche beinahe vor meinen Augen –*

*Ich kann es nicht einmal schreiben, so entsetzt bin ich noch immer darüber, dass ich so in meiner eigenen Welt versinke, selbst, wenn es mir gut geht, dass ich nicht in der Lage bin, auf meine Kinder acht zu geben.*

*Es wird schlimmer, Robert, du siehst es und bist doch an meiner Seite.*

*Ich kann euch das nicht länger antun. Ich möchte es nicht.*

*In mir ist zu viel Leere, die niemand jemals füllen könnte. Ich wünschte, es wäre anders, aber es ist so.*

*Ohne mich könnt ihr endlich das Leben führen, das ihr verdient.*

*Ihr sollt lieben, lachen und Erfahrungen machen. Ihr sollt nicht eure Zeit damit verbringen, euch um mich zu sorgen. Du weißt, dass wir alles versucht haben, aber ich war schon immer anders. Ich sehe die Welt nicht, wie ihr sie seht. Früher dachte ich, dass das etwas Gutes ist, dass ich besonders bin. Heute weiß ich, dass es keinen Platz für mich gibt. Ich bin von allem zu viel. Zu euphorisch. Zu traurig. Zu lei-*

*se. Zu laut. Ich kann nicht mehr, Robert. Das bisschen Leben, das noch in mir ist, reicht nicht mehr, um weiter gegen die Leere zu kämpfen, die mich wie ein schwarzes Loch verschlingen will.*

*Bitte verzeih mir, ich liebe dich.*

*Kenneth wird es nicht verstehen, Shirley auch nicht. Deswegen habe ich Briefe für sie geschrieben, auf den Umschlägen habe ich den Zeitpunkt notiert, wann sie sie öffnen sollen. Ich kann nicht mehr bei ihnen sein, und doch versuche ich es. Auf meine Weise. Bei dem Gedanken, dich mit den Kindern alleine zu lassen, hasse ich mich noch mehr. Aber ich kann nicht bleiben, damit ihnen nicht doch etwas passiert und ich schuld daran bin. Ich habe einen Teil deines Lebens bestimmt, der Rest gehört dir.*

*In ewiger Liebe*
*Monique*

Kenneth starrte auf das verblichene Papier. Sie hatte sich umgebracht. Und er hatte geglaubt, dass es ein Unfall gewesen war. Wie hatte sein Vater das all die Jahre vor ihm geheim halten können? Er hatte daher natürlich auch nicht gewusst, dass seine Mutter einen Abschiedsbrief hinterlassen hatte. Aber da war noch mehr. Die anderen Briefe waren für – ihn.

Er schluckte und sein Magen rebellierte. »O Gott«, stieß er hervor, als er die weiteren Umschläge herausnahm. Es waren nicht so viele, wie er zuerst angenommen hatte, aber die Umschläge waren dick. Wo waren die Briefe für Shirley? Hatte sie etwa ihre bereits erhalten? Das würde seinem Vater ähnlichsehen! Wut und Verzweiflung kochte in ihm hoch, dieser Bastard hatte sie ihm vorenthalten. Er hatte all die Jahre ein Stück seiner Mutter besessen und wusste nicht einmal etwas davon. Kenneth überflog die Kennzeichnungen.

Zur Einschulung.

Zum fünfzehnten Geburtstag.

Der erste Liebeskummer.

Zum achtzehnten Geburtstag.

Zur Diplomübergabe.

Zur Hochzeit.

Zur Geburt des ersten Kindes.

Dein Erbe.

Eine heiße Spur breitete sich auf seinem Gesicht aus, er ignorierte es. Und dann sah er den letzten Umschlag, er lag ganz unten.

Die Handschrift kannte er, es war die seines Vaters.

Kenneth knirschte mit den Zähnen und nahm ihn in die Hand. »Jetzt willst du dich sicher entschuldigen, da pfeif ich drauf!« Er warf ihn zurück in die Kiste, die Kladden lagen nach wie vor darin.

Er war fertig mit den Nerven, damit hatte er nicht gerechnet. Seine Mutter hatte also gar keinen Autounfall gehabt. Er war all die Jahre davon ausgegangen, dass es ein tragisches Unglück gewesen wäre, das ihn zur Halbwaise gemacht hatte.

Er wollte Shirley anrufen und sie anschreien, aber es war nicht ihr Fehler, dass sein Vater sich so verhalten und ihm die Wahrheit vorenthalten hatte.

Obwohl er darauf brannte, die Worte zu lesen, die seine Mutter an ihn gerichtet hatte, konnte er es nicht. Er musste das alles erst verdauen, es war zu viel auf einmal.

Kenneth fuhr sich mit der Hand über das Gesicht und lehnte sich zurück. Vor ihm ausgebreitet lag die ganze Wahrheit, eine, von der er bislang nichts geahnt hatte.

Er war wütend, gleichzeitig fühlte er sich so allein wie noch nie in seinem Leben.

Seufzend packte er alles zurück in die Kiste, aber mit den Gedanken war es nicht so einfach. Leider.

»Komm, Dougie.« Sein Gefährte sprang auf und hechelte ihn an. Kenneth legte seine Hand auf den Kopf des Hundes und streichelte ihn gedankenverloren.

Nein, er war nicht allein. Er hatte nie kapiert, warum Menschen sich Haustiere hielten, langsam fing er an, es zu verstehen.

# Kapitel 14

Ellie war tief in Gedanken versunken, als sie mit Staubsauger, Staubwedel und Putzeimer bewaffnet in Kenneth' Zimmer ging. Es war kurz nach zwölf, zu der Zeit saß er für gewöhnlich in seinem Arbeitszimmer und kam nicht vor dem Nachmittag wieder heraus. Trotzdem hatte sie es sich zur Angewohnheit gemacht, sich so leise wie möglich zu bewegen – warum auch immer. Sie drückte die Klinke herunter und trat samt Ausrüstung in sein Zimmer. Die Vorhänge waren nur halb aufgezogen, einzelne Sonnenstrahlen fielen in den großen Raum. Sein Duft hing noch immer in der Luft, sie schloss unwillkürlich die Augen und nahm einen tiefen Atemzug, bis sie realisierte, was sie da veranstaltete. Sie keuchte unterdrückt, ließ alles fallen und riss das Fenster auf. Das durfte ja wohl nicht wahr sein!

Ellie wandte sich um und griff nach dem Staubsaugerkabel, um den Stecker einzustöpseln, als die Badezimmertür aufging und ein verschlafener Kenneth herauskam.

Heilige Mutter Maria!

Ihr entfuhr ein leiser Schrei, sie ließ das Kabel fallen und schnappte entsetzt nach Luft.

Seine Unterhosen kannte sie schon länger, aber sie hatte keine Ahnung gehabt, wie attraktiv er darin aussah! Seine Bauchmuskeln zeichneten sich deutlich ab, seine Brust war glatt und perfekt proportioniert. Eine lange Narbe zog sich über seine Schulter, sie fragte sich, ob er einen Unfall gehabt hatte. Unwillkürlich landete ihr Blick auf dem Bauchnabel, unter dem eine dünne Linie dunklen Haares in seiner Shorts verschwand. Sie schluckte trocken.

»Was tust du hier?«, brummte er und runzelte die Stirn.

In Ellies Kopf drehte sich alles im Kreis, ihr war schwindelig und ihr Magen fühlte sich an, als hätte sie gerade drei Loopings in einer Achterbahn hinter sich. »Äh«, war alles, was sie hervorbrachte.

Verdammt, der Mann musste sich was überziehen!

»Ellie«, er fuhr sich mit der Hand durch die Haare.

O Gott, ihre Knie drohten, unter ihr nachzugeben. Noch nie hatte jemand ihren Namen so sexy ausgesprochen, seine Stimme klang ein bisschen rau, ganz so, als ob er leicht verkatert wäre – oder eben erst aufgestanden. Aber wieso?

»Bist du krank?«, fragte sie schließlich.

Wenn es nicht so absurd wäre, würde sie es vielleicht lustig finden, dass sich keiner von ihnen auch nur einen Zentimeter bewegt hatte, seit sie aufeinandergetroffen waren.

»Nein. Noch mal, was machst du hier? Ist das deine neue Tarnung?« Er lachte nicht, aber der Sarkasmus in seiner Stimme entging ihr nicht. »Du kannst auch einfach klingeln, ich lass dich schon rein.«

Das war zu viel des Guten. »Du scheinst ganz schön von dir überzeugt zu sein.«

Er verzog seine Lippen und stemmte die Hände auf die Hüften. »Du kannst mir gerne erklären, was der Grund für dein Auftauchen in meinem Schlafzimmer ist.«

Sie hatte einen bissigen Kommentar auf der Zunge, den sie herunterschluckte. Ja, es war ihr peinlich, dass er sie hier so sah. Gleichzeitig ärgerte sie sich über sich selbst am meisten, dass es ihr überhaupt etwas ausmachte. Immerhin

215

war Putzen kein Job, für den man sich schämen musste. Eigentlich.

»Ich mache sauber, nach was sieht es denn aus?«, sagte sie mit fester Stimme und hob ihr Kinn an.

»Du machst was?«

»Ich putze hier seit Wochen wie eine Irre, schon mal gemerkt, dass auf einmal alles blitzblank ist?«

Seine Augen wurden groß. Während er das Gesagte zu verarbeiten schien, schnappte er sich eine Jeans vom Stuhl und schlüpfte hinein. Ein Jammer.

Er blickte zu ihr auf, während er die Schnalle seines Gürtels schloss. »Warum?«

Ja, sie hatte es kommen sehen, trotzdem war sie nicht vorbereitet. Hitze breitete sich über ihren Hals in ihre Wangen aus. »Weil Islas Essen nicht auszuhalten ist.«

»Ich kann dir nicht folgen.« Er schnappte sich einen Pullover und zog ihn sich über den Kopf.

Erst jetzt bemerkte Ellie, dass dunkle Schatten unter seinen Augen lagen. »Bist du sicher, dass du nicht krank bist?«

Sein Ausdruck war unergründlich und ließ ihr Herz höherschlagen. »Ich bin nicht krank.«

Er kam auf sie zu und blieb vor ihr stehen. Ihr Puls raste mittlerweile, als wäre sie zehn Stockwerke nach oben gerannt. »Noch mal, Ellie. Warum bist du hier?«

Sie fasste sich ein Herz. »Das Bootshaus«, fing sie an und erwartete, dass er sie gleich wieder barsch unterbrechen würde, aber er hörte ihr zu und hielt die Klappe.

»Ich bin Köchin, muss ich dazu sagen.«

»So etwas in der Art habe ich bereits vermutet. Dann bist du also gar nicht eingebrochen?«

»Nein.«

»Ich kann nicht sagen, dass ich es gut finde, angelogen zu werden.«

»Das tut mir leid, aber ich brauchte einen Job.«

»Und dann dachtest du an putzen? Leuchtet mir nicht ein. Du kochst übrigens ganz okay.«

Sie japste nach Luft. »Ganz okay?« Ihre Stimme klang schrill. »Mein Essen war das beste, was du je gegessen hast. Das hast du selbst gesagt.«

Ein spöttisches Lächeln zuckte um seine Mundwinkel. »Ich wollte nur nett sein.«

»Das glaube ich dir nicht.«

»Du scheinst ja ziemlich von dir überzeugt zu sein.«

In der Hinsicht schon, ja. Ellie straffte ihren Rücken. »Ja, das bin ich«, erwiderte sie und wich seinem eindringlichen Blick nicht aus, im Gegenteil, sie funkelte ihn wütend an.

»Klär mich auf«, bat er sie mit sanfter Stimme. »Du brauchtest einen Job. Aber was hat das Bootshaus damit zu tun?«

*Jetzt oder nie, los, sag es schon*, feuerte sie sich stumm an. »Ich möchte ein Restaurant daraus machen.«

Nun war er es, der sprachlos war. Sein Mund stand offen, und er machte große Augen. »Du möchtest was?«

»Ein Restaurant, die Lage ist so großartig, und ja, ich weiß, es ist eine riskante Sache, ich komme nicht von hier, ich müsste viel investieren, vielleicht kann ich mir nicht mal die Miete leisten. Aber«, sie schluckte und holte tief Luft. »Es ist mein großer Traum, und deswegen bin ich hier.«

»Wie willst du es nennen?«

Ellie glaubte, sich verhört zu haben. Sie kniff die Augen zusammen und schaute ihn misstrauisch an, aber nein, er hatte wirklich eine Frage gestellt. »Ich bin ja nun schon ein Weilchen in den Highlands, und ich liebe die Heidelandschaft, vor allem die kleinen blauen Blümchen haben es mir angetan. Ich würde das Restaurant Bluebell nennen.«

»Bluebell also.«

Ellie fühlte sich noch immer, als wäre sie im falschen Film.

217

Warum haute er ihr die Idee nicht um die Ohren und warf sie aus seinem Schloss? Wo war der Kenneth hin, den sie vor einigen Wochen hier zum ersten Mal vor dem Bootshaus getroffen hatte?

»Bist du über Nacht irgendwie von Außerirdischen entführt worden?«

»Wie bitte?« Ein leises Lächeln umspielte seine sinnlichen Lippen.

»Entschuldige, ich meine, das ist alles ... so seltsam. Ich stehe hier in deinem Schlafzimmer, und du hast mich noch nicht angebrüllt, dass ich verschwinden soll.«

»Möchtest du denn, dass ich dich anbrülle?« Seine Augen funkelten. Trotzdem entging ihr nicht, dass tiefe Schatten darunter lagen und er erschöpft aussah. War etwas passiert?

Und nein, sie wollte natürlich nicht angebrüllt werden, sie wollte etwas ganz anderes, etwas, das absolut unangebracht war. Sie wollte ihn küssen.

»Bitte nicht«, flüsterte sie fast.

»Du kannst es haben.«

Die vier Worte hallten noch lange in ihr nach, bis sie wirklich ankamen.

»Wie, was meinst du?«

»Ich schenke es dir.«

»Du *schenkst* es mir?«

»Willst du jetzt die ganze Zeit alles wiederholen, was ich sage?«

»Nein.«

»Gut.«

»Kenneth«, fing sie an und wusste doch nicht, wie sie ihre Verwirrung und Dankbarkeit ausdrücken wollte. »Du willst es mir wirklich schenken?«, wiederholte sie deswegen noch einmal, weil sie es nicht fassen konnte.

Er zuckte die Schultern. »Ich brauche es nicht. Es ist ein baufälliger Schuppen. Ich kann mir nicht vorstellen, dass du daraus mehr als eine Imbissbude machen kannst. Ist dir das überhaupt klar?«

»Wieso?«

»Wieso was?«

»Wieso hast du deine Meinung geändert?«

Ein Schatten huschte über sein Gesicht. »Manchmal ist im Leben nicht alles so klar, wie es scheint.«

Ein paar Sekunden sagte niemand etwas, aus der Stille im Raum wurde ein Knistern, das die Luft zwischen ihnen elektrisierte. »Willst du nicht noch einmal darüber nachdenken?«

Er legte eine Hand an ihre Wange. »Nein. Vielleicht freue ich mich sogar, dass du mir dann erhalten bleibst.«

»Wie meinst du das?«

»Du weißt, wie ich es meine.« Sein Gesicht war so nah bei ihrem, dass sie seinen heißen Atem auf ihrer Haut spürte. Er roch nach Pfefferminze und Mann.

»Ich weiß nicht, ob das eine gute Idee ist.«

»Es ist eine ganz beschissene Idee.«

Und dann senkte er seine Lippen auf ihre und küsste sie sanft. Beinahe zaghaft liebkoste er ihren Mund und raubte ihr das letzte bisschen Verstand. Das hier musste ein Traum sein, es war unmöglich, dass die letzten fünf Minuten eben wirklich stattgefunden hatten.

»Ellie«, raunte er. »Du musst schon mitmachen, sonst macht es keinen Spaß.«

O Gott, ihre Knie gaben wirklich nach. Kenneth fing sie auf und hielt sie in seinen kräftigen Armen. Sie wollte, dass er sie nie wieder losließ.

Sie seufzte und hielt sich an ihm fest, erwiderte die Schläge seiner Zunge und drängte sich an ihn. Irgendwo, tief in ihr drin, protestierte die Stimme der Vernunft, aber sie war zu leise, als dass sie noch einen Einfluss auf sie hätte.

Sie hatte keine Ahnung, wie lange sie hier schon standen,

als er sich von ihr löste. Sein Atem ging schwer, sein Blick war verhangen. Kenneth hatte nie attraktiver ausgesehen.

Er strich ihr eine Strähne aus dem Gesicht. »Du bist wunderschön.«

»Hast du es ernst gemeint?«

»Natürlich, glaubst du etwa, ich scherze?«

»Ich habe ehrlich gesagt keine Ahnung.«

Bedauern schimmerte in seinen Augen, als er zurücktrat. »Ich hätte dich nicht schon wieder küssen dürfen. Irgendwie kommt es mir so vor, als hätte ich mich, was dich angeht, absolut nicht im Griff.«

»Deine Freundin, verstehe schon.« Sie wollte sich abwenden und gehen, aber er hielt sie am Handgelenk fest.

»Nein, Ellie. Ich habe dir doch gesagt, dass ich Schluss mache, und das habe ich auch getan.«

»Was ist es dann?«

O Gott, sie klang wie ein Junkie, der seinen Dealer anbettelte.

»Du sollst nicht glauben, dass ich dir das Bluebell nur gebe, wenn du ... du verstehst. Das ist nicht so. Ich bin wirklich froh, wenn es nicht mehr auf der Liste meiner Probleme steht.«

»Ich verstehe das nicht.«

Er trat noch einmal näher. »Ellie, ich bin in keiner Weise emotional in der Lage, mich auf eine Beziehung einzulassen.«

Sie schluckte. »Verstehe.«

Wow, das war mal eine deutliche Abfuhr gewesen. Aber besser so als Tränen hinterher. »Ja, Missverständnisse hatten wir schon genug, es ist besser, Klartext zu reden.«

Er atmete tief ein. »Ich wünschte, es wäre anders, Ellie. Du bist eine tolle Frau.«

Sie lachte bitter. »Ja, klar.«

»Ich meine es genau so, wie ich es sage.«

»Ja, ist in Ordnung.« Sie trat zurück. »Ich weiß ehrlich gesagt nicht, ob ich es annehmen kann.«

»Was meinst du?«

»Das Bootshaus.«

»Wie bitte? Erst belagerst du mich, schleust dich deswegen sogar ins Schloss ein – ich bin übrigens erleichtert, dass du gar nicht erst einbrechen musstest – und jetzt willst du es nicht mehr?«

Sie strich sich nervös durch die Haare. »Doch, ich will es schon, aber ... nicht so. Irgendwie fühlt es sich falsch an. Ich will dir nichts schuldig sein.«

Kenneth nickte und vergrub die Hände in den Hosentaschen. »Das ehrt dich, Ellie. Aber glaub mir, du würdest mir einen Gefallen tun, wenn du die neue Eigentümerin wirst. Ich hasse das Bootshaus.«

»Das habe ich irgendwie schon mitbekommen. Warum?«

»Lass es gut sein, Ellie. Willst du es nun, oder nicht? Sonst lasse ich es abreißen.«

Sie zweifelte keine Sekunde daran, dass er es ernst meinte.

»Was? Nein! Ich meine, ja. Ja, ich will es natürlich.«

Er lächelte traurig. »Gut. Nur um die Formalitäten einzuhalten, ich lasse vom Notar was aufsetzen. Was hältst du von einem symbolischen Kaufpreis von einem Pfund?«

»Das geht doch nicht.«

»Ellie«, wiederholte er leise. »Das hatten wir eben doch schon. Entweder du übernimmst es und lässt deinen Traum wahr werden, oder ich lasse es dem Erdboden gleichmachen.«

Sie blinzelte und wusste nicht, was sie sagen sollte. »Okay.«

»Okay, du nimmst es?«

»Ja. Ja! Natürlich, Kenneth. Danke!« Sie wollte ihn umarmen, aber plötzlich war sie verlegen. Es kam ihr so vor, als hätte sie den Kuss nur geträumt. Lediglich ihre geschwollenen Lippen erinnerten sie daran, dass es wirklich passiert war. Dass es wieder passiert war.

Und dass Kenneth keine Beziehung mit ihr wollte. Aber wollte sie das denn? Genau genommen hatte sie sich darüber noch nie den Kopf zerbrochen, bis eben war noch nicht mal klar gewesen, dass sie bleiben würde.

»Du verarschst mich nicht?«, fragte sie und kniff die Augen zusammen.

»Was meinst du?«

»Mit dem Bootshaus. Du verarschst mich nicht?«

Sein Gesichtsausdruck verfinsterte sich. »Du hast ja eine schöne Meinung von mir.«

»Tut mir leid, ich ... ich kann es einfach nur nicht fassen. Du willst es mir schenken! Mir hat noch nie jemand was geschenkt, also nicht so was jedenfalls. O Gott, jetzt plappere ich schon wieder. Tut mir leid, ich bin einfach nur so ... fassungslos. Glücklich!«

Kenneth lächelte schwach. »Bis ich dich getroffen habe, wusste ich nicht, dass man so viel sagen kann, ohne Luft zu holen.«

Ellie spürte, dass sie knallrot anlief. »Ich weiß.«

»Es gefällt mir.«

Du gefällst mir, hing in der Luft, aber niemand sprach es aus.

Die Stimmung veränderte sich schon wieder, aber diesmal schob Kenneth als Erster einen Riegel davor. »Ja, dann, äh, lass ich dich mal arbeiten. Ich kann gar nicht glauben, dass du wirklich hier putzt. Wenn du schon für mich arbeitest, dann solltest du kochen.«

Ellie grinste. »Das sag mal Isla. Die wehrt sich mit Händen und Füßen.«

»Kann ich mir vorstellen. Ich rede mit ihr.«

»Und wer soll dann hier wischen und staubsaugen?«

»Dafür wird sich schon eine Lösung finden. Außerdem kochst du nicht mehrere Stunden.«

»O je, jetzt führst du dich schon wie ein Ehemann auf, dabei bist du eigentlich mein Boss.«

»Wie führt sich ein Ehemann denn auf? Warst du schon mal verheiratet?«

»Nein, war ich nicht.«

Konnte es sein, dass er ausatmete? War er erleichtert? Nein, sie musste sich täuschen.

»Klär mich auf, Ellie. Ich lerne gerne.«

»Na schön. Erst bin ich hier zum Putzen engagiert, dann soll ich kochen, weil ich das besser kann, und dann stellst du fest, dass ja eigentlich beides gut ist. Ich soll also zwei Jobs für einen machen. Klingt für mich sehr nach Sklaverei – oder nach einer Beziehung.«

Ups.

Kenneth schien ihr nicht folgen zu können, dennoch lachte er. »Du hast eine ganz bezaubernde Art zu argumentieren. Also schön, du kochst, und ich versinke wieder im Dreck.«

»Als ob dir das aufgefallen wäre ... eben warst du noch ganz überrascht, dass es überhaupt ein Hausmädchen hier gibt.«

»So ist es ja nicht, ich habe schon gesehen, dass jemand meine Unterhosen bügelt.«

Ellie riss die Augen auf. »Äh, ja, du hast sehr schöne Unterhosen.«

»Ich weiß noch nicht, wie ich es finden soll, dass du meine Wäsche besser kennst als mich.«

Er klopfte ihr auf die Schulter, dann ging er aus dem Zimmer.

»Ach, und Ellie?« Er drehte sich noch einmal um.

»Ja?«

»Ich gebe dir wegen des Notars Bescheid.«

Sie nickte nur und blinzelte. Aber sie wachte nicht auf. Das hier war tatsächlich passiert.

Kenneth hatte gerade ein unangenehmes Telefonat mit seinem Manager beendet, in dem er Winston um mehr Zeit gebeten hatte, die ihm aber nicht zugestanden wurde. Wutentbrannt feuerte er sein Telefon auf den Schreibtisch und ging unruhig vor dem Fenster auf und ab. Er hatte immer noch das Angebot eines anderen Klubs in der Tasche. Aber jetzt schien es, dass genau das seine einzige verbliebene Chance sein könnte. Und doch hielt ihn immer noch etwas zurück, dieses Telefonat zu führen.

In der letzten Nacht hatte Kenneth kein Auge zugetan, er war noch immer aufgewühlt und verwirrt und wusste nicht, wie er damit umgehen sollte. Er kam sich vor, als wäre sein Leben und alles, was dazu gehört, von einer dicken Schicht Eis umgeben. Eingefroren, auf Pause gedrückt, während gleichzeitig so viel ins Rollen kam, worauf er keinen Einfluss hatte und nur zuschauen, sich aber nicht rühren konnte.

Kurzerhand wählte er Shirleys Nummer.

»Hey, Bruderherz«, antwortete sie.

»Hallo Shirley.«

»Stimmt was nicht?«

»Um ehrlich zu sein, eine ganze Menge.« Er schwieg einen Moment, ehe er fortfuhr. »Was kannst du mir über Briefe sagen, die Mutter für uns verfasst hat?«

Er hörte, dass Shirley einatmete, es raschelte, vielleicht setzte sie sich. »Die Kiste«, kommentierte sie tonlos. »Du hast sie also aufgemacht.«

»Hast du auch so eine bekommen?«

»Nein. Aber Briefe, ja, ich habe auch welche erhalten. Dad hat sie mir gegeben, als ich achtzehn war.«

»Willst du, dass ich dir jedes Wort einzeln aus der Nase ziehe?«

»Kenneth«, bat sie ihn.

»Warum hast du mir nichts gesagt?« Er fühlte sich verraten und hintergangen.

»Du warst doch noch so klein.«

»Und du etwa nicht?«

»Doch, aber ... ich war nun mal die Ältere. Du warst erst drei Jahre alt, du hast nicht verstanden, dass sie gestorben ist.«

»Sie hat sich umgebracht.«

»Das habe ich auch erst später erfahren.«

»... und mir nichts davon erzählt.«

»Du hast damit gelebt, sie war begraben und tot. Vater meinte, dass wir ihr Andenken nicht belasten sollen.«

»Seit wann triffst du nicht mehr deine eigenen Entscheidungen?«

»Ich wusste doch auch nicht, was richtig oder falsch ist.«

»Aber jetzt sind wir erwachsen. Warum hast du nie was gesagt?«

»Was hätte ich denn sagen sollen, hey, übrigens, wusstest du, dass Mum eine bipolare Störung hatte und sich das Leben genommen hat, indem sie das Auto gegen einen Baum gefahren hat?« Shirleys Stimme war hoch und laut geworden.

»Nein, vermutlich nicht.« Kenneth wandte sich zum Fenster und blickte hinaus. »Was hat sie dir geschrieben?«

»Ach, Kenneth. Es tut mir so leid.«

»Mir auch, das kannst du mir glauben. Also, was steht drin?«

»Hast du deine noch nicht aufgemacht?«

»Ich ... nein, noch nicht.« Er war zu feige.

»Sie sind traurig. Und schön. Vor allem sind sie eines, eine Erinnerung, und die Gewissheit, dass sie uns geliebt hat. Auf ihre Weise.«

*Auf ihre Weise*, was auch immer das bedeutete.

225

Kenneth entdeckte Ellie, die über den Rasen zum Bootshaus rannte. Obwohl er sie nur von hinten sah, wusste er,
dass sie lächelte. Ein seltsames Gefühl legte sich auf seine
Brust, ihm war nicht mehr so schrecklich kalt wie zuvor.

»Geht es dir gut, Shirley?«

Die Frage schien sie zu überraschen. »Ich, ja, mir geht es
gut.«

»Das ist schön.«

»Kenneth?«

»Ja?«

»Ich hab dich lieb.«

»Ich dich auch.«

Dann legte er auf.

*Immerhin*, dachte er und seufzte leise. Auch, wenn er
kein Stück weiter war, wusste er zumindest, dass er nicht
allein auf dieser Welt war. Shirley konnte er keine Vorwürfe
machen, das wollte er auch nicht.

# Kapitel 15

Ellie stand in der Küche und hielt sich an einer Tasse Kaffee fest. Sie genoss die Stille im Haus. Plötzlich flog die Tür gegen die Wand, und Isla wirbelte herein. Das wars dann wohl mit der Ruhe ...

»Na, das hast du dir ja fein ausgedacht«, blaffte sie und kam auf Ellie zu.

Begrüßungen waren ohnehin überbewertet, außerdem hatte sie geahnt, dass Isla das Feld wohl nicht kampflos räumen würde.

»Was meinst du?« Sie hielt es für schlau, sich lieber erst mal unwissend zu stellen.

»Mr MacGregor hat mich gestern noch antanzen lassen.«

Ihr wurde leicht mulmig zumute.

»Und?«

»Ihm schmeckt mein Essen nicht.«

Beinahe hätte sie losgelacht. Ellie fragte sich, ob der Frau wirklich nicht bewusst war, *wie* schlecht es um ihre Kochkünste bestellt war. »Und das ist meine Schuld?« Sie konnte es sich einfach nicht verkneifen.

»Für den alten Earl, Gott hab ihn selig, war mein Essen gut genug.« Isla schnaufte laut.

»Geschmäcker sind eben verschieden.« Das war das Diplomatischste, was ihr in dieser Hinsicht über die Lippen kam.

Isla kam noch näher und starrte sie aus ihren wässrigen Augen an. Einen Moment lang fürchtete Ellie, von ihr geschlagen zu werden, und dann passierte etwas sehr Eigenartiges. Islas faltige Mundwinkel bogen sich nach oben. Sie lächelte.

Das hatte sie in all der Zeit, die sie hier war, noch nie erlebt.

Ellie kniff die Augen zusammen und hielt den Atem an.

»Ich gehe dann also in Rente«, verkündete Isla schließlich.

Ellie blinzelte. »In Rente?«

»Ja. Und zwar mit sofortiger Wirkung.«

»Wow.«

»Aye, ich habe eine Nacht drüber geschlafen, ja, klar, gestern war ich nicht gerade begeistert, aber ... schau mich an. So viele Jahre habe ich nicht mehr auf dieser Welt, und wer weiß, wie lange der junge Earl hier bleibt. Ich bin raus. Bitte sehr, die Küche ist dein.«

Sie konnte Isla überhaupt nicht so schnell folgen, wie sie auf einmal plapperte.

»Du meinst das ernst?«

»Todernst. Mir war nicht klar, was ich alles verpasst habe, während ich immer in dieser blöden Küche stand und doch nur für einen gebrutzelt habe. Ich habe in der Zeit allerdings ein bisschen was auf die hohe Kante gelegt. Und jetzt gehe ich ins Reisebüro und buche mir erst mal eine Kreuzfahrt. Karibik, versteht sich. Da war ich noch nie.«

»Eine Kreuzfahrt«, wiederholte Ellie ungläubig. Sie konnte sich Isla überhaupt nicht mit einem Cocktail mit Schirmchen in einem Liegestuhl vorstellen.

»Ja, guck nicht so. Erst war ich wirklich nicht begeistert, als du hier aufgekreuzt bist. Mir war sofort klar, dass du Ärger machen würdest.«

»Ärger?«

»Ihr jungen Dinger habt doch immer irgendwelche Ideen, glaubst du, ich hab nicht gemerkt, dass du abends meine Speisekammer geplündert und meine Küche benutzt hast?«

»Geplündert würde ich es nicht nennen, die Kost für mich war inklusive, schon vergessen?«

»Aye.« Sie winkte ab. »Nu isses jedenfalls so weit, dass ich den Löffel abgebe, also nicht im sprichwörtlichen Sinn natürlich. «

Ellie grinste.

»Na schön. Dann mal viel Glück.«

»Danke, Isla.« Sie streckte der pummeligen Köchin die Hand hin, diese achtete gar nicht darauf, sondern zog sie in die Arme.

Es hatte ein bisschen gedauert, bis Ellie begriffen hatte, dass Isla es mit ihrer ruppigen Art gar nicht so meinte. »Alles Gute, Isla.«

»Für dich auch, Mädchen. Pass auf dich auf.«

Ellie hatte das Gefühl, dass die Köchin mehr mitbekam, als sie zugab. Kurz darauf war sie allein in der Küche und nahm einen Schluck von ihrem nur noch lauwarmen Kaffee. Was für eine Wendung ihr Leben schon wieder nahm. Was wohl ihre Familie dazu sagen würde? Ihre Mutter glaubte noch immer, dass sie nur verdammt lange Urlaub machte.

Ellie kramte ihr Telefon hervor und wählte die Nummer ihrer Eltern in Hamburg.

»Richter?«, antwortete ihre Mutter.

»Hallo Mama, ich bin's.«

»Ellie, wie schön von dir zu hören. Geht's dir gut? Erholst du dich?«

»Äh, ja, bestens. Was gibt's Neues?«

Ihre Mutter plauderte ein bisschen über die Nachbarn und fragte dann: »Wann kommst du eigentlich zurück?«

»Ja, äh, das ist der Grund, warum ich anrufe. Ich, ähm, ich habe hier einen Job angenommen.«

»Was meinst du mit *hier* genau?«

»In Kiltarff, in Schottland, Mama. Du weißt doch, dass ich hier Urlaub mache.«

»Das ist nicht dein Ernst.«

»Wieso?«

»Das ist im Ausland.«

Ellie musste schmunzeln. »Ja, das ist doch kein Problem.«

»Und was für ein Job ist das überhaupt?«

»Um ehrlich zu sein, ich habe ein kleines Häuschen, das ich zu einem Restaurant umbauen werde.«

»Wie, du hast ein Häuschen? Wie meinst du das? Ich verstehe das nicht.«

Ellie wurde heiß, sie wusste selbst, wie bescheuert es klang, wenn sie sagen würde, dass ihr jemand das Bootshaus geschenkt hatte. Nicht jemand, Kenneth.

»Ja, also ich werde ein Haus pachten und es umbauen.«

»Ach du liebe Zeit. Bist du verrückt geworden?«

»Nein, überhaupt nicht. Ich bin wohl eher zur Vernunft gekommen. Du sagst mir doch schon länger, dass ich endlich mein eigenes Restaurant eröffnen soll.«

»Aber doch nicht am Ende der Welt.«

»Mama, wir sprechen über Schottland. Das ist nicht das Ende der Welt.«

»Du überstürzt da was, du hast doch keine Ahnung von so was. Und was ist überhaupt mit dem Brexit und so, das geht doch nicht, wenn die Briten jetzt aus der EU austreten.«

»Das kann man alles regeln. Und wenn es Hamburg wäre, wäre es dann kein Problem? Da hast du mir sogar noch den Vorschlag mit dem Sabacca gemacht, erinnerst du dich?«

»Das ist doch was ganz anderes, das ist hier bei uns in der Gegend, da ist das alles machbar.«

»Und warum sollte es in Schottland nicht machbar sein?«

»Ellie, denk doch mal nach.«

Sie hörte schon gar nicht mehr hin. Enttäuschung machte sich in ihr breit, sie hatte gehofft, dass ihre Eltern sie unterstützen würden. »Ich habe sehr viel darüber nachgedacht, das kannst du mir glauben.«

»Das ist eine Kurzschlusshandlung nach der Sache mit Alexander, sonst nichts.«

»Mama, hör auf. Das eine hat mit dem anderen nichts zu tun.«

»O, ich glaube aber doch.«

»Was willst du mir sagen? Dass ich es nicht machen soll? Dass ihr mich jetzt doch nicht unterstützt?«

»Weißt du, Ellie. Es ist eine Menge Geld, aber ... genau das. Wir sind bereit, es dir zu geben, für ein sinnvolles Unterfangen, doch nicht für so eine Träumerei.«

Ellie schluckte, hinter ihren Augen brannten Tränen. »Großartig. Vielen Dank, dass du kein Vertrauen in mich hast.«

»Das habe ich doch.«

»Aber nur da, wo du den Daumen draufhalten kannst.«

»Es ist eine Menge Geld.«

»Ja, das hast du schon mal gesagt.« Sie biss die Zähne zusammen und nahm sich vor, ruhig zu bleiben.

»Ellie, komm nach Hause, dann klären wir das.«

»Nein.«

»Wie, nein?«

»Ich bleibe hier. Mit eurer Hilfe – oder nicht.«

»Du bist so ein Sturkopf.«

»Nein, Mama. Ich bin nur endlich erwachsen geworden. Ich treffe meine eigenen Entscheidungen.«

»Dann musst du auch dein eigenes Geld nehmen.«

»Das werde ich.«

Viel war es nicht, was sie auf die hohe Kante gelegt hatte, aber vielleicht würde sie es trotzdem hinbekommen: Immerhin, einen Job hatte sie, ein Dach über dem Kopf auch.

Bis das *Bluebell* renoviert war, brauchte sie sich deswegen zumindest keine Sorgen zu machen. Danach würde es schwieriger werden, dann sie konnte nicht ein Restaurant betreiben und gleichzeitig im Schloss arbeiten und leben. Aber bis dahin war noch genug Zeit, und es würde sich sicher eine Lösung ergeben.

»Ellie«, fing ihre Mutter noch einmal an, aber Ellie hatte keine Lust mehr, weiter mit ihrer Mutter über etwas zu diskutieren, das für sie beschlossene Sache war.

»Nein, Mama. Lass es gut sein. Ich habe dich jetzt also informiert, ich bleibe erst einmal hier. Ich nehme an, es wäre zu viel verlangt, mir meine Sachen mit einer Spedition zukommen zu lassen?«

Ihre Mutter holte tief Luft. »Das warten wir doch lieber erst noch mal ab.«

»Gut, dann eben nicht. Dann kümmere ich mich später darum. Bis dann, Mama.« Sie legte auf und wollte das Handy gegen die Wand feuern, was sie natürlich nicht tat. Sie brauchte es noch. Deswegen rief sie Kendra an, sie hatte sich gestern Abend schon mit ihr getroffen und ihr berichtet, dass sie das Bootshaus umbauen durfte; dass sie es geschenkt bekam, hatte sie erst einmal für sich behalten. Kendra war sofort Feuer und Flamme gewesen und hatte versprochen, die anderen zusammenzutrommeln, damit man sich beraten konnte, wie alles nun angegangen werden sollte. »Wir helfen dir«, hatte sie noch einmal betont und Ellie damit überwältigt.

»Hey«, antwortete Kendra. »Was gibt's?«

»Hi, Kendra. Das wollte ich dich gerade fragen.«

»Du warst nur schneller als ich.« Sie lachte. »Ich wollte dich gerade anrufen.«

»Ja?«

»Ich habe eben mit Stuart und Wallace gesprochen, die Jungs kommen nachher zum Helfen.«

»Super! Die können auch gleich ein paar morsche Bretter rausreißen, ehe wir die neuen anbringen und Farbe draufklatschen.«

»Gutes Stichwort, du könntest auch schon mal bei Colin die Farbe bestellen, hast du schon überlegt welche?«

»Farbe, ja stimmt. Außen wollte ich in einem dunklen Grün streichen, denn das Schild fürs Restaurant soll im gleichen Farbton wie der Name gemalt werden. *Bluebell*. Was meinst du?« Ellie kratzte sich an der Nase.

»Klingt super. Und die Dielen im Innenbereich?«

»Na, am besten weiß, oder?«

»Ja, finde ich auch.«

»Hui, das wird ein Stück Arbeit. Ich kann doch nicht verlangen, dass ihr mir alle helft und eure Freizeit opfert.«

»Also erstens, wir opfern gar nichts. Und du verlangst nichts. Endlich ist mal was los im Dorf! Das wird eine coole Sache.«

»Ich bin euch wahnsinnig dankbar.«

»Mach mal langsam, noch haben wir nicht mal angefangen. Am besten, du läufst zu Colin und gibst die Bestellung auf, und er soll gleich noch mal seine Witwe nach der Einrichtung fragen.«

»Können wir das wirklich machen? Ich komme mir so … komisch dabei vor.«

»Du bittest nicht gern um Hilfe, oder?«

Ellie lachte. »Nein, damit kenne ich mich nicht so gut aus.«

»Das wird schon. Ist es dir lieber, wenn ich mit zu Colin gehe?«

»Nein, keine Sorge, du hilfst mir schon genug. Das kriege ich hin.«

»Super! Dann bis später. Ich freu mich.«

»Und ich erst!«

Am Mittag kam Donald in die Küche und holte das Mittagessen für Kenneth ab. Sie hatte eine leichte Suppe gekocht, dazu gab es frisches Baguette und als Hauptgericht Schellfisch mit einer Senfsoße und Kartoffelstampf. »Soll ich Ihnen behilflich sein?«, fragte sie den älteren Herrn.

»In der Tat, das wäre ganz hervorragend. Der Earl wünscht, im Arbeitszimmer zu speisen.«

Ellie konnte sich ein Schmunzeln nicht verkneifen, Donald drückte sich immer so herrlich gestelzt aus. »Was soll ich nehmen?«

»Alles.«

Beinahe hätte sie sich verschluckt. »Wie bitte?«

»Der Earl wünscht, dass Sie ihm Gesellschaft leisten.«

»Ach, tatsächlich, der Earl wünscht, na schön, dann gehe ich mal.« Sie trocknete sich die Hände an einem Handtuch ab und nahm das Tablett. »Würden Sie mir die Türen aufhalten?«

Ellie fragte sich gerade, wie er das sonst machte. Es gab einen Speisenaufzug, aber der ging nur bis ins Speisezimmer, das Arbeitszimmer lag am Ende des Flügels.

»Das werde ich, Miss.«

»Wunderbar.«

So machten sie sich auf den Weg. Einmal wäre sie beinahe gestolpert, aber sie konnte sich gerade noch fangen. Auch wenn sie es nicht wollte, so schlug ihr Herz doch höher, als Donald die Tür zum Arbeitszimmer öffnete und ihr den Weg freimachte.

»Danke«, sagte sie und nickte ihm zu.

Die Tür schloss sich leise hinter ihr, dann war sie mit Kenneth alleine. Er saß an seinem Schreibtisch und hatte sie offenbar gar nicht kommen gehört, denn er hob seinen Kopf nicht, er war noch immer in die Papiere vor ihm vertieft.

Ellie räusperte sich.

Endlich bemerkte er, dass noch jemand im Raum war. Sein Gesichtsausdruck erhellte sich. »Ah, die Rettung naht.«

Er stand auf und machte seinem Titel mit seiner Erscheinung alle Ehre. Er sah umwerfend aus, dabei trug er nur ein einfaches Hemd, dessen Ärmel er hochgekrempelt hatte, und eine dunkelblaue Stoffhose. Er hatte sich ein paar Tage nicht rasiert, was ihn verwegen aussehen und sein markantes Gesicht noch attraktiver wirken ließ.

»Wo darf ich servieren?«, fragte Ellie.

»Hier bitte.« Er deutete auf die Fensterbank.

»Du solltest vielleicht mal einen Tisch herbringen lassen.«

Kenneth lachte. »Ja, vielleicht. Die Aussicht ist wunderbar.«

»Das ist sie.« Sie stellte das Tablett ab und hob die silbernen Glocken an. »Guten Appetit.«

»Was gibt es? Es riecht köstlich.«

»Nicht nur mittelmäßig?« Sie konnte sich die kleine Neckerei nicht verkneifen.

»Nein.« Er erwiderte ihr Lächeln. »Wirklich gut.«

»Ja, dann. Lass es dir schmecken.«

»Danke, Ellie.«

Sie spürte, wie sich eine Gänsehaut auf ihrem Körper ausbreitete. Sie liebte es, wie er ihren Namen sagte. Daran hatte sich leider gar nichts geändert.

»Ja«, sie zeigte mit dem Daumen hinter sich. »Ich werde dann mal wieder. Küchenarbeit und so.«

Er betrachtete sie schweigend, was sie sehr nervös machte. »Ich habe mit Mr Jefferson, dem Notar in Inverness, gesprochen.«

»Ja?«

»Leider ist er diese Woche sehr beschäftigt.«

»Oh.«

»Aber das macht nichts, du kannst sofort loslegen, es ist ja nur eine Formalität. Nächsten Dienstag um siebzehn Uhr haben wir einen Termin bei ihm in Inverness.«

Wir, wie schön sich das anhörte.

Sie wischte den Gedanken beiseite und knetete ihre Finger, weil sie einfach nicht wusste, wohin damit. »Super, danke.«

»Nicht doch, Ellie. Das Thema hatten wir doch schon.«

*Ja, das und auch das Thema, dass du keine Beziehung willst.*

»Klar, so, ich muss dann wirklich weitermachen.«

»Ja, ich habe schon gehört, der Earl ist ein richtiger Grinch.«

Jetzt musste sie doch lachen. »Es geht, es ist nur der erste Eindruck, eigentlich ist der Schlossherr ganz nett.«

»Ganz nett, so so.« Mit einem Grinsen faltete er die Serviette auseinander, ließ sich in seinen Stuhl fallen und rollte damit zur Fensterbank.

Damit war Ellie offenbar entlassen. Der Earl wünschte, in Ruhe zu speisen ...

Sie verließ den Raum ohne ein weiteres Wort, einerseits war sie sehr glücklich, andererseits fühlte sie sich irgendwie seltsam, so recht konnte sie sich an ihre Dienstbotenrolle in seinem Haushalt doch nicht gewöhnen, jetzt, wo er wusste, dass sie hier war.

Bis zum Abend vertrieb Ellie sich die Zeit mit Hausarbeit – und davon fiel im Schloss wirklich eine Menge an. Am frühen Abend rannte sie zum Bootshaus, sie war dort verabredet, die Jungs halfen ihr beim Entrümpeln. Pünktlich um sechs rollte Stuarts Pick-up mit einem Anhänger heran.

Sie winkte fröhlich, Colin sprang aus der Beifahrertür.

»Aye, Ma'am, wir melden uns zum Dienst.« Er schlug die Hacken zusammen und salutierte.

Ellie lachte. »Danke, ihr seid großartig.«

Stuart grinste. »Dann fangen wir mal an, hier«, er warf Colin ein paar Arbeitshandschuhe hin.

»Wo sind meine?«, fragte Ellie.

»Das lass mal lieber starke Männer machen.«

»Das kommt gar nicht infrage, es ist mein Bootshaus, also helfe ich natürlich mit.«

Colin hob eine Augenbraue. »Eine Lady, die weiß, was sie will.«

Ellie klopfte ihm auf die Schulter. »Gut erkannt, ich bin euch so dankbar, dass ihr da seid.«

»Wir machen das gerne.«

»Ihr könnt bei mir lebenslänglich umsonst essen«, versprach sie.

»Sei mal vorsichtig«, gab Stuart zurück. »Wir futtern nämlich eine riesige Menge, vor allem, wenn es schmeckt.« Er klopfte sich auf den flachen Bauch. Dann gingen die beiden hinein und schleppten das wenige Zeug heraus, das sich im Bootshaus befand, rissen morsche Bretter ab und ersetzten sie durch neue.

Ein paar alte Stühle, die nicht mehr zu retten waren, ein paar lose Bretter, eine Kommode, in der ein paar alte Zeitungen lagen, Werkzeug, das nicht mehr zu gebrauchen war, landeten nach und nach auf dem Anhänger. Nach einer guten Stunde war alles leer.

Ellie stand in der Mitte des Raums. »Wow, es ist viel größer, als es von außen aussieht.« Sie schritt über den Holzboden. Es fühlte sich gut an.

Colin trat neben sie. »Und? Hast du Bedenken?«

Ellie lächelte. »Überhaupt nicht. Was meinst du? Ist der Boden kräftig genug?«

Er nickte. »Da kannst du einen Laster drauf parken, das Haus ist auf richtigem Fundament gebaut.«

»Ich bin erleichtert, dass du das sagst.« Sie rieb sich die Stirn. »Irgendwie habe ich das Gefühl, dass ich mich da blauäugig in was stürze, was ich gar nicht überblicken kann.«

»Dafür hast du doch uns.« Er zwinkerte.

»Das ist einfach großartig, ich weiß gar nicht …«

»Schon gut«, fiel er ihr ins Wort. »Wenn du noch einmal danke sagst, schreie ich.«

Ellie biss sich auf die Lippe und grinste. »Alles klar. Gut. Kannst du dann noch einen Blick auf das Dach werfen? Nur zur Sicherheit.«

»Aye, mache ich gerne.«

Zehn Minuten später standen sie vor dem Bootshaus, nachdem auch das Dach für völlig in Ordnung befunden worden war – es musste nur die Dachrinne ausgebessert werden –, verabschiedeten sich die beiden.

»Du kommst morgen im Laden vorbei und bestellst die Farben? Werkzeug haben wir.«

»Das mache ich.« Sie dachte an die Ausgaben. Ach, irgendwie würde sie das schon hinbekommen, zur Not musste der Golf dran glauben.

# Kapitel 16

*K*enneth stand im Arbeitszimmer am Fenster und schaute hinaus, von hier aus konnte er das Bootshaus sehen. Es hatte sich in den letzten Tagen rasant verändert, zuerst waren ein paar Jungs aus dem Dorf vorbeikommen und hatten das alte Gerümpel entsorgt, die Bretter waren abgeschliffen und neu gestrichen worden. Das Schieferdach hatten sie mit einem Dampfstrahler gereinigt, sodass es beinahe aussah wie neu.

Ellie hatte schnell Kontakte geknüpft, er fand es erstaunlich, schließlich war sie fremd hier. Ihm war das – außer mit Angus – überhaupt nicht gelungen. Allerdings hatte er es auch nicht darauf angelegt. Er war momentan keine gute Gesellschaft, für niemanden. Sein Leben stand auf dem Kopf, und er musste erst einmal seine Gedanken sortieren, bevor er …

Bevor er was? Er wusste nicht mal das.

Kenneth seufzte und vergrub die Hände in seinen Hosentaschen. In den letzten Tagen hatte er immer mal wieder in den Tagebüchern seines Vaters gelesen, und ob er nun wollte oder nicht, er fing an, ihn besser zu verstehen. Ihm war nie klar gewesen, wie schwierig seine Mutter wirklich gewesen war. In ihren euphorischen Phasen hatte sie so einiges angerichtet, von halsbrecherischen Autofahrten mal abgesehen. Kenneth wusste, da war noch mehr, aber er hatte längst nicht alle Kladden durchgesehen. Vielleicht wollte er das auch gar nicht. Irgendwie fühlte er sich jedes Mal seltsam verbunden, wenn er die Gedanken seines Vaters, der ihm zu Lebzeiten stets so fremd gewesen war, schwarz auf weiß vor sich sah. Ja, er hatte viele Fehler gemacht, aber es stimmte auch, dass er sich anfangs Mühe gegeben hatte, für die Kinder da zu sein. Er erinnerte sich an vieles nicht, aber doch daran, dass die Versuche seines Vaters, sich um sie zu kümmern, abgenommen hatten, bis die Kinder irgendwann fortgeschickt worden waren.

Aus den Augen, aus dem Sinn, das hatte Kenneth bislang immer gedacht. Heute begriff er, dass er nur das Beste für seine Kinder gewollt hatte.

Mit einem Seufzen starrte er hinaus, dann stockte sein Atem. Auf dem Loch Ness entdeckte er ein Paddelboot. Und es war Ellie, die darin saß. Was, zur Hölle, machte sie da?

»Dougie, komm«, rief er dem Hund zu, der direkt aufsprang und ihm hinaus folgte. Kenneth hastete über den Rasen zum Ufer. Dort winkte er und rief nach ihr.

»Ellie! Ellie! Was machst du da?«

Sie hörte ihn erst nicht, dann wandte sie sich ihm zu und winkte fröhlich zurück. Erst jetzt begriff er, dass sie da draußen saß und angelte.

Sie angelte!

Alleine und ohne Schwimmweste. Wusste sie nicht, wie gefährlich das war?

Er winkte hektisch mit den Armen und bedeutete ihr, ans Ufer zu kommen. Zunächst ging sie nicht darauf ein, doch irgendwann – als sie merkte, dass er nicht aufgab, vermutlich – paddelte sie zum Bootshaus zurück. Kenneth lief ihr entgegen und half ihr, das Boot zu vertäuen. Darin stand ein kleiner Eimer mit einigen Saiblingen, eine Angel lag auf dem Boden und eine Köderbox.

»Bist du verrückt geworden?«, herrschte er sie an.

»Na, sag mal. Was ist das denn für eine Begrüßung?« Sie runzelte die Stirn.

»Ist dir klar, wie gefährlich das da draußen ist? Nein, vermutlich nicht, sonst würdest du so einen Unsinn ja nicht machen.«

Ellie stieg aus dem Boot und nahm ihren Fang und die Ausrüstung mit. »Spinnst du? Ich war doch bloß angeln, nicht Fallschirmspringen ohne Fallschirm.«

Er wusste selbst nicht, wieso er so außer sich war, aber als er sie eben alleine da draußen entdeckt hatte, hatte ihn die Panik übermannt. »Das Wasser, es ist kalt.«

»Ich hatte nicht vor, darin baden zu gehen. Außerdem bin ich eine hervorragende Schwimmerin.«

»Du hast keine Ahnung, nicht?«

»Wovon? Willst du mir jetzt sagen, dass im Loch Ness ein Monster lebt? Keine Sorge, Nessie hat seit hundert Jahren keiner mehr gesehen.«

»Ellie, hör auf. Das ist nicht witzig.«

Sie schien es offenbar sehr erheiternd zu finden, denn sie grinste breit. »Doch, irgendwie lustig. Jeden Tag fahren hier die Ausflugsboote rum, um Nessie zu finden, und du willst mich davor warnen?«

»Vergiss Nessie«, er nahm ihr den Eimer mit den Fischen ab.

»Was willst du, Kenneth?« Sie gingen langsam am Bootshaus vorbei über den Rasen.

»Wusstest du, dass das Wasser so kalt ist, dass man nach knapp zehn Minuten tot ist?«

»Willst du mich verarschen? Wir sind doch nicht in der Arktis.«

»Ist dir schon aufgefallen, wie dunkel der See ist? Fast schwarz ist das Wasser. Was glaubst du, warum sich so viele Mythen darum ranken?«

»Keine Ahnung, weil Schottland so eine romantische Gegend ist?«

Er wünschte, er könnte es so lustig finden wie sie. »Nein, Ellie. Du siehst die ganzen Bäume und das Laub? Wenn die Blätter ins Wasser fallen, dann entstehen durch biologische Prozesse Tannine.«

»So wie im Rotwein?«

»Ja, so in etwa. Jedenfalls, das macht die dunkle Farbe aus. Das Sonnenlicht gelangt deswegen nur in die obersten Schichten, das Wasser kann sich nicht erwärmen. Das ist auch der Grund, warum man den See bis heute nicht erforscht hat. Es geht nicht. Selbst Roboter können das Geheimnis um Loch Ness nicht lüften.«

»Warum nicht?«

»Es ist zu dunkel, da unten herrscht tiefste Schwärze.«

»Was ist mit Lampen? Die gibt es ja auch wasserfest.«

»Das schon, aber durch die kleinen Partikel gelangt das Licht nicht, man kann nur auf Armeslänge leuchten, das genügt nicht. Es ist, als wolltest du durch dichten Rauch leuchten, es geht nicht.«

»Was willst du mir damit sagen, ich begreife das nicht.«

»Wenn du da rausfährst und kenterst, und keiner sieht dich, dann war es das, Ellie. Du denkst, du könntest gut schwimmen? Warst du schon mal in eisigem Wasser? Du willst dich bewegen, aber deine Muskeln, es ist zu kalt, und deine Organe – machen schlapp. Man ertrinkt leise, nicht, wie sie es in Filmen immer zeigen, mit lautem Gebrüll. Wusstest du das?«

Ellies Lächeln erstarb. »Du hast dir Sorgen um mich gemacht? Wieso weißt du das alles, Kenneth?«

Er schluckte und begriff endlich, was mit ihm nicht stimmte, warum er das Bootshaus hasste. »Das Bootshaus«, fing er an, aber konnte nicht weitersprechen.

»Deswegen hasst du es? Ist jemand ertrunken, den

du kanntest? O Gott, es tut mir so leid. Ich habe das nicht gewusst, und ich wollte dich auch nicht erschrecken.«

»Es ist niemand ertrunken. Aber fast.«

Sie runzelte die Stirn, und ihre Blicke verhakten sich ineinander, er wusste nicht wieso, aber er wollte es ihr erzählen. »Meine Mum und ich, wir sind öfter rausgefahren. Sie war immer für jeden Spaß zu haben. Nun ja. Sie war speziell.« Er räusperte sich. »Jedenfalls, einmal, wir haben mal wieder eine Tour gemacht, da bin ich ins Wasser gefallen.«

Er hatte die Erinnerung bis jetzt völlig verdrängt, auch jetzt sah er nur bruchstückhafte Bilder vor sich. »Ich weiß nicht mehr, wieso, ich war noch sehr klein.«

»Und sie ist, als sie dir helfen wollte, auch ins Wasser gestürzt?«

»Nein.« Er schüttelte den Kopf. »Sie hat davon gar nichts mitbekommen.«

Die Erkenntnis, dass seine Mutter ihn beinahe im eiskalten Wasser hätte ertrinken lassen, verschlug ihm den Atem. Jetzt begriff er, was sie in ihrem Abschiedsbrief gemeint hatte. Kenneth wurde übel, er schwankte leicht.

Ellie ließ den Eimer fallen und hielt ihn am Arm fest. »Kenneth?«

»Es ist zu viel, tut mir leid. Ich ... Die Erinnerungen, sie sind wieder da.«

»Was meinst du, sie hat nichts mitbekommen? War sie betrunken?«

»Nein, meine Mutter war krank, sie lebte in ihrer eigenen Welt, vermutlich hatte sie einen Schmetterling oder einen Vogel gesehen, dem sie gedanklich gefolgt ist, was weiß ich. Sie war so *anders*.«

»Wer hat dich gerettet?«

»Ich hatte so ein wahnsinniges Glück. Ich trug eine Schwimmweste, aber ich war erst drei Jahre alt. Es kam ein

Ausflugsboot vorbei, sie haben mich im Wasser paddeln sehen und mich rausgeholt.«

Ellie schlug sich die Hand vor den Mund. »O Gott, das ist so furchtbar. Und deine Mum?«

»Hinterher tat es ihr leid, natürlich. Aber ich habe seit dem Tag eine schreckliche Panik vor Wasser in jeder Form. Ich wollte Ewigkeiten nicht mal mehr duschen, geschweige denn baden. Ich betrete heute noch immer kein Schiff, ich habe lange nicht kapiert, wieso. Bis jetzt eigentlich.«

Ellie legte ihm wieder eine Hand auf dem Arm. »Und ich bin schuld, hätte ich das gewusst! Aber ich habe das Boot hier gefunden und wir haben es hergerichtet. Ich wollte schon die ganze Zeit endlich mal frischen Fisch essen, da habe ich bei Colin eine Angel gekauft und bin einfach losgerudert.«

»Es ist nicht deine Schuld, Ellie. Wirklich.« Und dann verstand er noch etwas. »Ich habe mir einfach nur schreckliche Sorgen um dich gemacht.«

Sie blickte zu ihm auf, und etwas in ihm begann zu schmelzen.

»Um mich? Wieso?«

Kenneth lächelte leise. »Kannst du es dir wirklich nicht denken?«

Er sah sie schlucken.

»Ich möchte keine falschen Schlüsse ziehen.«

»Das ist sehr ... löblich.«

Für einige Sekunden standen sie sich gegenüber, und das Verlangen, sie zu küssen, wurde beinahe übermächtig. Doch irgendwas hielt ihn davon ab.

»Jetzt, wo ich die Fische schon mal gefangen habe, sollten wir sie auch essen, oder?«, meinte sie schließlich.

»Unbedingt.« Er hob den Eimer auf. »Darf ich dich begleiten?«

»Du willst mit in meine Küche?«

Er grinste. »Wenn ich darf? Ich habe die Abende mit dir vermisst, aber du bist ja derzeit schwer beschäftigt. Geht es eigentlich gut voran mit dem Bootshaus?«

»Es ist erstaunlich, ja. Ich habe großartige Helfer, das ist der reinste Wahnsinn.«

»Ich habe leider zwei linke Hände.«

»Ich würde auch nicht von dir erwarten, dass du mir auch noch beim Umbau hilfst. Immerhin hast du mir schon das Haus geschenkt.«

»Es ist ja kein wirkliches Haus.«

»Es ist perfekt.«

»Das freut mich. Was fehlt jetzt noch?«

»Das Herzstück, die Küche.«

»Da brauchst du sicher spezielle Geräte?«

»Die Spanne von dem, was möglich ist und was man wirklich braucht, ist sehr groß.«

»Und das Equipment ist teuer, nehme ich an?«

»Das auch, aber Colin hat da vielleicht eine Lösung.«

Kenneth spürte den Stachel der Eifersucht in seinem Herzen, was absoluter Irrsinn war, er hatte kein Recht, eifersüchtig zu sein. »Welche denn?«, fragte er und versuchte, sich nichts anmerken zu lassen. Sie gingen durch den Hintereingang zur Küche, Dougie legte sich in den Flur, er wusste, dass er in der Küche nichts verloren hatte.

»Das klärt sich heute Abend, deswegen habe ich auch gar nicht so viel Zeit.«

»Klar, kein Problem. Der Fisch schwimmt ja nicht mehr weg. Um ehrlich zu sein, ich habe sowieso noch sehr viel zu tun.«

»Nein, warte, so war das nicht gemeint.«

»Schon okay, wirklich. Kümmere du dich mal um deine Angelegenheiten, heute ist auch dein freier Tag.«

»Ich koche sehr gern für dich.«

»Mach dir keine Umstände, Ellie.« Damit verließ er die Küche und ließ sie allein.

Am nächsten Mittag war Ellie mit dem Lunch auf dem Weg zu Kenneth und konnte noch immer nicht fassen, wie sich alles entwickelte. Vor ein paar Tagen hatte sie alle Materialien bei Colin bestellt, der ihr einen Sonderpreis gemacht hatte, und gestern hatten sie noch die Wirtin aus Invermoriston getroffen, um mit ihr über die Einrichtung ihres Lokals zu verhandeln.

»Wie ist es gelaufen?« Er blickte von seinem Schreibtisch auf, als sie den Raum betrat.

Ellie blinzelte. »Guten Morgen. Was meinst du?«

»Na, wegen der Küche.« Während sie das Tablett auf der Fensterbank abstellte, spürte sie seinen Blick auf sich.

»Ach das.« Sie trat von einem Fuß auf den anderen. »Es war ganz einfach, ich habe schon Angst, dass es vielleicht zu einfach ging.«

»Wieso?«

»Die Besitzerin war wirklich sehr nett, sie meinte, es wäre für sie eine Erleichterung, wenn das Zeug endlich weg käme.«

»Das ist doch großartig.«

Ellie lächelte. »Ja, das ist es. Das ist es.«

»Nun setz dich schon«, forderte er sie auf.

»Wohin?«

»Die Fensterbank ist groß genug.« Er warf ihr einen amüsierten Blick zu.

»Oh, klar. Natürlich. Ich rutsche auch an den Rand.«

»Sei nicht albern, Ellie. Hast du schon gegessen?«

»Ich?«

»Ist sonst noch jemand im Raum?« Seine Mundwinkel zuckten.

»Sehr lustig, haha. Ja, ich habe schon gegessen.«
Kenneth schmunzelte.

»Was amüsiert dich so?«

»Ich habe noch nie gehört, dass die Köchin zuerst isst,
und dann erst der Chef.«

»Jetzt willst du also deine Machtposition mir gegenüber
ausspielen?« Sie sah sofort, dass sie damit einen wunden
Punkt getroffen hatte, und bereute den Scherz.

»Nein. Ellie, genau das möchte ich nicht.« Er breitete
die Serviette über seinem Schoß aus. »Also, was ist mit der
Küche?«

»Ich habe mich mit der Wirtin geeinigt, sie überlässt mir
alles.«

»Einfach so?«

»Nein, natürlich nicht. Aber sie hat sich auf eine Raten-
zahlung eingelassen.«

»Sie hat Vertrauen in dich, das ist doch toll.«

»Ich habe für sie gekocht«, erklärte sie, als ob damit alles
klar sein müsste.

Kenneth verzog seinen Mund. »Ja, ja, damit kannst du
alle überzeugen, einmal in den Kochtopf geschaut – oder in
deine grünen Augen. Vielleicht sollte ich dich mal bezüglich
meiner Buchhaltung fragen, vielleicht hast du dafür auch
eine Lösung?«

Ellie runzelte die Stirn und setzte sich. »Bist du betrunken, oder wie?«

Kenneth lachte trocken. »Schön wär's, nein. Bin ich nicht.
Außerdem muss ich nachher noch fahren, schon vergessen,
wir haben einen Notartermin.«

Sie spürte, wie ihr Puls sich beschleunigte. »Wie könnte
ich das vergessen? Das ist so ungefähr der wichtigste Tag
in meinem Leben!«

»Hast du schon einen Eröffnungstermin ins Auge ge-
fasst?«

Ellie kratzte sich am Kopf. »Noch nicht, ehrlich gesagt. Es gibt noch so viel zu regeln.«

»Was denn noch? Möbel und Küche hast du ja jetzt organisiert.«

»Ja, aber es müssen noch Toiletten eingebaut werden, die Räume dafür sind schon in Leichtbauweise abgetrennt worden, die Aufteilung im Bootshaus ist echt cool, du solltest bei Gelegenheit mal vorbeikommen. Und dann ist natürlich noch die Sache mit dem Personal, mit den Vorräten und allem. Was nützt mir die beste Küche ohne Rohwaren und ohne Leute, die es den Gästen servieren.«

»Was ist mit Gläsern, Geschirr, Töpfen und so weiter?«

»Das bekomme ich auch aus Invermoriston, die Wirtin will wirklich alles aus dem Craigdarroch Inn loswerden.«

»Ein echter Glücksgriff also?«

»Für sie nicht, immerhin hat sie ihren Mann verloren. Sie möchte das einfach hinter sich lassen, und das kann ich sehr gut nachvollziehen, alles erinnert sie an ihn. Das muss schlimm sein.«

»Ich will jetzt nicht mit einem blöden Spruch kommen, von wegen Zeit heilt alle Wunden und so. Für sie ist es sicher das Beste, wenn sie alles los ist. Das sagst du ja selbst.«

Sie biss sich auf die Unterlippe. »Ja, das stimmt. Aber mein Kleingeld reicht langsam nicht mehr für das, was noch fehlt. Ich will nicht jammern. Natürlich könnte ich mein Auto verkaufen, aber dann wäre ich hier komplett immobil. Machen wir uns nichts vor, Kiltarff ist nicht der Nabel der Welt, und ich brauche einen fahrbaren Untersatz.«

»Das stimmt, aber das Dorf ist doch ein sehr schöner kleiner Fleck auf der Landkarte. Über welche Summe sprechen wir?«

»Kenneth, nein. Ich kann und werde von dir nichts annehmen. Du hast mir das Bootshaus geschenkt, das reicht!«

»Ich wollte dir gar nichts leihen.«

»Nicht?«

»Hast du mal bei einer Bank gefragt?«

»Ich?«

»Wer sonst? Soll ich für dich gehen? Würde ich glatt machen.« Er nahm sein Besteck zur Hand und filetierte seinen Fisch. »Riecht schon mal sehr gut.«

»Nein, du sollst nicht für mich sprechen, das muss ich selbst schaffen. Eigentlich hatte ich ja ein wenig auf meine Eltern gehofft, aber wir haben gerade eine kleine Meinungsverschiedenheit diesbezüglich.«

»Worüber genau?«

»Sie glauben nicht an mein Projekt.« Ellie ließ ihre Schultern hängen.

»Wieso denn nicht?«

»Keine Ahnung, ich weiß ja selbst, dass es ein bisschen irre ist. Aber ich habe mich in die Vision von diesem Restaurant im Bootshaus verliebt.«

»Du bist schon sehr weit damit gekommen.«

»Weit reicht aber nicht.«

»Bekommst du auf einmal kalte Füße?«

»Nein, auf keinen Fall. Aber ich habe Respekt vor der Sache.« Sie winkte ab. »Na ja, ich werde mir schon was einfallen lassen. Was ist mit dir?«

»Was meinst du?«

»Es geht mich nichts an, aber ...«

»Aber was?« Er schob sich ein Stück Fisch auf die Gabel und dann in den Mund.

»Dieser Kasten hier – es ist alles so leer. Gefällt es dir, so zu leben?«

Er kaute und schluckte, dann erwiderte er: »Es hat mich niemand nach meiner Meinung dazu gefragt.«

»Ich frage dich jetzt.«

»Ja, aber ich hatte eigentlich keine Wahl. Nachdem mein

Vater gestorben ist, war das die einzige Option. Kiltarff Castle ist seit fünfhundert Jahren im Familienbesitz.«

»Du könntest einen Teil davon zu einem Museum machen.«

»Das kann ich mir irgendwie nicht so recht vorstellen, dazu braucht man mehr als ein paar alte Möbel. Und möchte ich, dass hier wildfremde Leute ein- und ausgehen?«

»Stimmt, natürlich. Aber der Ballsaal ist der Wahnsinn, dort könnte man ganz wunderbar Feste und Feiern abhalten.«

»Dann waren das deine Fußspuren, die ich im Dreck gesehen habe?«

Ellie wurde rot. »Ja, tut mir leid. Mittlerweile blitzt und blinkt wieder alles. Der Raven-Wing ist so was von vernachlässigt, es ist ein Jammer.«

»Was soll ich sagen, ich bin nun mal alleine und habe keine Fußballmannschaft, die alle Räume mit Leben füllen kann.«

»Möchtest du denn eine?«

»Ich spiele nicht Fußball.«

»Sehr lustig, ich meinte, möchtest du keine Familie, Kinder und so was?«

Kenneth ließ das Besteck sinken, und Ellie ärgerte sich, dass ihr Mund schon wieder schneller als ihr Kopf gewesen war. »Sorry, du musst das nicht beantworten.«

»Ich könnte es auch gar nicht. Darüber habe ich noch nie nachgedacht, ich weiß gar nicht so richtig, wie es ist – oder sein soll. Vermutlich nicht, nein. Auch wenn man wahrscheinlich von mir erwartet, dass ich Nachkommen für das Adelsgeschlecht produziere.«

»Du wärst sicher ein gutes Familienoberhaupt.«

Er lachte. »Wie kommst du darauf?«

Ellie zuckte die Schultern. »Ich weiß nicht, nur so ein Gefühl.«

Sie sprang auf ihre Füße. »Jetzt habe ich dich genug ausgefragt, tut mir leid. Iss mal in Ruhe, wir sehen uns nachher. Wann überhaupt? Ich muss noch duschen und mich umziehen.«

»Du machst dich schick für mich?« Er grinste.

»Für den Notar«, versicherte sie ihm mit einem leisen Lächeln.

»Natürlich, aber ich kann dir sagen, er ist jenseits der sechzig und glücklich verheiratet.«

Sie musste lachen. »Keine Sorge, auf Notare habe ich es nicht abgesehen.«

Höchstens auf einen Earl, aber der hatte ihr längst klargemacht, was er alles *nicht* wollte. »Bis später, Kenneth.«

# Kapitel 17

Auf der Fahrt nach Inverness konnte Ellie kaum still sitzen, sie war so aufgeregt, dass sie in einer Tour plapperte. Sie bemerkte es vermutlich nicht mal, und Kenneth hielt sie nicht auf.

Als sie das Büro des Notars betraten, wurde sie auf einmal ganz still. Er beobachtete sie, wie sie ihren Blick über die schicke Einrichtung gleiten ließ. Auf dem Mahagonischreibtisch lag nur der Vertrag, den sie heute unterzeichnen würden. Die Lampe war angeknipst und warf einen sanften Strahl auf das Papier. Staubkörnchen tanzten durch die Luft und glitzerten im Sonnenlicht.

Mr Jefferson begrüßte zunächst Ellie, dann Kenneth, und er meinte, dass er ihn mit einem wissenden Lächeln bedachte. Im nächsten Augenblick war die Miene des Notars ausdruckslos, und Kenneth glaubte, sich getäuscht zu haben. Dennoch blieb ein unterschwelliges Gefühl zurück, als er den Vertrag vorlas. Kenneth saß neben Ellie, die ihre Hände im Schoß gefaltet hatte. Seine Gedanken schweiften ab, er hörte gar nicht richtig hin. Es war seltsam, hier mit ihr zu sitzen, es kam ihm so vor, als ob sie mehr regeln würden, als nur die Besitzverhältnisse des Bootshauses. Die Unterschrift war reine Formsache und in wenigen Sekunden erledigt, lediglich Ellies Blick, ehe sie ihren Namen auf das Dokument setzte, trieb seinen Puls in die Höhe. Es lag so viel mehr darin als nur Dankbarkeit. Kenneth wurde warm unter seinem Anzug, denn er spürte es auch. Zwischen ihnen lag ein unsichtbares Band, er wollte daran zupfen, sie näher zu sich bringen.

*Nicht hier*, sagte er sich und räusperte sich.

Ellie wandte sich ab und unterzeichnete, danach war diese seltsame Stimmung verflogen. Freude breitete sich auf ihren hübschen Zügen aus, und er war versucht, sie in seine Arme zu ziehen, um sie zu beglückwünschen. In der nächsten Sekunde wurde ihm klar, dass sein Verhalten vermutlich übertrieben und unangebracht wäre, deswegen blieb er stocksteif sitzen, bis der Notar verkündete, dass es vollbracht sei, und Ellie und ihm die Hand schüttelte.

Nach einer kurzen Verabschiedung von Mr Jefferson verließen sie das Büro, kurz darauf standen sie vor der Tür auf der Straße und schauten sich an.

»Das sollten wir feiern«, meinte Kenneth und zeigte auf ein Pub auf der anderen Straßenseite.

»Ich lade dich ein, das ist das Mindeste, was ich tun kann.«

»Das werden wir sehen. Komm.« Kenneth griff nach ihrer Hand und ging mit ihr in die Kneipe. Ihre Finger ruhten in seinen, und es fühlte sich wunderbar an.

Das Pub stand seit Ewigkeiten hier, die Einrichtung war original, dunkles Holz, knarzende Dielen, alte Tische, die durch die viele Benutzung glatt geworden waren, sodass die Maserung nicht mehr zu spüren war, prägten das Bild. An der Wand hing eine Tafel mit den Tagesgerichten, alte Werbeschilder aus den vergangenen Jahrzehnten dekorierten die Wände. Es roch nach Bier, Fritten und ein bisschen nach Rauch. Sie setzten sich an einen ruhigen Tisch in der Ecke. Leider musste er sie jetzt loslassen, aber das prickelnde Gefühl auf seiner Haut blieb.

»Womit begießt man so was?«, fragte Ellie und schaute Kenneth an.

»Womit du möchtest, wobei ich bezweifle, dass sie hier Champagner anbieten.«

»Du musst ja auch noch fahren.«

»Ja, das auch. Ich nehme ein Bier, das ist schon in Ordnung.«

»Klingt gut, ich auch.«

»Den Champagner gibt's dann zur Eröffnung.«

»Das glaube ich kaum, wenn ich Glück habe, reichts für billigen Sekt.« Sie lachte, und ihm wurde warm ums Herz. »Ich bin dir wirklich sehr dankbar, dass du mir das ermöglichst. Ich weiß gar nicht, womit ich das verdient habe.«

»Ich habe es dir doch schon gesagt, ich bin froh, dass ich das Bootshaus los bin. Umso mehr, da ich mich wieder erinnern kann, warum ich es immer gehasst habe. Cheers, auf das Bluebell. Auf dich.«

»Nein, auf dich!«

Kenneth mochte ihre Gesellschaft, vielleicht mochte er sie ein bisschen zu sehr. Überhaupt hatte er sich in den letzten Wochen an vieles gewöhnt, was er sich vorher nicht hatte vorstellen können. Mit ihr in einem Pub zu sitzen und auf die Zukunft zu trinken, war nur ein kleiner Teil davon.

»Du bist so nachdenklich«, sagte sie jetzt. »Wenn du es eilig hast, können wir auch los.«

»Nein, keine Sorge. Ich habe es überhaupt nicht eilig.«

»Woran hast du dann gedacht?«

Er schnaufte aus, dann trank er einen Schluck. »Ich habe daran gedacht, dass sich vieles verändert hat in meinem Leben, und einige Dinge davon finde ich gar nicht mal so schlecht.«

»Ach, ja? Was denn zum Beispiel?« Ihre Augen funkelten.

»Dougie«, gab er mit einem spöttischen Grinsen zurück. »Er ist ein netter Kerl. Das ist die größte Überraschung von allen.«

Ellie lachte laut auf. »Ich habe dir von Anfang an gesagt, dass er süß ist.«

»Er ist ein Monster.«

»Er sieht vielleicht ein bisschen wie eins aus, aber er hat ein ganz freundliches Gemüt.«

»Das sehen viele nicht so. Alle außer dir knurrt er an.«

Nachdem sie das Bier ausgetrunken hatten, zahlte Ellie, und Kenneth protestierte nicht. Sie schlenderten zu seinem Wagen zurück und plauderten über belangloses Zeug. Auf der Rückfahrt schaute Ellie nachdenklich aus dem Fenster.

»Hast du die Anzahl deiner Wörter für heute verbraucht?«, neckte Kenneth sie.

»Wie bitte?«

»Ich meine, vorhin hast du ziemlich viel gequatscht, und auf einmal sagst du gar nichts mehr.«

Sie atmete tief ein. »Ich muss das alles erst mal verdauen, es ist ein großer Schritt. Irgendwie ist mir das jetzt erst so richtig klar geworden.«

»Das kann ich gut nachvollziehen.« Kenneth bog bei einem Supermarkt auf den Parkplatz. »Kannst du kurz warten?«

»Äh, ja klar.«

Er rannte in den Laden, kaufte eine Flasche Champagner und einen Strauß Blumen, damit sie nicht gleich erkannte, was er besorgt hatte, kaufte er auch eine große Tüte und versteckte die Sachen darin.

Sie fragte nicht nach, als er zurück ins Auto stieg, und so fuhren sie nach Kiltarff. Er parkte, öffnete ihr die Tür und nahm dann den Einkauf aus dem Kofferraum. »Kommst du bitte mit?«

»Natürlich. Was ist los?«

»Das wirst du dann schon sehen.«

»Du machst mich auf jeden Fall neugierig.«

Sie liefen einträchtig nebeneinander über den Rasen, niemand sagte ein Wort. Es war ein gutes Schweigen, eines, bei dem man sich wohlfühlte, weil nicht jede Sekunde mit irgendwas gefüllt werden musste. Sie waren sich selbst genug.

»So, da wären wir«, verkündete er, als sie das Bootshaus erreicht hatten. »Ist die Tür offen?«

»Wieso?«

»Dann lass uns mal reingehen.« Er nahm die Flasche Champagner aus der Tüte, zückte zwei Gläser und den Blumenstrauß. Ellies Augen wurden groß wie Untertassen.

»Oh«, war das Einzige, was sie hervorbrachte.

»Bitte, nach dir.« Kenneth konnte sich ein Lächeln nicht verkneifen, es war schön, sie so überwältigt zu sehen.

Er ging hinter ihr in das Bootshaus und entgegen seinen Befürchtungen, nach all der Zeit wieder hierher zu kommen, war es in Ordnung. Sehr in Ordnung, denn es hatte sich komplett verändert. Es roch nach frischer Farbe und Holz.

»Ist es überhaupt okay, wenn wir es betreten?«, fragte er.

»Ja, klar. Die Farbe ist längst getrocknet. Wie findest du es?«

Kenneth stellte die Flasche und die Gläser auf einen über und über mit Farbe bespritzten kleinen Tisch ab, die blauen Glockenblumen legte er daneben. Er ließ den Korken knallen und fing den überschäumenden Champagner mit den Gläsern auf. »Wir schauen uns das gleich in Ruhe an.« Er reichte ihr eines. »Auf das Bluebell.«

Ihre Finger berührten sich leicht. Ein Kribbeln breitete sich auf seiner Haut aus. »Es fühlt sich noch immer so unwirklich an.« Sie lächelte schüchtern und schüttelte den Kopf.

»Cheers. Das glaube ich dir, aber es ist wahr, gewöhn

dich daran. Das ist dein Restaurant. Magst du mir jetzt alles zeigen?«

»Cheers.«

Sie tranken einen Schluck, Kenneth schaute aus den frisch geputzten Fenstern. Wolken spiegelten sich im See, mindestens ein Dutzend Enten schwamm am Ufer entlang, er konnte ihr leises Schnattern sogar hören. Er spürte, wie immer, wenn er hinaussah, eine leichte Beklemmung, aber nicht mehr den blanken Horror wie gestern, als er Ellie beim Angeln entdeckt hatte. Zum Glück.

»Ja, hier hätten wir also den Gastraum, hier kommen die Tische und Stühle hin. Ich habe es so gedacht, dass man im besten Falle von jedem Tisch aus hinaus auf den Loch Ness schauen kann. Was meinst du?«

»Ja, das wäre optimal.«

»Und hier hinten in der Ecke«, sie ging ein paar Schritte, ihre Schuhe klackerten leise auf den Dielen. »Da könnte ich mir ein Sofa vorstellen, für die Leute, die auf einen Tisch warten zum Beispiel. Was meinst du?«

»Das ist eine gute Idee.«

»Es wird zwar eine Theke geben, aber ehrlich gesagt, nicht jeder ist der Bar-Typ, verstehst du?«

»Ja, ich verstehe sehr gut.«

Kenneth nahm die Flasche und goss ihnen beiden nach.

»Unglaublich, dass ich jetzt hier stehe und mit dir Champagner trinke«, murmelte sie. Dann blickte sie auf, und ihre Augen funkelten. »Wenn man mal bedenkt, dass du mich zuerst von deinem Grundstück gejagt hast.«

Er hob eine Augenbraue. »Du warst einfach wahnsinnig hartnäckig.«

»Und du übel gelaunt.«

»Da hast du sehr recht.«

»Komm, ich zeige dir die Küche«, sie ging zur Wand. »Hier wird noch eine Art Durchreiche entstehen.« Dann

257

gingen sie in den zweiten Raum, der kleiner war als der Gastraum.

»Reicht dir das?«

»Es muss, es geht nicht anders.«

»Passt alles rein?«

»Was nicht passt, wird passend gemacht.« Sie gluckste. »Nein, im Ernst. Ein Tischler wird tatsächlich alles anpassen. Das kostet wieder ... aber alles kann ich eben nicht umsonst bekommen, das ist ganz klar.«

Er spürte, dass sie das Thema nicht so leicht nahm, wie sie tat. Er konnte sie verstehen, Geldsorgen standen bei ihm nun auch auf der Tagesordnung, zwar noch nicht so dringlich, aber die Gewissheit, dass in zwei, drei Jahren nicht mehr genug da sein würde, um das Schloss zu unterhalten, verursachte ein ungutes Gefühl in seinem Magen.

»Was ist? Findest du es nicht gut?«

»Doch, es ist ganz großartig, was ihr in der kurzen Zeit geleistet habt«, beeilte er sich zu sagen.

Sie gingen wieder hinüber, er wollte gerade noch einmal Champagner auffüllen, als sie ihm die Flasche aus der Hand nahm und sie abstellte. »Hast du Angst, betrunken zu werden?«, scherzte er.

»Die werde ich definitiv austrinken«, gab sie kichernd zurück. »Das gute Zeug lasse ich nicht verkommen.«

Nun nahm sie ihm noch sein Glas ab, und er fragte sich, was sie vorhatte, und dann umarmte sie ihn. »Vielen Dank, Kenneth. Vielen, vielen Dank.«

Er zögerte, dann legte er seine Arme um sie. »Bitte hör auf, mir dauernd zu danken.«

Sie löste sich von ihm und schaute zu ihm auf. »Was soll ich dann tun?«

Der sehnsuchtsvolle Ausdruck in ihren Augen sandte direkte Impulse in seinen Unterleib. Kenneth atmete scharf ein. »Alles, was du möchtest«, sagte er. »Ich will nur nicht, dass du dich mir verpflichtet fühlst.«

Es trennten sie nur noch wenige Zentimeter voneinander, sie lag bereits in seinen Armen, es wäre so einfach.

»Ist es das, was du glaubst?« Sie sahen sich einige Sekunden wortlos an, sein Herz raste. Sein Mund fühlte sich trocken an, das Denken fiel ihm zunehmend schwer, da alles Blut auf dem Weg in tiefere Regionen war. Verdammt, sie war einfach hinreißend und sehr sexy. Sie brauchte dafür weder Make-up noch anderen Schnickschnack. Ellie war eine natürliche Schönheit mit perfekten Kurven, die sie an ihn schmiegte und ihn zum Schwitzen brachte.

»Sag du es mir.« Seine Stimme klang rauer als sonst, er schluckte.

»Das eine hat mit dem anderen nichts zu tun. Ich bin nicht besonders gut darin, gewisse Dinge in Worte zu fassen.«

Er auch nicht, vor allem nicht, wenn es darum ging, sein Innenleben zu offenbaren. »Was ist dein Vorschlag?«

Ellie grinste. »Ist das eine Verhandlung?«

»Wenn du es so nennen möchtest?«

Ihre Pupillen weiteten sich. »Eigentlich will ich gar nicht mehr reden. Machen wir es nicht unnötig kompliziert, Kenneth.«

Es war klar, was sie wollte, und er wollte es verdammt noch mal auch. Und wie er es wollte. Sie!

Er legte eine Hand an ihre Wange, die andere vergrub er in ihren Haaren. »Unkompliziert also«, war alles, was er sagte, dann senkte er seinen Mund auf ihren.

Er hatte gewusst, wie sich ihre Lippen anfühlten, und doch war das hier anders. Sinnlicher und bestimmter als zuvor. Sie hatten bereits voneinander gekostet, aber es war nur ein simpler Vorgeschmack gewesen. Das hier war so viel besser. Kenneth schob seine Zunge zwischen ihre

Lippen und erforschte ihren Mund. Ellie reagierte mit einem Stöhnen auf seinen Vorstoß, das tief bis in seinen Unterleib vibrierte. Er war bereits jetzt steinhart. Ellie musste es spüren, denn sie stand dicht an ihn gedrängt und ließ ihre Hände unter sein Hemd wandern, dessen Enden sie zuvor aus der Hose gezerrt hatte.

O Gott, sie war so atemberaubend leidenschaftlich. Vergessen waren alle Bedenken, alle Punkte, die gegen eine Affäre sprachen. Er wollte sie. Sie und keine andere.

*Ellie*, war alles, was er noch denken konnte. Sein Atem kam nur noch stoßweise, dabei hatten sie gerade mal angefangen. Es war ihm egal, wo sie waren, alles, was zählte, war sie.

Ein tiefes Grollen löste sich aus seiner Kehle, als sie mit ihren Händen über die Ausbuchtung seiner Hose strich. »Ellie«, stieß er gepresst hervor.

Verdammt, wenn er nicht aufpasste, würde er wie ein Schuljunge vor ihr in seiner Boxershorts kommen.

»Warte«, er hielt ihre Hand fest und drängte sie gegen die Wand, wo er ihre Arme nach oben hob. Dann küsste er sie erneut mit einer Leidenschaft, die er selbst nicht für möglich gehalten hatte. Das hier war besser als alles, was er bisher erlebt hatte, und sie waren noch ganz am Anfang. Sie küssten und streichelten sich, bis auch das nicht mehr genügte.

*Es würde nie genug sein*, schoss ihm für eine Sekunde durch den Kopf, dann zog er sein Hemd aus und breitete es auf dem Boden aus. »Nicht besonders komfortabel«, brummte er, aber Ellie war es egal, als er sie vorsichtig auszog und ihre Brüste mit Küssen bedeckte. Sanft kümmerte er sich erst um die eine, dann um die andere Brustwarze. Ellies Keuchen durchdrang die Stille im Raum, sie legte den Kopf in den Nacken und hielt sich an ihm fest, als wäre er ihr Rettungsanker in stürmischer See. Irgendwann reichte auch das nicht mehr, eilig ließen sie die restlichen Kleidungsstücke fallen und fanden sich auf dem harten Boden wieder. Ellie lag auf dem Rücken, er arbeitete sich von ihrem Mund über den Hals bis zu ihren Brüsten, ihrem Bauchnabel und ihren Schenkeln vor, die er spreizte und die Innenseiten mit heißen Küssen bedeckte. »So schön«, murmelte er andächtig, als er fühlte, wie bereit sie für ihn war. Dann senkte er seinen Mund auf ihre Perle, und sie schrie vor Entzücken und Lust auf. Erst sanft, schnell drängender kreiste seine Zunge um ihr Zentrum der Lust. Ellie vergrub ihre Hände in seinen Haaren und warf den Kopf von einer zur anderen Seite. Kenneth stöhnte und konnte sich kaum selbst beherrschen, so sehr erregte ihn ihre leidenschaftliche Reaktion auf seine Liebkosungen. Ihr Atem kam in immer kürzeren Abständen, sie stieß kleine, heisere Schreie aus und bog ihren Rücken durch. Als Kenneth zwei Finger in sie stieß, schrie sie seinen Namen. Ellie bäumte sich auf, vergrub ihre Nägel in seinen Schultern und explodierte unter seiner Zunge, ihre nasse Vagina zog sich rhythmisch um seine Finger zusammen, alles, was er tun konnte, war genießen und sich zusammenzureißen, damit nicht für ihn bereits alles vorbei war. »Himmel«, stieß sie immer noch schwer atmend hervor und öffnete blinzelnd die Lider. Kenneth, noch immer zwischen ihren Schenkeln liegend, blickte zu ihr auf. Sie hatte nie schöner ausgesehen, mit verhangenem Blick, vom Küssen geschwollenen Lippen und geröteten Wangen.

»Du bist unglaublich«, brummte er und legte sich neben sie. Den harten Boden nahm er kaum wahr. Ellie ließ ihre Finger über seinen Oberkörper tiefer wandern, sie streichelte ihn federleicht, seine Bauchmuskeln spannten sich an, während sein Geschlecht hart und mit feucht glänzender Spitze pulsierte.

»Du bist unglaublich«, gab sie mit heiserer Stimme zurück.

»Das sollten wir definitiv öfter tun«, keuchte er, als sie seinen Schaft umfasste und ihre Hand langsam auf und ab gleiten ließ. »O Gott, du bringst mich um«, warnte er sie, ihr genüssliches Lachen hallte durch den Raum.

»Ich denke nicht, dass dich das umbringen wird«, meinte sie und ließ sich über ihn gleiten. Kenneth streckte seine Hände nach ihren vollen Brüsten aus, ihre Nippel waren aufgerichtet und leuchteten in einem herrlichen Rosa. Sie waren wundervoll. Alles an ihr war perfekt proportioniert.

In diesem Augenblick nahm sie auch noch die zweite Hand zu Hilfe und drückte fester zu.

Er stieß einen unflätigen Fluch aus und biss die Zähne zusammen. »Du machst mich fertig, Ellie. Hör nicht auf.«

Er keuchte, seine Hüften zuckten unkontrolliert unter ihren verführerischen Liebkosungen, es würde nicht mehr lange dauern. Ein paar Sekunden gab er sich noch, dann musste er sie von sich schieben, sonst war es vorbei. Er wollte es nicht so, er wollte ...

Wieder stieß er einen Laut aus, der tief aus seiner Kehle grollte. Nur noch einen Augenblick, nur ...

Und dann klingelte ein Telefon. Schrill und laut. Und in nicht allzu weiter Entfernung.

»Was zur Hölle ...?«, murmelte er.

Jetzt war es Ellie, die fluchte, sie löste ihre Hände von seiner Haut und kletterte von ihm. Auf allen vieren war sie in wenigen Sekunden bei ihrer Jeans und zückte ein Handy. »Es tut mir so leid, aber das ist meine Mutter, wenn sie anruft ...«

Kenneth machte große Augen und rieb sich mit der Hand über das Gesicht.

Das war ihm auch noch nicht passiert, er konnte nicht sprechen, war noch immer benommen vor Lust. Sein Geschlecht pulsierte, sein Brustkorb hob und senkte sich schnell. Vermutlich sollte er ihrer Mutter dankbar sein, er war sich hundertprozentig sicher, dass er spätestens nach drei weiteren Sekunden in ihrer Hand explodiert wäre. Er hatte definitiv die Kontrolle verloren – es war einfach zu gut, zu sexy, zu heiß gewesen.

»Mama, ach ja ... das ist ja eine Überraschung ... Na klar, das ist doch super ...«, hörte er ihre Worte und konnte langsam wieder klarer sehen. Dann legte sie auf und raufte sich die Haare.

»Shit, shit, shit«, schimpfte sie und fing an, sich anzuziehen.

»Was wird das?«, erkundigte er sich mit einem ungläubigen Grinsen.

Ellie hüpfte auf einem Bein, während sie versuchte, in das eine Hosenbein zu steigen.

»Meine Eltern sind in zehn Minuten hier.«

Ein Kübel Eiswasser hätte nicht ernüchternder sein können. »Deine Eltern?«

»Ich wusste, wenn sie anruft, ist irgendwas. Wir hatten uns letztens so gestritten, aber dass sie direkt herkommen würden – ich meine, ich bin ja keine fünfzehn mehr.«

»Gott sei Dank, sonst hätte ich mich gerade strafbar gemacht.« Er verkniff sich ein Lachen.

Sie hielt inne und schaute ihn mit hochrotem Kopf an. »O mein Gott, stell dir mal vor, ich wäre nicht rangegangen, und sie wären ... Ich wäre gestorben.«

»Was ist, glauben sie, du wärst noch Jungfrau?« Er grinste.

»Ha ha, nein, wohl kaum.«

Sie warf ihm sein Hemd, seine Shorts und Jeans zu. »Oder willst du ihnen sagen, du wärst ein Aktmodell und wartest darauf, dass ein Maler dich findet?«

Kenneth konnte nicht mehr, er prustete los. »Gute Idee, aber ich denke, ich ziehe mich doch lieber an.«

263

Ellie stopfte sich ihre Bluse in die Hose und strich sich die Haare glatt. »Wie sehe ich aus?«

Er biss sich auf die Unterlippe. »Als hättest du gerade den besten Oralsex deines Lebens gehabt.«

Ellie stöhnte und verdrehte die Augen. »Nicht hilfreich.«

»O, ich finde schon.« Er stand auf und schlüpfte in seine Sachen.

## Kapitel 18

Ellie war noch immer völlig aufgelöst, als sie über den Rasen zurück zum Schloss hasteten. Sie wollte gerade noch etwas zu Kenneth sagen, als ein Mietwagen über den Kies die Auffahrt hinauf rollte. Sie atmete tief durch, ihre Hände waren feucht und kalt. Noch immer konnte sie nicht fassen, dass sie eben mit Kenneth beinahe geschlafen hätte – und zur gleichen Zeit waren ihre Eltern im Anmarsch gewesen. Das war so typisch, dass sie nicht mal Bescheid gesagt hatten.

Kenneth schubste sie leicht in die Seite. »Los, du musst lächeln. Sonst denken sie noch, ich bin doch der böse Grinch.«

Sie zog eine Schnute. »Jetzt machst du wohl gleich einen auf netten Schwiegersohn von nebenan, oder wie?«

Erst danach merkte sie, wie falsch er diesen Satz verstehen könnte.

»Also, ich meine nicht, dass du ihr Schwiegersohn werden sollst, sondern nur, dass du der perfekte Gentleman sein kannst, der so gut aussieht, charmant ist und na ja.« Ihre Worte überschlugen sich, sie redete nur noch mehr Unsinn zusammen. Ellie stieß einen tiefen Seufzer aus und schloss die Augen, weil sie nicht in sein erheitertes Gesicht schauen wollte. »Nein, stopp. Vergiss alles, was ich gesagt habe. Ich bin nicht zurechnungsfähig.«

»Woran liegt das? Am Orgasmus oder am Champagner oder an beidem?«

»Kenneth! Bitte nicht. Nicht jetzt. Hast du Spaß daran, mich zu foltern?«

»Nein«, er schüttelte den Kopf und legte ihr beruhigend eine Hand auf die Schulter. »Daran habe ich kein Interesse, ich mag Blümchensex.«

Sie spürte, dass sie schon wieder tiefrot anlief. »Bitte sprich vor meinen Eltern nicht über Sex.«

»Keine Sorge, ich wollte dich nur ärgern.«

In diesem Moment zog ihr Vater die Handbremse an und stellte den Motor ab. Die Beifahrertür öffnete sich, und Ellies Mutter kam mit einem breiten Lächeln auf sie zu, dabei schaute sie immer wieder von einem zum andern.

»O je, sie zieht gleich falsche Schlüsse«, raunte sie ihm zu. »Keine Angst, ich werde ihr sofort sagen, dass sie da was nicht richtig interpretiert.«

Kenneth antwortete nichts, sondern nickte ihrer Mutter höflich zu. »Guten Tag«, gab er, ganz der Schlossherr, von sich. »Willkommen auf Kiltarff Castle.«

»O, hallo.« Sie strahlte wie eine Lichterkette am Weihnachtsbaum und hielt ihm ihre Hand hin. »Ellie, du hast uns gar nicht gesagt ...«

Ellies Vater folgte ihr, er wirkte ruhig und gelassen wie immer. Sein graues Haar musste kürzlich geschnitten worden sein. Das karierte Hemd spannte über seinem kleinen Wohlstandsbäuchlein.

»Kenneth MacGregor«, stellte er sich vor. »Freut mich sehr.«

»Er ist mein Chef, Mama. Kenneth, das ist meine Mutter Regina Richter und mein Vater Helmut Richter.«

Ihr Vater war nun an der Reihe, die beiden schüttelten gefühlte zehn Sekunden die Hände, und Ellie wurde immer

266

heißer. Ihre Mutter umarmte sie und raunte in ihr Ohr. »Jetzt verstehe ich, er ist ja auch wirklich nett.«

»Mama, nein, das ist alles ganz anders.«

»Kommen Sie doch bitte mit rein«, hörte Ellie Kenneth neben sich. »Eine Tasse Tee für uns alle wäre doch ganz wunderbar, nicht?«

»Mama, wo habt ihr denn ein Zimmer? Wollt ihr nicht erst mal einchecken und eure Sachen auspacken? Ihr hattet doch sicher eine lange Reise«, versuchte Ellie, ihre Eltern erst einmal von Kenneth zu trennen.

»Ein Zimmer?«, erwiderte Regina.

»Deine Eltern werden selbstverständlich im Schloss übernachten, ist ja nicht so, dass wir nicht genug Platz hätten, oder?«

Wir.

*Okay, nicht in Schnappatmung verfallen*, mahnte sie sich innerlich, fing aber bereits an, leicht zu hyperventilieren. Ihr Vater legte ihr eine Hand auf die Schulter. »Ist alles in Ordnung, Liebes? Du bist ganz blass.«

Ellie schluckte und rang sich ein Lächeln ab. »Alles super, wundervoll. Ich freue mich sehr, dass ihr da seid – auch, wenn es doch ein bisschen spontan kam. Wieso habt ihr nicht angerufen? Also früher angerufen, meine ich.«

»Deine Mutter«, fing er an und zuckte die Schultern. »Sie meinte, es wäre toll, wenn wir dich überraschen würden. Wir haben auch ein paar Kisten mit Kleidung mitgebracht. Nicht alles, natürlich, wir hatten ohnehin schon für das Übergewicht zahlen müssen, also Übergepäck, du verstehst schon.«

»Das ist super, mach dir mal keine Gedanken, den Rest hole ich irgendwann ab.«

*Falls ich das hier überlebe.*

Kenneth und ihre Mutter gingen ein paar Meter vor-

267

aus, sodass sie nicht hören konnte, worüber sie sich unterhielten. Ellie hoffte nur, dass sie die alte Geschichte darüber, dass sie als Kind mal heimlich eine Packung Mon Cherie genascht hatte und dann betrunken gewesen war, noch eine Weile nicht erwähnen würde. Am besten für immer.

Auf dem Weg in den Salon gab sie anerkennende Ahs und Ohs von sich, ihr Vater behielt seine Gedanken für sich. *Also alles wie sonst auch*, dachte sie amüsiert.

Es war noch gar nicht so lange her, da war sie selbst mit einem Staunen in den Augen und Herzklopfen das erste Mal im Schloss unterwegs gewesen. Im gelben Salon bot er ihren Eltern Platz an, und wie auf Zuruf tauchte Donald auf und begrüßte die Gäste.

»O mein Gott, einen Butler hat er auch?«, raunte ihre Mutter ihrem Mann zu, aber so laut, dass es jeder hören konnte.

Ellie grinste Kenneth entschuldigend an und hoffte, dass er kein Deutsch verstand.

»Was darf ich euch anbieten?«, wollte er von seinen Gästen wissen.

*Whiskey*, schoss es ihr durch den Kopf. Sie war jetzt so weit, dass sie das Zeug trinken würde.

»Ein Tee wäre nett«, gab ihre Mutter zurück und setzte sich.

»Papa, wie wäre es mit einem Whiskey?«

»O, da sage ich doch nicht Nein.«

»Donald, sind Sie so nett?«, wandte Kenneth sich an den Butler.

»Ich lauf schnell in die Küche und kümmere mich um den Tee«, sie fühlte sich unwohl damit, dass Donald für sie arbeiten sollte.

»Trinken Sie den Whiskey mit Eis?«, erkundigte sich Kenneth bei ihrem Vater.

»Ach, wie es passt.« Er winkte ab und ließ sich neben seine Frau plumpsen. Er hatte wohl nicht damit gerechnet, dass das Sofa so tief war.

»Ellie?« Kenneth schaute sie mit undurchdringlicher Miene an.

»Oh, ich nehme definitiv einen Whiskey, danke schön.«

Sie kannte ihn gut genug, um zu merken, dass er kurz vor einem Lachanfall stand. Sie würde es ihm nachher heimzahlen.

Nein, Moment mal.

Würde sie nicht. Dass sie mit ihm im Bootshaus rumgemacht hatte, hieß noch lange nicht ...

O Gott, ihr wurde ganz schwindelig. Sie hatte mit ihm rumgemacht! Und wie.

Und das Schlimmste war, sie würde es jederzeit wieder tun. Absolut.

Der Gedanke daran trieb ihr die Hitze in die Wangen.

»Ich mach dann mal den Tee«, sie flüchtete aus dem Salon, und zum ersten Mal in ihrem Leben war es ihr egal, ob ihre Mutter die Mon-Cherie-Geschichte auftischte oder nicht.

Als sie mit einer Kanne Tee, Gebäck, Milch, Zucker und Tassen zurückkehrte, plauderten ihre Eltern mit Kenneth, als wären sie alte Bekannte. Sie sprachen Englisch mit sehr starkem Akzent, aber sie konnten sich flüssig unterhalten. Berührungsängste hatte ihre Mutter noch nie gehabt, und wenn ihr ein Wort fehlte, ersetzte sie es durch das Deutsche und machte wilde Gesten dazu. Kenneth saß ihnen gegenüber auf dem zweiten Sofa und hatte die Beine lässig übereinandergeschlagen. Er hielt einen Tumbler in der rechten Hand und sah zu Ellie, als sie in den Salon kam. Er wirkte völlig entspannt und hatte gar kein Problem damit, plötzlich den Gastgeber zu spielen.

»Bitte, hier ist dein Tee.« Ellie stellte das Tablett ab und goss für ihre Mutter ein. »Möchte noch jemand?«

Ihr Vater schüttelte den Kopf. »Ich bin bereits versorgt, vielen Dank.« Er zeigte auf den Whiskey in seiner Hand. Ellie fragte sich gerade, wo das zweite Glas war, als sie es entdeckte. Sie setzte sich zögerlich neben Kenneth und nahm es vom Tisch. Donald hatte sich dezent entfernt, und nun saßen sie zu viert in Kenneth' Salon. Ellie räusperte sich. »Ja, schön, dass ihr da seid.«

Seine Nähe war ihr überdeutlich bewusst, während seine kräftigen Oberschenkel ihre streiften. Ellie war sich nicht sicher, ob er das absichtlich machte. Falls ihm das Missverständnis, dass ihre Eltern sie für ein Paar hielten, unangenehm war, so ließ er sich nichts anmerken. Vielleicht war er auch einfach nur höflich, vermutlich ein bisschen von beidem. Ellie machte sich allerdings nichts vor, sie hatte nicht vergessen, dass er betont hatte, dass er nicht an einer Beziehung interessiert war. Daran änderte auch die Tatsache nichts, dass sie im Bootshaus übereinander hergefallen waren. Männer konnten Sex und Gefühle trennen, das war nichts Neues. Aber konnte sie das auch?

Ellie wusste es nicht, sie wusste nur, dass es unfassbar schön und leidenschaftlich mit ihm gewesen war. Sie wünschte, ihre Mutter hätte nicht angerufen und sie gestört. Oder später. Oder ... was auch immer.

Ellie räusperte sich und trank einen Schluck. Sie schüttelte sich leicht, Gott, das Zeug schmeckte furchtbar und brannte noch immer in ihrem Hals.

Sie sah aus dem Augenwinkel, dass Kenneth sie beobachtete und schmunzelte, er wusste offenbar genau, was sie über ihren Drink dachte.

»Ein guter Tropfen, nicht?«, sagte er und machte sich damit noch mehr über sie lustig. Wie sie seine Neckereien finden sollte, wusste sie nicht.

Doch, es gefiel ihr. Wie alles an ihm und mit ihm. Eigentlich sollten ihre Alarmglocken schrillen, aber ihr Nervensystem war wohl zu sehr mit allen anderen Eindrücken beschäftigt, als dass es sich mit so was noch obendrein abgeben konnte.

»Wirklich gut«, pflichtete ihr Vater bei, der mal wieder nichts von dem mitbekam, was sich zwischen den Zeilen abspielte. Ihre Mutter hatte die Teetasse auf dem Schoß, goss sich gerade Milch aus einem kleinen Porzellankännchen mit Goldrand ein und rührte mit der anderen Hand, in der sie ein winziges Löffelchen hielt, um.

»Ist aus einer Destillerie hier aus der Gegend«, erklärte Kenneth und hob sein Glas an.

»Die wissen, was sie tun«, meinte ihr Vater anerkennend.

»Absolut.«

Schweigen breitete sich im Raum aus, lediglich das wiederkehrende »Klong«, das von der Teetasse und dem Löffel ihrer Mutter kam, war zu hören.

»Ähm, ja«, sie schaute ihre Tochter an. »Ellie, erzähl uns doch ein bisschen von deinem Projekt.«

»Es ist eine ganz großartige Idee«, mischte sich Kenneth ein. »Am besten, wir gehen gleich mal rüber zum Bootshaus, oder?«

Ellie nickte. »Unbedingt«, würgte sie hervor, dann trank sie den Whiskey aus.

»Und, wann willst du eröffnen? Wie weit bist du denn schon?«, hakte ihre Mutter nach.

»Definitiv noch im Sommer«, antwortete Ellie und straffte sich. Ihre Mutter sollte ruhig merken, dass sie auch ohne das Geld von ihnen zurechtkam.

»Ihre Tochter ist wirklich eine ganz großartige Köchin.« Er wandte sich Ellie zu. »Was gibt's heute eigentlich? Es ist doch sicher kein Problem, das Abendessen für vier herzurichten?«

»Für vier?«, sie verschluckte sich und hustete trocken.

»Natürlich, wo deine Eltern schon mal hier sind.«

Ellie überlegte fieberhaft, wie sie es abwenden konnte, dass die Eltern auch noch mit Kenneth und ihr zu Abend aßen, aber ihr fiel partout nichts ein, zumal er sie schon eingeladen hatte, seine Gäste zu sein.

»Das wird sich einrichten lassen«, gab sie betont lässig zurück.

Kenneth stellte sein Glas mit einem leisen Klirren zurück auf den Tisch. »Großartig, dann lasst uns mal die Fortschritte im Bootshaus in Augenschein nehmen. Und dann zeige ich euch euer Zimmer, ist doch okay, wenn wir uns duzen?«

Ellie sagte nichts, obwohl sich tausend Gedanken in ihrem Kopf drehten. Das hier passierte wirklich, sie blinzelte ein paar Mal und konnte es doch nicht glauben.

»Aber ja, natürlich. Sehr gerne. Das Anwesen ist ja großartig«, meinte ihre Mutter auf dem Weg nach draußen. »Es fühlt sich irgendwie unwirklich an, so, als ob ich aus einer Zeitmaschine ausgestiegen wäre.«

Kenneth lachte. »Das kann ich gut verstehen.«

»Und es ist schon lange in deinem Besitz?«

»Nicht lange, nein, allerdings gehört Grund und Boden schon seit Jahrhunderten unserer Familie.«

»Ich bin ja hin und weg, ehrlich. Ganz toll«, schwärmte sie weiter, und Ellie schickte Kenneth ein entschuldigendes Lächeln.

Er zwinkerte ihr zu und plauderte ein wenig mehr mit ihrer Mutter, während sie über den Rasen zum Bootshaus gingen. Die Sonne schien, wie üblich huschten unzählige Kaninchen über den kurzen Rasen. Einige Gänse flogen über den blauen Himmel über ihnen hinweg.

»So, da wären wir«, sagte Ellie kurze Zeit später. Ihre Mutter warf ihrem Vater einen skeptischen Blick zu.

»Hier fehlt noch das Schild, natürlich, und die Möbel, auf

dem Platz vor dem Bootshaus möchte ich ebenfalls feste Tische und Stühle haben, sodass man den Sommer so richtig genießen und auch den Hof mit vielen Gästen füllen kann.«

»M-mh«, machte ihre Mutter. Helmut klopfte hier und da und guckte sich alles ganz genau an, als Zimmermann hatte er natürlich Ahnung, und Ellie wurde ganz unbehaglich unter seiner Prüfung.

Als er irgendwann ein »Kann man nicht meckern« murmelte, atmete sie erleichtert aus.

»So, dann kommt mal mit rein, das ist jetzt natürlich noch alles im Rohzustand. Die Küche und die Inneneinrichtung kann ich diese Woche abholen.«

»Du hast das alles schon gekauft?«, fragte ihre Mutter überrascht.

»Eure Tochter hat ein ganz großartiges Verhandlungsgeschick, nicht wahr, Ellie?« Er grinste sie an, und sie wusste genau, was er meinte: Wie hartnäckig sie immer wieder um das Bootshaus geschlichen war, bis er schließlich zugestimmt hatte.

Sie vermied es, ihn weiter anzusehen, und schloss die Tür auf. »Ja, ich habe über einen Bekannten einen Kontakt zu einer Wirtin bekommen, die ihr Lokal aufgegeben hat.«

Regina Richter schnappte nach Luft. »Siehst du? Sie musste aufgeben, und du willst hier ein Pub aufmachen?«

»Mama, es lag nicht daran, dass sie keine Gäste hatte, sondern dass ihr Mann verstorben ist. Das eine hat mit dem anderen nichts zu tun.« Sie ärgerte sich, dass ihre Mutter offenbar immer noch nicht überzeugt davon war, dass ihre Tochter das Zeug dazu hatte, woanders als in Hamburg ein eigenes Restaurant zu eröffnen.

»Hast du denn schon alle Lizenzen und so was?«

»Natürlich«, log sie. Glücklicherweise hatte sie Kendra, die ihr dabei behilflich sein würde, das hatte sie ihr schon versprochen.

Immer noch skeptisch ging ihre Mutter hinein, ihr Vater folgte ihr, Kenneth ließ Ellie den Vortritt und raunte in ihr Ohr: »Du machst das ganz großartig.«

Sie war überrascht, gleichzeitig reagierte sie mit einer Gänsehaut auf seine Nähe. Gott, der Kerl brachte sie wirklich mit Leichtigkeit aus der Fassung.

»Das sieht ja schon ganz gut aus«, meinte ihr Vater, und Ellie wollte ihn am liebsten küssen.

»Danke, ja, wir haben schon ganz schön was geschafft.«

»Und die Küche kannst du diese Woche bekommen?«, fragte er.

»Ja, genau.«

»Siehst du, Regina, das ist doch super, dann kann ich helfen.«

»Du würdest mithelfen?«

»Klar doch, kommt ja nicht alle Tage vor, dass meine Tochter ein Restaurant eröffnet.«

Jetzt fiel sie ihm doch um den Hals. »Danke, Papa. Das ist großartig.«

Zum ersten Mal, seit ihre Eltern aufgetaucht waren, spürte sie einen Anflug von Entspannung.

»Die Aussicht ist ja wirklich ganz gut«, befand ihre Mutter, und Ellie musste grinsen. »Und Champagner wird auch schon getrunken. Und die Blumen? Von wem sind die?«

Ellie wollte tot umfallen. Sie schnappte nach Luft und rang nach einer Antwort.

»So eine Übergabe muss natürlich begossen werden, hätten wir von eurer Ankunft gewusst, hätten wir natürlich gewartet, nicht wahr, Ellie?«

Ihre Mutter hob eine Braue und Ellie war ihm sehr dankbar.

»Ja, die Aussicht ist ganz großartig, vermutlich müsste ich nicht mal besonders gut kochen, und die Leute kämen schon alleine deswegen hierher«, wechselte sie vorsichtshalber doch das Thema.

»Wie bist du überhaupt auf die Idee gekommen?«, wollte ihre Mutter wissen, und Ellie war froh, dass das Thema Schampus und Blumen vorläufig nicht weiter diskutiert wurde.

Ellie zuckte die Schultern. »Ich weiß auch nicht, ich habe mich einfach verliebt.« Sie atmete scharf ein. »In das Bootshaus, meine ich.«

Nicht, dass Kenneth noch auf falsche Gedanken kam. Er hatte seine sinnlichen Lippen zu einem wissenden Lächeln verzogen, das sie irgendwie nervös machte. Er stand genau auf dem Platz, an dem er ...

Sie wurde knallrot und drehte sich weg. Unglaublich, dass das wirklich passiert war.

Sie wünschte sich, es noch mal zu tun. Das, und noch mehr.

»Ellie?«, hörte sie die Stimme ihrer Mutter hinter sich.

»Ja, sorry, war gerade in Gedanken«, redete sie sich heraus.

»Also, ich möchte echt nicht die Spielverderberin sein, aber hast du dir das wirklich gut überlegt?«

»Ja, das habe ich«, gab sie mit gestrafften Schultern zurück. »Ich will das hier, und ich werde das durchziehen. Schau doch, wie weit ich schon gekommen bin.«

»Was ist mit Personal, Buchhaltung und all den Sachen?«

»Das kriege ich schon hin.«

»Ellie hat bereits sehr gute Kontakte geknüpft«, mischte sich Kenneth nun ein und stellte sich neben sie. Obwohl er sie nicht berührte, war ihr seine Nähe deutlich bewusst. »Und ich bin mir sicher, dass sie alle Hürden meistern wird. Das Wichtigste ist doch, dass sie was davon versteht zu kochen, der Rest ist dann ein Klacks.«

Na, ganz so ein Klacks war es nicht, aber dass er sie unterstützte, bedeutete ihr sehr viel, mehr, als er vermutlich ahnte.

Ihre Mutter legte die Stirn in Falten, dann atmete sie hörbar aus. »Okay«, sagte sie schließlich, als ob sie damit ihre Absolution erteilte. »Dann machst du hier also ein Restaurant auf.«

»Bluebell«, erklärte Ellie.

»Bluebell?«

»Das ist der Name.«

»Großartig, oder?« Kenneth legte ihr nun freundschaftlich einen Arm um die Schultern. »Ich finde, darauf sollten wir heute Abend ein Gläschen trinken.«

Sie wollte »Unbedingt« rufen, stattdessen nickte sie nur.

»Dann werden wir jetzt deine Eltern mal auspacken lassen, kümmerst du dich um das Dinner?«, fragte er, als ob sie eine Wahl hätte.

»Sicher, Boss«, gab sie mit hochgezogener Augenbraue zurück.

Ihr entging nicht, dass ihre Mutter von einem zum anderen guckte, sich dann bei ihrem Mann unterhakte und mit ihm über den Rasen zurück zum Schloss schlenderte. Als er die Haustür öffnete, kam Dougie angerannt und überraschenderweise begrüßte er Ellies Eltern ganz ähnlich, wie er sie empfangen hatte. Er schnupperte und schlabberte ihre Hände ab. Glücklicherweise hatten weder ihre Mutter noch ihr Vater Angst vor Hunden. Sie spürte Kenneth' überraschten Blick auf sich, als ob er sagen wollte: Was zur Hölle ist mit euch Richters los? Seid ihr Hundeflüsterer?

Ihre Eltern gingen mit Dougie im Schlepptau zum Mietwagen und wollten ihr Gepäck holen.

Ellie verzog ihre Lippen zu einem Grinsen und zuckte die Schultern, dann sagte sie. »Meine Eltern können wirklich in einer Pension schlafen.«

»Nicht doch, du hast letztens selbst gesagt, dass das Haus mal mit Leben gefüllt werden müsste.«

»Aber so habe ich das nicht gemeint. Ich bin die Köchin, du der Earl.«

»Du weißt, dass das nicht in dem Sinne so ist.« Sein Tonfall klang tadelnd und ihr Herz schlug schneller. Sie wagte sich nicht zu fragen, was es dann sein sollte, wenn nicht so, wie sie es gesagt hatte.

»Und, was hast du für heute Abend in petto?«, wechselte er das Thema.

»Als Vorspeise könnte ich gebeizten Lachs anbieten, zum Hauptgang eine geschmorte Lammkeule mit Rosmarinkartoffeln. Als Nachtisch kann ich ein schnelles Parfait vorbereiten.«

»Das klingt ganz hervorragend. Dann werde ich mal sehen, was wir an Wein vorrätig haben.«

»Nicht viel, fürchte ich.«

»Das lässt sich ja ändern.«

»Du musst dich wirklich nicht verpflichtet fühlen.«

»Verpflichtet wozu?«

»Na, meinen Eltern. Mir.«

»Was ist, wenn ich es möchte?«

Sie sah ihn an und er schaute sie mit einem hungrigen Ausdruck an, der tausend Schmetterlinge in ihrem Bauch aufflattern ließ. »Du kannst natürlich tun und lassen, was du willst«, gab sie zurück, ihre Stimme zitterte leicht.

Ihre Eltern kamen mit dem Gepäck auf sie zu.

»Zu schade, dass es in den Highlands kaum Staus gibt, nicht? Stell dir mal vor, sie wären eine halbe Stunde später dran gewesen.«

Ellie schluckte und schloss kurz die Lider. »O Gott.«

Er legte ihr eine Hand auf den unteren Rücken und ließ ihr den Vortritt. »Das möchte ich definitiv nachholen. Und du?«

277

Ihr war heiß und kalt zu gleich. Sie hatte keine Ahnung, was sie erwidern sollte, ein einfaches »Ich auch« klang zu banal in ihren Ohren, deswegen blieb sie stumm wie ein Fisch und nickte nur.

Kenneth lachte rau. »Gut, dann sehen wir mal, wie es sich entwickelt. Ich werte das als ein halbes ›Ja‹.«

»So, da sind wir wieder«, rief Helmut hinter ihnen, und Ellie trat beiseite. Sie wollte sich Luft ins erhitzte Gesicht zufächeln, tat es aber nicht, weil sie nicht wollte, dass jeder sah, wie aufgewühlt sie innerlich war. Kenneth ging ihr unter die Haut, und wie!

»Wunderbar, ich sehe mal, wo Donald ist, er ist euch gerne behilflich, ich muss gleich noch etwas erledigen.«

»Und ich verschwinde mal in meine Küche«, gab Ellie mit piepsiger Stimme von sich. »Wir wollen ja nicht erst um Mitternacht essen, nicht?« Sie lachte, es klang viel zu hoch und künstlich.

»Ja, geh du nur. Ist es dir auch wirklich recht, wenn wir hierbleiben?«, hörte sie ihre Mutter Kenneth fragen.

»Es ist mir sogar sehr recht«, erwiderte er. Was ihr Vater darauf sagte, verstand sie nicht mehr, weil sie bereits um die Ecke gebogen war.

## Kapitel 19

Kenneth parkte den Wagen auf dem Parkplatz neben der Tankstelle und ging hinein, um Wein im Supermarktbereich des Kiltarff Trading Centre zu kaufen. Er war noch kein einziges Mal hier gewesen, seit sein Vater verstorben war, und hatte natürlich keine Ahnung, wo was zu finden war.

Hinter der Kasse saß eine ältere Dame mit Lesebrille, die ihm einen guten Tag wünschte. Er erwiderte den Gruß. Vermutlich wusste sie, wer er war, aber das war nichts Neues für ihn. Kiltarff war nun mal nicht besonders groß. Er überschaute das Angebot, nahm zwei Flaschen französischen Weißwein und zwei Flaschen Bordeaux aus dem Regal, keine Spitzenweine, aber trinkbar. Er war kein Snob, der nur das Teuerste vom Teuersten genießen konnte. Den Gedanken an seine Geldsorgen schob er von sich, während er das Regal mit den Drogerieartikeln suchte. Er fühlte sich wie ein Teenager, als er eine Packung Kondome auswählte. Helena hatte sich sonst um das Thema Verhütung gekümmert, und in einer Tankstelle hatte er noch nie welche gekauft.

Was die Frau hinter dem Tresen wohl über ihn dachte, vier Flaschen Wein und Präservative. Sie ließ sich nichts anmerken, als sie seine Waren über den Scanner zog und ihm anschließend die Summe nannte.

Er zahlte mit Kreditkarte und bat um eine Tüte. »Auf Wiedersehen«, verabschiedete er sich.

»Schönen Tag noch, Mr MacGregor«, rief sie ihm hinterher.

Okay, gut. Sie wusste also, wer er war, und auch, was er heute noch vorhatte. Er schnitt eine Grimasse und stieg in seinen Wagen.

Vor dem Essen drehte er noch eine Runde mit Dougie, dann zog er sich ein frisches Hemd und eine saubere Hose an, ehe er in die Küche ging, um den Wein kalt zu stellen und den Rotwein zu öffnen. Ellie stand hinter dem Herd, ihr Gesicht war gerötet, die Ärmel ihres Shirts hatte sie zurückgeschoben, die Schürze hatte einige Flecken abbekommen.

»Kann ich was helfen?«, fragte er, und sie schrie auf.

»Himmel, willst du mich umbringen?« Sie fuhr zu ihm herum.

»Entschuldige, ich dachte, du hättest mich gehört.«

»Nein, habe ich nicht.« Jetzt lächelte sie, und ihm ging das Herz auf. Er wollte sie in seine Arme ziehen und küssen, wusste aber nicht, wie sie das finden würde, deshalb blieb er stehen.

»Und, wie läuft's?«, erkundigte er sich, weil er sonst nicht wusste, was er sagen sollte.

»Sehr gut, hab so weit alles vorbereitet.« Sie grinste. »Möchtest du mal probieren? Das ist für das Parfait, muss noch in den Gefrierschrank.« Sie zeigte auf eine cremige Masse vor ihr.

»Klar, sehr gern.«

Sie tauchte einen Löffel ein und winkte ihn dann zu sich. »Hier, koste mal.«

Er ließ sich von ihr füttern. »M-mhhh«, machte er. »Schön süß.«

Dann tauchte er einen Finger hinein und leckte ihn ab.

280

Ellie gab ihm einen Klaps auf die Hand, rettete die Form vor ihm und stellte sie in den Froster. »Nichts da, das ist für später. Ich muss mich gleich mal umziehen, ist ja sonst nicht so, dass die Köchin mit am Tisch sitzt.«

»Brauchst du Hilfe?«

Ellies Augen wurden untertellergroß. »Weißt du überhaupt, wo der Dienstbotentrakt ist?«, scherzte sie, er spürte, dass sie nervös war.

Er war es komischerweise auch. »Ich denke, ich würde ihn finden, wenn es drauf ankommt.« Sie stand so dicht vor ihm, dass er sich nur zu ihr beugen musste, um sie zu küssen.

Sie schien das Gleiche zu überlegen, denn ihr Blick war auf seine Lippen gerichtet. Lust schoss durch seine Adern und trieb das Blut in tiefere Regionen.

In diesem Moment ging die Tür auf, und Donald kam herein. »Ich würde dann schon mal den Tisch ...«, als er sie entdeckte, stockte er, räusperte sich und fuhr fort: »Sir, ich würde dann alles fürs Dinner vorbereiten.«

Kenneth trat einen Schritt zurück, ihm entging nicht, dass Ellie sich peinlich berührt wegdrehte und zum Ofen ging, wo sie nach der Lammkeule schaute.

»Ist in Ordnung, Donald, machen Sie nur. Und bitte nicht allzu förmlich«, fügte er noch hinzu, nicht dass er die Handschuhe und den Frack auspackte.

»Sehr wohl, Sir.« Er wandte sich an Ellie. »Wie haben Sie sich das mit dem Servieren vorgestellt? Üblicherweise hilft das Hausmädchen mit, wenn wir mehrere Gäste haben, aber nun ...«, er stockte, und Kenneth musste grinsen.

»Keine Sorge, Donald, ich kann ...«

Donald hielt sich eine Hand an die Brust. »Sie? Bitte nicht.« Sein Gesichtsausdruck war so bestürzt, dass sogar Ellie sich ein Kichern verkneifen musste.

»Schon gut, Donald. Ich werde Ihnen natürlich zur Hand

gehen, ohnehin werde ich wohl ein wenig improvisieren müssen«, half Ellie aus.

»Wir alle müssen das«, murrte Donald. »Wir alle.«

Kenneth wollte dem treuen Diener erklären, dass das Leben hier nie wieder wie früher sein würde – er wollte das auch gar nicht. Bisher hatte er allerdings auch noch keine Antwort darauf, was er stattdessen wollte. Nun, heute Abend würde er einen Vorgeschmack darauf bekommen, wie es sein könnte. Vielleicht.

Er hatte keine Ahnung, er wusste nur, dass er sich darauf freute. Möglicherweise lag es daran, dass er in den letzten Wochen zu häufig allein gespeist hatte, oder daran, dass er Ellie und ihre Familie besser kennenlernen wollte. Vermutlich Letzteres.

Und dann war da natürlich noch der Fakt, dass er sie begehrte. So sehr, dass er kaum an etwas anderes denken konnte, als zu Ende zu bringen, was sie im Bootshaus begonnen hatten.

»War sonst noch etwas, Sir?«, holte ihn Donalds Stimme in die Realität zurück.

»Nein, keine Sorge, ich verschwinde aus der Küche«, gab er mit einem Grinsen in Richtung Ellie von sich. »Dinner um sieben?«

»Japp, das passt«, rief sie ihm mit einem Daumen-nach-oben hinterher.

Das Abendessen hatte vorzüglich geschmeckt und Ellie hatte den Spagat zwischen Küche und Gastgeberin ganz großartig gemeistert, dennoch hatte er gemerkt, wie nervös sie war. Das machte sie nur noch attraktiver, dachte er, während er sie ansah. Ihre Blicke trafen sich und für eine Sekunde gab es nur sie beide im Raum.

»Was meinst du, wohin könnte man einen Tagesausflug planen?«, riss ihn Helmuts Stimme aus den Gedanken.

Kenneth räusperte sich, dann lächelte er und schlug Ellies Eltern ein paar Ziele vor, die sich Regina in ein kleines Notizbüchlein notierte. Nach dem Dessert räumte Donald ab, und Regina verschwand mit Ellie in die Küche. Kenneth schmunzelt in sich hinein, vermutlich würde sie ihre Tochter noch ein bisschen auf den Zahn fühlen, wie sie zu ihm stand. Er fragte sich, warum es Ellie so unangenehm war und sie jeder Frage in die Richtung ausgewichen war. Es kam ihm beinahe so vor, als ob sie eine nähere Bekanntschaft so kategorisch ausschloss und das deutlich machen wollte. Seltsamerweise gefiel ihm dieser Gedanke nicht, ganz und gar nicht.

Er trank den letzten Schluck seines Whiskeys. »Möchtest du noch einen, Helmut?«

»O nein, vielen Dank. Ich werde mich jetzt zurückziehen. Ich habe den Abend sehr genossen, herzlichen Dank, dass du dir die Zeit genommen hast.«

»Sehr gerne, es war mir eine große Freude.« Die beiden erhoben sich. »Schlaf gut.«

Sie tauschten einen Händedruck aus. Helmut lachte. »Falls ich den Weg nach oben finde. Dieses Schloss ist riesengroß.« Er lachte ebenfalls.

»Ach, man gewöhnt sich daran. Soll ich dich hinaufbringen?«

Helmut winkte ab, Ellie hatte die Augenfarbe von ihm geerbt. Sie leuchteten fröhlich und ehrlich. »Nein, danke, das schaffe ich hoffentlich. Mach dir doch keine Umstände.«

Auch das kam ihm bekannt vor, Ellie hatte sich auch nie helfen lassen wollen. »Deine Tochter hat viel von dir«, sagte er plötzlich. »Sie ist ganz wunderbar.«

»Danke, ja, wir sind sehr stolz auf sie. Wobei meine Frau erst nicht so begeistert von der Idee mit dem Restaurant war.«

Kenneth lachte. »Ja, das habe ich mitbekommen.«

283

»Aber jetzt, wo sie alles gesehen hat, sieht das natürlich anders aus«, beeilte er sich zu sagen. »Ellie ist eine patente junge Frau.«

»Ja, das ist sie.«

»Sie schafft das schon.«

»Das wird sie, keine Frage. Außerdem hat sie eine ganze Reihe an Menschen an ihrer Seite, die ihr sehr gerne unter die Arme greifen und ihr zur Seite stehen.«

»Das ist großartig. Einen kleinen Teil kann ich wenigstens auch beitragen, damit die Küche angepasst werden kann.«

»Ich habe leider zwei linke Hände«, meinte Kenneth. »Ich kann nicht mal einen Nagel gerade in die Wand schlagen.«

»Du hast es halt nicht gelernt, wenn du magst, kann ich dir ein bisschen was zeigen.« Er atmete kurz aus. »Nein, vergiss das. Natürlich ist das nichts für dich.«

»Doch, doch. Ich fasse gern mit an. Aber ...«, er verzog seinen Mund. »Du musst davon ausgehen, dass ich keine große Hilfe sein werde.«

»Ellie wird mich umbringen, wenn sie hört, dass ich dich zum Arbeiten animiert habe.«

»Das kann sein.« Er lachte noch einmal. »Ellie bestimmt aber nicht darüber, ob ich mit anpacke oder nicht.«

Kenneth freute sich auf diese Diskussion mit ihr, er konnte sich lebhaft vorstellen, dass sie es ihm verbieten würde, nachdem er ihr das Bootshaus schon geschenkt hatte, wie sie ständig wiederholte.

»Ja, ich sollte dann mal schlafen gehen«, Helmut unterdrückte ein Gähnen. »Gute Nacht.«

»Gute Nacht, Helmut.«

Kenneth blieb alleine in der Bibliothek zurück und ging unruhig vor dem Fenster auf und ab. Das Mondlicht schimmerte im dunklen Wasser des Loch Ness, irgendwo schrie ein Uhu, den er trotz des geschlossenen Fensters hören konnte. Ein Blick auf seine Armbanduhr verriet ihm, dass es kurz vor Mitternacht war. Ob Ellie schon fertig war?

Kenneth drehte noch eine kleine Runde mit Dougie, denn er hatte nicht vor, in der Nacht noch einmal mit ihm rauszugehen. Das Fellmonster sollte seine Geschäfte jetzt erledigen, denn er wollte sich in dieser Nacht ausgiebig um Ellies Bedürfnisse kümmern, nicht um die des Hundes ...

Gott, er war so nervös wie ein Teenager vor dem ersten Kuss. Vielleicht wollte sie ihn gar nicht wiedersehen. Den Gedanken schüttelte er ab und machte sich auf den Weg in den Dienstbotentrakt, auf halber Strecke fiel ihm ein, dass er noch etwas vergessen hatte. Er eilte in sein Zimmer und nahm zwei Kondome aus der Packung, schob sie in die Gesäßtasche seiner Hose und marschierte dann wieder nach unten. Das Haus lag im Stillen, Donald war sicher bereits gegangen, Ellies Eltern waren oben im Gästezimmer. Dougie begleitete ihn und fragte sich anscheinend, ob es noch mal zu einer kleinen Runde nach draußen ging. »Nicht jetzt, Kumpel«, sagte er und ging in die Küche.

Hier war alles dunkel.

Okay, dann war sie also schon auf ihr Zimmer gegangen. Unsicherheit keimte in ihm auf, was, wenn er vor ihrer Tür stand und sie sich von ihm belästigt fühlte? Betonte sie nicht immer wieder, dass sie in einem Angestelltenverhältnis waren? Er wollte keinesfalls, dass sie den Eindruck bekam, dass sie keine Wahl hätte.

Er fluchte verhalten und zögerte. Sollte er zurück auf sein Zimmer gehen?

Gott, warum war das eigentlich so kompliziert? Und welches Zimmer war überhaupt ihres?

Früher hatte es hier ein Dutzend Angestellte gegeben, mit den Jahren waren es immer weniger geworden. Ein

Jammer, dass das alles ungenutzt blieb. Aber er war Single, er brauchte keine drei Zimmermädchen, Hausdiener und Küchenhilfen.

*Du bist so ein Idiot*, schimpfte er sich lautlos, dann fasste er sich ein Herz und suchte nach Ellies Zimmer. Ein Lichtschein fiel unter einer Tür hindurch, das musste ihres sein. Der Boden knarzte unter jedem seiner Schritte, bis er davor stehen blieb. Er hob die Hand, verharrte einen Moment regungslos. Das Blut rauschte in seinen Ohren, dann klopfte er.

Er wartete, nichts passierte. Er klopfte noch einmal, aber auch jetzt kam keine Reaktion.

Gut, das war eindeutig. Warum, verdammt, war er dann so enttäuscht?

*Weil du ein Blödmann bist.*

Kenneth seufzte und fuhr sich durch die Haare, dann machte er sich zurück auf den Weg nach oben. Er bog um die Ecke und prallte gegen etwas. Nicht etwas, jemanden.

»Autsch«, rief dieser jemand aus.

»Ellie!«

»Wen hast du denn erwartet? Die Sittenpolizei?«

Er grinste. »Ich habe an deiner Tür geklopft.«

»Oh. Und ich war bei dir.«

Sie schauten sich an, dann lachten sie gleichzeitig.

»Und ich dachte schon, du willst mich nicht sehen«, stieß er erleichtert aus.

»So wie ich.«

Kenneth zog sie an sich. Sie duftete schwach nach Parfüm, ihre Haare trug sie offen. »Du kannst dir sicher nicht vorstellen, wie sehr ich mich freue, dass du nicht denkst, ich wäre ein mieser Stalker.«

»Wieso sollte ich das denn denken?«

»Keine Ahnung? Weil ich dir hinterherlaufe wie ein Köter einer läufigen Hündin.«

Ellie gluckste. »Davon habe ich noch nichts mitbekommen.«

»Und jetzt?«, fragte er und starrte auf ihren Mund.

»Sag du es mir«, ihre Stimme war nur ein Hauch.

»Zu dir oder zu mir?«

»Wenn dir meine bescheidene Bude genug ist«, scherzte sie. »Dann kannst du gerne mitkommen, wir sind schon fast da.«

Kenneth strich ihr eine Strähne aus dem Gesicht. »Ich muss zugeben, ich war seit Ewigkeiten nicht mehr hier unten. Ganz schön einsam, oder?«

»Das stimmt, ich habe mich oft gefragt, wie es wohl früher war, als noch all die Dienstboten durch die Gänge gehuscht sind, für die es hier Zimmer gibt.«

»Selbst als ich klein war, hatten wir nicht mehr so viele. Zu Beginn des letzten Jahrhunderts hatte man ja noch die Kamine in jedem Raum und keine Heizung, da musste ständig jemand nach dem Feuer schauen, säubern und nachlegen. Die Wäsche zu machen, war beschwerlich, das Essen für die Herrschaften herrichten, zum Frühstück, Mittag und Abend. Es waren andere Zeiten als heute. Es gab Hausdiener und Zofen, die beim Ankleiden behilflich waren.«

»Du weißt ja ganz schön viel darüber, ich finde das wahnsinnig spannend.«

»Na ja, klar, irgendwie notgedrungen. Ich bin hier geboren, habe hier gelebt, Tradition wird in dieser Familie großgeschrieben. Wurde, muss ich sagen. Mein Vater ist tot, meine Mutter auch. Obwohl ich mir vorstellen kann, nein, ich weiß es, sie würden beide wollen, dass die Linie weitergeführt wird.«

»Gott, das ist einfach nicht meine Welt.«

In dieser Sekunde begriff er, dass er wollte, dass es zu ihrer Welt wurde, aber er brachte es nicht über die Lippen. Er wollte sich nicht verletzlich machen, er war noch nicht so weit. Vielleicht würde er nie so weit sein, denn er wusste, wie es war, wenn man verlassen und abgeschoben wurde. Er hatte Angst vor Verbindlichkeit, dabei war nicht mal klar, ob Ellie überhaupt Interesse hätte.

»Meine auch nicht, Ellie. Nicht mehr.«

»Was tust du dann in diesem Schloss?« Sie blinzelte, und das Verlangen in ihrem Blick traf ihn mitten ins Herz. Seine Lenden regten sich, er ließ seine Hände über ihren Rücken wandern. Ihre Frage war berechtigt, aber er kannte die Antwort nicht mal selbst, und jetzt hatte er anderes vor, als das zu diskutieren. Er wollte sie viel lieber küssen und nicht an das denken, was ihm Sorgen bereitete.

»Ich streichele dich.«

Ellie schmunzelte. »Das merke ich.«

»Und wie gefällt es dir?«

Er konnte es an ihrer Reaktion sehen, die Lippen hatte sie geöffnet, ihre Augen wurden dunkel. »Da ist noch Potenzial«, murmelte sie und ließ ihre Finger unter sein Hemd gleiten, das sie bereits aus der Hose gezerrt hatte.

»Das sehe ich auch so«, brummte er, dann umschloss er ihre Hand und zog sie mit sich in ihr Zimmer.

»Herzlich willkommen«, scherzte sie. »In meinem bescheidenen Reich.«

»O Gott, Ellie«, er schaute die kahlen Wände an, an denen nicht mal ein Bild hing. »Das ist ja sehr ... schlicht.« Es gab einen uralten Kleiderschrank, ein kleines Bett und eine Nachtkonsole mit Leselampe. Die gelben Vorhänge waren verblichen und der Stoff durchscheinend. Der Teppich hatte auch schon bessere Tage gesehen.

»Es geht schon, so viel halte ich mich hier ja nicht auf.«

»Hätte ich das gewusst ...«

»Schon gut, Kenneth. Du bist wohl nicht hier, um mit mir über die Einrichtung zu plaudern.« Sie lächelte verlegen. »Wobei ich sagen muss, dass man aus dem Dienstbotentrakt sicher was machen könnte. Es ist so massig viel Platz hier! Hast du mal darüber nachgedacht, einen Teil des Schlosses zu vermieten?«

»Vermieten?«

»Ja, keine Ahnung, somit hättest du regelmäßige Einnahmen für die Instandhaltung, ich gehe mal davon aus, dass das Unsummen verschlingt. Und außerdem, was ich viel wichtiger finde, würde dann endlich etwas Leben in den Kasten kommen. Es ist so schade darum, mir blutet immer das Herz, wenn ich in den spektakulären Räumen sauber mache, die seit Ewigkeiten niemand mehr benutzt. Alles verstaubt und vereinsamt.«

Er schluckte. Vielleicht war das die Lösung des Problems. »Meinst du?«

Ellie nickte. »Ich habe keine Ahnung, ich rede einfach nur Unsinn, weil ich so aufgeregt bin.«

Kenneth trat einen Schritt auf sie zu. »Warum bist du aufgeregt?«

Sie blinzelte ein paar Mal. »Du weißt warum.«

Er legte einen Arm um sie und zog sie an seinen Körper. Sein Mund trennten nur wenige Zentimeter von ihrem. Vergessen waren die Gespräche über Geld und die Instandhaltung des Schlosses, alles, was es jetzt noch gab, waren sie und er. »Ich habe dich bereits nackt gesehen«, erinnerte er sie mit einem amüsierten Unterton. »Wo waren wir noch mal stehen geblieben?«

Ellie leckte sich über die Lippen, und er atmete scharf ein, als sie sich noch enger an ihn schmiegte. Sie dürfte bemerken, dass er längst hart war.

»Du wolltest mich küssen«, neckte sie ihn und bot ihm ihren Mund an.

»Genug geredet«, brummte er und küsste sie gierig. Sie schmeckte süß und verführerisch, ihr heißer Atem vermischte sich mit seinem. Ihre Zungen umspielten einander, die Nähe, die Intensität raubten ihm den Verstand. Den ganzen Tag hatte er kaum an etwas anderes als an Ellie denken können. Jetzt mit ihr hier zu sein, brachte ihn an den Rand seiner Selbstbeherrschung, dabei waren sie noch angezogen und standen mitten im Raum.

Mit fahrigen Bewegungen begann er, sie auszuziehen, Ellie nestelte an den Knöpfen seines Hemdes. Ihre Münder trennten sie nur für kurze Augenblicke voneinander, um sogleich wieder hungrig übereinander herzufallen. Sein Hemd segelte zu Boden, Ellies Pullover ebenso. Sie fuhr mit ihren Fingern über seine Brust und glitt tiefer zu seinen Bauchmuskeln. Er keuchte leise auf, als sie über seine Erektion strich.

»Du machst mich wahnsinnig«, murmelte er und nahm ihr Gesicht zwischen seine Hände. »Hör nicht auf.«

Dann küsste er sie wieder, während sie die Knöpfe seiner Hose öffnete, die ihm anschließend um die Beine nach unten fiel. Kenneth löste den Verschluss ihres Spitzen-BHs und ließ auch den zu Boden gleiten. Irgendwann standen sie beide nur noch in Höschen und Boxershorts voreinander, schwer atmend und voller Verlangen. Kenneth schob sie sanft zum Bett, Ellie legte sich dazu und zog ihn über sich. Die letzten Stücke Stoff wurden sie auch noch los, ihre Hände waren überall, während er ihre Brüste mit heißen Küssen bedeckte. Ellies Brustkorb hob und senkte sich schnell, auch er atmete schwer. Sie umfasste seinen Schaft, er biss die Zähne zusammen und keuchte auf. »Pass bloß auf, sonst ist es schneller vorbei, als wir angefangen haben.«

Ihr heiseres Glucksen sagte alles. Kenneth schloss die Augen und gab sich einen Augenblick ihren Liebkosungen hin, seine Hüften passten sich ihrem Rhythmus an. Er küsste sie wieder und wieder, bis er es nicht mehr aushalten konnte. »Warte«, keuchte er und zog sich zurück. Er glitt aus dem Bett und fischte nach einem Kondom aus seiner Hose.

»Wow, du bist vorbereitet«, hörte er sie hinter sich.

Mit einem Lächeln wandte er sich zu ihr. »Du kannst dir nicht vorstellen, wie peinlich es mir war, die vorhin an der Tankstelle zu kaufen.«

Ellies Augen funkelten, ihre Lippen waren rot und geschwollen. »Deswegen hast du dich also bereit erklärt, den Wein zu besorgen?«

»Auch«, meinte er. »Außerdem bin ich mir nicht zu schade, selbst mal in einen Laden zu gehen.«

»Donald würde das sicher anders sehen.«

»Der arme Kerl.« Sie lachten, dann riss er das Kondom auf und hielt es ihr hin.

Ellie setzte sich auf und zog ihn an der Schulter zu sich. »Gib mal her«, murmelte sie und biss ihn ins Ohrläppchen. Ihre zarten Finger umschlossen seine und griffen nach dem Kondom. Er genoss es, sie dabei zu beobachten, sein Schaft pulsierte unter ihren Berührungen. Dann stieg sie auf seinen Schoß und küsste ihn lange und sinnlich, bis er vergaß, wo er war und wie er hieß. Kenneth hob Ellie sanft zur Seite, drückte sie in die Kissen, küsste ihren Mund, ihren Hals, ihre Brüste und bahnte sich seinen Weg zu ihrer intimsten Stelle. Erst, als Ellie sich vor Verlangen unter ihm wand und immer wieder leise aufschrie, zog er sich zurück und legte sich zwischen ihre Schenkel.

Er küsste sie und drang mit einem Stoß in ihre feuchte Hitze ein. Kenneth fluchte unterdrückt und legte den Kopf in den Nacken. *Das hier wird so was von nicht lange dauern*, dachte er, als er anfing, sich in ihr zu bewegen.

Ellie hob ihre Hüften ungeduldig unter ihm und trieb ihn mit schmutzigen Worten und ihrer Enge in die Hölle und den siebten Himmel. Immer wieder, immer schneller, bis sie beide von Schweiß bedeckt waren und ihr Stöhnen immer lauter und drängender wurde.

»Ellie«, knurrte er und küsste sie hart und besitzergreifend.

Sie krallte ihre Nägel in seinen Rücken und versteifte sich unter ihm. Er gab ihren Mund frei und öffnete die Augen. Die Ekstase war deutlich auf ihren Zügen zu sehen, sie war perfekt. Alles an ihr war perfekt. Kenneth rief ihren Namen und ließ sich fallen. Der Höhepunkt riss ihn mit sich und spülte ihn aus dieser Welt. Noch nie hatte er etwas Vergleichbares, Erfüllenderes erlebt als mit ihr.

Irgendwann sank er neben ihr in das Kissen und zog sie in seine Arme, das Kondom ließ er achtlos auf den Boden fallen. Er war zu erschöpft, um sich zu rühren. Er fühlte sich schwerelos und frei.

»Wie geht's dir?«, murmelte er an ihrem Scheitel. Ellie hatte eine Hand auf seinen Bauch gelegt.

»Ich bin am Ende«, flüsterte sie. »Das war unglaublich.«

»Das hört man gerne«, scherzte er matt.

»Sehr witzig.« Sie gab ihm einen spielerischen Klaps, aber er war zu müde, um darauf zu antworten. Er entglitt in eine friedliche Welt und schlief ein.

Als er das nächste Mal aufwachte, hatte jemand eine Decke über ihm ausgebreitet.

*Ellie*, war das Erste, woran er denken konnte. Dann spürte er sie, sie hatte sich an ihn gekuschelt und atmete ruhig. Er entspannte sich wieder und zog sie in seine Arme.

Im Morgengrauen liebten sie sich noch einmal, zärtlich und mit Bedacht. Sanfte, geflüsterte Worte und quälend langsame Bewegungen, die sie beide in ungeahnte Höhen katapultierten. Ellie reagierte so natürlich und leidenschaftlich, was ihn umso mehr erregte. Als sie kam, öffneten sie die Augen, die schwache Morgensonne schien durchs Fenster auf ihre weichen Züge. Sie verschmolzen miteinander, wurden eins.

# Kapitel 20

Verschlafen rieb sich Ellie die Augen, Kenneth lag neben ihr und betrachtete ihr hübsches Gesicht. »Guten Morgen«, murmelte er und strich ihr über die Wange.

»Guten Morgen«, gab sie mit einem schüchternen Lächeln zurück. »Du bist noch hier.«

»Was dachtest du denn? Dass ich im Morgengrauen abhauen würde?« Er lächelte matt.

Sie zuckte die Schultern. »Ich weiß ehrlich gesagt gar nicht, was ich denken soll.«

Er gab ihr einen Kuss auf den Mund. »Danke für letzte Nacht.« Er grinste. »Und heute Morgen.«

Ellie errötete, was im Anbetracht der Tatsache, dass sie hemmungslos übereinander hergefallen waren, sehr süß war. Sie schloss die Augen und ließ sich ins Kissen zurücksinken. »Ich glaube, ich muss aufstehen. Der Schlossherr will sicher Frühstück, und er hat auch noch Gäste.«

»Ich bin mir sicher, der Schlossherr wird sich wegen fünf Minuten nicht aufregen. Was ist los mit dir? Bereust du die letzte Nacht?«

Sie riss die Augen auf. »Was? Nein, überhaupt nicht. Du?«

»Auf keinen Fall, ich fühle mich ganz wunderbar.« Trotzdem spürte er, dass da irgendwas war, das sie ihm verschwieg. »Was stimmt nicht, Ellie?«

Sie stützte sich auf einen Unterarm und rollte sich auf die Seite. »Ich weiß auch nicht, irgendwie wäre es mir lieber, wenn wir das nicht groß rumposaunen würden.«

»Du meinst, ich soll deinen Eltern nicht erzählen, dass du ganz entzückend bist, wenn du kommst?«

Ellie grunzte leise. »Ja, so in etwa.«

»Dir wäre es lieber, wenn wir so tun, als wäre nichts zwischen uns?«

Sie zuckte die Schultern. »Wäre das ein Problem? Ich meine, es wäre wohl ein bisschen absurd, wenn wir diese Affäre vor meinen Eltern und Donald öffentlich führen würden.«

Affäre. Er stutzte, dann begriff er, dass es für Ellie tatsächlich nicht mehr war als das.

»Du möchtest nichts überstürzen?«, fragte er zur Sicherheit nach.

»So ist es, dann wird es auch nicht zur peinlichen Nummer für uns, wenn es irgendwann vorbei ist.«

»Was macht dich so sicher, dass es irgendwann vorbei sein wird?«

Sie runzelte die Stirn. »Wir leben in verschiedenen Welten. Es ist nur eine Frage der Zeit, oder?«

Sie schauten sich in die Augen, bis er sich auf den Rücken legte und an die Decke starrte. »Sicher«, gab er lakonisch zurück. Es verletzte ihn, dass sie ihre gemeinsame Nacht am Morgen so nüchtern betrachtete. Gleichzeitig war es aber auch eine Erleichterung, irgendwie – *es ist besser, wenn du dich emotional nicht auf sie einlässt*, sagte das Stimmchen in seinem Kopf, aber Kenneth wusste nicht, ob es dafür nicht schon viel zu spät war.

Ellie schmiegte sich an ihn. »Ich bin froh, dass wir das geklärt haben.«

Kenneth legte einen Arm um sie, er konnte ihre Freude nicht wirklich teilen. Es fühlte sich dumpf und falsch an, es so abzutun, denn die Nacht war so besonders gewesen. Für ihn jedenfalls. Vielleicht wurde er auch einfach nur verrückt. »Ja«, sagte er und wusste selbst nicht einmal, was er genau damit meinte.

»Ich muss leider wirklich aufstehen, ich könnte mir vorstellen, dass Donald sonst höchstpersönlich hier aufkreuzt und mich in die Küche zerrt.«

Sie lachte, aber es klang nicht so herzlich wie sonst.

»Geh nur, ich schleiche mich dann nach oben. Drehe erst mal eine kleine Runde mit Dougie, ehe ich zum Frühstück komme.«

Ellie gab ihm einen Kuss. »Es war schön mit dir.« Etwas blitzte in ihren Augen auf. Im nächsten Moment war es verschwunden, sodass er glaubte, sich getäuscht zu haben. Von ihrer Seite aus waren sicher keine Gefühle im Spiel, warum sonst hätte sie betonen sollen, dass keiner davon erfahren sollte, dass sie eine Affäre hatten. So hatte sie es genannt. Sie hatte sich schließlich doch auf ihn eingelassen, weil die sexuelle Anziehung definitiv vorhanden war. Offenbar konnten moderne Frauen Gefühle und Sex sehr gut trennen – er schien ein wenig aus der Übung zu sein.

*Bei Helena hat es dich nie interessiert.*

Er wollte diese blöde Stimme in seinem Kopf zum Schweigen bringen, deswegen stand er ebenfalls auf und zog sich stumm an. »Bis später«, sagte er und gab ihr einen Kuss auf den Scheitel, ehe er aus dem Zimmer hastete.

Immer, wenn sie an die letzte Nacht zurückdachte, wurde ihr heiß, und ihr Bauch zog sich sehnsuchtsvoll zusammen. Kenneth war ein großartiger Liebhaber, nicht nur das, alles an ihm war einfach zu gut, um wahr zu sein. Ellie wusste allerdings aus eigener Erfahrung, dass nichts im Leben ohne einen Haken kam, deswegen hatte sie auf seine Frage nach letzter Nacht nüchtern und zurückhaltend geantwortet. Es war klar, dass er als Earl und Großgrundbesitzer kein Interesse daran hatte, seine Köchin als neue Frau an seiner Seite zu präsentieren. Ellie war ein Angsthase, denn sie war sich sicher, dass sie es nicht verkraftet hätte, aus seinem Mund zu hören, dass eine Beziehung zwischen ihnen für ihn niemals infrage kam. Sie erlaubte sich nicht, zu träumen, sie würde es nicht verkraften, ihre Hoffnungen zerplatzen zu sehen, dessen war sie sich sicher. Dennoch hatte sie der Leidenschaft nachgegeben, weil sie nicht anders konnte.

*Es ist nur Sex*, sagte sie sich immer wieder. Den würde sie einfach genießen. Sobald das Bluebell eingerichtet und eröffnet war, würde sie sich eine eigene Bleibe suchen, und dann würde sich das mit Kenneth von selbst erledigen. Niemand musste Schluss machen, weil sie sich nichts versprochen hatten. Problemlos also.

Hoffentlich.

Gefühle würde sie nicht zulassen, auf keinen Fall.

»Sind Sie so weit?«, ertönte Donalds Stimme hinter ihr.

»Ja, Donald. Ich komme mit Ihnen rauf.«

»Nur drei Teller?«

Ellie nickte. »Ja, ich habe leider keine Zeit, meine Eltern und den Earl mit meiner Gesellschaft zu beehren.«

Er hob eine Augenbraue, kommentierte aber nichts, worüber sie froh war. »Das Mittagessen will vorbereitet werden, und das Dinner natürlich.«

»Sehr richtig.«

»Ich habe eine Liste erstellt, könnten Sie die Zutaten nachher im Dorf besorgen?«

»Natürlich.«

»Und, Donald?«

»Ja?«

»Meinen Sie, Sie können sich nach einem Hausmädchen umsehen? Ich schaffe das nicht alles alleine.«

»Glauben Sie mir, ich bin dabei, aber so einfach ist das nicht.«

»Verstehe.«

Schweigend schnappten sie sich das Frühstück für Kenneth und ihre Eltern und brachten es nach oben. Kaffee, Tee, Saft und Gebäck hatte sie zuvor schon in den Speiseaufzug gestellt, das musste oben nur noch serviert werden.

Ellie entschuldigte sich bei ihren Eltern, sie hätte noch so viel zu tun, was nicht gelogen war. Kenneth war gar nicht im Raum, was sie leicht irritierte, jedoch nicht kommentierte. Bis zum Mittag schuftete sie im Schloss, nach dem Mittagessen war sie mit den Jungs verabredet, um die Küche und die Möbel abzuholen. Stuart hatte zwei Transporter organisiert. Ihr Vater kam auch mit, wofür Ellie ihm dankbar war. Glücklicherweise war sie so beschäftigt, dass sie keine Zeit hatte, um noch groß über Kenneth nachzudenken.

Es war früher Abend, als sie mit Sack und Pack am Bluebell ankamen, Kendra und Maisie warteten mit Getränken und Snacks auf sie.

Ellie sprang aus dem Transporter und umarmte beide. »Danke, dass ihr da seid.«

Kendra zog sie beiseite, während sich die Männer auf das Essen und die Getränke stürzten, die von Maisie angeboten wurden.

Kendra sagte leise zu ihr: »Ich habe mit den Behörden gesprochen und alles in die Wege geleitet, du musst nur noch ein paar Unterschriften leisten, alles geht seinen Gang. Im Prinzip kannst du sofort eröffnen, wenn alles eingerichtet ist.«

Tränen schossen in Ellies Augen. »Ich weiß gar nicht, wie ich dir danken kann!«

Kendra grinste und zog sie kichernd in die Arme. »Ich lasse mir was einfallen.«

»Unbedingt.«

»Komm, jetzt iss erst mal was. Du siehst irgendwie erschöpft aus. Hast du nicht gut geschlafen?«

Ellies Wangen brannten, doch, sie hatte gut geschlafen – aber die halbe Nacht war sie wach und in Ekstase gewesen. »Es ist doch alles sehr aufregend«, redete sie sich raus.

Und dann verstummten plötzlich die Gespräche, denn Kenneth kam um die Ecke, er trug Boots, Jeans und ein T-Shirt. Ihr Herz begann zu rasen, wie immer, wenn sie ihn unerwartet irgendwo entdeckte. Er hatte nun mal diese Wirkung auf sie, das konnte sie nicht leugnen.

Kenneth lächelte. »Guten Tag, zusammen. Ich dachte, vielleicht kann ich ein bisschen helfen. Ich bin Kenneth«, stellte er sich vor.

Einer nach dem anderen schüttelte ihm die Hand.

Ellie wollte protestieren, aber ihr Vater trat neben sie. »Nicht, Ellie. Er hat mich gestern gefragt, ob er helfen kann, da habe ich Ja gesagt.«

»Du hast Ja gesagt?«

»Er hat nicht dich gefragt, weil er wusste, dass du Nein sagen würdest.« Ellie runzelte die Stirn.

»Ja, ganz recht. Kenneth hat schon genug getan.«

»Lass ihn doch«, meinte ihr Vater, und Ellie schwieg.

Es würde vor den anderen ziemlich seltsam aussehen, wenn sie Kenneth verbot zu helfen. Earl hin oder her.

»Ellie«, begrüßte Kenneth sie und nickte ihr zu.

»Kenneth«, erwiderte sie. Sie tauschten einen Blick aus, in dem sie ihm ganz klar mitteilte, was sie davon hielt, dass er hier war. Aber er hob nur eine Augenbraue und lächelte wissend.

Colin klatschte in die Hände. »So, dann wollen wir mal. Wäre doch genial, wenn wir alles erledigen können, ehe es dunkel wird.«

Stuart brummte etwas Zustimmendes, und Helmut schnappte sich Kenneth.

Die Frauen fingen an, die leichten Sachen wie Stühle und Geschirrkisten ins Bootshaus zu tragen. Es dauerte nicht lange, bis alle schweißgebadet und außer Atem waren. Immer wieder sah sie sich nach Kenneth um. Er wirkte nicht verloren, aber auch nicht so selbstsicher wie sonst. Er hörte aufmerksam zu, wenn ihm jemand eine Anweisung gab, was er wo zu tun hatte.

Kendra schubste sie an der Schulter an. »Ganz schön heiß, hm?«

»Ja, ich schwitze auch.«

»Du Scherzkeks, Kenneth, meine ich.«

»Ach, der. Ja. Es kommt mir so vor, als wären alle Söhne dieses Dorfes aus einem Modelkatalog.« Sie lachte, aber es klang ein wenig zu hoch, um natürlich zu wirken.

»Ich sehe doch, wie du ihn anguckst – und er dich.«

O Gott, war es so offensichtlich?

»Was? Nein, du irrst dich.«

Kendra gluckste. »Na gut, du willst nicht drüber reden, ist okay. Ich habe mich schon länger gefragt, was ihr zwei da so im Schloss alleine treibt.«

»Kendra!«

Sie hob abwehrend die Hände. »Irgendwie prickelnd, so ein schmutziges Geheimnis. Oh, ich wünschte, ich würde so was auch mal erleben.«

Ellie schüttelte den Kopf. »Du guckst zu viele romantische Serien.«

Kendra wackelte mit den Augenbrauen. »Wenn du meinst.« Dann tat sie so, als ob sie sich die Lippen mit einem Reißverschluss verschließen würde. »Ich schweige wie ein Grab! Von mir hörst du nichts mehr. Nichts. Gar nichts.«

Ellie musste lachen. »Ja, genau. Komm, wir machen weiter, es ist nicht mehr viel.«

Es dämmerte bereits, als sie sich von ihren Helfern aus dem Dorf verabschiedet hatte. Ellies Muskeln fühlten sich an wie Wackelpudding, sie war es einfach nicht gewohnt, so viel zu tragen oder zu halten. »Jetzt fehlen nur noch die Toiletten«, sagte sie glücklich zu ihrem Vater, der mit Kenneth neben ihr herging. »Und ein bisschen Deko.«

*Und etwas Kleingeld,* dachte sie im Stillen. Dass ihre Eltern hier waren, hieß noch lange nicht, dass sie auch Omas Erbe rausrücken würden.

»Unglaublich, dass du das alles in der kurzen Zeit hinbekommen hast«, lobte ihr Vater sie.

»Ja, wirklich«, stimmte Kenneth zu.

»Jetzt muss ich nur noch ein Abendessen hinbekommen«, gab sie lachend zurück. »Ihr habt sicher großen Hunger. Kenneth, ich wusste gar nicht, dass du so ein guter Handwerker bist.«

»Ich auch nicht, um ehrlich zu sein.« Er zuckte die Achseln.

»Stellt sich geschickt an, der Junge. Dafür, dass er vorher noch nie einen Hammer gehalten hat.« Helmut klopfte Kenneth auf die Schulter.

Donald erwartete sie bereits im Foyer. »Guten Abend«, grüßte er mit höflichem Nicken.

»Sie können ruhig Feierabend machen«, gab Kenneth zurück, und die Augen des Butlers wurden groß.

Er stammelte. »W-wie bitte?«

»Es ist spät, Sie sollten sich ausruhen. Wir kommen schon klar.«

»S-Sir, aber ...«

»Ich bestehe darauf, Donald.«

Dieser schloss seinen Mund. »Sehr wohl, Sir.«

Ellie und ihr Vater gingen weiter, Kenneth und Donald besprachen noch etwas. »Ich schau mal in die Küche, dann dusche ich, bevor ich etwas zu essen mache.«

»Wir könnten ja auch essen gehen.«

»Stimmt, daran habe ich noch gar nicht gedacht. Aber was ist mit Kenneth?«

»Na, der könnte doch einfach mitkommen. Oder ist er an das Schloss gekettet?«

Ellie schnalzte mit der Zunge. »Keine Ahnung, wieso ich da noch nicht drauf gekommen bin, irgendwie ... ich weiß es nicht.«

»Gut, dann machen wir das doch so.«

Ellie ging noch einmal zurück, Donald verabschiedete sich von Kenneth. »Äh, Kenneth?«

»Ja?« Er wandte sich ihr zu.

»Mein Vater hat gerade den Vorschlag gemacht, dass wir essen gehen.«

»Und?«

»Na ja, ich meine ... ich bin hier angestellt als Köchin, ich dachte, ich frage mal, ob das in deinem Sinne ist.«

Kenneth sah sie mit unergründlicher Miene an. »Ich denke, das geht in Ordnung. Ich komme schon zurecht.«

Sie trat einen Schritt auf ihn zu. »Oh, ich dachte, na ja, sorry, war dumm von mir.«

»Ellie, was meinst du?«

»Ich dachte, dass du vielleicht mitkommen würdest. Ist natürlich in Ordnung, wenn nicht, das verstehe ich, und ...«

»Ellie«, brachte er sie sanft, aber bestimmt zum Schweigen. »Wenn du möchtest, komme ich sehr gerne mit. Ich wollte das nur nicht voraussetzen.«

Und da waren sie wieder, die Schmetterlinge, die ihr Herz schneller schlagen ließen. »Ich würde mich freuen.«

»Wunderbar, dann in einer halben Stunde hier?«

»Perfekt. Dann, äh«, sie zeigte mit dem Daumen hinter sich. »Ich spring mal unter die Dusche.«

Kenneth hob eine Augenbraue. »War das ein ... Angebot?«

Ellie atmete scharf ein. »O Gott.«

»Nein, ich denke nicht, dass ich Gott bin.« Seine Mundwinkel zuckten. »Aber es ist schön, dass du so reagierst.« Mit einem Schritt war er bei ihr und gab ihr einen schnellen Kuss. »Bis gleich, Ellie.«

Dann ließ er sie stehen und verschwand mit langen Schritten nach oben.

Sie holte tief Luft und versuchte, ihre Knochen davon zu überzeugen, wieder fest zu werden. Um ein Haar wäre sie vor ihm zerflossen.


Es fühlte sich komisch für Ellie an, mit ihren Eltern und Kenneth zum Abendessen zu fahren. Ihr Vater saß auf dem Beifahrersitz und sie und ihre Mutter hatten auf der Rückbank von Kenneth' Range Rover Platz genommen, während sie jetzt auf dem Weg in die nächste Ortschaft waren, um essen zu gehen. Ihre Mutter hatte auf dem Hinweg ein »ganz ansprechendes« Lokal entdeckt, das sie jetzt testen wollte. Ellie war klar, dass ihre Auswahl ein bisschen darauf abzielte, potenzielle Konkurrenten im Gastronomiegewerbe abzuchecken. Ihr sollte es recht sein, es war schon eine Weile her, dass sie aus Kiltarff herausgekommen war – komischerweise hatte sie es nicht vermisst, anderswo zu sein.

Nach einer Viertelstunde erreichten sie das Invergarry Inn in Aberchalder. Kenneth öffnete die Tür, sodass ihre Mutter bequem aussteigen konnte.

»Oh, danke schön, das ist ja sehr nett.«

Ellie unterdrückte ein Schmunzeln, ihre Mutter hatte er

auf jeden Fall schon mal um den Finger gewickelt. Und sie irgendwie auch, vermutlich war ihm das ganz klar.

Das Lokal war rustikal und gemütlich eingerichtet, es erinnerte Ellie ein wenig an »The Lantern«, es roch allerdings leicht nach abgestandenem Bier und Frittierfett, was sie als unangenehm empfand. Sie suchten sich einen freien Tisch am Fenster, Kenneth rückte zuerst ihrer Mutter, dann ihr den Stuhl zurecht, ehe er sich selbst neben ihren Vater setzte.

Die Bedienung brachte Speisekarten und sie bestellten vier Cask Ales und vier Mal Fish and Chips.

Immer wieder warf Ellie Kenneth verstohlene Blicke zu, die er fast immer erwiderte. Ihr Herz reagierte mit einem nervösen Flattern darauf, das sie beinahe über dem Erdboden schweben ließ.

»Ich bin ja gespannt, wie es schmecken wird«, sagte ihre Mutter. »Die Einrichtung ist ja eher ... rustikal.«

Ellie verkniff sich einen Kommentar, dass sie es gewesen war, die das Lokal ausgesucht hatte. Ihr Vater trank einen Schluck von seinem Bier, ehe er sagte: »Ich bin mir sicher, dass dieser Laden keine Konkurrenz für unsere Ellie darstellt.«

Kenneth nickte. »Absolut. Soweit ich das beurteilen kann, wird das Bluebell weit und breit die beste Küche haben.«

Ellie freute sich riesig über das Lob und lächelte ihn dankbar an. »So viele Vorschusslorbeeren.«

»Na, ein paar Mal durfte ich ja schon kosten, was du gekocht hast.«

»Sie ist eine großartige Köchin«, bestätigte nun auch ihre Mutter.

Als das Essen serviert wurde, erkundigte sich Regina bei der Kellnerin. »Und das Geschäft läuft gut bei Ihnen?«

Ellie spürte, dass sie rot wurde. Es war ihr so unangenehm, dass ihre Mutter die junge Frau löcherte. Diese schien sich nichts daraus zu machen und lächelte. »Aye, der Tourismus hat seit dieser Serie *Outlander* noch mal zugenommen, obwohl wir vorher auch schon gut zu tun hatten. Wir können uns nicht beklagen.«

Das schien ihre Mutter zufriedenzustellen, sie hob ihre Serviette und breitete sie über ihrem Schoß aus. »Ach, das ist gut zu hören.«

»Es gibt eher zu wenige gastronomische Angebote in der Umgebung, vor allem Restaurants, die auch etwas anderes als das Standardmenü anbieten«, fügte die Kellnerin noch an.

»Das ist ja interessant«, meinte ihr Vater.

»Aye, wir haben ja schon ein paar gute Hotels und auch hochpreisige Ferienwohnungen in der Gegend, aber es mangelt an gehobener Gastronomie.«

Ellies Herz machte einen freudigen Hüpfer, dennoch verkniff sie sich den Kommentar, dass sich das bald ändern würde.

»So, ich lasse euch mal in Ruhe essen. Fehlt noch etwas?«

»Nein, danke«, gab Kenneth zurück. »Wir haben alles.«

Als sie wieder alleine waren, lächelte Regina ihre Tochter an. »So langsam habt ihr mich überzeugt.«

»Wie meinst du das?«, fragte Ellie und nahm ihr Besteck zur Hand.

Ihre Mutter schnitt ein Stück von dem im Bierteig gebratenen Kabeljau ab. »Ich glaube, dass deine Entscheidung richtig war.«

Ellie hob eine Augenbraue. »Äh«, war alles, was sie darauf sagen konnte.

Ihr Vater drückte die Hand der Mutter. »Nun sag es ihr schon«, drängte er.

»Was sagen?«, wiederholte Ellie.

»Ja, also«, fing ihre Mutter an. »Wir haben uns entschieden, dass wir dir das Geld von Oma geben werden.«

Ellies Mund klappte auf. »Nein!«

»Doch, wir sind, jetzt, da wir uns alles angesehen haben, überzeugt, dass du das schaffen wirst. Und du hast ja auch Kenneth an deiner Seite.«

Beinahe hätte sie sich verschluckt. Aus dem Augenwinkel sah sie, dass er mit unergründlicher Miene danebensaß – weder zustimmte noch verneinte.

»Ja«, war alles, was sie erwidern konnte. »Ich bin ein wenig sprachlos, damit habe ich jetzt gar nicht gerechnet.«

»Du hast es ja auch schon fast allein hinbekommen«, meinte ihr Vater. »Wir sind sehr stolz auf dich.«

Ellie wurde schwindelig vor Glück. Sie konnte kaum glauben, dass das alles wirklich passierte. »Danke.« Sie legte ihr Besteck beiseite und umarmte erst ihre Mutter, dann ihren Vater. »Das sind so großartige Neuigkeiten!«

# Kapitel 21

Der Tag war unglaublich gewesen, sie konnte noch immer nicht fassen, wie weit sie gekommen war. Die Hilfe, die ihr von allen Seiten zuteilgeworden war, überwältigte sie. Außerdem war da immer diese knisternde Stimmung zwischen ihr und Kenneth, die bei jedem zufälligen Blick, jeder beiläufigen Berührung zu explodieren drohte. Es kam ihr so vor, als hätte die letzte Nacht wie ein Brandbeschleuniger auf ihre Nervenenden gewirkt, die jetzt umso empfänglicher für Kenneth' Reize waren. Nach dem Abendessen in Aberchalder hatten Kenneth und sie noch einen Spaziergang ohne die Eltern durch Kiltarff gemacht, und jeder hatte sich eine Kugel Eis in Bridget's Laden geholt, die sie auf dem Weg durch den Park geschleckt hatten. Es hatte sich angefühlt, als wären sie ein Paar, obwohl Kenneth sie nie bewusst berührt oder gar geküsst hatte. Ellie wusste nicht genau, wo sie standen, aber eins war klar: Sie würde diese Nacht in seinen Armen verbringen. Mit rasendem Puls und schwitzigen Händen war sie auf dem Weg in sein Zimmer.

»Komm heute Nacht zu mir, mein Bett ist bequemer«, hatte er ihr beim Gute-Nacht-Sagen ins Ohr geraunt.

Sie hatte nur genickt und ein »Ja« gehaucht.

Und jetzt schlich sie die Treppen auf Zehenspitzen nach oben und hoffte, dass die blöden Dielen keine Geräusche machten. Aus dem Zimmer der Eltern hörte sie, dass diese miteinander plauderten. Mit einem Grinsen tapste sie im Dunkeln weiter, bis sie Kenneth' Zimmer am anderen Ende des Flurs erreicht hatte. Vorsichtig drückte sie die Klinke nach unten und schlich hinein.

Es fühlt sich seltsam an, obwohl sie nun schon so oft hier gewesen war.

*Aber nie, um mit ihm ins Bett zu gehen und wilden Sex zu haben.*

Ellie schluckte trocken und fragte sich, was sie jetzt tun sollte. Ausziehen und unter der Decke auf ihn warten? Sie verzog ihren Mund und ging unruhig auf und ab, blieb dann vor dem Fenster stehen und schaute hinaus. Mondschein erhellte den Rasen vor dem Schloss und spiegelte sich im Wasser des Loch Ness wider. Obwohl sie niemals ein Naturfreak oder Schottlandfan gewesen war, hatte sich das in rasant kurzer Zeit geändert. Wie noch so einiges in ihrem Leben.

Vielleicht musste sie ihrem früheren Chef dankbar sein, dass er so blöd gewesen war, sich beim Geldwaschen erwischen zu lassen.

Ein leises Geräusch ließ sie auffahren. Dann knipste jemand das Licht an, Ellie musste blinzeln und drehte sich um. Kenneth stand in der Tür und schaute sie überrascht an.

»Wieso stehst du hier im Dunkeln?«

Sie spürte, dass sie rot wurde. »Keine Ahnung.«

»Soll ich das Licht wieder ausmachen?« Er schmunzelte, dann löschte er es tatsächlich und war mit wenigen, langen Schritten bei ihr. Seine Arme legten sich um sie und zogen sie an seinen herrlichen Körper. Er roch so gut, es fühlte sich so vertraut und richtig an, dass sie schlucken musste. Das sanfte Licht des Mondes fiel durch das Fenster auf seine kantigen Züge.

»Danke, dass du mir geholfen hast«, flüsterte sie.

»Hör auf, dich ständig zu bedanken, das musst du nicht.«
Seine Stimme klang fast schon schroff.

»Warum stört es dich?«

»Weil ich es gern für dich tue.«

»Aber selbstverständlich ist es nicht.«

Er grinste schwach und legte eine Hand in ihren Nacken.
»So einiges zwischen uns ist nicht selbstverständlich, muss
ich es deshalb dauernd infrage stellen?«

Ellie erwiderte sein Lächeln. »Nein.«

»Donald hat vorhin gekündigt.«

»Was? Wieso denn das?«

»Er sagt, dass ich ihn nicht brauche. Sieht so aus, als
wären wir hier bald ganz alleine.«

»Du wirkst nicht so, als ob es dir was ausmachen würde?«

Kenneth zuckte die Schultern. »Der gute Mann ist fast
siebzig, er sollte mich nicht bedienen müssen. Aber ich habe
ihm angeboten, einige Verwaltungsaufgaben zu übernehmen, und er hat zugestimmt.«

»Das klingt doch super!«

»Ja, aber nur noch ein paar Stunden in der Woche, wie
gesagt, er ist im Rentenalter, und die Zeit sollte er genießen.«
Er trat auf sie zu.

»Und was machst du jetzt?«

»Ich werde dich küssen, ausziehen und die ganze Nacht
lieben.«

Ellie erschauderte leicht. »Das meinte ich nicht.«

»Ich weiß«, raunte er und bedeckte ihren Hals mit tausend Küssen. Seine raue Haut kratzte leicht über ihre und
ließ sie erbeben.

»Ich kann nicht denken, wenn du das machst.«

»Das ist wunderbar, ich finde sowieso, wir haben genug
geredet.«

Und dann küsste er sie heiß und drängend, während

seine Hände überall zu sein schienen. Ellie gab sich ihm und seinen Liebkosungen hin, hielt sich an ihm fest, als wäre sie sein einziger Halt in einem tosenden Sturm. Nach und nach flogen alle Kleidungsstücke zu Boden, bis sie nackt voreinander standen. Der Beweis seiner Erregung war deutlich an ihrem Bauch zu spüren, ihr keuchender Atem erfüllte sein Schlafzimmer. Sie hatte keine Ahnung, woher er es genommen hatte, aber er hielt ein Kondom in seinen Händen. Ellie nahm es ihm ab, riss die Packung auf und schob ihn sanft, aber bestimmt auf die Fensterbank. Kenneth setzte sich und Ellie ging vor ihm auf die Knie. Er keuchte auf, als sie ihren Mund um seinen Schaft schloss und ihn mit ihren Lippen und der Zunge liebkoste. Seine Hände krallten sich in ihre Haare, während sie es genoss, von ihm zu kosten und ihm Lust zu spenden. Seine erstickten Laute zeigten ihr, wie sehr ihm das, was sie tat, gefiel, wie sehr es ihn erregte. Das Ziehen in ihrem eigenen Unterleib wuchs mit seinem Stöhnen, dabei hatte er sie noch nicht einmal dort berührt.

»Ellie«, brummte er und schob sie von sich. »Nicht ...Wo ist das Kondom?«

Sie rollte es über, ehe sie ihn noch weiter auf die Fensterbank schob und sich rittlings auf seine Schenkel setzte.

»Weißt du eigentlich, was du mit mir machst?« Er umschloss eine ihrer Brustwarzen mit dem Mund, saugte und knabberte daran, bis Ellie leise wimmerte und um mehr bat. Sie rieb ihre feuchte Hitze an ihm und drängte sich gegen seine Härte.

»Genug«, stieß sie keuchend hervor, umfasste seinen Schwanz und ließ ihn langsam in sich gleiten.

Er legte seine Hände auf ihre Hüften und vergrub sein Gesicht an ihrem Hals. »Es ist so gut, in dir zu sein.« Seine Stimme war rau und aus jedem Wort hörte sie heraus, wie sehr es ihn anmachte, was sie tat.

»Beweg dich«, forderte er sie auf, und sie begann, ihre Hüften kreisen zu lassen. Sie ritt ihn gemächlich, kostete das süße Verlangen aus, bestimmte das Tempo, bis ihr langsam nicht mehr genügte. Kenneth knetete ihre Brüste, küsste sie und drängte ihr sein Becken ungeduldig entgegen.

»Mehr?«, fragte sie und leckte sich über die Lippen.

»Viel mehr«, brummte er als Antwort.

Sie schloss die Augen, legte ihren Kopf in den Nacken und gab sich ganz den Empfindungen hin. Als er seinen Daumen auf ihre intimste Stelle legte und sie leicht massierte, schrie sie vor Lust und bäumte sich auf. Sie rief seinen Namen, während der Höhepunkt sich immer schneller in ihrer Mitte aufbaute. Aus einem süßen Ziehen war ein quälendes Sehnen geworden, das nur er stillen konnte. Seine Bewegungen wurden schneller, unkontrollierter. Kenneth' Leidenschaft riss sie über die Schwelle, Ellie klammerte sich an ihm fest und nahm ihn noch tiefer in sich auf. Sie nahm nur am Rande wahr, dass auch er sich versteifte, sein Gesicht an ihrer Schulter vergrub und in ihr kam.

»O Gott«, japste sie nach Luft, Kenneth ließ seinen Rücken gegen das Fenster sinken, Ellie lehnte sich an seinen schweißbedeckten Oberkörper.

»Ellie«, murmelte er und hielt sie noch ein wenig fester.

So ruhten sie eine ganze Weile, bis sich ihr rasender Herzschlag und ihr keuchender Atem etwas beruhigt hatten. Kenneth schlang ihre Beine um seine Taille und stand auf, er trug sie zum Bett und ließ sie sanft auf die Matratze sinken. Er kletterte zu ihr und küsste sie. »Brauchst du etwas?«

Ellie schüttelte den Kopf. »Nein, ich bin wunschlos glücklich.«

Er küsste sie flüchtig. »Gut, bin gleich wieder da.« Dann verschwand er im Badezimmer, das Wasser rauschte, vermutlich säuberte er sich, nach wenigen Minuten war er wieder bei ihr und breitete die Decke über ihnen aus.

Die folgenden Tage verliefen allesamt ähnlich, tagsüber taten sie so, als wären sie kein Paar, nachts liebten sie sich und schliefen in den Armen des anderen ein. Kenneth genoss die Stunden mit ihr, doch die Frage, wie es weitergehen würde, ließ ihm keine Ruhe. Er saß im Arbeitszimmer, und wie so oft starrte er auf die Truhe mit den Tagebüchern und Briefen. Er hatte sie seit geraumer Zeit nicht angerührt, die Briefe seiner Mutter hatte er noch nicht geöffnet. Er wusste nicht, ob es gut für ihn war. Was würde es verändern, wenn er wüsste, was sie gedacht hatte? Sie war krank gewesen, vielleicht würden ihn ihre Worte verstören. Er war einfach nicht bereit. Würde es vermutlich niemals sein.

Sein Telefon klingelte, es war sein Manager. Kenneth atmete hörbar aus, er hatte Winstons Anrufe in den letzten Tagen ignoriert, weil es nichts zu berichten gab. Seine Schulter besserte sich zwar, obwohl er Angus, seit Ellies Eltern hier waren, nicht mehr aufgesucht hatte. Insgeheim wusste er, dass es vorbei war, wenn er nicht das Angebot annahm und damit Winston vor den Kopf stieß. Er zögerte. Es war eine andere Sache, es laut auszusprechen, das würde es endgültig machen. Kenneth hatte keinen blassen Schimmer, was er mit seinem Leben anfangen sollte. Momentan genügte ihm das, was er mit Ellie hatte. Aber es war klar, dass er nicht den Rest seines Lebens vom Sex mit ihr zehren konnte. Irgendwann würde die Leidenschaft abflauen, und wie attraktiv war ein Mann, der keine Ziele hatte?

Kenneth seufzte und drückte das Gespräch weg. Es klopfte an der Tür, und Ellie trat ein.

»Hey«, sagte er und stand auf. Dougie spitzte die Ohren, aber rührte sich nicht, als er merkte, dass es nur Ellie war, die hereinkam.

Sie lächelte und wie immer, wenn er in ihre Augen sah, wurde ihm warm ums Herz. »Ich wollte nicht stören.«

»Das tust du nie.«

»Meine Eltern haben gepackt, sie wollen demnächst losfahren.«

»Oh, dann komme ich. Ich will ihnen auf jeden Fall auf Wiedersehen sagen.«

Und das meinte er tatsächlich so, er hoffte, dass er sie wiedersehen würde. Sofort schob er den Gedanken beiseite, dass Ellie mit ihm schlief, hieß gar nichts. Obwohl sie die Nächte miteinander teilten, hatte sie längst klargestellt, dass es von ihrer Seite nicht mehr war. Und es war gut, dass sie diese Grenzen definiert hatte. So gab es keine Missverständnisse.

»Das ist nett von dir. Es dauert auch sicher nicht lange.«

»Es ist wirklich kein Problem, so viel zu tun habe ich gerade nicht.«

»Was machst du eigentlich da in deinem Arbeitszimmer? Also, entschuldige, ich wollte nicht neugierig sein.«

Er umrundete seinen Schreibtisch und ging auf sie zu. »Um ehrlich zu sein, die meiste Zeit grübele ich, wie es weitergehen soll.«

Ellie runzelte die Stirn. »Wie meinst du das?«

»So lange bin ich hier noch nicht der Schlossherr.«

»Ja, das weiß ich, aber ... war es nicht immer klar, dass du den Platz deines Vaters einnehmen würdest?«

Kenneth begriff in diesem Moment schmerzlich, dass sie zwar jeden Zentimeter seines Körpers kannte, aber fast nichts über sein Leben wusste. »So kann man es nicht sagen, Nein.«

»Ich habe ja keine Ahnung, entschuldige. In meiner Vorstellung ist es so, dass die reichen, adeligen Jungs auf Internate und teure Unis geschickt werden, damit sie später genau das machen, was ihre Väter ihnen in die Wiege gelegt haben.«

Kenneth lachte über diese treffende Zusammenfassung. »Damit liegst du gar nicht mal so falsch.«

»Aber?«

»Der Punkt ist, dass ich über Jahre nicht mit meinem Vater geredet habe.«

»Was? Wieso das nicht?«

»Weil ich eben keine teure Uni besucht habe.«

»Nicht?«

»Ich bin Profisportler geworden.«

»Oh!«

»Sorry, ich hätte längst davon erzählen müssen. Irgendwie erschien mir der Moment nie passend.«

»Welcher Sport denn?«

»Polo.«

»Wow, nur die Reichen und die Schönen haben da wohl Zugang, hm?«

»Na ja, so schlimm ist es nicht, aber irgendwie auch doch. Mich als Spieler hat das Geld und Drumherum nie interessiert.«

»Und, verdient man da gut?«

»Die bestbezahltesten Spieler gibt es in Argentinien, dort haben sie so einen götterähnlichen Status«, er lachte.

»Und hier nicht?«

»Man kann es nicht vergleichen, aber es ist ganz in Ordnung.«

»Und vermisst dich keiner?«

»Doch, oder auch nicht. Meine Schulter.«

Ihre Augen weiteten sich. »Ach so, deine Narbe an der Schulter, du hast eine Verletzungspause.«

»So ungefähr. Allerdings gibt es ein Angebot, bei einem neuen Klub zu spielen, und Angus hat sein Bestes gegeben, meine Schulter wieder herzustellen. Trotzdem ...« Er zögerte.

Ellie winkte hastig ab. »Entschuldige, ich wollte dich nicht löchern wie einen Schweizer Käse.«

»Das tust du nicht, ist doch in Ordnung, dass wir zumin-

dest ein wenig voneinander kennenlernen, oder? Bei all
dem, was wir nachts so miteinander treiben.«

Es hatte ein Scherz sein sollen, aber Kenneth sah an ihrer
Reaktion, dass er misslungen war. »Ja«, sagte sie. »Wenn
ich das Restaurant eröffne, werde ich mir irgendwo eine
Bude suchen.«

»Das musst du nicht.«

»Aber ich kann nicht gleichzeitig hier arbeiten und mein
Restaurant führen.«

»Ist es das für dich? Arbeit?«

Ellie seufzte. »So meinte ich das nicht.«

»Schon gut«, gab er knapp zurück. »Deine Eltern warten
sicher schon.«

Er ging an ihr vorbei hinaus auf den Parkplatz vor dem
Haus. Regina und Helmut standen vor dem Wagen und
machten noch ein paar Fotos.

»Ah, ich sehe, ihr habt schon gepackt?«, rief er fröhlich.

Regina nickte. »Ja, unser Flieger wartet nicht.«

»Das verstehe ich, ich hoffe, ihr kommt bald wieder?«

»Bestimmt.«

Er streckte Regina seine Hand hin, die sie ignorierte, um
ihn zu umarmen. »Danke, dass wir hier wohnen durften,
das war großartig.«

»Sehr gerne und jederzeit wieder.«

Sie löste sich von ihm und strahlte ihn an. »Ich bin froh,
dass du hier bist und Ellie unterstützt.«

Er lächelte. »Natürlich, das mache ich sehr gerne.«

»Mama!«, protestierte sie, aber die winkte nur ab. »So
ist es doch, nicht wahr, Helmut?«

Er antwortete nicht, sondern reichte Kenneth die Hand.
»Wenn du mal wieder handwerkliche Tipps brauchst, melde
dich.«

»Klar, das mache ich. Ich wünsche euch eine gute Reise.«

Kurz darauf winkten Ellie und Kenneth den beiden nach,

während sie die Auffahrt hinab fuhren und um die Ecke bogen.

Ellie trat von einem Fuß auf den anderen. »So, dann sind sie also weg.«

»Ja, das sind sie.«

»Und, was hast du noch so vor?«

»Du?«

»Ich habe eine Verabredung mit Kendra, sie wollte mir jemanden vorstellen, eine Frau, die eventuell im Service anfangen könnte. Und dann muss ich mir langsam Gedanken über die Speisekarte machen, morgen kommen die Klempner ... du weißt schon. Es gibt allerhand zu organisieren.«

»Natürlich, eine ganze Menge.«

»Und dann muss ich die Eröffnung planen, ich hoffe, es kommt überhaupt jemand.«

»Keine Sorge, die Saison startet jetzt so richtig durch, du wirst jeden Tag volles Haus haben.«

»Und du? Was machst du dann?«

Er zuckte die Schultern. »Mal sehen.«

Kenneth spürte Ellies forschenden Blick auf sich, aber er hatte nicht vergessen, was sie vorhin im Arbeitszimmer zu ihm gesagt hatte. »Du kannst auf jeden Fall hier wohnen, solange du möchtest, ob du nun für mich kochst oder nicht.«

»D-danke«, stammelte sie, und er spürte, dass sich etwas zwischen ihnen verändert hatte.

Oder vielleicht hatte auch nur er sich verändert.

In dieser Nacht fand er keinen Schlaf, Ellie war nicht zu ihm gekommen und er nicht zu ihr gegangen. Ruhelos streifte er durch sein Zimmer, bis er es nicht mehr aushielt. Mit wütenden Schritten rannte er nach unten, blieb schwer atmend vor ihrem Zimmer stehen.

*Was mache ich hier eigentlich?*, fragte er sich, aber die Sehnsucht nach ihrer Nähe, ihrer weichen Haut war stärker als sein Stolz.

Er atmete tief durch, klopfte und trat dann leise ein. »Ellie, bist du noch wach?«

Er sah im schwachen Mondlicht, dass sie sich aufsetzte. »Ja.«

»Darf ich reinkommen?«

Sie stand auf und lief auf ihn zu. »Ich bin froh, dass du da bist.«

Sie hielten sich aneinander fest, er spürte, dass es ihr ähnlich ging wie ihm. Weder er noch sie wollten offenbar durch falsch gewählte Worte den Moment zerstören, also küssten sie sich, als wäre es das letzte Mal. Sie wühlte in seinen Haaren, rieb sich an ihm und seufzte leise in seinen Mund. Und wenn es nur Sex war, verdammt noch mal, er würde alles nehmen, was er von ihr kriegen konnte. Sie verband diese Affäre, mehr nicht. Bald würde er wieder unterwegs sein, um einen letzten Versuch zu starten, seine Karriere wiederaufzunehmen. Er klammerte sich an diesen Gedanken wie an einen Strohhalm, auch, um sich nicht mit seinen aufkeimenden Gefühlen für Ellie auseinandersetzen zu müssen. Gefühle, die sie nicht erwiderte. Und in dieser Sekunde begriff er, dass er gehen musste, ehe er sich völlig verlor.

Der große Tag rückte immer näher, Ellie steckte bis über beide Ohren in den Planungen. Sie war beinahe Vollzeit damit beschäftigt, sich um neues Personal, die Presse und um Werbung für die Eröffnung zu kümmern. Aber all das war nur eine Ausrede, um Kenneth tagsüber aus dem Weg zu gehen. Sie aß nicht mit ihm und besuchte ihn auch nicht in seinem Arbeitszimmer, aber nachts, wenn es dunkel war, trafen sie sich wie Diebe und liebten sich, als gäbe es nur sie beide auf der Welt. Sie redeten nicht mehr viel miteinander. Ellie fürchtete sich vor dem Moment, wenn er ihr mitteilte, dass er genug von ihr hatte. Sie selbst brachte es nicht fertig, sie wollte, dass es niemals endete. In der vorigen Nacht hatte sie es beinahe gesagt, die drei Worte hatten auf ihren Lippen gestanden, erst im letzten Augenblick hatte sie sich besonnen und geschwiegen.

Es gab keine Methode, einen Mann, der sich nicht binden wollte, schneller loszuwerden als mit einem *Ich liebe dich*, das war allgemein bekannt, und sie wollte sich nicht lächerlich machen. Sie wollte nicht noch einmal verletzt werden.

Die Arbeit lenkte ab, das war gut so, und nachts genoss sie jede Sekunde, jeden Atemzug in seinen Armen. Sie stand im Bluebell und schrieb das Eröffnungsmenü mit Kreide auf eine Tafel, als die Tür aufging und der Mann hereinkam, der ihre Gedanken zu jeder Sekunde des Tages beherrschte. Insgeheim wünschte sie sich, dass er den ersten Schritt machte und dass er während der Eröffnung an ihrer Seite sein würde – als ihr Partner, nicht als ihr Liebhaber.

»Kenneth«, sagte sie überrascht. »Was machst du denn hier?«

»Ich wollte mir alles einmal ansehen, jetzt, wo der große Moment so kurz bevorsteht.«

Sie runzelte die Stirn. »Was heißt das?« Ein ungutes Gefühl breitete sich in ihrer Magengrube aus.

»Ich muss leider nach London. Wir hatten ja schon mal darüber gesprochen, ich habe ein Jobangebot, und ... das wollte ich mir ansehen.«

Ihre Knie drohten unter ihr nachzugeben, sie hielt sich am Tresen fest. »Wann?«

»Jetzt gleich.«

»Wann kommst du wieder?«

Das Bedauern auf seinen Zügen sagte mehr als alle Worte. »Ich weiß noch nicht.«

»Verstehe.« Das war dann wohl seine Art, Schluss zu machen.

»Es tut mir leid, ich wäre gerne bei deinem großen Tag dabei gewesen.«

»Ach, mach dir nichts draus.« Sie machte eine wegwerfende Handbewegung und rang sich ein Lächeln ab. Es fühlte sich wie eine Grimasse an. Tief in ihr drin drohte der Schmerz, sie entzweizureißen. Dass er an diesem wichtigen Tag nicht hier sein würde, bewies, dass sie ihm nichts bedeutete. Gar nichts.

*Lass dir nichts anmerken*, nahm sie sich vor. Sie zweifelte, dass es ihr auch nur im Ansatz gelang.

»Ich wünsche dir auf jeden Fall viel Glück, Ellie.«

Sie wollte auf ihn zugehen, aber sie hatte Angst, dass ihre Beine nachgeben würden, deswegen blieb sie, wo sie war. »Ich werde mir natürlich eine Wohnung suchen, keine Sorge.«

Kenneth wurde blass. »Nein, bitte nicht. Bleib einfach, es ist doch genug Platz.«

»Was wird aus Dougie?«

Er lächelte traurig. »Ich nehme ihn mit, er ist mir ans Herz gewachsen.«

Der Hund schon, ich nicht, schoss es ihr durch den Kopf. Sie spürte Tränen hinter ihren Augen brennen. »Ob London ein guter Ort für ihn ist?«

»Er wird sich dran gewöhnen.«

»Dann ...«, sie zögerte. »Dann war es das?«

Kenneth schluckte. »Es tut mir leid, Ellie. Ich gehöre hier nicht hin, das hast du doch sicher gemerkt, und ich habe auch nie ein Geheimnis daraus gemacht.«

»Ich weiß nicht, nein, eigentlich fand ich, dass es ganz gut gepasst hat.« Der erste Schock wich etwas anderem, Wut drückte ihr die Kehle zu. Sie hatten wochenlang etwas miteinander, und dann haute er einfach ab?

»Ich bin mir nicht sicher, ob ich wiederkommen werde.«

»Aha«, war alles, was sie hervorbrachte. Sie hatte geahnt,

dass er mit dem Gedanken spielte, aber doch gehofft, dass er das vielleicht mit ihr besprechen würde. Dass er es nicht getan hatte, zeigte nur noch einmal, dass alles, was sie verband – verbunden hatte – Sex war.

»Es ist ein tolles Team, für das ich in der nächsten Saison spielen kann und ich hoffe sehr, dass es klappt.«

»Ach ja, das erwähntest du schon mal.«

»Ich gehöre hier nicht hin«, wiederholte er leise. »Donald wird einige Verwaltungsangelegenheiten für mich regeln. Viel ist es ja nicht.«

»Das ist doch gar nicht wahr, wenn jemand hierhergehört, dann du.«

Er schüttelte den Kopf, und in diesem Augenblick sah er so jung, so verletzlich aus, dass sie ihre eigene Enttäuschung vergaß und sich fragte, was sich so plötzlich zwischen ihnen verändert hatte, dass er fluchtartig davonrennen wollte. Dass das Angebot auf einmal so attraktiv geworden war, kam ihr fast wie eine fadenscheinige Ausrede vor. Aber was wusste sie schon.

Sie fühlte sich, als hätte er sie eiskalt abserviert, so kurz bevor sie ihren großen Traum Wirklichkeit werden lassen wollte. Das würde sie ihm nie verzeihen.

»Es ist alles nur eine Illusion. Ich sitze in meinem riesigen Schloss und weiß nicht, was ich mit meiner Zeit anfangen soll. Mich hält hier nichts.«

Ein Schlag hätte nicht mehr wehtun können. »Wie lange sollte das gut gehen, Ellie?«, fuhr er fort, aber sie hörte gar nicht mehr hin. Alles, was er jetzt noch sagen würde, würde sie nur noch mehr verletzen.

Sie schwieg und presste die Lippen aufeinander.

»Zwischen diesen alten Wänden kann ich nicht atmen«, sprach er weiter, und sie wollte nur noch, dass es aufhörte.

»Warum jetzt? Was ist los?« Sie hob ihren Kopf und suchte seinen Blick.

»Ich kann das nicht, Ellie.« Er wich einen Schritt zurück.
»Was kannst du nicht?«

Sie sah es an seinen Augen, die voller Traurigkeit und
Schmerz waren, dass das nicht alles sein konnte. Sie wünschte, sie könnte ihm helfen, aber er hatte nie eine Tür für sie
geöffnet. Und jetzt hatte er entschieden, dass das, was sie
hatten, nicht ausreichte, um bleiben zu wollen. Das musste
sie respektieren, auch, wenn es verdammt wehtat.

»Du hast den Kopf voll mit der Eröffnung, ich wollte dich
nicht stören. Tut mir leid, aber ich wollte auch nicht fahren,
ohne Lebewohl zu sagen.«

Sie schüttelte ungläubig den Kopf, und der Ärger über
sein egoistisches Verhalten gewann die Oberhand. »Das
kannst du doch nicht einfach machen!«, schrie sie beinahe.
»Wir schlafen jede Nacht zusammen, jede verdammte Nacht.
Und jetzt verschwindest du einfach?«

»Das ist es, Ellie. Wir schlafen zusammen. Du verdienst
mehr als das.«

Sie atmete tief ein. »Klar, als ob mir das nicht bekannt
vorkäme. Ein Mann, dem ich nichts bedeute, sagt zu mir,
dass ich was Besseres verdiene.« Sie lachte humorlos.

»Ich habe nie gesagt, dass du mir nichts bedeutest.«

»Aber auch nicht das Gegenteil.«

»Das stimmt. Und was ist mit dir, Ellie? Hast du mir
irgendwann das Gefühl vermittelt, dass es von deiner Seite
aus mehr wäre als Sex?«

Sie griff sich an die Brust. »Du hast mir von Anfang an
gesagt, dass du kein Interesse an einer Beziehung hast.«

»Und du etwa nicht?«

»Was wird das hier?«, fragte sie. »Wirst du mir jetzt den
schwarzen Peter zuschieben, damit du guten Gewissens
fahren kannst? Vergiss es. Wenn du keine Lust hast, den
Schlossherrn zu spielen, bitte schön. Aber mach mich nicht
verantwortlich dafür.«

»Du hast recht, und ich entschuldige mich dafür.«

»Gott, wie mich diese adelige Blasiertheit ankotzt!«

Kenneth straffte sich. »Dann gehe ich jetzt wohl besser.«

»Ja, dann gehst du jetzt wohl besser.« Sie atmete tief ein und hielt die Luft an. Wenn sie ausatmete, würde sie ihn sonst vielleicht doch bitten zu bleiben. Und das verbot ihr ihr Stolz.

Kenneth zögerte nicht, er drehte sich wortlos um und verließ das Bluebell mit langen Schritten. Die Tür fiel leise krachend hinter ihm ins Schloss. Ellie ließ sich auf die Knie sinken und starrte fassungslos auf ihre zitternden Hände.

## Kapitel 22

Die Sonne strahlte vom tiefblauen Himmel, kein Wölkchen war am Horizont zu erkennen. Ellie hatte vor lauter Aktionismus nicht einmal fünf Minuten Zeit zum Durchatmen gefunden, und das war auch gut so, so musste sie nicht an *ihn* denken. Nicht an den Ärger, die Wut und ihre eigene verdammte Verletzlichkeit, für die sie sich hasste.

In der Küche herrschte bereits eine geschäftige Hektik, Töpfe klapperten, Teller klirrten und Gläser wurden poliert. In wenigen Minuten ging es los, ihr Herz klopfte bis zum Hals hinauf. Ellie hoffte, dass alles gut gehen würde, dass sie beim Personal die richtigen Entscheidungen getroffen hatte. Zeit für Zweifel hatte sie keine, selbst wenn nicht alles nach Plan lief, würde sie jetzt improvisieren müssen. Und das würde sie tun. Das hier war ihr Tag – ihr Traum –, den würde sie sich von nichts und niemandem ruinieren oder gefährden lassen. Ganz tief in ihr drin hoffte sie noch immer, dass Kenneth vielleicht doch noch zurückkommen würde, dass er es sich anders überlegt hatte. Aber so schnell diese verfluchten, sentimentalen Gedanken in ihrem Kopf auftauchten, so schnell verscheuchte sie sie auch wieder. Dafür hatte sie keine Zeit!

Sie schaute aus dem Fenster und entdeckte die ersten Gäste, die über den geschotterten Weg zum Bluebell kamen. Ellie schluckte und atmete tief ein. Jetzt ging es also los.

Sie drehte sich um und pfiff laut, sodass ganz plötzlich Stille in der Küche herrschte. »Ihr Lieben! Es geht los. Jeder weiß, was er zu tun hat. Ab sofort heißt es volle Konzentration. Mit euch kann dieser Tag ein Erfolg werden, ich freue mich darauf. An die Töpfe, fertig, los«, rief sie, und Beifall aus den Reihen folgte. Die folgenden Stunden verbrachte sie inmitten von Pfannen, Töpfen, Dampf und Schweiß. Ihrem eigenen und dem ihrer Mitarbeiter. Sie war voll und ganz in ihrem Element. Jeden einzelnen Teller überprüfte sie, ehe sie das Glöckchen für den Service bimmelte, den Zettel vom Board abriss und ihn auf den Halter pinnte, auf dem die abgearbeiteten Bestellungen gesammelt wurden.

Cherry, eine ihrer neuen Servicekräfte, kam in die Küche und rief nach ihr.

»Ja, was ist?«, fragte Ellie.

»Ein Gast möchte dich persönlich sprechen.«

Ellies Magen zog sich zusammen. *Verdammt*, dachte sie, *die erste Beschwerde.* Äußerlich ließ sie sich nichts anmerken, wischte ihre Hände an einem Tuch ab, das an ihrer Schürze befestigt war. »Ich komme.«

Innerlich wappnete sie sich für dieses Gespräch. Es war normal, dass einmal etwas danebenging, aber bis jetzt war sie sich sicher gewesen, dass jedes einzelne Gericht perfekter als perfekt ihre Küche verlassen hatte. Cherry führte sie zu einem Tisch am Fenster, an dem eine blonde Frau saß, die ihre Haare zu einem losen Knoten gedreht hatte. Ihrer Kleidung nach zu urteilen, musste es sich um eine Touristin handeln, sie trug eine Funktionshose und ein kariertes Flanellhemd. »Guten Tag«, fing Ellie an und stellte sich vor. »Was kann ich für Sie tun?«

Der Teller vor ihr war leer. So schlecht konnte es also nicht geschmeckt haben.

Die Frau blickte auf und lächelte. »Ach, wie schön, dass Sie sich kurz Zeit nehmen konnten.«

»Natürlich, sehr gerne.«

»Ich wollte Ihnen nur sagen, wie großartig ich es finde, dass Sie dieses Restaurant eröffnet haben.«

Ellie wunderte sich, aber lächelte weiter.

»Entschuldigung«, sagte die Frau und nahm eine Visitenkarte aus ihrem Rucksack. »Ich bin Becky Martin, ich arbeite für den Sender Foxx.«

Ellie nahm die Karte entgegen. »Danke schön.«

»Sie kommen aus Deutschland?«

»Ja, aus Hamburg, um genau zu sein.«

»Und Sie haben das alles ganz alleine gemeistert?«

»Na ja, die Idee ist meine, aber ich hatte ganz viel Hilfe von lieben Menschen.«

Becky schüttelte lachend den Kopf. »Wir brauchen mehr Frauen wie Sie!«

»Danke.« Ellie freute sich über das Kompliment.

»Und Sie kochen wie eine Göttin. Ich habe sogar das Dessert bis auf den letzten Krümel aufgegessen.«

»Das ehrt mich, vielen Dank.«

»Wissen Sie was? Ich finde, eine Geschichte wie ihre könnte eine große Motivation für viele Frauen sein, die mit ihrer eigenen Idee hadern und sich nicht trauen. Hätten Sie Lust auf ein Interview mit mir?«

»Äh, ja! Ja, natürlich. Sehr gerne sogar.«

»Würden Sie dafür auch nach London in meine Sendung kommen?«

Ellies Mund klappte auf, ihr Herz setzte einen Schlag aus. »Ins Fernsehen?«

Becky lachte. »Ja, wäre das in Ordnung? Ich würde mein Team auch hierherschicken, um ein paar Aufnahmen im Restaurant und natürlich von Ihnen bei der Arbeit machen zu lassen.«

»Ich weiß gar nicht, was ich sagen soll«, gab sie ehrlich zurück. Damit hatte sie beim besten Willen nicht gerechnet, und für das Bluebell wäre gerade jetzt in der Neueröffnungsphase eine Werbung dieser Art Gold wert.

»Sagen Sie Ja!«

Ellie lachte. »Natürlich sage ich Ja. Vielen, vielen Dank.«

Sie unterhielten sich noch ganz kurz, dann musste Ellie in die Küche zurück, ließ es sich aber nicht nehmen, an jedem Tisch kurz nachzufragen, ob es schmeckte.

Am Ende eines langen und sehr aufregenden Tages saß Ellie mit Kendra in der Küche, sie hatten eine Flasche Champagner geöffnet und hielten jeder ein gefülltes Glas in der Hand. Vor einigen Minuten hatte sie noch mit Sabine in Hamburg telefoniert und sie eingestellt. Sie waren schon im »Kopernikus« ein großartiges Team gewesen und ihre Lieblingskollegin freute sich auf eine neue Herausforderung.

»Cheers, meine Liebe«, sagte Ellie und hob ihr Glas.

»Auf dich«, erwiderte Kendra und sie tranken beide.

Eigentlich hatte sie den Champagner mit Kenneth leeren wollen, Ellie versuchte, das Gefühl der Enttäuschung gar nicht erst wieder hochkochen zu lassen, aber natürlich war es immer unterschwellig da. Sie vermisste ihn, und obwohl sie es nicht wollte, hatte sie heute tausendmal an ihn gedacht und ihn im nächsten Augenblick verflucht.

»Wo ist eigentlich Kenneth? Wieso war er heute nicht da, ist er krank?«, fragte Kendra, als ob sie ihre Gedanken lesen konnte.

»Er ist nach London gefahren.«

Kendra verschluckte sich und prustete. »Was?«

»Hey, kein Grund, mich hier anzuspucken.«

»Wieso ist er nicht hier an diesem wichtigen Tag?«

»Wieso sollte er?«

»Komm, glaubst du nicht, ich wüsste nicht, dass da was zwischen euch gelaufen ist?«

»Selbst wenn, es hat nichts bedeutet«, log sie und goss Champagner nach, vielleicht half der zu verdrängen, zu vergessen.

»Aye, und deswegen guckst du so bedröppelt, ist klar.« Kendra hob eine Augenbraue, sie glaubte ihr kein Wort. Kein Wunder, sie glaubte es nicht mal selbst.

»Ich gucke bedröppelt, weil ich eben eine Schampusdusche abbekommen habe.«

»Okay, du willst nicht drüber reden, verstehe schon.« Kendra schob ihre Unterlippe vor und setzte sich auf die Arbeitsfläche.

»Ich wüsste einfach nicht, was ich sagen soll. Wir hatten Sex, viel davon. Das war's.«

»Das klingt nach einer sehr vereinfachten Story.«

Ellie seufzte. »Ich weiß es doch auch nicht, Kendra.«

»Du bist nicht zufällig in ihn verliebt?«

»Das führt doch zu nichts, er ist weg, und ich bin hier. Ende der Geschichte.«

»Lohnt es sich nicht, für die Liebe zu kämpfen.«

»Gott, ich wünschte, ich wäre so romantisch veranlagt wie du.«

»Bin ich das wirklich? Dumm von mir, hm? Vermutlich bin ich deswegen noch Single, aber ich sehe einfach nicht ein, nur irgendjemanden zu nehmen.«

»Ich war nie mit Kenneth zusammen.«

»Er ist bestimmt eine Granate im Bett.«

Ellie wedelte mit der Hand vor ihrem Gesicht. »Das ist untertrieben.«

Kendra lachte. »Ich wusste es, du hättest ihn nicht fahren lassen dürfen.«

»Hätte ich mich an seine Stoßstange ketten sollen?«

»Zum Beispiel«, sie gluckste und goss sich Champagner nach. »Ruf ihn doch an.«

»Ich habe nicht mal seine Telefonnummer.«

»Herr im Himmel, wieso das denn nicht?«

»Bitte, Kendra. Ich habe in seinem Haus gewohnt – wohne ich immer noch, ich bin seine Angestellte, die mit ihm geschlafen hat. Super, das sind doch tolle Voraussetzungen dafür, dass er mich auch liebt.«

»Hast du es ihm mal gesagt?«

»Was?«

»Na, dass du Gefühle für ihn hast.«

»Nein, er aber auch nicht.«

Sie verzog ihre Lippen. »Als ob Männer so was reflektieren würden.«

»Jedenfalls ist er weg.«

»London ist auch nicht aus der Welt.«

»Ich werde ihm nicht nachlaufen.«

»Weißt du, irgendwie verstehe ich dich. Aber jeder, der so eine Kindheit hatte wie er, muss einen Sprung in der Schüssel haben.«

»Was meinst du?«

»Eine wahnsinnige Mutter, die mit dem Wagen gegen einen Baum fährt und stirbt, ein Vater, der seine Kinder abschiebt. Keine Ahnung, ich sag ja nur, dass du ihm vielleicht ein bisschen Starthilfe geben müsstest.«

»Hätte geben müssen, Vergangenheit«, korrigierte Ellie sie.

»Ich weiß nicht, so leicht würde ich nicht aufgeben.«

»Ich habe dafür keine Kraft, Kendra. Ich komme aus einer Scheißbeziehung, und jetzt lässt mich der Nächste sitzen. Das muss ich erst mal verdauen.«

»Aye, ich verstehe dich. Zu schade, dass ich Kenneth nicht besser kenne, sonst würde ich mit ihm reden.«

»Bloß nicht! Entweder kommt er von selbst darauf, oder

eben nicht.« Das auszusprechen, hatte eine niederschmetternde Wirkung auf sie, die nicht mal der prickelnde Champagner mildern konnte.

# Kapitel 23

*D*ougie hasste London, und wenn Kenneth ehrlich zu sich selbst war, dann hasste er selbst es auch nach vierzehn Tagen noch, wieder in seinem Penthouse zu sein. Er saß mit einem Eisbeutel an der Schulter in seinem Wohnzimmer – das Training war ein Desaster gewesen, und er musste sich eingestehen, dass es trotz all der Fortschritte, die er körperlich gemacht hatte, nie klappen würde. Wenn eine Trainingseinheit ihn dermaßen fertigmachte, würde er nie eine ganze Serie an Spielen überstehen. Seine Karriere war vorbei, nun war es amtlich, und er musste sich den Tatsachen stellen. Kenneth starrte blicklos auf den Bildschirm. Im Fernsehen lief irgendeine blöde Talkshow, die ihn nicht die Bohne interessierte. Sein kläglicher Versuch, auf dem Rücken eines Pferdes einen Schläger zu schwingen, hatte ihm nur deutlich gemacht, dass es vorbei war. Er konnte einpacken.

Kenneth nahm sein Telefon und wählte die Nummer seines Managers.

»Du hast ja Eier, dich jetzt zu melden, nachdem du mich vorher Ewigkeiten ignorierst.«

»Ich kann dich gut verstehen, es tut mir auch leid. Ich denke, wir sollten uns treffen und eine Meldung verfassen.«

»Und die lautet? Dass du ab jetzt für Hurlingham spielst?«

»Nein, Winston. Ich hatte vor, es dir zu erzählen, aber ich wollte erst testen, ob die Schulter hält.«

»Und?«

»Leider nicht. Es ist vorbei. Ich beende meine Karriere. Endgültig.«

Winston seufzte. »Ja, damit hatte ich gerechnet, es tut mir leid, Kenneth.«

»Und mir erst.«

»Was hast du jetzt vor?«

»Ich bin mir noch nicht sicher, vielleicht drücke ich die Schulbank.«

»Das möchte ich sehen. Du kannst jederzeit als Trainer arbeiten, das ist dir doch klar?«

»Ja, aber ich weiß nicht, ob ich das möchte. Momentan ist das alles noch zu frisch, ich muss erst mal nachdenken.«

Gott, wenn er eines genug getan hatte, dann nachdenken. Er wusste, wenn es mit dem Spielen vorbei war, dann war es mit dem Polo vorbei. Er war nicht der Typ, der anderen sagte, wo es langging. Seine Welt war es, vom Pferderücken aus den Ton anzugeben, so und nicht anders.

»Wieso kommst du nicht morgen bei mir vorbei, und wir besprechen alles?«

»In Ordnung, das mache ich.«

»Mach's gut, Kenneth. Bis morgen.«

Sie legten auf, und er warf sein Telefon auf das Sofa. Neben ihm stand auch diese dämliche Kiste, warum er sie überhaupt mitgenommen hatte, wusste er nicht. Oder vielleicht doch. Er musste aufhören, davonzulaufen.

Irgendwann musste er sich der Vergangenheit stellen, sich mit der Geschichte seiner Familie befassen, auch dann, wenn ihn schon beim Gedanken daran die Panik überkam. Er fasste sich ein Herz, klappte den Deckel auf und griff nach dem obersten Brief, der darauf lag.

Zur Hochzeit, stand darauf.

Er hatte keine Ahnung wieso, aber er riss ihn einfach auf und fing an zu lesen.

*Lieber Kenneth,*

*endlich ist der Tag gekommen, du wirst nicht nur ein Mann, du wirst heute ein Ehemann. Auch, wenn ich nicht in der ersten Reihe unserer kleinen Kapelle sitzen kann, so bin ich doch da und sehe von oben zu. Ich bin unglaublich stolz auf dich und bin mir sicher, dass deine zukünftige Frau sehr genau weiß und schätzt, was für ein wundervoller Mensch aus dir geworden ist. Dass das der Fall ist, daran habe ich keinen Zweifel, du warst schon als Baby großartig und voller Liebe.*

*Ich habe mir diesen Tag oft vorgestellt und frage mich, wird ihr Vater sie den Kirchengang hinauf begleiten und dir ihre Hand in deine legen? So sollte es sein, das ist ein ganz großartiger Moment, und ich muss jetzt schon Tränen darüber vergießen, weil ich die Vorstellung so anrührend finde, dass du von nun an nie mehr allein sein wirst.*

*Ich bitte dich, Kenneth, öffne dein Herz, öffne deine Seele, die unter den Umständen so sehr leiden musste. Ich weiß, dass du ein starker Junge – jetzt Mann – bist, der versucht, seinen Schmerz unter einer dicken Schicht Sturheit zu verstecken. Ich habe mich oft genug entschuldigt, doch nichts kann das aufwiegen, was ich meiner Familie angetan habe. Wenn du nach all den Jahren noch eins für mich tun kannst, dann nur das: Werde*

*glücklich und lass die Vergangenheit hinter dir.
Liebe, lebe und verschenke dein Herz an die eine
besondere Person, die bereit ist, alles für dich zu
geben.*

*Ich liebe dich, Kenneth.*
*Deine Mum*

Er konnte es nicht, er konnte seiner Mutter diesen einen
Wunsch nicht erfüllen. Er hatte Angst davor, sein Herz zu
öffnen und dann doch verlassen zu werden. Er spürte Trotz
unter all den Schichten von Einsamkeit und Traurigkeit, die
ihn all die Jahre begleitet hatten. Er wusste, wie es war, in
einem Raum voller Menschen zu sein und sich doch ganz
verloren zu fühlen. Er war sich sicher, dass niemand es
mitbekam, dennoch hatte er aufgehört zu zählen, bei wie
vielen Gelegenheiten es der Fall gewesen war.

Selbst wenn Ellie auch etwas für ihn empfand, so war
noch lange nicht gesagt, dass die Beziehung halten würde.
Was, wenn er sich auf sie einließ und sie nach zwei, drei
oder zehn Jahren feststellte, dass sie ihn doch nicht genug
liebte, um für immer bei ihm zu bleiben?

Er wusste, dass er es nicht noch einmal überleben würde,
verlassen zu werden. Es war sicherer, den Schlussstrich
gezogen zu haben, ehe er sich mehr auf sie eingelassen
hatte.

Ein Klingeln an der Haustür ließ ihn hochfahren, Dougie
sprang auf und bellte. »Schon gut, leg dich hin.«

Er erwartete niemanden und überlegte, es zu ignorie-
ren. Der Besucher hatte anscheinend nicht vor, aufzugeben,
denn es klingelte mehrmals hintereinander.

*Schrill. Schrill. Schrill.*

»Ja, ich komme ja schon«, rief er und wunderte sich, wer
es sein könnte, den der Concierge durchgelassen hatte.

Hoffentlich nicht Helena, nein, die wusste nicht, dass er hier war, außerdem hatte er sie vorgestern zufällig mit einem Mann beim Essen gesehen. Sie sah nicht aus, als ob sie ihrer Beziehung nachtrauern würde.

Vielleicht war es Ellie, das wäre schön, aber nein, vermutlich war auch sie es nicht, denn sie hatte keine Ahnung, wo er wohnte. Und warum sollte sie ihn aufsuchen?

Der Gedanke an sie versetzte ihm einen Stich ins Herz. Er vermisste sie, er vermisste sie so sehr.

Kenneth riss die Tür auf, der Vierbeiner kläffte hinter ihm. Er staunte nicht schlecht, als er Shirley vor sich stehen sah. »Dougie aus, leg dich hin!«, rief er ihm zu.

Zu seiner Überraschung gehorchte der Irische Wolfshund sofort, vielleicht erinnerte er sich an Shirley.

»Hallo Bruderherz«, begrüßte sie ihn freundlich. »Willst du mich nicht reinbitten?«

»Klar, komm rein.« Er umarmte sie kurz. Als er zurücktrat, sah er es: Unter ihrer Bluse zeichnete sich ein kleines Bäuchlein ab. »Shirley?«

Sie grinste wie ein Honigkuchenpferd. »Ja, du darfst gratulieren.«

»Komm her, wie schön.« Er drückte sie noch einmal an sich. »Was führt dich nach London?«

»Pierre hat Termine, und ich dachte, ich schau mal nach dir.«

»Woher wusstest du, dass ich hier bin?«

»Eingebung? In den letzten Wochen habe ich nicht viel von dir gehört und mir gedacht, dass du nach dem ersten Schock irgendwann aus Kiltarff abhauen würdest.«

»Ich weiß nicht, ob ich deine Analyse jetzt treffend oder erschreckend finden soll. Kann ich dir was anbieten?«

»Lieber nicht, ich bin froh, dass ich gerade mal nicht über der Kloschüssel hänge.« Sie grinste und legte sich eine Hand auf den kleinen Bauch.

333

»Aber setzen kannst du dich?«, scherzte er.

»Sicher doch.« Sie folgte ihm ins Wohnzimmer und ließ sich auf einen Sessel fallen. »Also, schieß los!«

»Was meinst du?«

»Wo drückt der Schuh?«

»Oh, an vielen Stellen, um ehrlich zu sein. Nichts, was dich belasten müsste.«

»Hast du die Briefe gelesen?«

»Nicht alle.«

»Aber?«

»Aber genug, um mich zu fragen, ob ich den Kasten nicht doch hätte abreißen lassen sollen.«

»So schlimm?«

»Was hat sie dir geschrieben?«

Shirley wurde ernst. »Sie hat uns geliebt, Kenneth. Irgendwann müssen wir verstehen, dass so eine manische Depression eine Krankheit wie Krebs ist, sie hat sie zerfressen, bis nichts mehr von ihr übrig war. Sie hat den Kampf verloren, es ist nicht ihre Schuld, und sie wollte uns ganz sicher nicht wehtun.«

»Ich wünschte, ich könnte das so sehen wie du.«

»Ich hatte länger Zeit, mich damit zu befassen.«

»Ich kann mir nicht vorstellen, dass ich das irgendwann anders sehen werde.«

»Und jetzt?«

»Ich habe keine Ahnung, meine Karriere ist im Eimer, das Schloss frisst Unsummen, aber wer soll darin leben?« Er seufzte und dachte an Ellies Vorschlag, es zu vermieten.

»Da ist noch mehr?«

»Wie machst du das nur?«

»Du hast schon als Junge immer so geguckt, wenn dir was auf der Zunge lag.«

Sein Blick fiel auf den Fernseher, er traute seinen Augen kaum.

»Kenneth?«

»Sch, warte«, sagte er abwesend und griff nach der Fernbedienung und machte lauter. In dieser Talkrunde saß doch tatsächlich Ellie. Seine Ellie.

Sie trug eine helle Bluse und eine dunkle Jeans zu Ballerinas, ihre Haare glänzten, und sie unterhielt sich lächelnd mit der Moderatorin.

»Und Sie haben sich vom Brexit nicht abschrecken lassen?«, fragte die Moderatorin jetzt. »Sie sind eine mutige Frau, da oben in den Highlands, ganz auf sich gestellt.«

Ellie lachte. »Ganz so ist es nicht, ich habe viele Freunde, die mir jederzeit helfen, wenn ich nicht weiter weiß.«

»Und Ihre Küche hat schon Schlagzeilen gemacht, wie ich höre?«

»Ja, ich bin selbst überwältigt, wie gut das Bluebell angenommen wird. Mein größter Traum ist in Erfüllung gegangen, ich bin überglücklich.«

Kenneth hörte kaum mehr zu, er konnte sie nur immerfort anstarren. Er bekam die weiteren Fragen der Moderatorin gar nicht mit. Ellie lächelte, sie erzählte und schob sich immer wieder nervös eine Strähne aus dem Gesicht.

»... und gibt es auch einen Mann an Ihrer Seite?« Die Moderatorin schaute in die Kamera. »Ansonsten können wir den mutigen Jungs sagen, dass sie ihre Zuschriften an unseren Sender schicken können.«

Ellie lächelte tapfer, aber er kannte sie gut genug, um zu wissen, dass das Lächeln nicht echt war. Sein Herz zog sich so schmerzhaft zusammen, dass ihm die Luft wegblieb.

»Nein, das heißt, es gibt jemanden, den ich liebe, aber anscheinend habe ich ein besseres Händchen in der Küche als bei den Schotten.« Sie blinzelte und lachte, alle hielten es für einen Scherz, aber Kenneth begriff in diesem Augenblick, dass sie ihn meinte.

Sie liebte ihn.

Warum hatte Ellie nie etwas gesagt? Sie liebte ihn!

Das Bild verschwamm vor seinen Augen, er machte einen Schritt rückwärts.

»Kenneth?« Shirleys Stimme drang wie durch den Nebel an seine Ohren.

»Entschuldige«, murmelte er und fuhr sich über das Gesicht.

»Kennst du diese Frau?«

Er schaute seine Schwester an. »Mir ist gerade etwas klar geworden.«

»Ach ja? Was denn? Du siehst aus, als hättest du ein Gespenst gesehen.«

»Ich habe begriffen, dass ich genau richtig war, wo ich war. Ich gehöre doch nach Kiltarff.«

»Du sprichst in Rätseln, mein Lieber.«

»Ich verstehe es ja selbst nicht. Und ja, ich kenne die Frau. Sie ist die Frau, die ich heiraten will.«

Shirleys Mund klappte auf. »Wie bitte? Was ist aus Helena geworden?«

Kenneth setzte sich, sein Herz hämmerte hart gegen seinen Brustkorb. »Helena hat nie mein Herz berührt.«

»Und sie schon? Wer ist sie überhaupt? Sie spricht mit einem seltsamen Akzent.«

»Ellie kommt aus Hamburg, sie ist Deutsche.«

»Okay, und woher kennt ihr euch?«

»Das, meine Liebe, ist eine lange Geschichte.« Er lächelte. Zum ersten Mal seit langer Zeit spürte er, wie ihm leicht ums Herz wurde.

»Die Kurzversion, wäre das möglich?«

»Als ich sie das erste Mal getroffen habe, habe ich sie von der Straße aufgelesen.«

Shirley schnappte nach Luft. »Ein super Einstieg für eine Romanze.«

»Damals habe ich es noch nicht kapiert, aber irgendwas hat mich an ihr von der ersten Sekunde an fasziniert. Bei der zweiten Begegnung habe ich sie vom Grundstück gejagt.«

»Himmel, Kenneth! Bist du verrückt geworden?«

»Shirley, du musst verstehen, ich stand total neben mir nach Vaters Tod und dem Testament ...«

»Kein Grund, unschuldigen Frauen gegenüber ... egal, erzähl weiter.« Sie winkte ab und grinste.

»Sie hat mich bekniet, ihr das Bootshaus zu vermieten.«

»Das Bootshaus, was wollte sie denn damit?«

»Sie ist Köchin, sie hat ein Restaurant daraus gemacht. Und deswegen ist sie jetzt anscheinend im Fernsehen.«

»Und du bist der Mann, über den sie eben gesprochen hat?«

Er grinste. »Das hoffe ich.«

»Aber ihr seid nicht zusammen?«

»Nein, weil ich ein Idiot bin. Ich bin aus Kiltarff weggelaufen, weil ich Angst hatte, sie zu verlieren. Ich habe sie an ihrem wichtigsten Tag alleine gelassen. Gott, ich bin so ein Idiot.«

»Du bist weggelaufen?«

»Ich war so bescheuert. Anstatt ihr zu sagen, was ich empfinde, habe ich angenommen, dass es nicht auf Gegenseitigkeit beruht. Obwohl mir Mutters Briefe und Vaters Kladden wohl Mut machen sollten, haben sie das Gegenteil bewirkt.«

»Und jetzt nicht mehr?«

»Shirley, ich habe höllische Angst davor, irgendwann alleine dazustehen, verlassen von der Person, die ich am meisten liebe, aber ich habe kapiert, dass ich sowieso alleine sein werde, wenn ich es nicht wenigstens versuche. Ich muss ihr zumindest gestehen, was ich für sie empfinde. Vielleicht will sie mich nach allem gar nicht mehr, ich könnte ihr da nicht mal einen Vorwurf machen.« Alleine

337

beim Gedanken daran wurde ihm flau im Magen. Er war nicht der Typ Mensch, der seine Gefühle offen zur Schau trug. Er hatte schreckliche Angst.

»Das klingt sehr erwachsen, ich bin stolz auf dich.«

»Scheint, wir werden langsam beide groß, und du wirst sogar Mutter.« Er lächelte, und Shirleys Augen füllten sich mit Tränen.

Sie wedelte mit den Händen vor ihrem Gesicht. »O Gott, diese Heulerei, die Hormone! Komm her, Bruderherz. Lass dich drücken. Ich kenne sie zwar nicht, aber deine Augen leuchten, wenn du über sie sprichst. Zum ersten Mal in all den Jahren sehe ich das bei dir. Das macht mich unglaublich glücklich. Du warst immer so traurig, so verschlossen. Ich wünschte, ich hätte mehr für dich da sein können.«

»Du warst selbst noch ein Kind.« Sie umarmten sich fest. Einige Sekunden lang sagte niemand was, dann trat sie zurück.

»O Gott, ich muss schon wieder kotzen. Es liegt nicht an dir, das Baby, die Schwangerschaft ...« Dann presste sie sich die Hand vor den Mund und rannte ins Badezimmer. Kenneth fuhr sich durch die Haare und wandte sich an Dougie. »Sieht aus, als müssen wir einen kleinen Ausflug nach Kiltarff machen. Drück mir die Pfoten, vielleicht wird's für immer.«

Es war erst früher Nachmittag, als Ellie das Studio verließ, aber es kam ihr so vor, als hätte sie Wochen hier verbracht. London war laut, dreckig und es roch nach Abgasen. Sie fühlte sich wie ein Tropfen Öl, der sich nicht mit dem Wasser vermischen wollte. Sie schwamm an der Oberfläche und konnte nicht eintauchen.

Ellie hatte keine Ahnung, ob sie gut gewesen war, aber wegen der Werbung fürs Bluebell hatte sie sofort zugesagt, in der Sendung aufzutreten. Ein Wunder überhaupt, dass die Journalistin zufällig bei ihrer Eröffnungsparty gewesen war.

Zufälle gibt's nicht im Leben, hatte ihre verstorbene Oma immer gesagt, langsam glaubte sie, dass sie recht hatte. Nur über eins ärgerte sie sich, dass sie der halben Nation – oder wie viele Leute auch immer diese Talkshow sahen – ihr Gefühlsleben auf dem Silbertablett serviert hatte.

*Was soll's*, sagte sie sich. Interessiert wahrscheinlich eh keinen, und der, den es betraf, guckte bestimmt kein Mittagsmagazin.

Sie winkte sich ein Taxi heran und fuhr zum Flughafen. Sie fragte sich, in welchem Teil Londons Kenneth wohl lebte, dann schob sie den Gedanken an ihn beiseite. Früher oder später würde sie über ihn hinwegkommen, als Erstes würde sie sich nach einer Wohnung umsehen. Jeder Zentimeter im Schloss – und es war riesengroß – erinnerte sie an die Zeit mit ihm. Das musste aufhören, und so teuer konnten Mietwohnungen in Kiltarff auch nicht sein. Ihr Restaurant lief schon jetzt großartig, sie konnte nicht nur alle Kosten decken, sondern es blieb unter dem Strich auch richtig was übrig. Sie hatte alles, fast alles, was sie wollte, und doch war da dieser kleine Fleck in ihr, der immer wieder nach Kenneth schrie.

»Hey, waren Sie heute nicht im Fernsehen?«, sprach sie jemand am Flughafen an, als sie ihr Abfluggate zu Fuß erreichte. Es war ein Mann, etwa Anfang vierzig, mit schütterem Haar und braunen Augen.

»Könnte sein, ja.« Sie lächelte.

»Das ist ja cool, ich wusste gar nicht, dass es in Kiltarff so ein Lokal gibt. Vielleicht machen wir mal einen Ausflug dorthin.«

»Wunderbar, das würde mich sehr freuen.« Ellie nickte höflich.

»Es ist ganz großartig, dass Sie das Wagnis eingegangen sind. Solche Frauen braucht das Land«, lobte er und strahlte sie an.

Ellie begriff, dass er mit ihr flirten wollte, aber sie war nicht in Stimmung, wäre sie nicht mal gewesen, wenn er ihr Typ gewesen wäre.

Es gab sowieso nur einen Typen, auf den sie abfuhr, aber der war davongelaufen.

Sie hasste die Ironie ihres Lebens.

Ellie seufzte. »Vielen Dank, kommen Sie gerne vorbei, vielleicht rufen Sie vorher an, momentan haben wir viele Reservierungen.«

»Ja, klar. Das mache ich.«

»Dann wünsche ich Ihnen noch einen schönen Tag.« Der letzte Satz war ihr fast im Halse stecken geblieben, als ein dunkelhaariger, breitschultriger Mann um die Ecke kam.

Kenneth, war ihr erster Gedanke. Vielleicht hatte er die Sendung gesehen und suchte sie!

Hoffnung keimte in ihr auf und ließ ihr Herz schneller schlagen.

Aber nein, er wusste ja gar nicht, dass sie diesen Flug nehmen würde. Und dann begriff sie, dass er es nicht war. Beim genauen Hinsehen stellte sie fest, dass dieser Mann gar nicht so viel Ähnlichkeit mit ihm hatte.

Ellie wollte sich eine Hand gegen die Stirn schlagen, besann sich dann aber darauf, dass sie nicht allein am Gate war. So setzte sie sich und wartete auf den Abflug.

Viel zu spät hatte die Maschine abgehoben, dementsprechend gerädert war sie, als sie in Inverness gelandet war und in ihren Golf stieg. Eine Stunde, so lange dauerte die Fahrt von Inverness nach Kiltarff, das würde sie auch noch schaffen. Sie drehte das Radio lauter und sang zu jedem Song mit, um sich wach zu halten. Die Nacht war finster, die Straßen schmal und kurvig, trotzdem fühlte es sich völlig anders an, hier zu fahren, als noch vor einigen Wochen. Selbst der Linksverkehr war ihr in Fleisch und Blut übergegangen.

Erleichtert atmete sie aus, als sie ihren Wagen vor dem dunklen Schloss abstellte. Es war eine kühle Nacht, tausend Sterne strahlten am Firmament über ihr. Eine Eule schrie, und ein Fuchs lief über den Rasen. Sie saugte die frische Luft tief in ihre Lungen, es war schön, wieder da zu sein, gleichzeitig fühlte sie sich schrecklich einsam. Der Tag war aufregend gewesen, und dass sie am Flughafen einen wildfremden Kerl im ersten Moment für Kenneth gehalten hatte, hatte sie aufgewühlt – auch jetzt noch.

Er fehlte ihr, er fehlte ihr schrecklich. Vielleicht sollte sie herausfinden, wo er lebte, und ihm schreiben.

Gott, wie altmodisch. Wer schrieb heutzutage noch Briefe?

Ellie rieb sich die Augen, sie war müde und geschafft. Sie sollte schlafen, morgen würde sie sich bestimmt besser fühlen. Es war düster und kalt im Schloss, leer und seelenlos. So hatte es sich nie angefühlt, als Kenneth noch hier gewesen war. Sie musste sich dringend nach einer anderen Bleibe umsehen.

Aber nicht mehr heute.

Ellie gähnte lautstark, dann ging sie schlafen. Irgendwann schreckte sie hoch.

Da war etwas.

Ein Geräusch.

Sie setzte sich auf und lauschte. Ihr Herz schlug Kapriolen. O Gott, hier würde doch niemand einbrechen?

Nein, vermutlich nicht.

An Geister glaubte sie auch nicht. Und doch, da war etwas.

Vielleicht eine Maus? Oder eine Ratte?

O Gott. Sie hasste Nagetiere, so konnte sie unmöglich wieder einschlafen. Sie musste nachsehen, was es war.

*Vielleicht ja auch gar nichts*, sagte sie sich, um sich zu beruhigen. Ellie stand auf und tapste barfuß über den Teppich. Nur zur Sicherheit griff sie sich einen silbernen Kerzenleuchter und nahm ihn mit.

*Weil du damit eine Ratte erschlagen kannst*, machte sie sich über ihre eigene Furcht lustig.

Ach du Schande, da war doch jemand. Knarzende Schritte kamen im Dunkeln näher. Ihr Herz hämmerte so hart gegen ihren Brustkorb, sie hatte schreckliche Angst. Sie hob ihren Arm und wartete, als der Einbrecher um die Ecke kam, schlug sie zu.

Der Kerl fiel stöhnend auf den Boden und fluchte.

Moment.

Die Stimme kannte sie.

O Gott!

Kenneth.

Es war Kenneth!

Sie hatte dem Mann, den sie liebte, eins übergebraten.

Dem Mann, dem das Schloss gehörte.

Der sie verlassen hatte.

»Was machst du hier?«, stieß sie hervor, als sie realisierte, dass sie ihn beinahe umgebracht hätte.

»Das hier ist mein Haus«, klärte er sie stöhnend auf, als ob sie das nicht selbst wüsste.

Er rieb sich die Stirn, schien aber nicht schwer verletzt zu sein. Sie atmete aus, aber ihr Puls raste noch immer, hinzu kam das flatternde Gefühl in ihrem Magen. Ellie fürchtete, ohnmächtig zu werden, dabei war sie weiß Gott nicht der Typ für Zusammenbrüche.

»Ja, das weiß ich. Aber warum bist du hier?«, fragte sie, weil sie falschen Hoffnungen gar nicht erst Feuer geben wollte. Sie knipste das Licht an.

Kenneth verzog seine Lippen und rappelte sich auf. »Irgendwie hatte ich mir das anders vorgestellt, weißt du?« Er blinzelte und schaute zu ihr auf.

Ellie wurde schwindelig, als sie das Leuchten und die Liebe in seinen Augen sah. War es möglich?

»Hast du die Sendung gesehen?«

»Ja.«

»Deswegen bist du hier?«

»Hast du mich gemeint?«

Ellie lachte, gleichzeitig liefen ihr Tränen der Freude aus den Augen. »Natürlich, du Idiot!«

Sie ließ den Kerzenleuchter mit einem Klirren fallen. Kenneth trat auf sie zu, die Wunde an der Stirn blutete nur leicht, zum Glück. »Ich hoffe, du hast keine Gehirnerschütterung.«

»Und wenn, würdest du mich pflegen?« Er grinste schief und brachte damit Ellies Herz zum Schmelzen.

»Warum bist du nach London gegangen? Warum hast du mich verlassen?«, sie musste es wissen, zu tief saßen der Schmerz und der Schock darüber noch in ihren Gliedern.

»Ich habe kalte Füße bekommen, mit dir fühlte sich alles so richtig, so vertraut an. Ich habe einfach Angst davor gehabt, dich zu verlieren.«

Hoffnung keimte in ihr auf, war es vielleicht doch möglich, dass er Gefühle für sie hatte?

»Das ergibt einfach keinen Sinn, weißt du? Vielleicht ist das mit der Wunde am Kopf doch schlimmer als gedacht.« Sie musste gegen ihren Willen lachen.

»Ellie«, er nahm ihre Hand. »Ich liebe dich. Damit ist es mir verdammt ernst. Ich will nicht meine verkorkste Kindheit vorschieben, aber da gibt es eine Menge, das du nicht weißt.«

Sie verstand, was er meinte, und endlich fielen alle Puzzlestücke zusammen. Kenneth hatte Gefühle für sie, aber die Angst, verletzt zu werden, hatte ihn mit Panik reagieren lassen. Deswegen war er davongelaufen.

Gott, und sie hatte es nicht begriffen.

»So ein bisschen weiß ich«, meinte sie mit rasendem Puls.

»Ich habe viel falsch gemacht«, fing er an. »Es soll keine Rechtfertigung für mein Verhalten sein, aber ich möchte, dass du mich ein bisschen verstehst. Meine Kindheit war ... kompliziert. Nach dem Tod meiner Mutter war mein Vater überfordert und hat uns Geschwister abgeschoben. Das hat mich verändert, irgendwann bin ich total ausgerastet und bin dann meinen eigenen Weg gegangen. Ich habe meinen Vater bis zu seinem Tod nicht wiedergesehen. Die Nachricht seines Ablebens hat mich total aus der Bahn geworfen. Und dann hatte ich diesen Klotz hier am Bein, du weißt ja selbst, in welchem Zustand das Schloss ist. Das wuchs mir alles über den Kopf – und dann kamst du. Ich habe nicht damit gerechnet, dass du dich in so kurzer Zeit in mein Herz schleichen würdest.«

Ellies Magen zog sich nervös zusammen. »Ich hatte auch etwas anderes geplant, glaub mir. Ich wollte Urlaub machen.«

»Ja«, er grinste. »Sehr gut geplant. Mit einem Zelt in den Highlands.«

Sie musste grinsen. »Na ja – ich habe mich schon ziemlich schnell hier im Schloss eingenistet und heimlich für dich gekocht.«

Er zog sie zu sich. »Die beste Entscheidung überhaupt.« Kenneth legte ihr eine Hand an die Wange. »Ich weiß, wir haben viel zu besprechen, ich habe viel aufzuarbeiten. Es gibt Briefe meiner Mutter.«

»Briefe? Welche Briefe?«

»Ich würde sie dir gerne zeigen. Später. Morgen. Irgendwann. Was jetzt aber viel wichtiger ist: Ich liebe dich, Ellie.«

Sie spürte, wie nervös er war, und ihre Knie wurden weich, während die Welt um sie herum verschwamm. Es gab nur noch sie beide, sonst nichts mehr – und das war gut so.

»Ich glaube, ich habe mich schon in dich verliebt, als du mich wütend vom Grundstück geworfen hast.«

»Du stehst also auf Grinchs?«, scherzte er mit einem schiefen Grinsen.

»Auf keinen Fall. Trotzdem, an dir war so etwas Verletzliches, Starkes, das mich sofort ergriffen hat.«

»Kannst du mir verzeihen, dass ich so dumm war und erst so spät begriffen habe, was ich wirklich will? Dass meine Angst größer war als mein Mut?«

Der Kloß in Ellies Hals war riesengroß, sie räusperte sich. »Ja, natürlich. Ich ... war auch zu feige. Wir waren beide ein bisschen dumm.«

»Lass uns gemeinsam schlau werden«, brummte er, dann küsste er sie leidenschaftlich und besitzergreifend. Er legte alles in diesen Kuss, Ellie erwiderte ihn mit einem Seufzen und schmiegte sich noch enger an ihn.

Es fühlte sich so gut an, endlich wieder in seinen Armen zu liegen. Ihn zu spüren, zu fühlen und zu riechen. Erst jetzt wurde ihr klar, wie sehr sie ihn wirklich vermisst hatte.

Irgendwann lösten sie sich voneinander. »Wo ist Dougie?«, fragte sie atemlos.

»Oh, der ist im Auto.«

»Lass den armen Kerl raus«, sie lachte. »Ehe ich über dich herfalle und wir ihn vergessen.«

»Wird das jetzt immer so sein, dass du zuerst an den Flohsack denkst?«

Ellie küsste ihn noch einmal und nahm sein Gesicht zwischen beide Hände. »Auf keinen Fall, ist da vielleicht jemand eifersüchtig?«

»Ein bisschen, nein, Quatsch, das war ein Scherz. Es gibt viele Seiten an mir, die du noch nicht kennst. Ich hoffe, du liebst mich auch noch, wenn das der Fall sein wird.«

»Ich bin mir sicher, dass ich jeden einzelnen Fehler an dir lieben werde.«

»Moment mal, wer hat von Fehlern gesprochen?« Kenneth lachte.

Ellie stimmte mit ein. »Typisch Mann.«

Kenneth zog sie an sich und küsste sie noch einmal, dass ihr Hören und Sehen verging.

»Dougie«, erinnerte sie ihn atemlos.

Kenneth brummte etwas Unmissverständliches. »Ja, ist ja schon gut. Aber dann verarztest du mich.«

»Da kannst du dir sicher sein«, gab sie kichernd zurück. »Die ganze Nacht.«

Kenneth nahm ihre Hand in seine. »Willst du dir was überziehen?«

»Magst du meinen Pyjama nicht?«

»Am liebsten mag ich dich nackt.«

»Sehr witzig.«

»Es ist kalt draußen, das meinte ich.«

»Ach so, ja klar. Wobei mir eben eigentlich sehr heiß geworden ist.«

»Das ehrt mich, aber ich möchte nicht, dass du dich erkältest.«

Ellie lachte, dann holte sie sich eine Strickjacke und schlüpfte mit nackten Füßen in ein paar Turnschuhe. Sie ließen den Hund aus dem Auto, der prompt an ihr hochsprang und ihr das Gesicht abschleckte. Kenneth schimpfte ihn aus, aber Ellie gackerte nur. »Er hat mich auch vermisst, Dougie hat zumindest nie einen Hehl aus seinen Gefühlen für mich gemacht.«

»Es tut mir ja auch leid«, grummelte Kenneth.

Sie schubste ihn in die Seite. »Schon gut, lass uns gehen.«

Kenneth ging Hand in Hand mit Ellie durch den Park. Der Mond spiegelte sich im Loch Ness und tauchte alles in ein sanftes, gedämpftes Licht. Die Blätter an den Bäumen raschelten im Wind, irgendwo schrie eine Katze. Dougie schnüffelte hier und da und hob sein Bein. Ihn schienen die großen Gefühle der beiden kein bisschen zu interessieren, für ihn war es, als sei er nie fort gewesen.

Kenneth drückte ihre Hand ein bisschen fester. »Die lasse ich nicht mehr los.«

»Ich auch nicht.«

»Ich habe gar keinen neuen Job. Mit dem Polo ist es endgültig vorbei, fürchte ich. Die Schulter macht es nicht mit.«

»Oh. Das tut mir leid.«

»Insgeheim habe ich es schon lange gewusst, aber, wie du vielleicht schon gemerkt hast, bin ich ganz gut darin, vor den Tatsachen die Augen zu verschließen.« Er zog eine Schnute. »Allerdings hatte ich auf der langen Fahrt hierher eine Idee.«

»Und, wirst du sie mir verraten?«

»Bin schon dabei.«

»Schieß los!«

»Du hattest letztens mal was von einem Museum gesagt, oder dass ich das Schloss vermieten soll.«

»Ich meinte ja nicht das ganze Schloss. Nur einen Teil.«

»Ja, das habe ich verstanden. Ich dachte mir, jetzt, wo wir so ein erstklassiges Restaurant hier haben, da könnte man ein Luxushotel draus machen.«

»Ein Hotel?«

»Ja, findest du, es ist keine gute Idee?«

»Und du willst der Manager sein?«

»Glaubst du, ich kann das nicht?«

»O doch. Ich glaube, du wärst großartig. Ist es denn etwas, was dir Spaß machen könnte?«

Er blieb stehen und legte seine Arme um sie. »Ich habe verstanden, dass hier bei dir in Kiltarff mein Platz ist. Ich habe mich lange dagegen gewehrt, und es gibt noch so viel, das ich begreifen und akzeptieren muss – und verarbeiten. Aber, ja, ich gehöre hierher und möchte hier sein. Mit dir an meiner Seite.«

»Das hast du schön gesagt.«

»Hilfst du mir?«

»Wobei?«

»Bei allem.«

»Auf jeden Fall. Gemeinsam geht alles leichter, und ich finde die Idee ganz großartig, es wäre so schade, wenn man das Schloss nicht nutzen würde.«

»Ich freue mich, dass du meine Idee gut findest. Lass uns morgen darüber sprechen, denn zuerst gehe ich mit dir ins Bett und zeige dir, wie sehr ich dich liebe.«

»Ich kann es nicht abwarten.«

Kenneth pfiff Dougie heran und dann gingen sie zurück zum Schloss. Freudige Erwartung breitete sich in ihrem Bauch aus, als er sie in ihr Zimmer schob und Dougie die Tür vor der Nase zuschlug. »Der kommt ohne uns klar«, raunte er und schob Ellie zum Bett. Dabei riss er ihr den Pyjama vom Leib und fiel über ihren Mund her. Sie nestelte ungeduldig an seiner Hose.

In kürzester Zeit waren sie nackt, Kenneth küsste sie gierig, seine Hände waren überall. Ellies Atem kam stoßweise, all die Gefühle der letzten Wochen kamen nun als Leidenschaft aus ihr hervor. Sie bat ihn und wusste nicht einmal, worum. Endlich drang er in sie ein, sie keuchte auf, er verharrte einen Moment, dann fing er langsam an, sich zu bewegen. Immer schneller, immer höher trieb er sie auf die Erlösung zu.

Sie schrie seinen Namen, klammerte sich an ihm fest und spürte, dass auch er in ihr kam. Erst einige Minuten später hatte sich ihr Atem so weit beruhigt, dass sie sprechen konnte.

»Wir haben das Kondom vergessen«, flüsterte sie geschockt.

»Ist mir egal.«

»Wieso das denn?«

»Hier ist genug Platz für eine Fußballmannschaft«, klärte er sie auf und drückte ihr einen Kuss auf die Stirn. »Erinnerst du dich? Du hast mir das selbst vorgeschlagen.«

»O Gott, ist es nicht ein bisschen früh?«

»Ich will alles mit dir, das habe ich endlich begriffen.«

»Aber vielleicht nicht sofort?«

»Wenn du nicht möchtest, dann lassen wir uns Zeit – aber üben ist doch erlaubt?« Er grinste breit.

Sie lachte und fuhr mit den Fingerspitzen über seinen flachen Bauch. »Definitiv. Wir müssen viel üben.«

»Das garantiere ich dir.« Und dann küsste er sie und liebte sie noch einmal, dieses Mal quälend langsam und zärtlich.

# Epilog

## Einige Wochen später

Kenneth saß an seinem Schreibtisch und brütete über dem Finanzplan, als Ellie hereinkam. »Da bist du ja.« Dougie lag vor dem Kamin und hob seinen Kopf, wedelte aber nur träge mit dem Schwanz, ehe er den Kopf wieder ablegte und sein Schläfchen fortsetzte. Ein Holzscheit krachte und Funken stoben auf.

»Du bist noch wach?«, fragte sie und kam auf ihn zu.

»Ja, wie war dein Tag?«

Sie lächelte und setzte sich auf seinen Schoß. »Viel zu tun.«

»Das ist gut.«

»Und bei dir?«

»Sehr gut, die Finanzierung ist von der Royal Bank of Scotland genehmigt. Scott Darlington aus der Filiale hier ist überglücklich, dass wir dieses Geschäft bei ihm abgeschlossen haben.«

»Was? Das ist ja großartig, wieso hast du nicht eher was gesagt?«

»Weil ich nicht im Restaurant über dich herfallen wollte.«

Seine Augen verdunkelten sich, als er sie noch enger in seine Arme zog.

»Ist Sex die Antwort auf alles?«, neckte sie ihn.

»Nein, aber beinahe«, raunte er.

»Wahnsinn, dann geht es jetzt in die große Planungsphase?«

»Sieht so aus. Wir brauchen noch einen Architekten.«

»Oder eine Architektin.«

»Ist klar.« Er stupste ihr auf die Nase. »Aber ich wollte dir noch etwas anderes zeigen.«

»Was denn?«

Er zeigte auf die Kiste. »Es gibt einen Brief, den ich noch nicht gelesen habe. Möchtest du ihn mit mir gemeinsam ansehen? Auch die anderen Briefe, also die von meiner Mutter?«

Ellies Augen füllten sich mit Tränen. »Das würdest du mit mir teilen?«

»Ich möchte, dass du alles über mich weißt. Du bist Teil meines Lebens, natürlich möchte ich, dass du die Worte meiner Eltern auch liest.«

Ellie küsste ihn. »Danke, dass du mir vertraust.«

»Danke, dass du mich erträgst.«

»Sag so was nicht.« Sie küsste ihn erneut.

Kenneth hob den Deckel der Kiste an, dann nahm er den Brief seines Vaters heraus. »Würdest du ihn mir vorlesen?«

Ellie schluckte. »Natürlich.«

Er reichte ihn ihr, sie öffnete ihn mit einem Brieföffner. Mit bebenden Fingern faltete sie ihn auseinander, dann räusperte sie sich.

*»Lieber Kenneth,*

*danke, dass du diesen Brief liest, ich weiß, wie viel Überwindung es dich gekostet haben muss.«*

Sie wandte sich an ihn. »Er kannte dich doch ganz gut, hm?«

Kenneth nickte, er konnte nicht sprechen. Ellie fuhr fort.

>Es tut mir leid, dass es so gekommen ist, wie es war. Ich konnte damals nicht über meinen Schatten springen, ich war nicht in der Lage, der Vater zu sein, den du gebraucht hättest. Mir ist bewusst, dass ich viele Fehler gemacht habe, die sich nun nicht mehr korrigieren lassen, möchte aber, dass du weißt, dass ich dich immer geliebt habe. Ich liebe dich, du bist mein einziger Sohn. Ich bereue sehr, dass es zwischen uns keinen Kontakt gab, aber ich wusste einfach nicht, was ich sagen oder tun könnte, um meine Fehler gutzumachen.«

»Er hätte einfach für mich da sein müssen, mehr nicht. Ich habe nicht mehr erwartet als das, aber das konnte er nicht.« Kenneth' Stimme klang rau.

»Es tut mir leid«, sagte sie leise.

»Schon okay, lies bitte weiter.«

>Ich hoffe sehr, dass du das Erbe antreten wirst, dass du eine Möglichkeit findest, dass Leben nach Kiltarff Castle zurückkehrt. Lass es nicht so enden, nicht so leer und still. Ich liebe dich, mein Junge. Vielleicht können dir meine Tagebücher etwas mehr über das Leben hier erzählen, wie es mit deiner Mutter war, warum ich nicht aus meiner Haut konnte. Das soll keine Entschuldigung für mich sein, ich möchte nur, dass du verstehst, warum ich so gehandelt habe. Ich wollte, dass du glücklich wirst. Ich hatte Angst, alles falsch zu machen. Am Ende muss ich mir mein Scheitern eingestehen. Dass ich die Verantwortung abgegeben habe, war der größte Fehler überhaupt. Ich

*habe den Kontakt zu dir verloren, du hast mir
nicht mehr vertraut, ich verstehe dich. Du bist
ein starker Mann, ich bin stolz auf dich. Du bist
der bessere Mensch von uns beiden. Ich wünsche
mir, dass du glücklich wirst, dass du leben kannst
und nicht immer zurückdenken musst. Mir ist
das nicht gelungen, nie. Ich habe deine Mutter geliebt, mit ihr ist auch ein Teil von mir gegangen.
Doch ihr hättet das nie spüren dürfen, das weiß
ich jetzt. Ich hätte stärker sein müssen. Aber ich
bin nicht fehlerfrei, leider habe ich sogar viele
Schwächen.*

*Bitte vergib mir.
Dad.«*

Kenneth spürte einen dicken Kloß im Hals. Ellie schmiegte
sich an ihn. »Kann ich irgendwas für dich tun?«

»Ja, halt mich einfach fest.«

»Das tue ich.«

»Für immer?«

»Für immer.«

»Ich liebe dich.«

»Ich liebe dich auch.«

»Lass uns die Briefe verbrennen.«

»Das meinst du nicht ernst.«

»Doch, ich weiß, was drin steht, und den Rat werde ich
befolgen. Ich werde in der Gegenwart leben, nicht in der
Vergangenheit.«

»Überleg es dir noch mal, das ist jetzt sehr emotional.«

»Nein, ich bin sicher.« Sanft, aber bestimmt schob er sie
von seinen Schenkeln, ging zum Kamin und schürte das
Feuer an. Ellie schwieg hinter ihm, irgendwann kam sie mit
der Kiste zu ihm. »Du bist dir sicher?«

»Absolut.«

»Dann machen wir es gemeinsam«, sagte sie und reichte ihm einen Brief, den sie Hand in Hand dem Feuer übergaben.

So dauerte es lange, aber mit jedem Papier, das sich in den Flammen auflöste, fühlte er sich freier.

Eine Weile sagte niemand etwas, bis Kenneth sich Ellie zuwandte. »Du glaubst es vielleicht nicht, aber so gut ging es mir seit Jahren nicht. Möglicherweise noch nie.«

»Ich bin glücklich mit dir.«

»Ich bin glücklicher«, gab er zurück und hielt sie noch enger. »Und ich kann kaum erwarten, wie es weitergeht. Ein neues Kapitel, ein neues Leben, mit dir.«

Kenneth verschloss ihren Mund mit seinem und verschmolz mit ihr. Er war angekommen, mit Ellie war er vollständig. Vielleicht zum ersten Mal in seinem Leben.

– **Ende** –

# Danksagung

Am Ende eines Buches gibt es immer eine ganze Reihe an Leuten, denen ich Danke sagen möchte. Zuerst natürlich meinen Leserinnen und Lesern, ohne euch wäre es gar nicht möglich, dass ich meinen Traum leben kann. Ich freue mich über jede einzelne Rezension, E-Mail oder Nachricht auf Facebook.

Nicht zuletzt möchte ich mich auch bei meinen Testleserinnen bedanken, die akribisch und blitzschnell die letzten Fehler aus dem Text fischen, ehe das Buch an die Öffentlichkeit geht.

Schaut gerne auch auf meiner Facebook-Seite vorbei, hier finden regelmäßig Gewinnspiele statt. Ich freue mich über euer Däumchen.

Wenn ihr sicher sein wollt, dass ihr nichts mehr verpasst, meldet euch einfach zu meinem kostenlosen Newsletter an, über den ich gelegentlich Bonuskapitel zu meinen Büchern versende. Wenn ihr noch mehr über Bücher, Cover, Protagonisten und zukünftige Projekte mit mir plaudern wollt, kommt gerne in meine Facebook-Gruppe.

Alles Liebe
Karin Lindberg

# Steak Pie

### Zutaten

| | |
|---:|---|
| 4 | Zwiebel(n) |
| 400 g | Champignons |
| 400 g | Karotte(n) |
| 1 Bund | Petersilie |
| 600 g | Rindfleisch (aus dem Roastbeefstück) |
| 300 ml | Brühe |
| 330 ml | Bier (Guinness) |
| 40 g | Butter |
| 50 g | Speisestärke (oder alternativ Mehl) |
| 300 g | Blätterteig, TK |
| 2 | Eigelb |
| 2 EL | Wasser |
| evtl. | Maggi |

### Zubereitung

Die Zwiebeln in Würfel, Karotten und Champignons in Scheiben schneiden. Die Petersilie hacken. Das Fleisch in feine Scheiben schneiden. Die Speisestärke mit Pfeffer und Salz mischen und danach das Fleisch darin wenden.

Nun Butter im Topf erhitzen und die Zwiebeln glasig anbraten, dann Petersilie, Champignons und Karotten dazu geben. Unter gelegentlichem Umrühren ein paar Minuten rösten, das Fleisch dazu geben und kurz mitbraten. Mit der Brühe und dem Guinness ablöschen und alles etwa 15 Minuten kochen, 1,5 Stunden bei geringer Hitze köcheln lassen.

Die Blätterteigscheiben antauen lassen. Das Ragout aus dem Topf in eine große Auflaufform umfüllen. Mit dem Blätterteig bedecken, am Rand fest andrücken. Damit der Dampf entweichen kann, ein Loch oben in den Blätterteig schneiden. Eigelb mit Wasser verquirlen und den Blätterteig damit bestreichen.

Bei 200 Grad für 20–30 Minuten in den Ofen, bis der Blätterteig goldgelb gebacken ist.

Als Beilage eignen sich Salat und Reis.